神秘鐘殺人事件

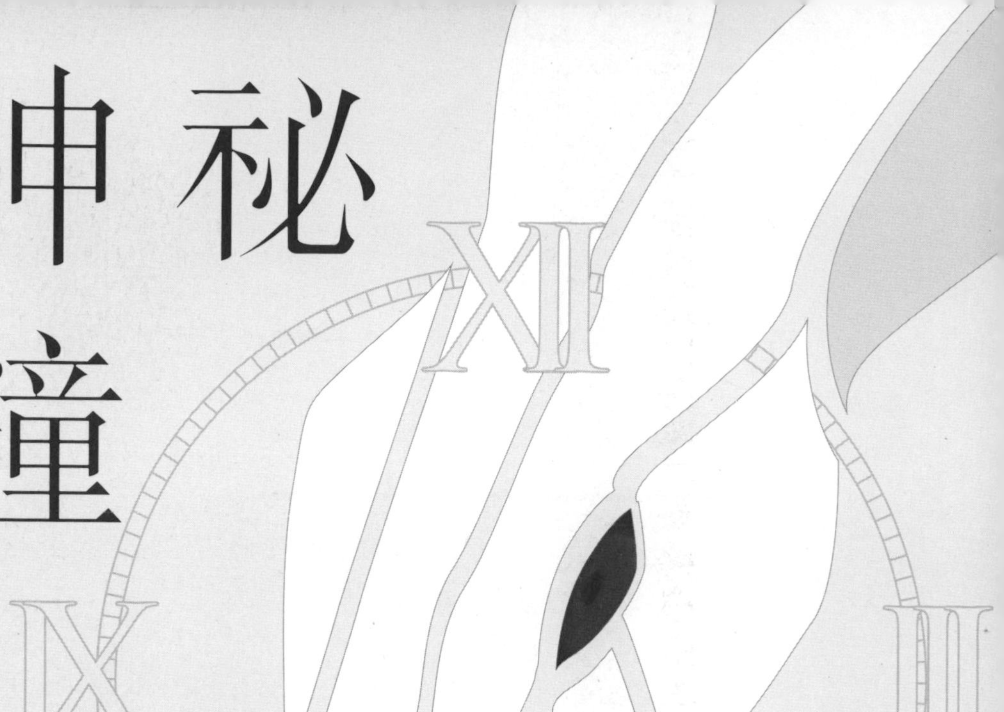

ミステリークロック

志祐介

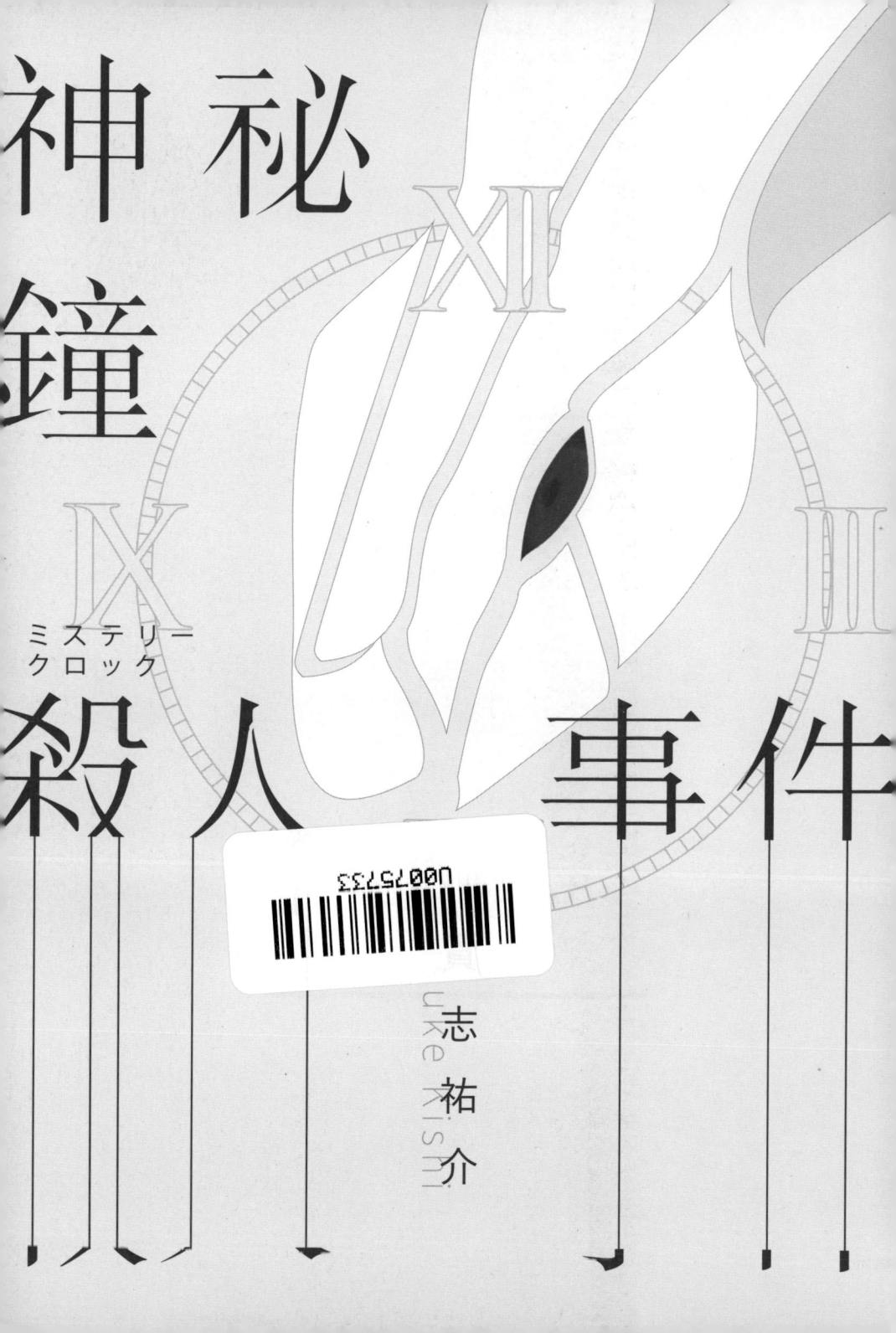

CONTENTS

慢性自殺

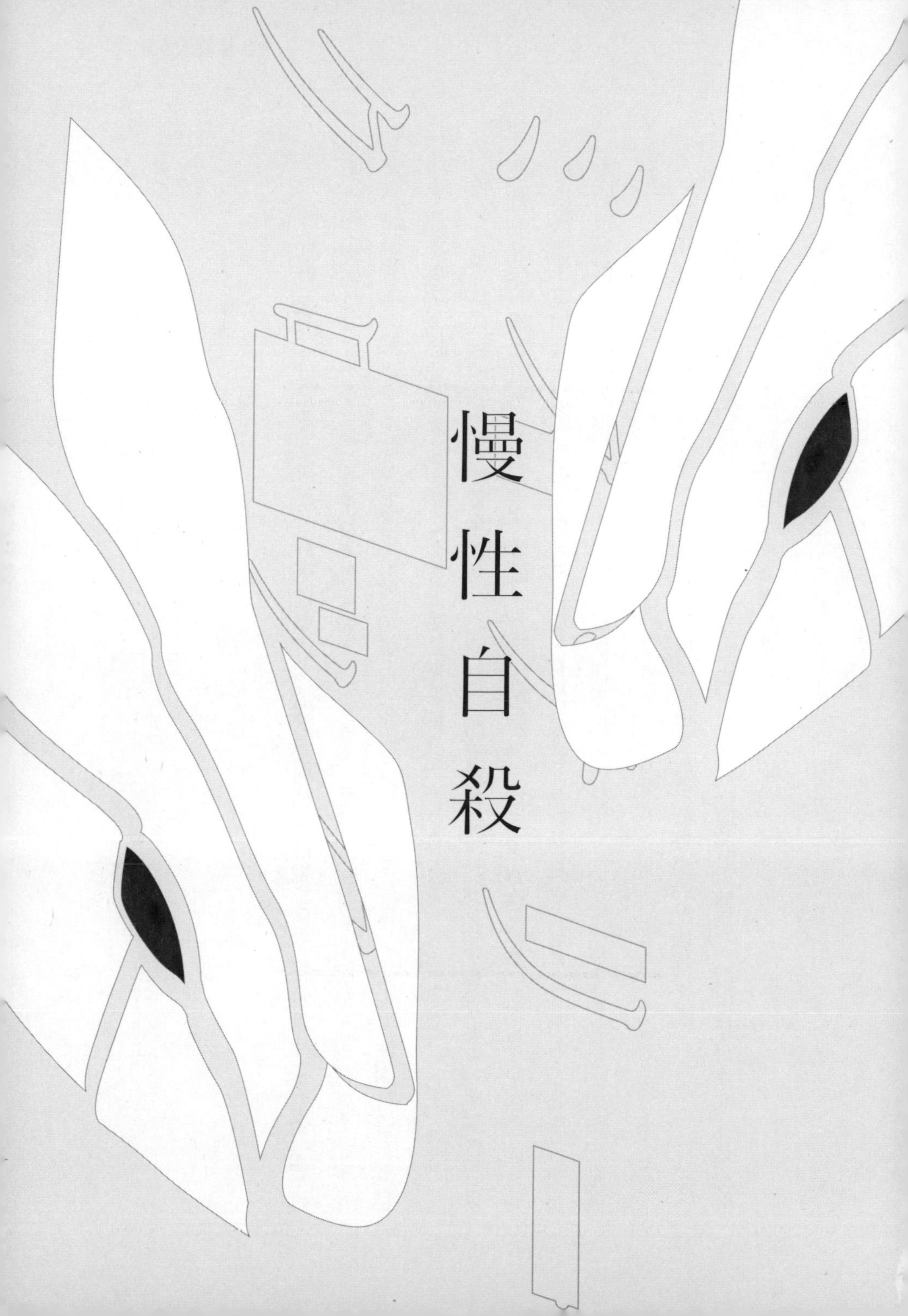

1

野野垣二朗在日光燈下舉起一把克拉克17。這款奧地利的自動手槍，雖然零件多半是塑膠材質，但由於尺寸並不小，放在掌心上沉甸甸，挺有份量。感覺像玩具的塑膠槍，很難讓人相信在緊要關頭能用來保命。野野垣平常愛用的是瑞士的西格&紹爾的P232SL。使用不鏽鋼材質，但體積小巧，重量又比克拉克17還輕，必要時還能收在西裝外套內側口袋，方便攜帶。

克拉克17最大的特色就是安全裝置。不需要手動解除保險，只要扣下扳機就能自動解除保險發射。這樣的構造對不習慣的生手來說，常會引發意外，卻非常適合今天的計畫。話說回來，也可以挑根本沒加裝保險的托卡列夫的TT-33，只是原廠品都已經是老古董，不容易取得。流進日本的很多都是中國製的複製品，作工粗糙經常發生走火的狀況，反倒不得不另外特別加裝安全裝置。

野野垣將裝滿9mm子彈的彈匣裝入克拉克17後，放進辦公桌的抽屜裡。

好啦，接下來是重頭戲。就算對方不怎麼聰明，但既然要取人性命，就得格外小心。最重要的是不能讓對方先察覺到自己的殺氣，因此需要有具說服力的演技。

野野垣看著桌上的鏡子，露出自然的笑容，走出房間。

這棟位於東京都內的老舊大樓，屋內採四房兩廳加廚房的格局。會客室有一組黑色皮沙發和矮茶几，原來的飯廳加廚房，現在除了辦公桌，還放了冰箱、微波爐。看上去像是一般的辦公室兼住家，卻有幾個明顯不同的地方。

屋裡當作客廳的最大一處空間，牆上有座精緻的神壇，還插了兩把日本武士刀裝飾。除此之外，還有不少品味庸俗的閃亮亮黃金家飾。

窗戶全都加裝了鐵窗，但無論構造與強度都跟一般住宅的等級不同，可不是有工具就能簡單破壞。混凝土牆上用螺絲鎖緊了鐵網，看出去的景色就跟在牢裡差不多。至於理論上緊急時和隔壁陽台互通的可抽取活動隔板，這時則被鐵板擋住，完全發揮不了作用。不僅如此，陽台從扶手到天花板全用堅固的不鏽鋼網覆蓋，從外頭連一隻麻雀都飛不進來。

這裡是關東俠氣會旗下塗師組的其中一處辦公室。如果是自家蓋的大樓，在設計階段就會把窗戶改小，外牆增厚，將整棟建築碉堡化，以防對手幫派侵門踏戶。不過，像這種從債務人手上搶來的一般民宅，最多就只能做到這樣了。

「三夫！你在哪裡？」

野野垣大喊手下的小弟。接著就聽到會客室傳來有人從沙發上摔下來的聲音。

「唔……！大哥。」

三夫一副睡眼惺忪，直挺挺地站著不動。

「你這傢伙，又從大白天就偷懶打瞌睡？」

「沒啊！我沒睡。」

「少騙我了。」

「真的啦。我只是躺著，沒有睡著。」

三夫似乎覺得大哥生氣了，堅決否認在上班時間打瞌睡。

一如往常那股想破口大罵的衝動刺激著野野垣，但他還是克制下來。

「好了，算啦。我有件事要問你。」

野野垣邊說邊輕輕使出一記右直拳，但三木一個側身，輕輕鬆鬆就閃過這拳。

「喂！我不是說過不准躲嗎？」

野野垣的笑發自內心，不是裝的。他心想，這個特殊的打招呼方式，今天是最後一次了吧。

「抱歉啊。身體很自然就……」

三夫皺著一張臉，頻頻搔頭。

八田三夫，過去曾是一名職業拳擊手，還上過蠅量級的日本選手排行榜。他屬於拚鬥型的選手，有一段時期頗受歡迎。然而，遭擊之下導致視網膜剝離，逼得他不得不退休。接著又出現「拳擊手痴呆」（註1）的症狀，加上終日酗酒，造成不知是腦部萎縮或甚至是輕度精神障礙，過著半遊民式的生活。

當初收留三夫的人，就是野野垣。過去有一段時間黑道涉入操控拳擊賽事表演，當時他曾看過幾次三夫出賽的狀況，而在三夫退休之前，野野垣曾想過利用他來幹一票拳擊賽賭局。看到過去在擂臺上意興風發的男人，此刻這副潦倒落魄的樣子，倒也忍不住同情；但野野垣真正的動機，是想在手邊留一顆隨時能用了就丟的棋子。

蒙野野垣收留之後，三夫對他崇拜不已，並且百分之百服從。如果野野垣要他採取自殺式攻擊，他也會不加思索就抓起槍衝出去吧。雖然平常只讓他接接電話，其他事情什麼都做不好，但想想只要能在關鍵時刻派上用場，留他在身邊也算有價值。

不過，野野垣沒想到，竟然有這一天，三夫讓自己陷入危機。

「你過來一下。」

野野垣回到自己的辦公室，在旋轉皮椅上坐下。三夫一臉不安站在桌前。

「二當家過世那天的情形，你還記得嗎？」

「嗯。當然記得。」

註1：Dementia Pugilistica，頭部受到重擊下導致腦震盪，進而引發類似失智症狀。

三夫露出沉痛的表情。上個月過世的二當家——幫裡坐第二把交椅的岡崎政嗣，受到幫中上下成員的愛戴。當然，只有野野垣一個人例外。

「你把那天的事再跟我說一次。」

「哦。呃……要從哪裡講？」

「你本來在打瞌睡吧？」

「沒有！我沒有睡！我稍微躺一下而已。」

「我沒有生氣。我只想知道發生什麼事。」

野野垣耐著性子柔聲說道。

「還有啊，你睡著了也不能怪你，應該是我給你的酒糖巧克力害的吧。」

「沒有，不是啦！才不是大哥害的。」

三夫慌張地猛搖頭。

「你之前酒喝得太多，不只腦子萎縮了，肝臟也變得硬邦邦，所以得戒酒。不過偶爾有一點酒精下肚，就循環得很快，立刻醉得不省人事吧？」

「我平常都戒酒！自從幫主說過之後我就遵守！」

三夫激動強調，說得口沫橫飛。

「有人說酒乃百藥之首，根本沒這回事。酒精呢，會把身體搞壞。你再喝酒的話，就等於像是慢慢勒緊自己的脖子……」

「我知道！我知道！」

野野垣抬起手，要三夫閉上嘴。

「但我也知道，你這個人把酒看得比吃飯還重要。看你這副德性實在怪可憐，所以才送你一盒酒糖巧克力。」

「謝謝大哥。好好吃。」

三夫講得好像口水都快流下來了。

「這件事情，你跟誰講過？有沒有跟別人說，那天我給你酒糖巧克力的事？」

三夫猛力搖著頭，脖子都快甩斷。

「我沒有跟其他人說。大哥交代過不要說的呀！」

三夫每次一說謊，就會出現明顯可疑的舉動。看樣子可以相信他說的。

「是嗎。後來怎麼樣了？你在沙發上快睡著的時候？」

「我聽到聲音後，馬上跳起來。」

「是槍聲吧？」

「對。我一聽到就從沙發上跌下來，爬起來之後跑去看看狀況。」

三夫似乎想起了當時的景象，顫抖著身子。

「就在這個房間吧？岡崎二當家就在我現在坐的地方。」

「對。」

「你一眼就知道他已經死了吧。接下來呢？」

「我馬上衝出去。」

「從這個房間？」

「對。然後，我打電話……但大哥您沒接，我就打給坂口大哥。」

「再接著呢？」

「我就衝出辦公室。」

「為什麼要跑出去？」

「我、我嚇死了，不敢待在辦公室裡面。」

三夫因為驚慌衝出辦公室而沒遭到射殺，或許算是僥倖。話說回來，最終還是得料理掉他不可。

「唉，這也怪不了你。看到岡崎二當家自殺，你也慌了手腳吧。」

野野垣探出身子，緊盯著三夫。

「我想問你的是接下來的事。你後來跟個笨蛋一樣，在大樓裡上上下下跑來跑去對吧？」

「因為我不知道該怎麼辦才好。」

「那時候你在走廊上往樓下看了一眼？」

「我聽到車子引擎聲。」

「所以你剛好看到車子開走。是什麼樣的車？」

「是日產的FUGA。」

「當時你還看到車牌了？」

「對。」

三夫輕輕鬆鬆唸出他看到的車牌號碼。不愧曾是拳擊手，動態視力真不是蓋的。本來還抱點期待，以為事情過了一個月他會忘得一乾二淨。

「這樣啊。那麼，這個車牌號碼的車，是誰的呢？」

三夫吞吞吐吐，沒有回答。

「別客氣，你就說吧。那是誰的車？」

「是大哥您的……」

野野垣點了點頭。

「這件事情，你跟誰說過了？」

「我沒有跟別人說！大哥不是交代了嗎？已經找到兇手了就不要告訴任何人。」

「對啊，沒錯。其實有人擅自開了我的車。至於是誰，經過我仔細的調查，大概有個底了。」

「咦？是誰啊？」

三夫瞪大了眼睛。

「等我確定沒錯之後再告訴你。不過，總之二當家的死是自殺啦，這也是幫裡經過調查後得到的結論。你也知道吧？」

「嗯。當然當然。」

三夫頻頻點頭。但眼神卻左右游移，飄忽不定。

這傢伙在說謊！野野垣很確定。

也就是說，三夫懷疑岡崎的死可能不是自殺。

雖然有些不忍，但愈來愈肯定非得料理掉這個傻子。

話說回來，要不是岡崎這廢材多管閒事，也不必連這傻大個都殺了。

野野垣的腦海響起岡崎一副自以為了不起，討人厭又裝模作樣的聲音。

「照理說，應該立刻將你驅逐出幫。但想到你是背負本幫未來的人選，才不直接報告幫主，再給你一次機會。」

岡崎瞪著濃眉下那雙骨碌碌的大眼睛，直視著野野垣。這個時代還有人留著像建築工地工頭那種小平頭，端正的五官令人聯想到東映黑道電影中的主角。這傢伙也太復古了吧，根本像是穿越時空。

「二當家，我絕對沒碰幫裡禁止的生意。只是以前在澀谷一起混的兄弟要我幫個忙，害得我抽不了身。」

「混帳東西！」

岡崎大罵。

「你已經不是澀谷的小混混。肩上扛的可是塗師組的招牌，懂不懂？」

野野垣暗下決心。岡崎這個人雖然是個有潔癖又愛裝模作樣的傢伙，但他的戰鬥力可不容小覷，加上他對背叛自己的人冷酷無情。幸好還沒被他抓到毒品交易，但萬一被他發現，驅逐出幫還是斷絕關係都還算小事，搞不好連命都沒了。在這之前必須先發制人。

反正想要掌控全幫，這塊絆腳石遲早都得除掉。既然這樣，不如趁這個機會把他料理掉，正是上上之策。

「我知道了，就照二當家您的吩咐。不過，可以給我幾天時間嗎？我把身邊的事情處理一下。」

「那好吧，就給你三天。處理好了來跟我報告。」

野野垣深深一鞠躬，但他壓根沒打算照岡崎說的去做。

他從手槍保險櫃裡偷出岡崎的用槍，兩天後，他跟岡崎約在辦公室。野野垣到的時候，辦公室裡只有岡崎跟三夫兩人，但吃掉一盒酒糖巧克力的三夫，一臉通紅躺在沙發上睡著了。

「怎麼樣？已經下定決心了嗎？」

岡崎抬起頭問。

「是的。我決定這麼做！」

野野垣動作迅速流暢拔出手槍，岡崎頓時皺起眉頭。就在岡崎反射性地舉起右手想抓住槍時，一瞬間，扳機扣下。

砰！一團腦漿飛濺到後方的牆上，岡崎倒坐在椅子上。

會客室傳來一陣聲響，應該是三夫嚇得跳起來的聲音。野野垣快速藏身到桌子後方。已無氣息的岡崎，癱垂的手就在野野垣眼前。

三夫衝進房間裡，一看到岡崎的模樣就失聲慘叫，嗚咽了一會兒之後又跑出房間。

野野垣從桌子後方起身，將槍塞到岡崎手裡。雖然已經握不住，滑落到地上，但只要沾上指紋就行了。

三夫在隔壁辦公室打電話。野野垣的手機已經關機，因此他大概是打給坂口。

野野垣慢慢走出房間。要是此刻殺了三夫，等於毀了岡崎自殺的這齣戲，但現在也顧不了這麼多。

沒想到，三夫竟然早一步飛奔出去。

野野垣也跟著靜悄悄走出事務所。他走樓梯下到一樓，利用監視攝影機的死角，安全上了車。順利發動車子行駛時，忍不住為這天衣無縫的計畫露出微笑。想必三夫到時候會作證，現場沒有其他人。他作夢也沒想到，三夫竟然在這一刻從樓上看到他的車。

「大哥，怎麼啦？」

三夫看著默不作聲的野野垣，一臉憂心問道。

「沒，沒什麼……只是突然想起了二當家。」

聽到野野垣的回答，三夫露出落寞的表情。

「對了。我有個好東西要給你看看。」

「好東西？咦？是什麼？」

三夫顯得滿心期待。

野野垣緩緩打開辦公桌抽屜。

幾分鐘之後，野野垣打開事務所的大門走到走廊上，刻意讓監視攝影機拍到自己的臉。他轉過頭，講了一兩句話之後，又在走廊上朝電梯走去。一路上還拿出手機，按了快速鍵。等到對方一接聽，他就開始下達各項詳細指示。

然後，他在走廊半路上停下腳步。

電梯下到一樓時，看到大約三十分鐘前他下令前來待命的犬山直人。犬山一副無精打采的模樣，站在野野垣愛車FUGA旁邊抽著菸。

野野垣穿過一樓大廳時掛斷電話，走出大樓玄關。

「您辛苦了。」

犬山畢恭畢敬行了一禮，接著打開車子後座的門請野野垣上車。從犬山繃緊神經的動作，可知從平常就對野野垣感到恐懼。不過，就在野野垣靠近時，發現犬山的鼻子動了幾下。

這隻臭狗。野野垣在心裡暗罵。你是警犬嗎？到底聞到什麼味道？

野野垣轉過頭，往上瞄了一眼大樓。怎麼還沒動靜？

「犬山，等一下。」

野野垣正要鑽進車裡時突然停下來，犬山一臉納悶。

「最近我總覺得好像遭人竊聽。你檢查一下，看看車底有沒有被偷裝發射器。」

「呃……」

犬山趴下身子檢查車底。野野垣在心裡冷笑暗道，這項工作真適合狗來做啊。

「看起來沒什麼異狀。」

「是嗎？你再仔細檢查檢查。」

野野垣話剛說完，就響起一陣槍聲。

犬山一驚之下跳起來，抬頭望著大樓。聲音是從大樓上方樓層——也就是事務所傳來的。塗師組是實戰經驗豐富的打鬥型幫派，就連犬山也立刻分辨出那是槍聲。

犬山一臉倉皇，等候野野垣下達指令。

野野垣忍住了到嘴邊的微笑，對犬山說了句「跟我來！」又轉頭走回大樓裡。

2

榎本徑陷入苦戰，奮力想打開幫派事務所的大門。

厚度1．6公釐的折疊式鐵門，內側還多了3．2公釐的鐵板加強，實在很難用電鑽鑽孔。外加門上的信箱是從內側焊接，也沒辦法用轉動旋鈕的工具。

一道門配六個鎖，這種門禁森嚴的程度，是一般很難想像得到的。況且撬開鎖的難度極高，針對撞擊開鎖的方式也因應萬全，更別說門上的鎖根本無法用鑽的鑽開。

這種案子要是收取一般費用實在虧本，但由於對象特殊，也沒辦法海削一筆。

「欸，還打不開嗎？」

從剛才頻頻催促的，就是幫主千金塗師美沙子。怎麼看都只是個二十出頭的漂亮小丫頭，但一雙鳳眼卻散發出帶有江湖氣的犀利目光。後方看來是擔任美沙子保鏢的坂口，還有來委託開鎖的犬山，再後面那個揪著一張臉，叉著雙臂的人，名叫野野垣。從他那副目中無人的態度及剪裁講究的西裝，可以研判他應該是幫裡的幹部。傷腦筋的是，幫主塗師武春目前好像因為癌症住院治療。

「不好意思。看來還要再花點時間。」

「開鎖的，你從剛才就一直說要再一下，再一下，我看根本是找藉口吧！」

外表散發威嚴，體格強健的坂口，語氣中透露不耐。

「因為這真的不是一般的大門啊……話說回來，沒人有鑰匙是怎麼一回事呢？」

再悶不吭聲下去，自己似乎會愈來愈站不住腳，於是榎本展開輕微的反擊。

「這裡的鑰匙，我記得是交給野野垣保管的吧？」

美沙子轉過頭問道。

「是的。不過，我怕鑰匙弄掉或是被搶走就不妙了。所以平常盡量不帶在身上。」

野野垣身高將近一百九十公分，淡淡的眉毛之下那雙細長的眼睛，幾乎連眨都沒眨過。他始終保持對四周不屑一顧的輕蔑態度，唯獨面對美沙子講話時比較有禮貌。

「我是想，平常一定有人在辦公室裡，沒料到出現今天這種狀況。」

「不過，難道沒有在其他地方放把備份鑰匙，以防萬一嗎？」

「有是有，但是放在銀行保管箱裡，不巧今天是星期天，沒辦法去領出來。」

榎本聽了一愣。這種糊塗的程度簡直破表，要說是不小心，他倒覺得是故意的比較有可能。

這時，野野垣身上飄散的氣味，讓榎本忍不住皺了皺眉。

這是？威士忌……原來這人外表看來是個狠角色，骨子裡竟然是個無法自制的酒鬼？若真如此，突然出現脫軌行為的風險就愈大了。

「其實硬要銀行開保管箱也不是不行吧？只要說明狀況……」

聽到榎本的建議，坂口惡狠狠地說：「就是不想解釋這麼多，才會叫你來啦！」

「這種時局，我們不希望特別引起警方的注意。」美沙子也壓低了嗓音說。

「話是這麼說，但要是裡面有人因為急病昏倒的話……」

榎本講到一半，就覺得氣氛變得緊張，趕緊打住。

要把這些鎖一道道撬開，不知道得花上幾個小時。沒辦法了，只好從剛才鑽到一半放棄的洞下手，再次挑戰。

雖然毀了一只鑽頭，不過花了將近二十分鐘總算鑽開一個洞。把轉動旋鈕的工具插進孔中，還是沒辦法依照一般狀況轉動旋鈕，因為旋鈕外還有一層塑膠保護套。

榎本將工具抽出來，換上有「旋鈕魔術師」之稱的友人送給他的特殊工具——「會愛中指」（註2）。用前端的鋸齒先破壞掉塑膠材質的保護套，最後終於成功轉動旋鈕。

結果花了一個半小時，總算將六道鎖全數打開，但這樣的神速已經堪稱奇蹟。

好不容易打開門後（貼了厚鐵板的大門重得要命，令人佩服鉸鏈居然能耐得住），又有東西擋住了。原來門內還上了安全門扣。

「啊……還開不了啊？」

美沙子嘆了口氣。

「這個就簡單了，幾乎不用花時間。」

榎本使用專用的工具輕鬆解開門扣。除了他之外，在場所有人都慌張想進入屋內。

「那麼，我先告辭了。」

榎本留在原地，行了一禮。此刻不要求付款或許是大賠本，但別繼續攪和下去比較保險。

才這麼心想，就被美沙子拉住了手臂。

「榎本先生也一起進來吧。」

「不了。我的工作已經告一段落。」

「我爸常說，你是個值得信賴的人。我猜，說不定待會需要外人作證。」

美沙子眼神真摯，提出令人傷腦筋的要求。

「大小姐，請等一下。讓外人進到辦公室不太妥當吧。」

野野垣露出一臉難色。沒錯！繼續說吧！榎本在心中鼓勵他。

「我也這麼認為。難得今天我覺得野野垣說的對。」

坂口也持相同意見。哎呀呀，榎本心想，看來坂口跟野野垣平常感情不怎麼好。此外，坂口直稱野野垣的名字，表示兩人地位相當，或是坂口稍微高一點。

「開鎖的，你回去吧。今天的事別跟任何人講哦。」

坂口再次囑咐。榎本回了一句「我知道。」收攤啦，收攤！

「不，我要榎本先生也在場，當個見證。」

美沙子堅決的口吻，粉碎了榎本的希望。

「來，進來吧。」

在美沙子強硬的拉扯下，榎本走進了幫派辦公室。

還沒看清四周，鼻子先察覺到異狀。這是煙硝味。不會是在室內放煙火吧。

註2：見作者前作《上鎖的房間》中同名短篇。

真不想看。

已經猜到會看到什麼景象。實在不願意當什麼鬼證人。

實際上，正如榎本預料中最糟糕的狀況。

最裡頭的房間裡，一名男子坐在椅子上氣絕身亡。整個人癱靠在椅背上，張大的嘴朝向天花板。房間裡飄散著玄關傳來的淡淡硝煙。男子的手無力下垂，前方地板掉落一把槍。

似乎男子對著自己的嘴開槍，以致後腦開了個大洞，血液和腦漿都飛濺到後方的牆壁上。

「這傢伙自殺啦。」

野野垣低喃的語氣非常平靜，跟說今天天氣真好差不多。

「跟二當家的狀況一樣。大概想追隨他去吧。」

「三夫他……怎麼會……」

美沙子大受打擊，臉色變得蒼白。

「我才不信。不對，不可能。三夫絕不會這麼做，一定是有人殺了他！」

「大小姐。我們的辦公室不同於一般住家大樓，連窗戶都裝了鐵窗，等於是百分之百的密室。不可能有人潛進來殺了三夫呀。」野野垣解釋。

一聽到「密室」二字，榎本偷偷嘆了口氣。為什麼老是被這種事情纏上身呢？跟這些人說快點報警，大概也是對牛彈琴吧。

「不過，三夫為什麼會自殺呢？」

美沙子似乎仍然無法接受。

「三夫很崇拜二當家呀。二當家自殺時，他人也在辦公室裡，大概覺得自己該為這件事負責吧。我猜大概一時情緒上來，控制不了。」

野野垣若無其事地說明。

光是房裡有一具屍體就非同小可，話題還變得愈來愈詭異。榎本實在不願意涉入更深，但同時他也察覺到屍體和屋內狀況不太對勁。

「這是什麼東西啊？」

榎本從地上撿起邊長幾公分的小紙片。

「……看起來好像是黑色瓦楞紙，剪得很碎。」

「有火藥的氣味耶。」犬山拿起紙片嗅了嗅。

野野垣皺起眉頭緊盯著，似乎有點緊張，避開視線。

「那是什麼？」美沙子問。

「不曉得。不過，要說自殺的話，有些地方不太對勁。」

榎本指著三夫的嘴。嘴唇和門牙都不見了。

「一般自殺時，為了確保能成功，會把槍口含在嘴裡，但從遺體狀況看來，開槍時槍口和嘴巴似乎有一段距離。」

「這麼說來，果然是有其他人開槍嘍？」

「什麼？你是警察嗎？不過是個開鎖的，少在那邊胡說八道！」

野野垣語氣中帶著不悅，想嚇阻榎本。

「門上的鎖，只要有備份鑰匙就能上鎖。不過，榎本先生，剛才你很輕鬆就解開的安全門扣，那個能從門外鎖上嗎？」

「安全門扣、防盜門鏈這一類，只能暫時阻擋入侵而已，只要知道方法，從門外開關都很容易。其實有時還未必需要我剛才用的特殊工具。」

「你這傢伙，難道想說是我下的手嗎？」

野野垣把無法對美沙子出的這口怨氣，全往榎本身上發。

「……總之，先看看監視攝影機拍下的影像吧。」

在這些看起來就很兇狠的大男人之中，發號施令控制場面的是美沙子。

所有人一起看過監視攝影機拍下的畫面後，一臉嚴肅的坂口點了點頭。

「光就影片看來，野野垣走出辦公室時，照理說三夫還活著。野野垣沒碰過大門，所以上鎖的只可能是三夫自己。從這之後到野野垣他們折回來之前，攝影機什麼也沒拍到……大小姐，我看那小子果然是自殺沒錯。」

「那還用說。難道你還真的懷疑我嗎？」

野野垣惡狠狠瞪了坂口一眼。

「要是真是他殺，除了你還有誰。」

坂口若無其事回瞪了野野垣。

「我知道了。沒想到三夫做了這麼令人難過的事……榎本先生，拜託你千萬別跟別人提起這件事。」美沙子說。

坂口從蛇皮皮夾裡掏出十幾張萬圓鈔票，正要塞過來。

「請等一下！現在就下結論說是自殺，是不是太早呢？」

榎本當然知道直接收下錢之後離開最保險，但他就是無法坐視不理。

「開什麼玩笑啊！你這傢伙別在這裡繼續搗亂！」

野野垣出聲威嚇，美沙子卻加以制止。

「榎本先生，你這麼說，有什麼根據嗎？」

「妳不覺得最奇怪的就是時間點嗎？為什麼要挑一個人留守的時候尋死呢？」

「因為只有一個人的時候才能掏出手槍吧。」

野野垣不屑地回答。

「就算是這樣，他也應該知道從屋內上了門鎖自殺，會給弟兄們添麻煩吧？」

「哎唷，三夫半顆腦袋都被酒精腐蝕掉啦。那個笨蛋才不會管自己掛掉之後的事呢！」

野野垣露出輕蔑的笑。這下子讓氣氛變得有點僵。

「這話講得太過份了吧！」美沙子面帶慍色。

「酒精？意思是三夫先生曾有酒癮嗎？」

榎本問了之後，美沙子回答他。

「是的。所以有時候他的記性不是很好，聽不懂太複雜的指示。不過，三夫絕對不會給其他人添麻煩。」

「原來如此。他後來還繼續喝酒嗎？」

「沒有。三夫雖然嗜酒如命，但自從幫主跟他談過之後，他馬上戒酒了。幫主說，他再這樣喝下去，等於像是自己勒住自己的脖子——就跟慢性自殺沒兩樣。」坂口補充。

喝酒就像慢性自殺……經常聽到有人這樣形容，但榎本此刻恍然大悟。

散落四處的片段，在一瞬間似乎全拼湊起來了。

「這樣啊。看來我已經了解大致的手法，這起命案不是自殺，百分之百是一起謀殺案。」

「真的嗎？」美沙子高喊。

「究竟是怎麼回事？」

美沙子瞄了野野垣一眼。

「在我說明之前，還有幾點想請教。二當家死亡時的狀況，跟三夫先生很類似嗎？」

「是的。岡崎哥是在上個月舉槍自殺。跟三夫就坐在同一張椅子上。」

美沙子低下頭。似乎是段悲傷的回憶。

「當時也是在口中開槍嗎？」

「不是，是在額頭。」

「這也不太尋常。因為要是射擊角度不對，子彈可能會打到頭蓋骨又彈開，照理說，槍口抵住太陽穴會比額頭來得自然。確定他是自殺嗎？」

「錯不了。他的手上還殘留煙硝味。」犬山說道。看來上一次也沒報警，就在幫內自行處理掉了。

「剛才野野垣先生說，當時三夫先生也在辦公室裡？」

「第一個發現的就是三夫。那天三夫一個人留守，岡崎哥突然跑來，就窩進自己辦公室裡。三夫在沙發上打瞌睡時，聽到槍聲嚇醒，連忙跑到岡崎哥的辦公室，發現他已經死了……這難道是……」

美沙子宛如黑曜石的雙眼，突然閃過雌豹般的兇猛精光。

「他們倆是被同樣手法殺害的嗎？」

「不，我猜不是。只是從看起來像自殺這個同樣的想法，我推測很可能兇手是同一個人。」

榎本鼓起勇氣回答。面對這些人，話一旦說出口，要是弄錯可不是開玩笑的。既然幫主塗師武春不在現場，萬一出事也沒人保得了自己。

「三夫先生當時迷迷糊糊的，恐怕是被兇手下了什麼藥，兇手也可能在這段時間潛入。如果是幫裡的人，就算接近岡崎先生他也不會起疑，然後兇手趁岡崎先生坐著時，突然拿起槍來抵住他的額頭。」

「不過，二當家手上的確殘留煙硝味呀。就算讓警方來檢查，也會檢測出火藥殘留反應。三夫說只聽到一聲槍響，後來的確也只找到一發子彈，兇手應該沒辦法搞小動作，讓二當家握著手槍再開一槍。」犬山提出反駁。

「會不會岡崎先生在第一時間就反抓住手槍呢？如果在那一瞬間開槍，手上也會沾到火藥。」

在場一群黑道人士啞口無言。或許這想法太過簡單而成了盲點。

「可是三夫一聽到槍聲就衝進房間了吧？」

「接下來呢？」

「應該是衝出來到隔壁打電話。」

「然後呢？」

「好像跑出去在大樓裡走來走去，因為他說不敢一個人待在辦公室。」

「那時已經有這台監視攝影機了嗎？」

理論上這是黑道事務所的必備品。

「有。不過沒有拍到當時的狀況。」坂口低喃。

「為什麼？」

「因為儲存的硬碟已經滿了，而且循環錄影的功能不知道為什麼被關掉。」

坂口瞪著野野垣說。

「真不該把這差事交代三夫的。」

野野垣癟著嘴裝傻。

「原來如此。這麼說來，兇手只要先在屋裡找個地方——比方辦公桌後面之類躲起來，等到三夫先生離開之後再偷偷溜走。」

榎本窺探著野野垣的表情。只見他默不作聲，目光如同冰刀一般銳利。

「如果真有人殺了岡崎哥，我絕對饒不了兇手。不過，這跟三夫的死又有什麼關係呢？」

「這是我個人的推測，三夫先生可能在岡崎先生的命案現場看到了什麼對兇手不利的證據，所以才遭到殺害。兇手的目的就是為了封口。」

「你這個開鎖的，有意思。我欣賞你。」

野野垣露出不懷好意的笑容。

「不過，你把話講得這麼滿，不能就這麼算了。聽起來你根本是指著我說是兇手吧。」

野野垣走到榎本身邊，目光犀利瞪著他。

「有本事你就證明呀。說得通就算你贏。只不過，要是提不出證據，你知道後果吧？管你是幫主的朋友還是何方神聖，總之你當面給我難堪，依照道上的規矩，不是你死就是我亡。」

「……那好吧。我就證明給你看。」

榎本做好心理準備。但他心想，今天真不是好日子，為什麼一毛錢也沒賺到還搞得連命都快不保呢？坦白說，真想大哭。

3

「首先，這間辦公室可說是少見的百分之百密室。這一點確實如同野野垣先生剛才所說。」

聽了事情發生始末後，榎本指著窗戶。

「鐵窗的材質看起來是強度很高的不鏽鋼材質，而且這個粗細應該是訂做的，跟一般家用的便宜貨不同，要闖入或是逃脫都沒辦法。陽台這一側更是森嚴，比金龜子大的生物都鑽不進那層鐵絲網吧。所以，兇手只能從玄關大門進出，沒有其他方法。」

「可是監視攝影機沒有拍到任何人呀。除了野野垣之外。」

坂口皺起眉頭，露出宛如鍾馗般的表情低喃。

「是的。因此，兇手只可能是野野垣先生。」

「哎呀呀，你這開鎖的終於說出來啦！說我是兇手。這句話一出口可是不能反悔的唷。」

野野垣笑道。在場卻沒其他人笑得出來。

「不過，這不可能吧？因為野野垣走出玄關之後，只有三夫才能上鎖對吧？」

坂口叉著粗壯的雙臂。

「等等！監視攝影機上沒拍到三夫吧？難道當時三夫已經遭到毒手了？」

美沙子一臉認真問道。這副表情令榎本忍不住想到純子。

「不是。上鎖的應該是三夫先生，沒有錯。野野垣先生沒辦法從門外上鎖，他沒有鑰匙，監視攝影機的影像也證明他根本連門都沒碰到。」

「這麼說來……是怎麼回事？果然還是自殺嗎？」

美沙子一臉狐疑。

「野野垣先生，我想請教一件事。」

榎本轉向一旁默不作聲的高大黑道大哥問道。

「你是不是一走到玄關就打了通電話？」

野野垣沒回答。

「打電話？怎麼回事？」

反倒是美沙子問道。

「仔細觀察監視攝影機拍到的畫面，會發現野野垣先生的身影消失在畫面前的那一刻，好像把手伸進外套內側口袋。」

所有人的目光都集中到野野垣身上。

「……我是打了通電話，那又怎樣？嗯？」

「這通電話是打給誰？」

「我打給誰關你屁事！」

野野垣壓低了聲音就像野獸。

「野野垣，快回答。」

在美沙子的催促下，野野垣仍不吭聲。

「只要查一下通話紀錄馬上就能知道。」

榎本窮追猛打。

「哼。你要怎麼查我的手機通話紀錄？」

野野垣咧著嘴露出奸笑。

「要查的不是你的手機，而是辦公室裡的室內電話通話紀錄。你的手機號碼想必也登錄在辦公室的室內電話裡吧。」

現場除了榎本和野野垣，其他人似乎都一頭霧水，不明究理。

「什麼啊？野野垣一走到玄關上立刻打電話回辦公室？為什麼要這麼做？」

「等等！我想起來以前在電視劇裡看過！你這傢伙，是不是打電話命令三夫，要他自殺？」

「坂口大哥啊，我從以前就在想，你是白痴嗎？」

野野垣癟著嘴，語帶挑釁。

「的確啦，三夫對我說的話總是照單全收。不過，天底下有那種接到電話要他去死他就去死的笨蛋嗎？」

「一定是催眠術！」

坂口一臉正經回答。

「三夫被催眠了，然後接了電話聽到潛意識下的關鍵字觸發，就自殺了。」

看這人的外表還真想不到，他搞不好是個推理劇劇迷呢。

「我要是會這麼有趣的玩意兒，早就先打給你啦。」

野野垣雙手一攤，明顯對坂口的說法感到可笑。

「……的確，用催眠術讓三夫先生自殺，這說法有點勉強。」

榎本做了結論。

「聽說催眠術不能讓一個人做出平常不會做的事情。如果是這樣，就不可能讓人自殺。」

「野野垣，你還沒回答剛才的問題。你打電話給三夫到底說了什麼？」

美沙子再度發問。野野垣一副心不甘情不願的樣子。

「我只是提醒他，別再打瞌睡，好好留守而已呀。」

「這種小事為什麼要特地打電話，離開辦公室之前交代不就好了嗎？」

「就是走出去之後才想起來忘了叮嚀他嘛。」

看來這個人不只個性兇惡，還很愛狡辯。

「開鎖的，這事情是你開的頭。如果不是催眠術的話，野野垣到底在電話裡講了什麼？」

坂口大概知道跟野野垣怎麼說也是徒勞，乾脆直接問榎本。

「這個嘛，實際狀況我不清楚，不過大概就跟野野垣先生說的那樣吧。」

「什麼？」這個答案似乎出乎坂口意料之外，他忍不住驚呼。

「搞什麼啊？為什麼講那些話會讓三夫送命？」

「並不是那通電話害死三夫先生，其實目的反倒是不讓他死。因為野野垣先生要先下到一樓，在聽到槍聲時必須有人證明他不在案發現場。」

在場頓時一陣靜默。

「也就是說，說什麼都無所謂？重點只是要用這通電話綁住三夫，讓他不能做其他事情？」

美沙子慢慢道來，似乎一邊在腦中整理思緒。

「就是這樣。」

「原來是這樣。到這裡我懂。既然這樣，之後為什麼三夫會自殺呢？」

坂口也一手撐著臉，像是不停動著腦袋。

「我猜兇手動了手腳。」

榎本偷偷瞄了野野垣一眼。對方明顯感受到威脅，整個人僵住。

「如果三夫先生的死因正如我的推測，那麼兇手應該留下了明確的證據。」

「證據？是什麼？」

美沙子皺眉問道。

「就是手槍。」

「手槍？槍不就留在案發現場嗎？」

「正確來說應該是玩具槍。兇手說什麼都得處理掉這項證據。」

榎本要所有人出去，到走廊上。他邊走邊觀察一排大門。

「兇手離開辦公室，來到走廊上，搭電梯到一樓。電梯裡跟辦公室門口一樣，都裝有監視攝影機，到了一樓則有犬山先生。也就是說，如果要藏匿證據，一定就在辦公室到電梯之間，也就是這條走廊上的某個地方。」

榎本在走廊上慢慢邊走邊說明。

「這間大樓的住戶，白天幾乎都不在。但是再怎麼說也不能用有住戶的房子，這麼說來，能用的就只剩這間了。」

榎本指著一間沒掛門牌的房子。

「電錶看起來沒在動，貴幫的人應該都知道這是間空屋吧？」

「沒錯，這間已經空著很久了。」坂口答道。

「那就打開門看看裡頭吧。」

榎本突然覺得有個冰冷的物體抵住後頸。

「好啦。我可沒空繼續聽你廢話下去，就在這裡送你回老家。」

「野野垣，把槍收起來。」美沙子冷靜說道。

「不！難道還要繼續聽這外人胡說八道嗎？這可是關係到我的顏面。就算是大小姐命令，也恕我難遵從。」

「喂！住手！」

坂口好像也舉起槍對著野野垣。這些人難道都槍不離身的嗎？榎本感到錯愕。有沒搞錯呀？

萬一遇到臨檢不就當場被逮個正著？

「哼。你還沒扣下扳機我就先斃了開鎖的。」

「是嗎？隨便你呀。」

坂口冷冷回應。拜託饒了我吧！榎本在心中哀嚎。

就在這再巧妙不過的一刻，傳來電梯上樓的聲響。

「你們幾個在走廊上吵什麼？有什麼毛病啊？」

聽到這個喉中卡著痰的蒼老嗓音，榎本瞬間放下心中的大石頭。

「幫主！」

「您不是住院了嗎？」

旁邊幾名幫眾紛紛發出驚呼。

「你們這群傢伙，個個都是蠢蛋，教我怎麼安心住院治療啊……榎本老弟，辛苦你啦。」

「還好。倒是請您處理一下眼前的狀況。」

「喂！你們兩個！都把傢伙收起來！」

在幫主塗師武春的一聲令下，坂口立刻將槍口朝下。

「野野垣，你也一樣。」

野野垣猶豫了一會兒，最後還是心不甘情不願放下槍。

「不該讓幫主您看到這副醜態的，對不起。都怪這個開鎖的胡說八道，還誣賴我殺了三夫。」

野野垣面對幫主就換上了阿諛諂媚的語氣。

榎本這時腦袋總算能思考。塗師幫主因為罹患癌症第三期的關係，臉色蒼白，但背脊仍直挺挺，左右兩側則有身強體壯的保鏢保護著他。看到他們都把手插進西裝內側口袋裡，這幾個人也都帶了武器吧。現在警方針對幫派份子的取締和警戒愈來愈嚴格，這些人究竟在想什麼呀？

「榎本老弟，是怎麼回事啊？」

塗師幫主一問，美沙子在一旁低聲說明原委。

「……那個，你說兇手把證據藏在這間屋子裡，到底是什麼呢？」

「現在就來看看。」

榎本站在空屋門前，打算撬開鎖。這裡跟幫會辦公室不同，用的是很普通的鎖心，平常榎本幾秒鐘就能輕鬆解決，但先前才被槍指著，情緒還沒平復下來，雙手仍然抖個不停，好幾次工具差點脫手落下。

「我有件事想請教犬山先生。」

榎本發問，同時想多爭取點時間。

「你要照實回答。」塗師幫主下令。犬山低下頭表示遵從。

「今天為什麼會找你來這裡？」

「我是要來幫野野垣大哥開車的。」

「你經常幫他開車嗎？」

「不是……很少。大哥平常都自己開車。」

野野垣乾咳了兩聲，似乎示意犬山別亂講話。

「因此，在聽到槍聲時，你剛好就成了證人。你看到野野垣先生時，有發現什麼不對勁的地方嗎？」

「不對勁……沒特別注意到耶。」

「犬山先生好像嗅覺很靈敏，剛才你就發現了紙片上沾到的煙硝味。」

榎本從工作褲的口袋裡掏出剛才撿了起來的黑色小紙片。

「那個到底是什麼呀？」

「野野垣先生身上有什麼味道嗎？」

野野垣緊瞪著犬山。

「啊，你這麼一說……」

犬山好像恍然大悟。

「有什麼味道嗎？」

美沙子皺起眉頭。

「我剛也在一打開門時，覺得有股氣味。好像是酒味……我猜是威士忌之類的酒。」

聽榎本一說，犬山立刻用力點著頭。

「沒錯。而且還是單一純麥威士忌。特色是低調的木桶香氣中帶著洋梨一類的果香。」

「我還以為野野垣先生有酒癮，從大白天就喝起酒，但好像不是這麼回事……啊，打開了。」

榎本打開空屋的門，門上內側有個信箱。他想都不想就要伸手進信箱拿東西，但隨即停下動作。萬一拿出裡頭物體的瞬間遭到保鏢誤會，可是會有被當場擊斃的危險。

「大小姐，不好意思，可以請妳把信箱裡的東西拿出來嗎？」

美沙子把手伸進信箱裡，拿出一把黑色自動手槍，當場愣住。

「欸，太危險啦。快把那玩意兒給坂口。」

塗師幫主緊張說道，榎本卻對他說。

「不要緊。那應該只是把水槍。」

「水槍？少瞧不起我，這明明是一把克拉克17……保證假不了。」

美沙子忿忿答道。

「是啦，也難怪妳會這麼想，這應該是用真槍改造的水槍吧。請看看槍口。」

美沙子聽了之後轉過槍口看看，驚訝得目瞪口呆。

「真的耶。槍口……」

槍口幾乎完全被塞住，只留下一個像是用細針刺穿的小洞。

「請試試看開一槍。」

美沙子將原先對準榎本的槍口舉到正上方，開了一槍。沒想到只噴出幾滴液體，聞起來是威士忌的氣味。

「是格蘭菲迪12年！」犬山說。

「這把水槍拿起來的手感跟真正的手槍應該一模一樣。反過來說，如果拿張戳了小孔的黑色紙片把真正的手槍槍口貼起來，看起來就跟這把水槍一樣，無法辨識。」

「你到底要說什麼啊？我完全聽不懂。」

塗師幫主一臉困惑。

「大家有沒有試過在水槍裡裝酒，直接開槍噴進嘴裡呢？」

美沙子露出恍然大悟的表情。

「該不會……三夫就是這樣被騙的？」

「是的。兇手在這把水槍裡裝了高價威士忌，在辦公室裡表演過好幾次直接把酒發射進嘴裡。因為要讓三夫先生了解跟真槍一模一樣的重量跟手感，這把水槍應該也讓他拿過幾次。對嗜酒的三夫先生來說，很難抵擋這股氣味吧。然後兇手故意讓三夫先生看到把水槍放進沒有上鎖的抽屜裡，隨即外出。三夫先生雖然戒酒，但實在敵不了這般誘惑。我猜想，當他和野野垣先生通完電話，再也顧不了這麼多就從抽屜裡拿出水槍，朝自己嘴裡發射。」

榎本看著野野垣。

「不過，抽屜裡放的並不是水槍。兇手只是裝作把水槍放進抽屜，其實卻帶走了。抽屜裡放的是真槍，因為用一張刺了小洞的紙片遮住槍口，三夫先生就相信是水槍，不疑有他。他舉起槍朝著自己的嘴巴扣下扳機，安全裝置自動解除，射出子彈，三夫先生就這樣一命嗚呼。因為開槍時槍口和嘴有一段距離，不僅遮住槍口的小紙片，就連他的嘴唇跟門牙也震飛了。」

「夠啦。」

塗師幫主哀傷地低喃，直瞪著野野垣。

「搞什麼，用這種偷偷摸摸的手段？真正的兄弟不會幹這種事，邪門歪道！」

「這麼說來，不只三夫，連岡崎哥也是你下的手？」

美沙子惡狠狠盯著野野垣，雙眼快冒出火。

「等一下！這是個圈套呀！這小子想陷害我！根本沒證據說是我幹的呀。」

野野垣臉色變得慘白。

「我聽夠了你的廢話連篇。道上兄弟沒在講什麼證據啦！」

坂口說完就把槍口對準野野垣。犬山和另外兩名保鏢也各自舉槍，指著野野垣。

「不好意思，我的工作告一段落，先告辭了。」

榎本說完立刻飛也似地離開現場。雖然有幫眾擋住他的去路，但塗師幫主點點頭，示意小弟們讓榎本離開。

雖然沒拿到工資，但當下可顧不了這麼多。榎本在搭乘電梯時一直用食指塞住兩側耳朵。

等他鑽進自己的吉普車，發動引擎時，終於聽到大樓高樓層傳來幾聲「砰！砰！」的聲響。

這棟大樓裡的住戶想必聽力都很差。

榎本也決定不去理會。一定是有人在放鞭炮吧。

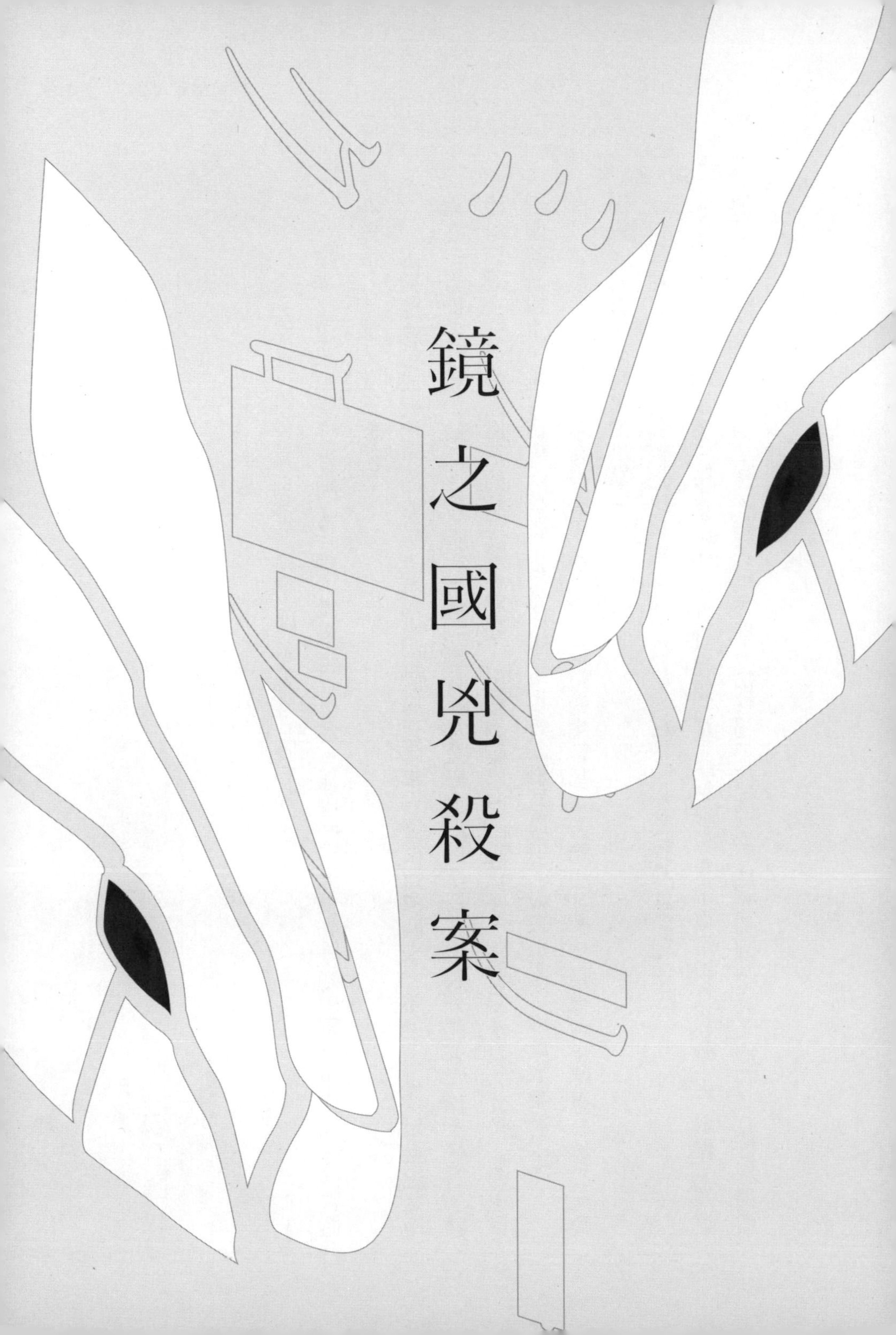

鏡之國兇殺案

1

打開G-SHOCK的背光，液晶螢幕上顯示凌晨0時23分。

榎本徑確認周圍沒有動靜之後，慢慢走近草叢。他收回白天預先藏好的軍綠色背包，跨過雕花鐵欄杆，潛入美術館館區。

跟獨棟住宅或大樓不同的是，這類大型設施通常都有警衛這道關卡。不過，這棟新世紀美術館在這方面的戒備很缺乏。像是能偵測到欄杆搖晃及壓力的感應器，因為外露的管線不好看，就沒有裝設。紅外線感應器的話外觀不明顯，但整個館區凹凸起伏多，需要很多台。此外，館區四周圍繞著樹木，光有個風吹草動，樹枝搖晃下也會誤觸感應器，最後似乎也因此放棄裝設。

當然，還是架設了幾台監視攝影機，但超過半數都是裝飾用，要找到幾台正牌攝影機的死角潛入，對榎本來說易如反掌。

話說回來，這棟美術館建築物本身的構造，還是沒那麼容易就能闖進去。

正面玄關大門乍看之下是木門，其實裡頭夾了厚鋼板，要用電鑽鑽孔想必十分困難。門鎖則是非接觸式的ＩＣ鎖，幾乎無法用其他方法撬開，何況還有感光偵測及真正的ＣＣＤ攝影機監看。

剩下的出入口就只有窗戶了，但使用的是與家用大不相同的防盜用加厚玻璃窗，會偵測出不尋常的震動，因此也無法由此下手。

但看似難以進攻，有如要塞的美術館，其實只要找到弱點突破，仍然有可能潛入。

榎本換上自由攀岩專用的運動鞋，手指頭撒上粉筆灰，挑了一個從馬路上不容易被發現的位置，爬上美術館的外牆。

其實只要有一根集雨水的排水管，榎本就有自信能夠迅速攀爬，絕不輸給採椰子的猴兒。但這棟由知名建築師設計的建築物，當然不會有這麼煞風景的設施外露。話說回來，設計感優於實用性的建築物，也必然有其他的弱點。

以這棟建築來說，就是外牆。使用鐵平石亂層堆砌出的牆面，充滿時尚感，卻到處給了手腳支撐、施力的空間。榎本背著背包，迅速往上爬，不一會兒已站在屋頂上。

屋頂上鋪的不是瓦片，也不是石棉瓦，而是用削成薄片的天然石鋪成的石板屋頂。榎本小心翼翼走在上面，深怕踩破。只要弄破一片，幾乎不可能在保持其他瓦片完整下更換，弄不好的話整個屋頂都要重做。平常他是不在乎的，唯有這次必須有所顧忌。

目標是採光用的天窗。直徑1．5公尺、PC樹脂材質的圓頂，在混凝土框架上用了數不清的金屬釘固定。要一顆顆破壞的話，會搞到天亮吧。

榎本從背包裡拿出一只大瓶子。打開瓶蓋，換上注入用的瓶嘴，對著金屬釘滴上透明液體。一輪之後，回頭從第一顆釘子再全部滴一次。

透明液體其實就是有機溶劑四氯乙烯，面對強韌的ＰＣ樹脂也能在短時間腐蝕。只是這種溶劑揮發的氣體類似氯仿，有麻醉作用，要是一不小心吸入，說不定自己就失了神從屋頂上摔下來。因此榎本盡可能轉過臉，留意不要深吸氣。

四氯乙烯藉由毛細管作用停留在金屬釘頭和ＰＣ樹脂板之間，慢慢腐蝕。滴完幾輪之後，有機溶劑腐蝕出的小洞變得愈來愈深。

幾分鐘之後，金屬釘周圍的ＰＣ樹脂已完全溶解，變得鬆動。榎本拿起螺絲起子朝金屬釘周圍撬了幾下，輕輕取下圓頂罩放在屋頂上。

接著他拿起從背包裡掏出的面具戴上，在天窗框架上繞幾圈繩子，打個稱人結，抓著繩子慢慢垂降到美術館裡。建築物雖然是兩層樓，但挑高的一樓比較高的關係，算算大概是一般四層樓的高度。

榎本輕輕走在鋪了地毯的走廊上。牆上掛著好幾幅畫，壁間幾件在聚光燈照射下的藝術品、工藝品，看來價值不斐，但榎本連正眼也沒瞧一眼。

倒是他注意到天花板附近鏡頭正對著他的監視攝影機。由於機體外殼是真貨，要不是事先知道只有空殼，也不敢這麼肆無忌憚吧。

館長辦公室就位於走廊盡頭。

榎本輕輕推開厚重的桃花心木門。

天花板的間接照明關了，只有大辦公桌上的那盞綠色桌燈亮著。

有股不祥的預感，但榎本還是輕輕踩在長毛地毯上走近辦公桌。

預感立刻化為現實。

就在寬度超過兩公尺的辦公桌後方和皮椅之間，一名男性倒在地下。

館長……

榎本蹲在男子身邊，伸手輕觸對方的頸部，果然已經沒有脈搏。頭頂看來有傷，鮮血染上白髮。

一只高約六十公分的青銅像掉落在館長身旁。即使是桌燈的微弱燈光，也看得出銅像上沾了血。推測館長頭部就是受到銅像重擊。

當然，榎本可沒笨到徒手去摸這麼明顯的兇器。

有人陷害我……榎本相信錯不了。

但，究竟是誰呢？

說起來最有動機的人，已經倒地成了他面前的屍體。

榎本站起身，環顧房間四周之後，迅速準備撤退。

光是在走廊上都比先前來時緊張好幾倍。萬一真是從一開始就是圈套，說不定監視攝影機全都是真的。還好當初為了保險起見戴上面具。

榎本豎起耳朵，聽到樓下隱約傳來交談的聲音。想必是眾人為了三天後的特展，持續進行準備工作。

整棟美術館此刻就像是個密室。榎本腦中突然閃過這個念頭。館長的身體還是暖的，血跡也並未完全變乾，表示他遇害還不到一個小時。

榎本稍早在潛入美術館之前待在車上等候將近兩小時，一直監視著大門入口，沒看到任何人進出。

也就是說，兇手很可能還在館內。

現在馬上報警的話，或許能在寶貴證據流失之前逮住兇手。話說回來，此刻還是先溜為上，要是自己在這種狀況下被抓到，保證會被當成嫌犯。

他使盡全力迅速攀繩，扶著天窗框架站上屋頂。卻聽到腳下一片石片碎裂的聲響。

榎本皺了皺眉頭。糗了。平常的他絕對不會出這種錯。看來他慌張的程度遠超乎自己的想像。為了不要出現連鎖反應，接下來要加倍小心。

不過，相信就算必須稍微追加屋頂翻修的預算，事到如今客戶也不在乎了。

如果對方還能說話，一定會告訴榎本：「別管什麼屋頂，更重要的是找出到底誰殺了我！」

青砥純子，從來不相信第六感。

當然，身為刑事律師，很多時候都深刻體會到直覺的重要性。好比委託人是無辜或有罪，遇到不容易判斷的狀況下，有時候的確不是講道理，而是靠直覺來找出答案。然而，什麼是直覺？不就是從人腦無法處理的龐大資訊——不僅視覺，還有從聽覺或嗅覺等管道獲得——之中，藉由潛意識察覺出的某種模式嗎？純子自己這樣解釋。

只不過，在不經意看到新聞報導時，一時之間雖沒領悟到，下意識已經判讀出了異狀，並響起警報。

這天上午，純子和兩名委託人開完會，整理一下之前累積的書面作業。接著她到附近的拉麵店，吃頓稍晚的午餐。其實很想多點一盤煎餃，還想在叉燒麵裡多加幾匙蒜泥，但身為隨時得跟人碰面、開會的律師，還是只能忍住。

等候叉燒麵的時候，她不經意瞄了一下電視，正好報導一則兇殺案的新聞。

報導中提到，昨天深夜一點左右，新世紀美術館的館長平松啟治，被發現陳屍在二樓的館長室裡。頭頂有像是被鈍器重擊的傷口，身邊則有一尊名家青銅像的仿作。研判死因是重擊導致的腦挫傷，死亡時間大概已過一小時。

美術館晚間所有出入口都會上鎖，加上監視攝影機從傍晚之後就沒拍到有人進出。一樓的展示間裡雖然有工作人員加班，準備三天後的特展，但當時沒有人聽到可疑的聲響。

不過，美術館屋頂上的天窗卻破了。因此，警方目前正朝藝術品竊賊臨時起意行兇的方向展開搜索。

叉燒麵上桌。純子吃著稍硬的麵條，陷入沉思。

感覺哪裡怪怪的。

新世紀美術館是專門收藏現代藝術品的私立美術館。很久之前，純子曾經拿了女性朋友送的招待券，去那裡看了「進入青銅的宇宙」特展。那次展出有好多看似幾噸重的巨大作品，其中最大的青綠色抹香鯨骨架標本還沒辦法放在室內展示，而移到戶外的草坪上。純子心想，現代藝術品應該不像是藝術品竊賊會相中的目標吧。何況如果從天窗潛入的話，照理說也打算從天窗逃脫，表示目標是能逃走時能隨身攜帶的大小和重量嘍？會有值得冒這麼大風險的高價作品嗎？

再說，藝術品一般應該是放在展示間或倉庫，兇手為什麼要到館長室呢？從被害人的角度來看，一旦發現有外人入侵，應該也會立刻通報才對。

不對，不只這樣。

從剛才就有股莫名的心神不寧。

唉，算啦。在這裡想破頭又怎麼樣呢。純子把湯一口氣喝光。她心想，光看報導的內容根本無法釐清真相，而且這個案子也不可能跟自己扯上關係。

純子回到Rescue法律事務所時，有位意想不到的訪客等著她。

「青砥律師，好久不見。」

從椅子上起身打招呼的高大男子，純子得抬起頭才能正視他。

「鴻野先生……有什麼事嗎？」

純子忍不住皺眉。鴻野光男警部補，是警視廳搜查一課的資深警官，據說他還是兇殺案破案紀錄的保持人。過去純子曾因為密室兇殺案跟他碰過兩、三次面，但對此人完全沒有任何好印象。固執、蠻橫、百分之百的惡霸長相，腰腹上有一大圈肥油，外加嚴重的口臭。

沒想到鴻野警部補突然皺起鼻頭。

「妳中午吃了拉麵嗎？全身大蒜味耶！我建議妳會客之前最好先漱個口唷。」

糗了！純子忍不住遮住嘴。即使自己沒追加，那間店的拉麵湯頭原本就加了大量蒜頭下去熬呀！

覺得自己被擺了一道。被別人聞到自己吃的食物氣味已經很丟臉覺得不是滋味了，偏偏還被這個明明口臭比誰都嚴重的臭禿鸛鴻抓個正著。

「呃……到底有什麼事啊？」

純子開門見山問道。希望速戰速決。

「我只是想到，妳會不會知道榎本在哪裡？」

「榎本先生？他沒在店裡嗎？」

榎本檯面上的工作是新宿一間「F&F保全商店」的負責人。

「商店臨時公休，而且他的手機好像也關機了。」

鴻野警部補眼神犀利，直盯著純子。

「既然這樣，我也聯絡不上他吧。」

純子請鴻野警部補稍坐，自己也隨即坐了下來。

「你找榎本先生有什麼急事嗎？」

鴻野警部補露出非常為難的表情。

「請妳先看看這個吧。」

他從信封裡拿出照片，扔在桌子上。到了這個地步，對這個人的態度動氣也沒用。純子拿起照片，看來是將監視攝影機拍到的畫面列印出來。

「妳覺得這個人看起來像誰？」

畫面中一名戴著V怪客面具，身穿黑色夾克的男子，走在寬敞的走廊上。

光看一眼，純子就大感震撼。錯不了！

「這……這是什麼？」

平常鴻野警部補只會問人家問題，自己卻完全不提供任何資訊。但今天不太一樣。

「妳看新聞了嗎？昨天夜裡新世紀美術館裡發生一起兇殺案。」

純子感到錯愕。

「剛才在拉麵店看到電視報導。這就是當時的照片？」

「走廊上有兩台監視攝影機。很明顯的那台是假的，但掛在牆上的畫作另外裝設了針孔攝影機。清楚拍到這傢伙。」

鴻野警部補用他粗粗的手指輕敲純子手上的照片。

「青砥律師應該很清楚吧？這傢伙是誰。」

一股濃重的口臭伴隨他充滿威嚇的聲音飄過來。純子不由得將身子往後退，在胸前交叉起雙臂。

「嗯……沒看到臉，我也說不準。」

鴻野警部補——暱稱禿鸛鴻，趁著純子往後退時順勢探出身子逼近。

「不如打開天窗說亮話吧。我今天一個人來，就是想聽聽律師妳坦白的意見。警方現在認定照片裡的這個人就是兇殺案的嫌犯。但我不這麼認為。」

「為什麼？」

「因為我跟這傢伙是老交情了。他就算偷東西，也絕對不會傷人，更別說殺人。只是，再這樣下去，他的處境會愈來愈不利。我希望在狀況變糟之前，聽聽他怎麼解釋。」

純子迅速在腦中整理思緒。禿鸖鴻不像在騙人。這麼說來，此刻跟他合作或許對榎本比較好。再說，只是坦率說出對這張照片的感想，應該不至於讓狀況變得更糟。

「嗯……我覺得，照片裡的人是榎本先生。」

「是嗎？有什麼根據嗎？」

他的口氣跟態度逐漸變得友善。

「重點還是體型跟感覺吧。還有，這個面具我之前在『F&F保全商店』裡看過，外套我也有點印象。」

禿鸖鴻仰望著天花板嘆口氣。

「可惡！果然是這傢伙！」

「警方也認為照片裡的人是榎本先生嗎？」

禿鸖鴻聽了純子的詢問搖搖頭。

「目前只有我猜到吧。因為憑這張照片要認定是他並不容易，但是從潛入手法之類的線索，很可能會一步步鎖定。再說，分析影片的話，就能藉由步態分析證明就是榎本。」

「兇手是從天窗破窗而入嗎？」

「對。先用特殊藥劑把PC材質的天窗一部分溶解，然後拆下來。」

「這是榎本先生慣用的手法嗎？」

「不是。」

禿鸛鴻又搖了搖頭。果然很像猛禽的動作。

「平常那傢伙會使盡他開鎖的技巧，選擇不留下任何痕跡的方法。不過……偶爾也會用藥劑腐蝕來開鎖，像是從鑰匙孔灌進強酸，腐蝕鎖芯的方法。跟這次的手法倒也有點類似。」

「這年頭的小偷還得精通化學才行啊。」

「現在是個無所不用其極的年代。那傢伙也知道哪些藥品倉庫的保全比較鬆散，大多藥劑他都能弄到手。」

看來昨晚潛入新世紀美術館的人似乎就是榎本。

「有什麼根據說榎本先生不是兇手呢？」

禿鸛鴻在胸前叉起手臂。

「首先，這起兇案並不是因為形跡敗露而臨時起意，而是有計畫的謀殺案。」

「你怎麼知道？」

「被害人倒在房間裡的辦公桌跟椅子之間，受到重擊的部位是頭頂。也就是說，應該是坐在椅子上時遇襲。可以研判，被害人對兇手沒有防備，或至少沒什麼戒心。兇手就是趁隙下手的。」

兇手從一開始就帶有殺機？要是這樣，愈來愈不像是榎本幹的了。

「還有一點，假設不是榎本幹的，案發現場就是密室。」

「啥？」

純子啞然失聲。

「昨天夜裡從外頭潛入美術館的是榎本一個人，館內除了平松館長之外還有三個人，但已經確認案發當時沒有人在館長室附近。」

「不過……這麼一來對榎本先生不就更不利了嗎？」

禿鸛鴻瞪大眼睛打量著純子。

「如果那傢伙早就預謀犯案的話，幹嘛笨到搞出一個兇手除了自己之外不做第二人想的狀況呢？」

「意思是……」

純子總算聽懂了。

「沒錯，榎本恐怕是遭人陷害。」

禿鸛鴻離開之後，純子叉著雙臂陷入沉思。現在總算知道，為什麼先前看到電視新聞時會感到有股不安。

除了從天窗潛入的入侵者之外，無人進出的美術館。可說是幾近密室的狀態。此外，潛入的目的是偷竊。就是這兩點讓她下意識聯想到榎本。

不過，目前自己也束手無策。禿鸛鴻離開前說了，要是榎本聯絡了要通知他；但除非榎本被警方抓了需要律師，否則應該不會主動來電吧。說到解開密室之謎，榎本還比純子擅長呢。

這時，手機鈴聲響起。是榎本打來的。

「喂。」

純子努力裝作平靜。

『青砥律師，大致的狀況妳應該聽禿鸛鴻說了吧。我想，警方遲早會懷疑到我身上，我希望在那之前把問題解決了，可以請妳幫忙嗎？』

純子強忍住一連串想問的問題，做個深呼吸。

「你怎麼知道鴻野警官來過了？」

『我看到他走進事務所那棟大樓。還差點跟他撞個正著。』

「原來如此。那麼，你是兇手嗎？」

『不是。』

純子相信他是無辜的，卻刻意保持中立的態度問道。

榎本沒有一絲怒氣，平靜回答。

『我走進館長室的時候，平松館長已經死了。』

「這樣啊。那麼……你又是為什麼在深夜潛入美術館呢？」

至少要讓他承認自己是小偷。

『我是受了平松館長的委託。』

「什麼？」

純子忍不住大聲驚呼。萬一聲音傳出座位隔板被別人聽到就慘了。她趕緊遮著手機和嘴壓低音量。

「館長幹嘛拜託你做這種事啊？」

『平松館長擔心新世紀美術館的保全系統，所以我們討論之後，決定模擬一下實際上能不能潛入。』

「靠破壞天窗？」

重新修繕肯定要花上一大筆費用。

『因為沒有其他方法。』

榎本回答得很自然。

純子突然想到。

榎本可能真的受平松館長的委託，但萬一真正目的才不是什麼確認保全系統呢？

搞不好兩人共謀，計畫要從美術館偷走什麼，目的是為了詐騙藝術品的保險金？這麼一想，以破壞天窗的入侵方式也說得通了。因為必須留下證據，讓保險公司相信小偷是從此處潛入。

『總覺得這氣味哪裡不太對呀。』

「咦？」

聽到榎本的話，純子下意識遮住自己的嘴。

『因為兇案現場是百分之百的密室。而且要是不知道我昨晚偷偷潛入，做這些事根本沒意義。』

啊，原來他說的是案子啊。

『換句話說，兇手從一開始就打算要我背黑鍋……這麼一來，我要是到現場去很可能會被兇手找麻煩。青砥律師，可以請妳幫忙調查嗎？』

2

新世紀美術館是位於東京都西側郊區的私立美術館。目前因為更換展示品暫時休館，但正門大門口拉起禁止進入的黃色膠帶，大批員警進進出出，氣氛有些嚴肅緊張。

多虧有禿鸛鴻事先交代，純子能順利進入館內。

「榎本先生，一開始要看什麼才好呢？」

純子對著外觀像是手鐲的手錶，壓低聲音問道。她正透過藍芽連上皮包裡的手機，跟榎本通話。

『妳先找到平松館長的祕書，她叫鈴木繁子。聽聽她怎麼說。』

榎本下達指示。

『昨晚只有三個人留在館內加班，為特展做準備。我想知道這幾個人不在館長室附近的原因。』

「不過……這位鈴木小姐難道不會是兇手嗎？」

『鈴木女士昨晚應該不在館內。而且我雖然只見過她一次，看起來實在不像殺人兇手。』

鈴木繁子是個五十幾歲的人，頭髮比純子還短，臉上只有淡妝，身穿灰色褲裝腳踩高跟鞋，感覺就是個辦事能力強的祕書。看她憔悴的表情，很明顯因為這件事大受打擊。

「在我們美術館裡居然發生這種事，真是太誇張了。」

鈴木女士的聲音顫抖。

「館長先前已經發現保全不夠森嚴，所以才請榎本先生來評估。沒想到竟然就發生這種事。」

「我也深感遺憾。」

純子發自內心說道。

「榎本先生剛好出差去了，要我先來看看現場的狀況。」

「不過，怎麼會請律師小姐代替他來呢？」

鈴木女士看著純子的名片，感到有些意外。

「其實我過去也負責過類似的案件。」

「類似的案件？是指兇殺案嗎？」

「是的。而且還是所謂的……密室兇殺案。」

「密室？這起案子？」

鈴木女士一臉詫異，低聲沉吟。

走進一樓的第一展示間，看到的是超過一百五十坪的空間被類似牆壁的板子隔開。

「這是作品嗎？」

「是的。是這次企劃的重要作品，模仿遊樂園鏡子屋的迷宮。」

鈴木女士指著看板。上面寫著「鏡之國迷宮——Through the looking-glass」。

「是稻葉透這位藝術家的作品。」

稻葉透的名字純子也聽過，先前新聞報導他的作品在外國的知名拍賣會上以幾億圓成交售出。

據鈴木女士的說明，這位擅長使用錯視或欺騙視覺技巧的現代藝術先驅，融合藝術及體驗型娛樂的作品，在外國也廣受讚譽。

「鏡之國迷宮」據說是以路易斯．卡羅（Lewis Carroll）的童話故事《愛麗絲鏡中奇遇》為概念，但在迷宮入口看到的盡頭有一座看來像是巨大臉孔的塑像。

「迷宮裡頭也有各式各樣的機關，例如將全像投射在牆面上，總之能體驗到各種不同的視覺效果。」

純子往後退一步，眺望迷宮全貌。

「……只要穿過這間展示間，到另一頭的出口，就能上到二樓嗎？」

「對。沒錯。」

鈴木女士一下子就懂得純子為什麼這麼問。

「要到二樓的館長室，不是爬樓梯，就得搭電梯。電梯裡裝了監視攝影機，樓梯則有兩個地方。不過，要到正門玄關後方的樓梯之前，會先被設在正門玄關或是第一展示間入口的監視攝影機拍到。另一邊樓梯則要先穿過第一展示間才行，應該也會在半途被展示間裡的攝影機拍到。」

「昨天晚上的狀況呢？」

「我已經檢查過影片，沒拍到任何人上到二樓。也就是說，除了從天窗潛入的小偷之外，應該沒人到過館長室。」

鈴木女士對於「小偷」就是兇手一事似乎深信不疑。

「到館長室只有這三條路線嗎？」

鈴木女士想了想。

「勉強說起來還有一個方法。就是經過面對庭院的外側走廊，從緊急出口進到館內，可以通往後方樓梯。不過，外側走廊也在庭院監視攝影機的拍攝範圍裡。」

「那台攝影機的影片也檢查過了嗎？」

「是的。所有影片紀錄都已經交給警方。」

四條通路全都有CCD攝影機監視。如果是運用了某種密室詭計的話……

「應該是用了騙過監視攝影機的手法吧。」

純子對著手錶輕聲說。

『我也這麼認為。』

耳機裡傳來榎本的回答。

「嗯？妳說監視攝影機怎麼了？」

鈴木女士一臉狐疑。

「沒什麼，我自言自語……昨晚留在館內的三個人，都在這間展示間裡嗎？」

「對。但中間應該出入過幾次吧。」

純子環顧著將近體育館大小的第一展示間。如果是用什麼手法來騙過監視攝影機，三條路線都有可能。不過，相較於單純的走廊，這個設有一大堆機關的空間看來就很詭異。

「這台監視器是拍另一側出口的嗎？」

純子指著裝在前方牆上的監視攝影機。外型不是低調的半球狀，而是明顯的箱型攝影機，是為了嚇阻竊盜或惡作劇吧。

「是的。因為這是長方形的房間，在斜對角裝了兩台攝影機，才能監看到整個空間。」

「沒有死角嗎？」

「這個嘛……其實原本這台攝影機是監看對面的牆壁跟出口，那邊那台拍的是這邊的牆壁跟出口。不過，因為會擋到迷宮，調整之後就拍不到對面那側出口了。」

咦？是嗎？純子有些失望。

「這樣的話，不就可以出入這個房間而不被拍到嗎？」

「不行，不可能。」

鈴木女士搖搖頭。

「要走到出口必須通過右邊或後方的牆邊，或是經過左邊的窗邊，也就是先得穿過迷宮。但是牆邊有這台監視攝影機拍攝，窗邊的話會被那一頭的攝影機拍到。」

「那，從迷宮裡溜出去的話呢？」

「迷宮的入口在這邊的監視攝影機，出口則有另一頭的攝影機監看。過程中也有個一定會落入監視器範圍內的地方。」

純子感到很洩氣。在這樣層層監視之下，看來沒辦法騙過攝影機呀。

「只是，剛才說監視攝影機無死角，是在平面圖上的狀況，其實在高度上還是有死角。整個空間裡有幾處高度不同的地方，在迷宮入口附近就拍不到離地五十公分以下的空間。畢竟最初監視的目的是為了掛在牆上的畫作，或是放在展示台上的雕像。」

「咦？」

純子大為吃驚。這種事情早點講呀！

「意思是說，只要在地上用爬的就能進入迷宮而不被拍到？」

「但這也不可能。」

鈴木女士再次露出一臉為難，搖了搖頭。跟這個人交談下會感到有別於跟榎本談話時的另一種不耐煩。

「一走進迷宮入口之後，會看到『蛋頭先生』。」

迷宮入口有一道布簾，可以朝兩側拉開。前方牆面上有個黑色面板，中間鑲了一顆大大的蛋型臉雕塑。

這時，有名年輕女孩走過來。看起來好像還是大學生，頭髮隨意紮了個馬尾，看不出有化妝，身穿像是畫家的罩衫搭配牛仔褲。

「我來介紹一下。這位是石黑美玲，是稻葉大師的助手。昨天晚上就是她和稻葉大師，以及山本健太一起在這裡準備特展。美玲，這位是青砥律師，她來調查昨晚的案子，可以請妳協助嗎？」

「好的，沒問題。」

大概是聽到「律師」的頭銜，美玲一臉緊張看著純子。那雙清澈的大眼令人印象深刻。

「美玲小姐也是廣受矚目的藝術家新星。」鈴木女士介紹。

「才沒有呢。我還是個菜鳥。」

美玲一臉羞澀。她單純的模樣讓純子很有好感。

「這麼說來，這個迷宮是妳跟稻葉先生一起打造的？」

美玲聽了正色搖著頭。

「這些全都是老師的創意。我們只是幫忙。」

「妳太謙虛了吧？」

「是真的。我能夠參與老師的作品就覺得很榮幸，學到太多了。老師的創意與其說是特別，根本就是獨一無二。」

從美玲的言談能感受到她對稻葉的著迷。

這丫頭說不定對稻葉透不僅是作為藝術大師的崇拜，還是令自己傾心的男人。

「我可以看看迷宮裡頭的狀況嗎？」

「好的。我來帶路。」

看到三人準備進入迷宮時，一名員警走過來，卻立刻又被叫回去。純子看到禿鸛鴻對員警交代了幾句話。這個口臭怪獸男，這次倒是從一開始就獲得他的協助，算是幸運。

「請跟我來。」

純子終於走進迷宮，心裡既期待又緊張。

「蛋頭先生」是《鵝媽媽歌謠》裡出現的角色，外型像一顆蛋。印象中是這樣的童謠。

蛋頭先生，坐在牆上。
蛋頭先生，跌下了牆。
就連國王所有的馬匹，所有的隨從，
也不能將蛋頭先生恢復原狀。

蛋頭先生也在這座迷宮的靈感來源——《愛麗絲鏡中奇遇》的故事裡出現，印象中他曾跟愛麗絲交談。

純子從正面直視著「蛋頭先生」。由於背景是黑色面板，在距離稍遠的地方望過去，長了短短手腳的蛋型臉似乎飄浮在空中。

「這張臉還沒完成嗎？」

手腳是畫在面板上的繪畫，臉則是立體的。大概是ＦＲＰ（玻璃纖維強化塑膠）的材質吧。因為還沒上色，就跟真正的蛋一樣潔白。

「這已經是完成品。觀眾進來之後，會有投影機在臉上投射出有顏色的影像，或是像動畫一樣發出聲音，還能自由變換表情。」

美玲一瞬間露出愉快期待的表情，但似乎想起昨晚的悲劇，臉色又沉了下來。

「蛋頭先生會在這裡問入場者一個二選一的問題。入場者再根據回答看是往左或往右。整體概念是這樣的。」

純子摸摸黑色面板。面板順著從天花板垂吊的軌道，以及在地板上的軌道，能夠左右活動。面板和左右側前方的牆壁之間有大約六十公分的空隙，不過會被往前突出的「蛋頭先生」擋住，這樣看來，再瘦的人也鑽不過去呀。

「也就是說，如果想從這裡鑽過去，就得將面板往左或右移動才行吧？」

「是啊。所以就算從入口爬到這裡，沒被監視攝影機拍到，但一移動面板，應該就會被拍到『蛋頭先生』出現動靜。」

「原來如此。」

純子試著推推面板，但在上下軌道固定之下，面板一動也不動。表示也不可能硬把面板往後推，增加空隙來鑽過去。

「讓我也看看那個什麼『蛋頭先生』的作品。」

耳機裡傳來榎本的聲音。純子掏出手機仔細拍下照片。這時，她又有了其他疑問。

要製作這件作品照理說花費的成本不低。為什麼要在迷宮入口這樣大費周章呢？如果只是要選左右哪條路，應該有更簡單的方法吧。

難道就為了把迷宮設計成密室，刻意展現出無法通過的事實嗎？

就純子看來，這樣的強調非常成功。兇手如果想不被監視攝影機拍到而抵達兇案現場，就必須成功通過迷宮。但在這前得先進入迷宮才行。怎麼都想不出究竟是什麼方法。

想要走出去，就必須先進入裡頭。

腦中突然冒出這句話。感覺是個鵝媽媽也能理解的奇妙世界。究竟是什麼呢？純子沉吟了一會兒，想到創世紀樂團（Genesis）〈Carpet Crawlers〉這首歌裡副歌的一小段歌詞。

「We've got to get in to get out.」

……就假設進入了吧。

純子先不問正確的路徑，依照自己的想法在迷宮裡前進。據說正式展出時還會有加上燻黑玻璃、雷射光、四面全像投影等效果，營造出魔幻的氣氛。但即使目前什麼都沒有的狀況下，仍感覺十分奇妙。

正如作品主題「鏡之國迷宮——Through the looking-glass」，除了「蛋頭先生」之外，在《愛麗絲鏡中奇遇》裡的角色，像是西洋棋裡的皇后、騎士、獅子和獨角獸都一一出現。

創意的原點感覺還是來自遊樂園裡常見的鏡子屋。迷宮的牆面從內側來看，有黑牆、鏡子與玻璃三種類型交錯，巧妙安排下擾亂視覺與方向感。而且，鏡子和玻璃之後還會貼上五顏六色的膠帶，據說在燈光照射下能產生很多不同的效果。

另一方面，地板則是整片消光的黑。

「原本考慮過地板也鋪成鏡面，但是來場的女性應該也不少。」美玲說明。

原來如此。要是地板也鋪了鏡子，對穿著裙裝的女性就不太方便了。

根據鈴木女士的說明，入口附近距離地板五十公分以下的範圍是監視攝影機的死角。這麼說來，如果兇手放低身子爬行通過，就不會被拍到了。純子想到「Carpet Crawlers」（地毯上爬行）的歌詞，瞬間起了雞皮疙瘩。因為主唱彼得．蓋布瑞爾（Peter Gabriel）唱的就是在地毯上爬行的詭異人們。

兇手是爬過這處迷宮，去殺害館長嗎？

不過，再走一小段之後，來到的地方讓純子打消剛才的念頭。大概在迷宮的中段左右。一段長度約三公尺左右的玻璃牆面，可直接看到展示間的入口，玻璃牆上方有一排朝著內側的撲克牌士兵，傾斜排成一列像是斜屋頂。對著玻璃牆則有一尊巨大的傑伯沃基（註3）塑像。外型像是瘦長惡龍的怪物，不知道為何穿上背心跟緊身褲，生有鉤爪的長長手指掛在迷宮牆壁上，還在高處冒出牠宛如長了鯰魚長鬚觸角的大頭。

不確定這一段的攝影機死角是距離地板幾公分之內的範圍，爬行通過的話或許不會被直接發現。不過，跟其他地方大不相同的是另一側的牆壁。一整面的鏡子，連地板都清楚照到。待會需要再確認一下攝影機拍到的畫面，但就現場看起來，連一隻蟑螂跑過都會被看得清清楚楚。

算啦，別想那麼多。總之先走完一輪吧。

純子先擱下腦中的疑問，繼續往前。

只是，無論她怎麼走，似乎都到不了出口。

「第一次進來迷宮的人，至少要花上十分鐘才能順利通過。」

註3：Jabberwocky。《愛麗絲鏡中奇遇》的角色。

看到純子陷入苦戰，美玲笑道。

「要是沒有人指引，很容易陷入在原地打轉。因為裡頭設計了很多機關。」

「機關？像是哪一類的？」

這等空間大小的迷宮究竟是怎麼讓人走不出來呢？

「像是即使妳認為直走的路，其實還是有些微的角度偏差。稻葉老師原本專精的就是奇幻藝術領域。」

「奇幻藝術？像是那種讓房間看起來扭曲，或是人看起來一下放大一下縮小的手法？」

「是啊。稻葉老師進一步將這些手法納入藝術。不過那些食古不化的藝術評論家，不少人到現在還認為老師只是嘩眾取寵。」

從美玲的言談體會得到她長久以來的積怨。

「好吧……我認輸了。該走哪條路才對呢？」

純子終於舉白旗投降。美玲隨即引導她走向出口。的確，自己絕對猜不到這是會往出口的方向。

「如果是參與設計這個迷宮的工作人員，應該不用花什麼時間就能通過吧？」

「對呀。理論上不用花三十秒。」

迷宮出口前方隔了一片透明玻璃。跟迷宮中央不同的是，這片玻璃染了淡紅色。不過，這麼淺的顏色，如果有人通過應該還是會被攝影機拍到。即使地板附近有死角，就跟先前在中段一樣，玻璃的另一側的牆上有鏡子。除非是吸血鬼，否則一定會被鏡子照到。待會再看看監視攝影機的影片，很可能被拍到鏡像。

走出迷宮之後也有問題。就算兇手蹲低身子避開攝影機的拍攝範圍，但只要身影映在展示間的玻璃窗上，攝影機也會拍到反射的倒影。

這簡直像是壓垮駱駝的最後一根稻草嘛。純子嘆了氣。

光要進入迷宮就沒辦法了，況且中途和最後都有被監視攝影機看光光的地方。雖然怎麼看怎麼詭異，但現階段也只能先排除。

「那好吧……看來要通過第一展示間的迷宮到館長室，這條路似乎不可能。」

美玲聽了純子這句話感到很不是滋味。

「青砥律師，妳難道懷疑我們三個人之中有人是兇手嗎？」

「不是啦……我沒這個意思。只是調查階段必須要先釐清所有的可能性嘛。」

純子在危急之下努力打圓場。只是美玲還是一副無法接受的表情。

「其他還有哪裡想看的地方嗎？」

鈴木女士瞄了一眼手錶問道。為了準備美術館重新開幕和特展，本來就已經夠忙碌，現在還發生這種事，真讓她焦頭爛額吧。

【美術館一樓】

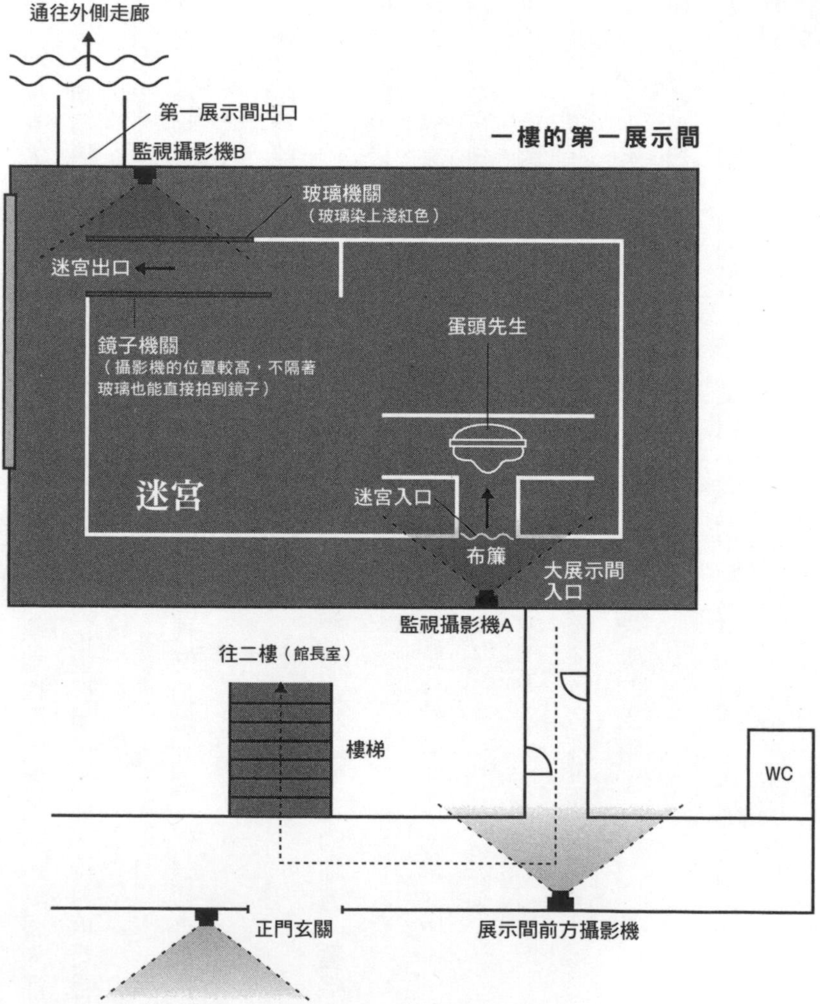
通往外側走廊
第一展示間出口
監視攝影機B
一樓的第一展示間
玻璃機關
（玻璃染上淺紅色）
迷宮出口
玻璃窗
鏡子機關
（攝影機的位置較高，不隔著
玻璃也能直接拍到鏡子）
蛋頭先生
迷宮
迷宮入口
布簾
大展示間
入口
監視攝影機A
往二樓（館長室）
樓梯
WC
正門玄關
展示間前方攝影機

「方便的話，可以讓我看看監視攝影機拍下的影片嗎？」

「這沒什麼問題，不過，全部都要看的話，就算用快轉也得看很久哦。」

「謝謝。不過……我還是想釐清事實。」

聽純子這麼說，鈴木女士露出詫異的表情，點了點頭。

3

首先檢查的是拍攝第一展示間前方走廊的監視攝影機影片。

在推測平松館長死亡的時段，也就是昨天半夜零點到零點三十分，在可能犯案的時間內，幾乎沒拍到什麼動靜。

唯一只有在晚間十一點半左右，有個人從第一展示間走出來。

「這個人是誰？」

純子一問，鈴木女士簡潔回答：「是稻葉大師。」她在百忙之中仍陪純子一同檢查監視攝影機的影片。

稻葉走出第一展示間之後就往走廊左手邊走。應該是到位於左側的洗手間。如果要到正面玄關前方的樓梯，則得往右走才行。

怎麼想都不像是要往二樓的方向。純子繼續看其他攝影機的影片。監看美術館外側走廊及庭院的影片，實在無聊得要命。從頭到尾沒拍到半個人影。把快轉速度調到最快，也沒看到任何動靜。

看來問題還是出在第一展示間裡那兩台監視攝影機拍到的畫面。由於迷宮裡可能暗藏了某些機關，這裡從中午過後的影片開始看起。為了清楚整理，就將第一展示間入口處的監視攝影機稱為「A」，反方向的攝影機稱為「B」。不過人員出入實在太頻繁，純子邊看邊仔細做起筆記。覺得重要的地方還用簽字筆強調。

☆第一展示間兩台監視攝影機拍下的影像：

I　下午2點30分～晚間7點30分：攝影機A、攝影機B

↓稻葉透、石黑美玲、山本健太在第一展示間作業。三人不斷進出迷宮。

II　晚間7點34分～晚間7點36分：攝影機A、B

↓稻葉在B機下方放了直馬梯，面對牆壁蹲下作業。（攝影機A）

↓突然跳電，燈光變暗。原因不明。

↓山本前往機械室，兩分鐘後重新開啟總開關。燈光完全恢復。

↓這段時間內監視攝影機的功能停擺，影片約有兩分鐘的空白。

↓三人各自找時間休息，吃了準備好的便當。

Ⅲ　晚間7點36分～晚間10點16分：

↓稻葉休息結束，拉起從入口進入迷宮的布幕。（攝影機A）

↓稻葉出現在迷宮出口附近。就在出口前方可以透過染成淡紅色的透明玻璃板看到他的身影。而且還清楚拍到在他背後的鏡面牆壁。（攝影機B）

（鏡中連黑色地板都照到了，就算想爬行通過這一區，也會被監視攝影機拍到。）

↓稻葉走出出口，在第一展示間的玻璃窗上看到他的身影。不過，他又轉頭回到迷宮裡，沒機會前往館長室。（攝影機B）

Ⅳ　晚間11點16分～晚間11點25分：

↓稻葉從迷宮入口走出來。（攝影機A）接著轉向攝影機B，在攝影機正下方作業。看不出來他的作業內容，但隔了一分鐘左右又進入攝影機拍攝範圍。感覺好像在製造不在場證明。（攝影機B）

↓美玲與山本在迷宮之外。↓受稻葉指示重漆展示迷宮的人偶，忙得不可開交。（攝影機A）

Ⅴ　晚間11點26分～晚間11點54分：

↓美玲與山本受稻葉指示走出第一展示間，去拿器材。（攝影機A）

↓稻葉在迷宮前方作業（攝影機A），但突然不見蹤影。

VI　晚間11點55分～凌晨0點15分

↓這段時間多次看到美玲和山本回到第一展示間後，在迷宮外頭作業（攝影機A），卻完全沒拍到稻葉。

↓不過，因為「蛋頭先生」紋風不動（攝影機A），照理說他沒辦法進入迷宮。

↓況且，就算他進入迷宮，想要順利通過出口附近的透明玻璃機關，以及背後的鏡子和第一展示間的玻璃窗，卻都沒被拍到身影，成功從出口前往館長室，是不可能的。

VII　凌晨0點16分：

↓稻葉出現了。（攝影機A）

↓不經由迷宮直接走到攝影機B的正下方作業。（攝影機A）

↓稻葉從迷宮入口走進去，拉起入口處的布幕。（暫時看不到「蛋頭先生」）（攝影機A）

VIII　凌晨0點29分：

↓榎本從二樓的天窗潛入。榎本直接走向館長室，卻在一分鐘之後出來，攀著繩索從天窗逃脫。（只有這段影片不是來自第一展示間，而是設置在天窗附近走廊的針孔攝影機）

IX　凌晨0點35分～凌晨0點45分：

↓稻葉從迷宮出口走出來，在出口前方的通道上，透明玻璃隔板上清楚看到他的身影。此

外，背後的鏡牆上也可明確看到。（攝影機B）

↓稻葉立刻從出口又回到迷宮裡（攝影機B），接著將布幕拉開恢復原狀，然後從入口走出去。（攝影機A）

Ⅹ　凌晨0點48分：

↓稻葉從迷宮裡走出來之後，宣布今天作業告一段落。三人開始收拾。展示間的燈光熄滅，監視攝影機的畫面幾乎在同時切換到紅外線夜視模式。影像切換不到一秒。

Ⅺ　凌晨0點56分～凌晨0點59分：

↓稻葉撥內線電話給館長。館長沒有接。

↓到館長室一探究竟的山本，發現平松館長的屍體，急急忙忙跑回來。美玲立刻撥打110報案。

Ⅻ　凌晨1點6分：

↓警方抵達。

由於過程中多次停下影片仔細檢查，到這裡看完時已經花了兩個半小時。

「這樣啊……我知道了。」

純子不經意低喃。鈴木女士露出驚訝的表情。

「知道了什麼？」

「兇手！」

「什麼意思？兇手不就是從天窗偷跑進來的小偷嗎？」

「那倒未必。」

純子把禿鸛鴻的那番話轉述給鈴木女士。說明平松館長的死並非因為竊賊臨時起意，非常可能是預謀殺人。

「要是這樣，還有誰會是兇手呢？剛才看完這些監視攝影機的影片，根本沒人能到館長室呀？」

「妳沒發現只有一個人例外嗎？」

純子靜靜說道。

「是誰啊……」

『等一下！我也完全搞不懂。』

耳機裡傳來榎本的聲音，好像蟲子的叫聲。

「就是這裡！」

純子把筆記遞到鈴木女士面前。突然發現VIII項上寫了榎本的名字，趕緊用手遮住，另外指著XI項。

「這是……」

「山本健太先生。他不就是唯一到過館長室的人嗎？」

鈴木女士啞口無言。

「其實山本先生到館長室時，平松館長還活著。面對山本先生，平松館長自然能放心坐著。接著，山本先生殺死了平松館長後，再假裝自己是第一個發現屍體的人。」

當場陷入幾秒鐘的寂靜。

「但這樣的話，為什麼館長先前不接內線電話呢？」

鈴木女士一臉狐疑望著純子。

「呃……這個嘛……」

「再說，山本根本沒有殺害館長的動機呀。」

「這一點呢，我看只要查下去，說不定就能查出什麼。」

『青砥律師。妳在開玩笑嗎？重點是在這之前我已經確認平松館長死了呀！』

耳邊響起榎本的大喊。

「咦咦……對哦？」

『況且，根據警方的說法，平松館長的死亡時間推測是在凌晨0時～0時30分。時間上也對不起來吧？』

「嗯——其實這一點我覺得有點可疑。」

體認到自己就要慘敗，純子決定取巧逃避。

「什麼意思？」

「為什麼能這麼精準判斷死亡時間呢？」

轉移焦點。這是模仿忍者變身的手法。

「應該是因為警方很快就抵達現場吧。」

「一般來說，死亡時間是以測量直腸內的溫度來推算，但其實死後兩小時之內直腸溫度幾乎沒有變化。接下來，十小時內大約一小時下降1度C；十小時後則是每過一小時下降0．5度C的變化。」

總之先用專業知識來蒙混過去。

看來，要解決這個案子還是得先破解密室之謎。

4

鈴木女士要送純子離開時，在新世紀美術館的玄關旁邊有人起了小爭執。

「可以讓我進去嗎？」

「現在不太方便。」

「我只是想檢查一下自己的作品。」

「不好意思。」

和制服警官一來一往的是個穿得一身黑的削瘦男子。年紀大概四十歲吧，眼神銳利，額頭上垂了一撮頭髮，看起來就是藝術家的調調。純子剛才在監視攝影機的影片中已經看過他好幾次了。這個人就是稻葉透。

「老師，怎麼回事？」

鈴木女士問道。

「還能怎麼回事？不就是這位警察先生不肯讓我進去第一展示間嗎？」

稻葉說到「警察先生」時刻意帶著揶揄的語調。制服警官一臉慍色。

「這位稻葉先生，是這次展出的藝術家。」

鈴木女士出言請求，制服警官卻只冷冷回應：「現場目前禁止進入。」純子心想，剛才明明沒那麼嚴格呀。

這時，苦著一張臉的禿鸛鴻走過來。純子使了個眼色，要他想想辦法。

「那是兇案現場，請再稍等一下。」

身高超過一百九十公分的禿鸛鴻，被他那雙陰森森的眼睛盯著時，絕大多數的人都會心生膽怯吧，但稻葉似乎是例外。

「兇案現場？跟第一展示間沒關係吧？平松館長是在二樓的館長室遇害的呀。」

「現在可難說了。」

禿鸛鴻好像覺得很麻煩，馬上不再用敬語了。

「什麼意思？」

「兇案現場是密室狀態。不過，密室的範圍未必只限館長室之內，很可能要更大一些。說不定也包含了第一展示間。」

「密室？」

稻葉看了看所有人，像是在說這個大男人腦袋有問題。眼看著禿鸛鴻的臉色愈來愈難看，正如純子所擔憂。

「我聽說兇手是從天窗潛進來，殺害館長之後逃走的。」

「實際上的狀況並不是這樣，但詳情我不方便透露。再說，就算兇手是從天窗潛入，兇案現場還是密室。」

「請等一下。呃……那個……」

跟在稻葉身邊貌似大學生的男子，好像聽到話中有什麼蹊蹺。這人個子不高，但肌肉發達。

也不需要多介紹了，就是出現在監視攝影機影片中稻葉的徒弟，名叫山本健太的美術大學學生。

「難不成警方懷疑我們嗎？因為昨晚待在館內的，除了館長就只有我們三個。」

「沒什麼難不成難得成，就是這個意思啦。小弟弟。」

禿鸛鴻的一張大臉湊過來。那副態度說是民主時代的警察，更像戰前時期的思想警察或是古時候拿著雞毛當令箭的密探。

「所以嘍，沒辦法放你們進去第一展示間啦，萬一證據被藏起來還是銷毀，那可不妙。」

「可是……剛才為什麼讓美玲小姐進去了？」

鈴木女士鼓起勇氣反駁。

「剛才？那是因為……」

禿鸛鴻支吾了一會兒，但眾人大概都猜得到他內心的ＯＳ：「這個可愛的女生怎麼可能是兇手嘛！」

「那不重要啦。倒來說些更有意思的事。」

這招更勝變身術，根本是硬扯開話題。

「雖說死者為大，但平松館長好像有不少八卦啊。他在接下這間美術館的館長之前，是畫廊負責人，聽說有人懷疑他利用藝術品洗錢耶。還有啊，你能一舉成為藝術界明星，好像也是館長的功勞嘛。」

他對著稻葉說。

「業界也有傳聞，說館長操縱拍賣會，讓你的作品賣到高價哦。」

稻葉原本白皙的臉變得更蒼白。他直瞪著禿鸛鴻，雙眼連眨也不眨，兩手緊緊握拳。

「對對對，我就是想看這種反應。稻葉先生，至少你就有行兇動機嘛。」

禿鸛鴻帶著輕浮的笑容走開後，稻葉勉強擠出笑容，看看在場其他人。

「真是的。聽到館長過世後竟然還遭到汙衊，害我一時克制不住。」

「呃，對呀。我聽了也很生氣呢。這種人居然可以當警察，太離譜了。」

鈴木女士也猛點頭。

「禿鸛鴻是例外啦。像他這種警察也找不到第二個了。」

純子持相同態度。

「禿鸛鴻？」山本一臉不解。

「他本名叫鴻野，但就是那副長相嘛……不過啊，非洲真的有『禿鸛』這種鳥哦，體型大得不尋常，性情兇猛，但因為以腐肉為食，口臭非常嚴重。」

在場的人都笑了。

「對了，妳是哪位？」

稻葉問道。

「啊，不好意思。我叫青砥純子，是個律師。」

純子把先前對鈴木女士用的同套說詞照搬一遍，卻發現在提到榎本的名字時，稻葉的表情出現變化。

「稻葉先生見過榎本嗎？」

「嗯？沒有，沒見過。」

稻葉笑得不太自然。

「我猜大概是從平松館長那邊聽過這個名字吧。」

這時，純子的耳機響起榎本的聲音。

『我覺得平松館長不可能在這個人面前提過我的名字。』

「咦？」

純子忍不住驚呼回應。

「平松館長之前就說過有點擔心這間美術館的保全系統，還提到打算找專家來討論……」

稻葉以為純子是回應他，仔細說明原委。

『平松館長委託我的是一項最高機密任務。』

搞不清楚是不是真的只是測試保全系統呢。

『除了館長之外，就只有鈴木女士知道我的名字。館長沒理由告訴其他人。』

榎本語氣平靜繼續說。

『看來禿鸛鴻說得沒錯，稻葉透就是真正的兇手。』

純子仔細端詳著稻葉。就算不說他是知名藝術家，依舊散發著纖細穩重的氣質，長相又這麼帥氣。這人真的會是殺人兇手嗎？

「有什麼問題嗎？」

稻葉露出僵硬的笑容，看著純子。

「剛才禿鸛鴻——我是說鴻野警部補，他說的是真的嗎？」

「妳是說什麼洗錢，操控拍賣會的事嗎？簡直莫名其妙！」

稻葉一臉怒氣癟著嘴。

「全都是無憑無據，空穴來風。」

「真的嗎？」

「這個業界很小，只要稍微有點成就，一定有心生嫉妒、到處造謠的人。只是沒想到警察會對這種八卦信以為真。」

這說法純子倒也能接受，但她突然看到鈴木女士的表情，有些驚訝。鈴木女士連忙低下頭，似乎要避開目光。

難道她想到了什麼嗎？

光聽鈴木女士的敘述時，想像稻葉是個單純的藝術家。跟殺人兇手一點都扯不上關係。不過，要是被害人平松館長真涉及不法，那又是另一回事了。稻葉發現自己的作品被利用來幹了見不得人的勾當，應該會非常生氣吧。

話說回來，這人會用殺人的手段來報復嗎？

這一次，純子忍不住希望榎本的推論是錯的。

結果，稻葉和山本終究沒能獲准進入第一展示間，憤而離開。純子請鈴木女士讓她在美術館內再多看一下，獲得鈴木女士的同意。

眼看著鈴木女士走遠之後，純子對著手錶低語。

「怎麼樣？要再確認一次第一展示間嗎？」

『請妳先在館內繞一圈好了。我想確認是不是真的非得經過第一展示間才能上到二樓的館長室。』

純子遵照榎本的指示。

她先折回到第一展示間前方。入口正面走廊上裝設了監視攝影機，能拍到出入第一展示間的人。

走出第一展示間，往左手邊是洗手間，再往前走就是盡頭。

往右側則是剛才大家所在的正面玄關。對向是通往二樓的樓梯，這邊就沒設置監視攝影機。

純子試著走上二樓。

走廊鋪著地毯，牆上掛了一幅幅畫作，下方則擺設了小型雕刻或工藝品。

天花板上雖有監視攝影機，卻是假的，剛才看過的那些影片中，並沒有包含從這個角度拍攝的紀錄。

禿鸛鴻給純子看的照片，就是從裝設在畫作上的針孔攝影機拍到的。純子想起這件事，仔細觀察，果然在某幅畫作的畫框上發現開了個小洞。

『……原來是這樣啊。我之前竟然沒發現。』

榎本看了純子傳給他的照片後低喃。

「不過，有點怪怪的耶。平松館長拜託你來測試保全系統吧？既然這樣，為什麼沒告訴你這裡設置了針孔攝影機呢？」

榎本頓時語塞。

『這……我也不曉得。說不定只是單純忘了吧，總之，現在也沒辦法問他了。』

榎本的確是受了平松館長委託，這點沒有問題。但純子仍認為，委託的內容十分可疑。

看來館長一定是託榎本偷什麼東西。搞不好平松館長根本計畫要詐領保險金，順便還打算讓榎本背黑鍋。

純子抬頭看看榎本弄壞的天窗。非常明顯，似乎強調竊賊就是從這裡潛入的。

『請妳去看看館長室。』

純子沿著走廊來到兇案現場館長室旁，瞄了一眼。門口拉起了警戒的黃色膠帶，鑑識人員還在房裡。就算有禿鸛鴻的默許，還是不可能進到裡頭吧。

純子靜靜折回走廊上，朝另一側樓梯方向走去。下樓後立刻看到第一展示間後方的出入口。

『原來如此。看來兇手一定要從其中一邊的樓梯上樓才行。』

聽了純子的說明後，榎本低喃。

『而且每一邊在中途都有監視攝影機。很明顯，兇手一定用了什麼手法來騙過攝影機。』

「咦？不對，等一下！」

純子皺起眉頭。

「不管兇手從哪個樓梯上樓，應該也會被拍到你的那台針孔攝影機拍下來吧？因為要到館長室就一定會經過那幅畫呀！」

純子再爬上樓梯，看看那幅裝設了針孔攝影機的畫作。

『不一定。只要事先知道這裡裝了攝影機，就能完全避開。』

「怎麼避開？」

『針孔攝影機的視野其實很窄，而且還裝在畫框的洞裡，能拍到的範圍非常有限。只要像是身體貼著牆壁走，或是從畫框正下方爬過去，大概都不會被拍到吧。』

兇手在這裡也爬過走廊嗎？純子又想起〈Carpet Crawlers〉那首歌的歌詞，打了個冷顫。

「不過，知道有針孔攝影機的人沒幾個吧？我猜大概就是平松館長和鈴木女士，就連稻葉先生，應該也不會知道這麼細節的事情吧。」

『兇手還曉得其他在正常狀況下無從得知的事呢。』

「像什麼事？」

『像是我受平松館長委託，在三更半夜潛入美術館。當初我們在館長室談這件事時，旁邊沒有其他人。』

「意、意思是……」

『館長室裡可能被放了竊聽器。妳跟禿鸛鴻說，要他仔細檢查一下。』

純子從剛才的樓梯下樓，由正面玄關走向第一展示間。

她盯著監視入口的攝影機，雙手叉在胸前思考。只要能騙過這台攝影機，應該就能輕鬆從這處樓梯上到二樓。

這時，她突然察覺一事。趕緊拿出先前邊看影片時所做的筆記。

筆記上沒寫。因為先前自己覺得並不重要，但稻葉的確有過這個動作，純子清楚記得剛才看到的畫面。

「對啦……原來是這樣啊。」

純子輕碰臉頰，不經意喃喃自語。由於和手錶靠得很近，榎本似乎也聽到了。

『怎麼？有什麼發現嗎？』

榎本的語調平淡，完全沒有充滿期待的感覺。

「嗯。我終於搞懂啦。第一展示間的迷宮表面上雖然搶眼，但其實整個迷宮只是巨大的煙霧彈。」

『轉移注意力……妳是指障眼法？』

「對。兇手要到館長室根本不需要穿過第一展示間，只要從走廊就行了。」

『不過，這麼一來應該會被那裡的監視攝影機拍到吧？』

「沒錯，是拍到了。剛才看過的影片裡，兇手，也就是稻葉透，從第一展示間出現後，走到左側的走廊。他好像說是去位於左側的洗手間。」

『樓梯在左側嗎？』

「沒有，是在右邊。」

『那不就說不通了？』

純子差點笑出來。連這麼厲害的榎本，只因為沒有直接目睹現場，腦袋就變得不太靈光了。過去老是被他嘲諷得這麼慘，終於等到能報一箭之仇的機會。

「你應該也很了解吧，最近的監視攝影機具備了左右反轉的功能。」

最近純子住的大樓正門裝設監視攝影機時，管理員告訴她的。至於這項功能有什麼用，她當時有聽沒有懂。

『只是有一部分機種啦……』

「但我想這台針孔攝影機一定有吧？」

『還沒確認過吧？』

「一定有啦！要不然就解不開密室之謎了。」

純子堅決主張。

『好啦好啦，就當作有左右反轉的功能好了，那又怎麼樣呢？』

榎本大概是不甘願認輸吧，語氣很不耐煩。

「左右反轉的影片就只有那一小段。稻葉表面上出現在正面出入口，然後轉向左側，實際上是往右邊走。回來的時候也一樣。看起來像他從左側的洗手間走回來，其實是從右側通往二樓的樓梯回來的！」

榎本沉默了好一會兒。純子細細品嚐勝利的滋味。

『先不討論怎麼樣才能以遠端操縱開啟攝影機左右反轉的功能，那台攝影機拍到的走廊是完全左右對稱嗎？』

「是啊。幾乎百分之百左右對稱哦。」

其實純子也沒那麼有自信，只是乍看之下的感覺。如果再次仔細觀看影片，說不定會找到很細微的差異。

『稻葉從哪裡出現的？』

「監視攝影機的正前方，第一展示間的入口。」

『畫面上有沒有拍到緊急出口指示牌之類的東西呢？』

純子心頭一驚。的確有指示牌。而且說不定畫面上也拍到了。話說回來，這麼小的地方總有辦法動手腳。

「這只要事先貼個反過來的牌子，就分辨不出來了吧？」

『怎麼貼的不重要，問題是之後總要去拆下來呀。』

榎本的語氣還是很不耐煩。

『還有個更簡單的方法，看看門吧。』

「門？」

純子一時之間還沒弄懂是什麼意思。

『左右顛倒的話，就會像在鏡子裡一樣，開門的方向跟平常相反。就算門是關上的，門把的位置也會是反過來。』

純子睜大眼睛，看著監視攝影機拍攝的走廊。

然後深深嘆了一口氣。

要是畫面左右顛倒，一定能一眼看出來。

「呃……保險起見，我待會再看一次影片確認。」

『是啊，保險起見，請再確認一次。』

榎本的口氣不怎麼好。

純子往稻葉聲稱的左側前進，看到了男用及女用分開的兩間洗手間。當然，這裡都沒看到可以爬到外頭的空隙。

正打算放棄時，純子腦中突然閃過鈴木女士說的話。

「勉強說起來還有一個方法。就是經過面對庭院的外側走廊，從緊急出口進到館內，可以通往後方樓梯。不過，外側走廊也在庭院監視攝影機的拍攝範圍裡。」

得先到外頭才能上到二樓，這或許是個盲點。不過，要再看過一次影片才能確定，三個人之中誰有機會到外面。

純子從正面玄關走出去，在建築物周圍繞一圈。

『妳現在在哪裡？』

榎本滿腹狐疑問道。

「我在美術館後方的外側走廊。」

純子往草坪上走，觀察整條走廊。

只要經由這裡，不必穿過第一展示間也能通到後方樓梯。不過，這邊的問題也是出在監視攝影機。

這裡的攝影機是戶外機種，能拍到整個院子。外側走廊上的影片先前也檢查過了，不過……

一瞬間靈光乍現，讓純子全身顫抖。

要是用這個方法，說不定真能騙過監視攝影機。不對！只有這個方法！稻葉透不正是奇幻藝術的名家嗎？

「對呀！一定就是這樣！」

『妳又想到了什麼？』

榎本的聲音裡夾雜著嘆息。

「對！監視攝影機拍到外側走廊一部分，地板，還有紅磚牆。不過，只要能通過這一小段幾公尺距離，而且不被拍到的話，就能前往館長室了。等一下，我把照片傳給你。」

照片一傳過去，榎本立刻回應。

『我看到了……要怎麼樣才能順利通過而不被拍到呢？』

「一般人應該沒辦法吧。不過，兇手如果是熟知視覺效果的藝術家，就不成問題了。」

純子刻意壓低嗓子，讓餘音繚繞，卻不知榎本能感受到多少。

『用什麼方法呢？』

「利用視覺陷阱呀！我先前怎麼沒想到呢！仔細想想，這才是稻葉透最擅長的手法吧？」

『妳認為他用了什麼視覺陷阱呢？』

「他在紅磚牆上斜放了一座畫了紅磚的屏風！」

『哦？』

榎本的聲音怎麼聽起來像是準備要笑出來呢。

『不過要是斜放，從監視攝影機的畫面也會看出來吧？』

純子得意地笑了。就等你這麼問。

「我猜是這樣。要讓斜放的屏風看起來是平行的，採取的愈下方的磚塊畫得愈小，抵銷掉透視法的效果。只要稍微調整色調，角度的差異也不會那麼明顯。再將豎立的屏風前端和背後的磚牆接合線對齊，連接縫也看不出來了。」

『哦哦哦，原來如此。』

「兇手想必試過實際豎立起完成的作品，對照著螢幕一次次重複調整磚塊大小和色調。」

【美術館　後方樓梯・外側走廊】

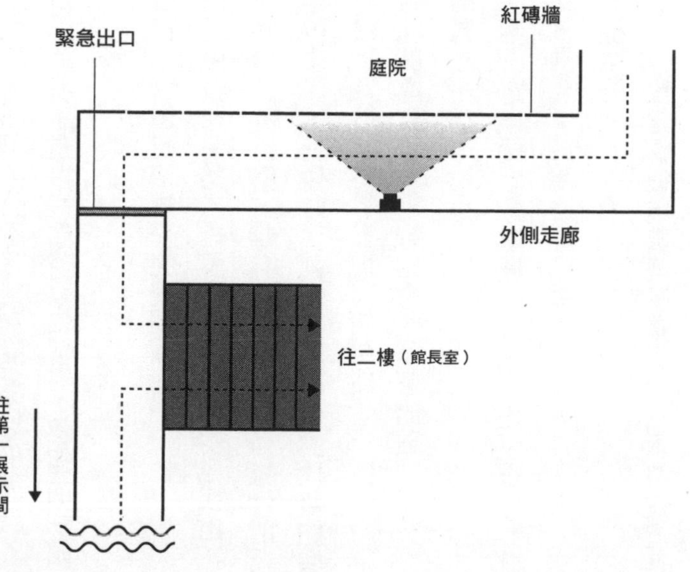

『的確……專業藝術家要是做到這種程度，從監視攝影機的畫面上說不定還真分辨不出。』

榎本低語著。純子心想，太好了，說不定這次能成功！

「只要通過紅磚牆和屏風之前築起來的三角隧道，就能前往館長室了吧？回程也走同樣路線。」

『就解開密室之謎而言，這個說法幾乎完美。』

讚啦！純子忍不住比了個勝利手勢。終於有一次比榎本先找出正確答案。

回想起來，這真是一條漫長的道路。想到過去那些壯烈犧牲的假設，不由得鼻頭一酸。那些一說出口就遭到否定的無數想法，就像時代劇中出場即遭到砍殺的蝦兵蟹將，在這一刻也得以安息了。一路上跨過屍山血河，終於看到等在前方的榮耀！

『不過……這麼大的屏風道具留下來，兇手要怎麼處理呢？』

純子頓時發出低沉的驚呼。

「唔……這個嘛，兇手一定早就想好處理的方式，用了很容易分解的材質製作吧……像是利用榎本先生用的那種藥品，兩三下就溶解掉之類的。」

一邊說著自己都覺得很牽強。

『假使真是這樣好了，但監視攝影機繼續運轉下，兇手銷毀道具的過程應該會像紀錄片一樣被拍下來呀。』

純子差點當場崩潰。

腦袋裡就像網路上的動畫，出現數不清的Orz。

完了……

『不過，多虧有青砥律師的大力幫忙，讓我了解很多細節。』

榎本的語氣不帶一絲嘲諷。

「真的嗎？」純子半信半疑反問。

『是啊。看來兇手的確是穿過第一展示間的迷宮才上到二樓，因為除此之外的可能性都可以排除了。』

「不過，是用什麼方法呢？」

『這還是得實際檢查一次才有辦法判斷，要我親眼看過，親手摸過才行。幸好我目前還沒遭到通緝，我打算後天到現場看看。』

「後天？不明天就來嗎？」

『明天我有個地方要去。』

榎本的口氣聽來似乎已經有了靈感。

「那好吧。明天我再過來研究一下那個迷宮。」

多了足足一整天的時間，說不定能比榎本早一步解開謎團。這麼一來或許可以一舉挽回名響……

『有勞妳了。』

榎本也展現少見的謹慎態度。

『我還是認為兇手是通過第一展示間的迷宮，才前往館長室。這樣的話，要動手腳應該就是騙過攝影機，麻煩妳在這些細節上多觀察。』

「不過，到底有沒有辦法騙過攝影機啊？畢竟沒辦法像肉眼那樣利用錯覺吧？錄成影片不就會清楚紀錄下來嗎？」

純子一直有這個疑問。

『人的肉眼的確有生物上的盲點。不過，監視攝影機同樣會有機械存在的弱點唷。』

啊！難不成指的是……

「像是之前六本木中央大樓那個案子時你說過的嗎？什麼幾秒鐘才會錄下一格那個。」

『間歇性的分格錄影嗎？不是哦。』

純子一副興沖沖，結果榎本完全不當一回事。

『那個案子的問題比較像是出在錄影設備的弱點，而不是攝影機本身。再說，現在硬碟價格很便宜，也沒必要將影像分割之後再錄影。』

「那攝影機本身到底有什麼弱點嘛？」

要是有弱點，就算裝了監視攝影機也沒辦法安心吧？純子想起自家大樓的大門。

『要說弱點，隨便講也一大堆。首先，雖然偶爾有例外，但攝影機的角度多半是固定的。再來，最近稍有提升，但普遍來說解析度都不算高；第三點，電源一斷就沒戲唱，而且要是光線太強還會出現光暈。然後，最大的弱點，就是鏡頭都是單眼。』

「單眼？」

純子聯想到奧迪隆．雷東（Odilon Redon）的畫作《Cyclops》。這是以出現在希臘神話中的獨眼巨人為主題，表面看來是悠閒恬靜的畫風，同時卻刺激出最深層的恐懼。

『監視攝影機的影像跟使用雙眼的我們不同，察覺不出距離遠近跟深度。』

「哦哦，這麼說也是。」

如果是利用深度，大概跟剛才貽笑大方的那個視覺陷阱的手法差不多吧。

『話說回來，還是不知道實際上兇手如何利用這些弱點。目前的關卡有三個。該怎麼樣不被監視攝影機拍到而進入迷宮，以及順利通過中段有玻璃牆跟鏡面之間通道的方法。最後，是兇手如何走出迷宮。』

沒有一個能找出答案。純子就連能壓倒榎本的任何假設都想不出來。腦子裡又差點冒出一大堆的Orz。

『首先，必須要非常仔細觀察那座迷宮。如果稻葉透是兇手的話，那座迷宮就是為了讓他自已變成透明人而設計，一定會有什麼不尋常的地方。』

「不過，迷宮本來就不尋常吧？」

『問題就在於是什麼企圖下的不尋常呢？娛樂作用和密室手法，兩者想要達到的效果應該剛好相反。』

一個是展現，另一個是遮掩，的確是完全反方向的思考。

『稻葉先前好像也打造過相同主題的迷宮，在那須的『天使荊冠美術館』展出，我明天去一趟。青砥律師，可以請妳去找研究路易斯．卡羅的專家，問問意見嗎？請對方看看這個迷宮在單純呈現《愛麗絲鏡中奇遇》上有哪些不必要或是不對勁的地方。』

純子將榎本的指示一一寫在筆記本上。

剛才瞬間一閃而過的高昂情緒，這時感覺逐漸沉重了起來。

回想當初，之所以會去找榎本這個莫名其妙的人，是為了要解開六本木大樓裡的一起密室兇殺案。結果現在卻變成要為了榎本而解開密室之謎？怎麼有種好像遇上詐騙的感覺？

5

「幸會。這是我的名片。」

純子看著男子遞出的名片。上面寫著「拉斯大學特任名譽教授　波若哥夫研究所客座研究員　日本路易斯・卡羅學會特別顧問　萵苣根功」。看不太懂他的頭銜，而且這人連名字都好怪啊。

「敝姓青砥。勞煩您遠道而來，真不好意思。」

純子也遞上名片，同時觀察這個名叫萵苣根的男子。

矮矮胖胖的身材，臉卻大得不成比例，尤其雙頰圓鼓鼓，加上他骨碌碌的大眼睛，讓人連想到「龍貓」裡的貓巴士。頭上戴著一頂像是角色扮演時用的大禮帽，身上穿了一件類似古代歐洲的緊身荷葉領上衣。

「我聽說萵苣根先生是路易斯・卡羅相關領域研究的第一把交椅。」

萵苣根一聽，得意洋洋地挑了挑眉。

「第一把交椅？這可能有點言過其實。但從另一方面來說，這用詞實在不足以形容我。」

「呃……」

為什麼老是會遇到這類奇人怪胎呢？感覺最近開始覺得榎本是個正常人，似乎不只是已經習慣他而已。

「這個拉斯大學，我不太清楚，請問在哪裡呢？」

「ｒｒｒｒ……！是ＲＡＴＨ！Ｒ的發音非常重要。」

萵苣根示範了誇張的捲舌音。

「兒……拉斯嗎？」

「不對啦不對啦，是ＲＡＴＨ！ｒｒｒｒｒｒｒｒ……！」

萵苣根面紅耳赤地不停捲舌。新世紀美術館的大廳響起一陣宛如螺旋機的聲響，貌似警衛的人轉過頭來。慘了！

「呃，那個，示範很清楚了。」純子趕緊制止萵苣根。

「那麼，波若哥夫研究所又是……？」

「ＢＯＲＯＧＯＶＥ！ＢＯＲｒｒｒｒ……」

眼見萵苣根又要示範起捲舌音，純子馬上伸出雙手制止。

「我知道了！今天請您過來的目的，稍早在電話裡也提到，這間美術館正準備展出稻葉透先生的迷宮作品，而這座迷宮是以《愛麗絲鏡中奇遇》為靈感來源。」

「哦哦，稻葉透啊！他是個非常有才華的藝術家。我經常在想，說不定他會創作出流傳後世的精彩佳作呢。但另一方面也很有可能……」

萵苣根突然皺起眉頭，臉色一沉，目光低垂。

「有可能怎麼樣？」

純子緊張問道。

「有可能創作不出流傳到後世的作品。」

萵苣根難過地搖搖頭，抬起他那張大臉。

「其實啊，我從以前就對他很有親切感。總覺得我們倆長得很像，連我自己都分辨不出來。妳怎麼看？」

「嗯……這個嘛，的確是有身為脊椎動物的共同點。」

如果要說眼睛都在鼻子兩側，然後下面是嘴巴的話，的確幾乎一模一樣啦。

「青砥律師。」

禿鸛鴻走過來，低頭看著純子，然後一臉狐疑轉向萵苣根。

「度度？」

萵苣根眼睛一亮，抬頭盯著禿鸛鴻。他說的是在《愛麗絲夢遊仙境》裡出現的度度鳥嗎？即使不是先入為主，禿鸛鴻還是散發出一種鳥類的感覺。

「鴻野警官，這位是研究路易斯．卡羅的專家，萵苣根先生。萵苣根先生，這位是警視廳的鴻野警部補。」

純子為他們彼此介紹。萵苣根，這個名字真是怪。

「青砥律師，妳有搞清楚榎本目前的處境嗎？再這樣下去，保證那傢伙會被當成兇手。」

禿鸛鴻一臉嚴肅。似乎因為蒿苣根這奇怪的名字，讓禿鸛鴻誤會連純子都在搞笑。

「嗯，我非常了解。所以……我才請蒿苣根先生來看看那座迷宮。」

禿鸛鴻瞄了蒿苣根一眼，但對方那雙像是兒童仰望著恐龍標本的好奇眼神，讓他忍不住皺起眉頭別過目光。

「既然這樣，就把握時間。我是私下讓你們進去，萬一被上頭發現就慘了。」

禿鸛鴻話一說完就迅速轉身離開。

「請跟我往這邊走。」

純子走在前面領著蒿苣根。

「我聽說稻葉先生之前也在那須的天使荊冠美術館展出過同一個主題的迷宮。不過打電話去詢問的結果是，現在已經沒有了。」

「那個我去看過不止一次唷。」

蒿苣根一副引以為傲的模樣。

「不止一次，當然就是不止有一次，而是好幾次。只是好幾次到底是幾次呢，這個嘛……」

「這樣啊。那麼，覺得怎麼樣呢？狀況或是該說完成度如何？」

純子覺得蒿苣根講起話來像鬼打牆，沒完沒了，立刻打斷他。

「沒錯！狀況良好，而且也完成了！」

「不是這個意思啦，我要問的是那件作品算是傑作嗎？」

多年來的律師生涯中，第一次遇到交談起來這麼辛苦的對象。榎本根本沒得比。

「傑作？……不不不，差得遠了。」

萵苣根說完立刻別過頭。

「是嗎？」

難道社會大眾對稻葉的才華言過其實嗎？還是萵苣根的標準太嚴苛呢？

「那是件偉大傑作呀！說傑作真是差太遠了！」

萵苣根高喊。這種表達方式太莫名其妙了吧！

「精彩的是哪個部分呢？」

「不用說當然就是入口！出口更是一絕！加上最吸引人注意的迷宮內部！」

既然這樣幹嘛不講一句「全部」就好呢！

「青砥律師，已經看過迷宮了嗎？」

鈴木繁子走過來。一看到萵苣根的模樣就驚訝地睜大眼。

「還沒有，正準備要去看……這位是在美術館工作的鈴木女士，這位是研究路易斯・卡羅的專家，萵苣根先生。萵苣根先生過去也在天使荊冠美術館看過同一個主題的迷宮特展。」

「原來這位就是萵苣根先生啊，久仰大名……比起柴郡貓，感覺更像瘋狂帽客（註4）呢。展示雖然還沒完成，希望能有所幫助。」

這個莫名其妙的人，果然很有名啊。純子忍不住再次打量萵苣根。

「不過……稻葉先生他們還是受到限制，不得進入。聽說最後還剩下一些作業沒完成，這樣下去不知道能不能趕得上特展開放日期。」

鈴木女士嘆了口氣。

「既然這樣，我想應該能夠趕上特展開放的！」

萵苣根自信滿滿說道。

「要是這樣就好了。不過，您怎麼知道的呢？」

鈴木女士感到不可思議。

「也有可能完全趕不上……」

「我們先去看迷宮了。待會兒見！」

純子連忙打斷萵苣根。鈴木女士帶著滿臉狐疑，一邊思索一邊輕輕點頭示意後離去。

眼看著萵苣根也要走上去跟在後頭。

「咦？您要去哪裡？」

純子一驚之下拉住萵苣根。

「我準備跟青砥律師去看看鏡之國迷宮呀。」

蒿苣根轉過頭，露出一副「妳哪位？」的表情。

純子當場愣住。該不會……

「您說那個人是青砥律師？」

她指著鈴木女士的背影。

「對呀。」

蒿苣根點點頭。

「那我是誰？」

「妳是在這間美術館工作的鈴木女士。」

蒿苣根一臉認真點著頭。

不會吧！純子一肚子火。鈴木女士的外表看來應該有五十歲了，不提年齡差距，與曾被《法界期刊》、《新銳律師通信》等媒體譽為「美得過火的律師」的自己相較之下，任誰看了也知道……

不對，重點不是這個。

註4：「蒿苣根」和「柴郡貓」的日文發音相近。

「呃，萵苣根先生，您該不會很不擅長認臉吧？」

純子提心吊膽發問。之前也曾聽過其他人有這種毛病。

「什麼不擅長！妳在胡說什麼呀！」

萵苣根臉色大變。

「對不起，我太失禮了。」

「何止不擅長呢！我對每個人的長相完全分辨不出來！」

萵苣根說完自己覺得很有趣，拍起手一邊大笑。純子倒是一點都笑不出來。

「這種障礙叫做臉孔辨識困難症，就是臉盲啦。英文是prosopagnosia。PROSOPAGNOSIA！Prrrrrrrrr……！」

萵苣根又開始高聲表演起捲舌音。

「好了！我知道了！我充分了解這個字的發音了！」

純子舉起雙手，示意要萵苣根回到原位。

「我對於自己的臉盲症感到驕傲。因為據說路易斯．卡羅也是個臉盲。」

「這樣啊……」

純子忍不住嘆口氣。她已經預感到調查的過程不會太順利。

「重申一次，我才是律師青砥純子。」

「我剛其實也猜到搞不好是這樣。我的直覺真敏銳。」

萵苣根又得意洋洋挑著眉。

「您知道那個人是誰嗎？」

純子指著在遠處的禿鸛鴻。

「度度鳥。」

萵苣根想都不想就回答。

「……您居然認得出那個人？」

「全世界再也找不到第二隻口臭那麼嚴重的鳥了。」

不管這個距離下是不是真能聞到口臭，但至少確定萵苣根除了人的臉孔之外，辨識其他事物的能力應該是正常的。

一來到迷宮入口，萵苣根的表情似乎就很緊繃，直盯著「蛋頭先生」不放。

「有什麼問題嗎？」

等了一會兒之後，純子謹慎問道。

「這個到底是……？」

萵苣根雙手交叉胸前，口中不住喃喃。

「有什麼您覺得不對勁的地方嗎？」

純子端詳著萵苣根的表情。難道他立刻就有所發現了嗎？

「這個白白圓圓的東西是什麼啊？」

純子差點當場跌倒。就像「Carpet Crawlers」一樣，眼前飛過一大群Orz。其他細節也就罷了，但至少還很期待他對路易斯·卡羅的相關研究啊……

「這是『蛋頭先生』呀！您不曉得嗎！」

純子終於使出逼問的口吻。萵苣根頓時恍然大悟。

「原來如此！哈哈哈！原來這是一張表面有圖案的臉孔啊！」

看來只有臉孔辨識困難症是如假包換。

「哎呀，怎麼啦？這裡怎麼飄過好多的Orz啊？」

萵苣根擺出在空中尋找的動作。

「咦？」

純子心頭一驚。怎麼可能看得到……

「我雖然認不出蛋頭先生的臉，但很多人相信，蛋頭先生也跟作者路易斯·卡羅一樣，都有臉孔辨識困難症哦。」

萵苣根一臉認真轉過頭。

「不過……這不是個虛構角色嗎？」

「在《愛麗絲鏡中奇遇》裡，蛋頭先生跟愛麗絲道別時的對話，就說明這一點。」

萬芑根用帶著點鼻腔共鳴的標準發音，背誦出這一段。

「"I shouldn't know you again if we did meet, " Humpty Dumpty replied in a discontented tone, giving her one of his fingers to shake; "you're so exactly like other people. "

"The face is what one goes by, generally," Alice remarked in a thoughful tone.

"That's just what I complain of," said Humpty Dumpty. "Your face is the same as everybody has-the two eyes, so-" (marking their places in the air with his thumb)" nose in the middle, mouth under. It's always the same. Now if you had the two eyes on the same side of the nose, for instance-or the mouth at the top-that would be some help."

"It wouldn't look nice," Alice objected. But Humpty Dumpty only shut his eyes and said, "Wait till you've tried."」

「呃，意思是這樣嗎？蛋頭先生說：『我沒有辦法分辨人的長相。』愛麗絲回答他：『你的長相才更難分辨呢。因為怎麼看都只是一顆蛋。』」

純子最怕遇到英文聽力測驗，這時只能用自己的推理能力跟直覺硬著頭皮翻譯看看。

「非常精彩地完全譯錯！」

萵苣根挑起一邊眉毛，非常傻眼。

「蛋頭先生是這樣說，『萬一就算我們再見面，我也不記得妳吧。因為妳跟其他人長得實在太像了。愛麗絲深思之後回答：『一般人都能分辨出長相吧？』蛋頭先生答道：『這就是問題了。妳長得跟別人差不多呀。大家都有兩個眼睛，正中間有鼻子，然後下面是嘴巴。如果妳兩隻眼睛都長在鼻子的同一邊，嘴巴在上方的話，說不定我還能認得出來。』」

「有臉孔辨識困難症的人，平常大概都是這種感覺吧。」

只不過要分辨他人的臉孔，就得運用到推理能力或直覺，感覺實在太辛苦了。

「話說回來……這個蛋頭先生為什麼會在這裡呢？」

萵苣根提出疑問。純子感到莫名其妙，請你來就是想問你這些呀！

「問我也不清楚呀。不就是為了達到展示的效果嗎？」

「簡直沒有任何意義。」

萵苣根斷然否定。

「在《愛麗絲鏡中奇遇》裡，愛麗絲因為看到壁爐上鏡子裡的貓咪，不知不覺穿越到鏡中的世界。這本書原書名前半段叫做「Throuth the looking-glass」，就是「穿過鏡子」的意思。所以先前在天使荊冠美術館裡的那座迷宮，入口設計成入場者穿越到鏡子裡的感覺。鏡子就像銀色霧靄，逐漸消失在背景中的視覺效果也非常忠於原著，不僅如此，還發揮了無限創意。」

萵苣根說明得頭頭是道。

「我先前之所以稱讚『不用說當然就是入口！』就是這個原因。不過，這裡出現蛋頭先生實在奇怪，沒有任何必要性。甚至在原著裡蛋頭先生是到第六章才出現呢。」

這麼說來，果然是為了密室陷阱才設置的嘍？

萵苣根站在「蛋頭先生」的前方。兩者大大的臉，以及短短胖胖的身材還滿神似的。

「現在好像還不會在面板上顯示出問題。據說這塊面板是當作類似拉門的功能，只要往左右側移動就能進入迷宮。」

萵苣根對於純子的說明左耳進，右耳出，伸手抓住「蛋頭先生」，用力將面板往前拉。

「啊！不要用力拉扯呀！只要把面板往左右移動……」

啪擦！突然聽到扯壞東西的聲音。萵苣根整個人往後倒，雙手還抓著「蛋頭先生」。

「您還好嗎？」

純子連忙跑過去。

「我要是蛋頭先生的話，就變得四分五裂了吧。」

萵苣根站起身，笑著挑眉。

「不過呢，我沒事。蛋頭先生也像這樣，平安無事……」

萵苣根手上的「蛋頭先生」，邊緣出現一道大大的裂痕。似乎是從面板上硬扯下來時弄破了。

純子當場愣住。怎麼搞的啊！腦中突然浮現《鵝媽媽》中的童謠。

蛋頭先生，坐在牆上。
蛋頭先生，跌下了牆。
就連國王所有的馬匹，所有的隨從，
也不能將蛋頭先生恢復原狀。

不對！現在可沒閒情逸致沉浸在童謠裡！純子甩甩頭把自己拉回現實。竟然弄壞了完成前的作品！而且既然蒿苣根是她找來的，自己也免不了要負責。理論上得賠償，但光是付了這個擺飾的金額也不能了事吧？萬一特展因為這樣無法舉辦，將得面臨鉅額損失呢。

不行不行不行！總之，先向稻葉透賠罪，接著只能拜託他想辦法修復了。

「蛋頭先生」好像是從後方緊緊嵌入面板上的洞。材質像是FRP（Fiberglass Reinforced Plastics，玻璃纖維強化塑膠），又硬又紮實，但只有薄薄一片，跟夜市裡賣的面具差不多。背後挖了個空洞，但和正面一樣是白色，裂痕也更加醒目。

純子嘆了口氣。

「這真是令人難過的收場。要是我從前面用按壓的，或是從背後拉，或許可以更輕鬆拆下來吧。」

萵苣根講得事不關己。現在講這些根本是馬後砲嘛！純子聽著一肚子火。

不過……等一下！這麼說來，只要從前面靠蠻力拉扯，兇手不就能夠穿過去嗎……？

不對，行不通。因為「蛋頭先生」的上半部有監視攝影機拍攝。如果只稍微推擠下半部，角度改變得不不大。要能讓一個人通過——也就是三十公分左右，但移動這麼多，一定會被察覺。況且，要是推擠時不順利，還可能讓蛋頭先生掉落在另一頭。

這時，萵苣根將「蛋頭先生」像剛才一樣裝回到面板上。又響起一聲怪異聲響，但純子決定不予理會。既然邊緣已有裂痕，裝回去時就簡單多了。裂痕幾乎被面板遮住，乍看之下其實不容易發現。

純子有些詫異，心想他該不會想這樣蒙混過去吧？

「那麼，我們看看迷宮裡頭吧。」

萵苣根一副若無其事的態度，將面板往左移動，從右側入口走進去。

純子也默默跟在後面。一邊在心裡盤算，她才不要共謀隱蔽證據，待會得向稻葉透好好解釋，並且賠罪。

現在呢……就先暫且擱著吧。

蒿苣根走在迷宮裡，頻頻露出不解的表情。

「有什麼發現嗎？」

純子一問，他指著地板。

「地板為什麼要弄得這麼黑啊？根本就像大烏鴉或是煤桶嘛。」

「聽說本來地板也想使用鏡面，但因為入場來賓有不少是女性。」

純子轉述了先前美玲的解釋。

「不用鏡子就要弄黑嗎？為何又為什麼只能二選一？」

蒿苣根用獨特的節奏發問。

「這……我也不清楚。」

純子只是單純想到，不用鏡子的話，乾脆反而找個完全不反射光線的材質，比較方便而已。

「我之前看過的那座迷宮，是格子圖案的地板。在《愛麗絲鏡中奇遇》裡……」

蒿苣根好像本來還想維持先前特殊的節奏，不過想了想大概覺得麻煩，立刻放棄。

「出場人物的動作都是模仿西洋棋棋謎裡的棋子。加上格子圖案的地板在鏡子照射下，看起來沒有邊際，入場者身歷其境，彷彿自己就站在一張巨大的西洋棋盤上。」

「這麼說來，黑白格子圖案似乎的確比純黑色來得有趣耶。」

「不只這樣。格子圖案跟錯視效果相得益彰。在前一次的那座迷宮裡，會用投影機投射好幾個小白點，晃來晃去或是一閃一閃，讓地板看起來一下子膨脹，一下子扭曲。」

究竟有什麼樣的理由讓他這次犧牲掉這麼具備震撼吸引力的效果，把地板改成黑漆漆的呢？

這時，純子腦中突然靈光一閃。

對呀！兇手一定是為了不讓自己被監視攝影機拍到，才將地板弄得全黑。這麼說來，他使用的手法不就很明顯了嗎？

此時榎本竟然不在這裡，實在讓純子覺得太遺憾。

眼看著走在前方的萵苣根仍不斷搖頭晃腦，表示納悶。純子都要開始擔心，他的脖子繼續扭下去會不會就斷掉。

「唔唔唔唔唔唔……」

萵苣根雙手往前後伸長，擺出奇怪的姿勢，同時還將脖子扭到極限，整個身子像抽筋一樣。

「您、您不要緊吧？」

「唔唔唔……啊啊啊啊啊……rrrrrr！」

「萵、萵苣根先生……？」

萵苣根的大頭突然應聲落下。

純子在極度恐懼下差點昏倒，但勉強定神仔細一看，原來掉下來的只是那頂禮帽。

「我實在無法接受。明明叫做鏡之國，為什麼沒有鏡子呢？」

萵苣根撿起帽子重新戴好。

「尤其可惜的是鏡門消失了。」

「鏡門？」

「前一次的作品中在三叉路口一定會有一面鏡門。三道門之中只有一條正確的道路。必須要仔細觀察反射的鏡像才能找出正確答案。」

「要怎麼樣知道哪個答案是正確呢？」

「比方像是這樣，三面鏡子裡只有一面不會出現左右顛倒。」

「世界上有左右不顛倒的鏡子嗎？」

感覺從原理上來看根本講不通嘛。

「一般市面上就買得到呀。兩面鏡子夾成直角，搭在一起看的感覺很奇妙。本人舉起右手，鏡子裡的人也同樣舉起右手。」

萵苣根輕鬆回答。

「還有啊，就像剛才提過的蛋頭先生所說的。要是打開正確答案之外的兩道門，鏡子會反射出自己的怪臉，就是兩隻眼睛在鼻子的同一側，嘴巴在額頭上咧開笑著。」

究竟是用了什麼機關巧妙設計，才能達到這種視覺效果呢？

「之前的作品最精彩的還是在出口前方。紅皇后雙手抱胸，看著鏡子有種不知為何置身此處的樣子。鏡像的其中之一抱胸的是一隻黑貓。」

萵苣根大概有些不耐煩，終於恢復正常的說話方式。

「這忠實呈現了《愛麗絲鏡中奇遇》裡愛麗絲回到現實世界的那一幕……故事中愛麗絲抓到了惡作劇的紅皇后，大喊著『我要把妳搖成一隻小貓！』沒多久紅皇后真的變成一隻小貓，愛麗絲回過神就重返原本的現實世界。我之前說『出口更是一絕！』就是稱讚獨樹一格的視覺效果。」

……或許大幅減少鏡子數量的原因，是為了避免監視攝影機拍到不必要的鏡像。

「那麼，您認為這座迷宮的狀況，或說完成度，感覺不怎麼樣嗎？」

「妳也看到啦，目前的狀況，不能算是已完成。未完成。」

萵苣根又玩起特殊的文字節奏。

「不是啦，我說的不是這個意思。我要問你覺得這是傑作嗎？」

同樣的對話之前才講過吧？

「這是否能稱為傑作呢？贊成跟反對的意見都有吧。但如果將作者罕見的才華列入考量……」

萵苣根停頓幾秒後斷言。

「距離傑作的水準，怎麼看都差得遠了。」

「保險起見容我再問一句，意思是根本是偉大傑作嗎？」

「坦白講，根本是劣作庸作俗作垃圾，完全浪費金錢和時間。」

要講得這麼難聽嗎？萵苣根先生。純子環顧迷宮。

如果這一切都成了行兇、故布疑陣的道具，那麼稻葉透等於將藝術出賣給惡魔了。

純子再次回到警衛室重看一次監視影片。

萵苣根也在一旁盯著畫面，不斷納悶著搖頭晃腦。

目前已經確定稻葉透在迷宮裡動了手腳，讓自己不被監視攝影機拍到。

問題是目前在迷宮裡別說機關，連先前的蛛絲馬跡都已不存在。

上次看這些監視影片時，重點放在找出要怎麼動手腳，實際上如何通過迷宮的方法。這次還得加上一點，得仔細觀察要怎麼處理掉設下的機關。在這段影片結束之後，警方立刻抵達美術館並封鎖現場。稻葉等人沒辦法進入迷宮，照理說善後處理也在影片拍攝過程中結束。

「看著作業的狀況，有哪裡覺得不尋常的嗎？」

純子問萵苣根。

「波若哥夫餓死了。」

「什麼？」

「他很努力要掩飾減少鏡子的弱點。雖然看得出努力的跡象，但仍然是前一座迷宮的劣化版。現在重新創作毫無意義。」

拜託別再講些莫名其妙的比喻啦。純子快煩死了。

「……我剛才解釋過了，目前研判兇手是通過這個迷宮前往館長室。但問題有三個。在不被監視攝影機拍到的狀況下，該怎麼從入口進入，穿過整座迷宮，然後從出口出來。」

「原來如此，這倒有意思。不過，前兩個問題很清楚了，剩下的謎團只有一個，就是怎麼出來的。」

蒿苣根笑得牙都露出來了。

「咦？什麼意思？」

純子以為自己聽錯了。

「兇手全程都是匍匐前進呀，當然就不會被拍到了。」

這一點當然想過了呀！就算是我，再怎麼說也沒笨到這種程度吧！

「的確，在迷宮裡大部分地方只要用爬行的就不會被拍到，但也有些地方例外……」

「妳說的是像這裡嗎？」

萵苣根指著畫面。上面出現的就是位於迷宮中段的地方。長約三公尺，只容得下一個人通過的玻璃牆。牆上有一排傾斜的撲克牌士兵，朝著內側就像斜屋頂排列，中央有隻巨大的傑伯沃基穩穩坐鎮。那是一隻身穿背心和緊身褲，外型有如瘦長惡龍的怪物。長著鉤爪的長長手指掛在迷宮的牆上，長了宛如鯰魚鬚觸角的魚頭從上方冒出來。

如果能將身子貼近地板，保持在監視攝影機的視野之外，用爬行通過的話確實不會被直接看到，但這裡跟其他地方不同的是對向的牆面。這裡有一大面鏡牆，清清楚楚反射出地板。先前經過這裡之後也檢查過監視攝影機拍到的影像，無論身體趴得多低，照理說一樣看得清清楚楚。

「對呀。這裡不可能不經過的，可是一旦經過不就一定會被拍到嗎？」

純子反問。

「會這麼想就代表妳是個外行人，唉，真是太膚淺了。」

萵苣根露出滿臉笑容。

「妳只相信親眼所見？這是哪來的自信啊。妳的雙眼愈是閃閃發亮，就愈容易被騙哪。眼前究竟看到的是什麼？我勸妳最好再一次睜大眼睛，仔細瞧瞧吧。」

每次被榎本吐嘈，自己的容忍度就隨之提高，但沒想到被一個怪聲怪調的人嘲諷，竟然能讓人如此火大！

「你說我雪亮的眼睛……」

不行！差點又要隨他起舞了！純子乾咳了幾聲。

「可以請您說明一下嗎？究竟是怎麼樣能躲過監視攝影機的拍攝，穿過這一段通道呢？」

「就來看看那一幕吧。可以快轉播放嗎？」

「可是根本沒拍到兇手呀，怎麼知道要快轉到哪一段？」

純子發出抗議。要找出隱形兇手穿過迷宮的影片，不就跟一休和尚要人把屏風上畫的老虎趕出來一樣嗎？

「就算沒拍到兇手也看得出來。留意這隻傑伯沃基就對了。」

「為什麼？」

「重點就是找出這隻惡龍明顯晃動的那一幕。」

蔦苣根一副自信滿滿的態度。惡龍會晃動？純子半信半疑快轉影片。

啊！找到之後不由得一陣茫然。前先大概因為沒看到稻葉等人出現在畫面上，看的時候沒特別注意。但這時的確看到傑伯沃基全身搖晃，鉤爪動來動去，大嘴還張開了。

「您怎麼知道這隻龍會動呢？」

「因為跟前一次的迷宮一樣呀。」

蔦苣根咧著嘴露出白牙。

「稻葉大師是直接拿過來用了吧。」

「不過，為什麼兇手經過時傑伯沃基會晃動呢？」

「因為這樣能提升視覺效果，更增加不可能的感覺。」

萵苣根解釋了稻葉使用的手法。純子聽了只感到錯愕。近年來的技術進化到令人嘆為觀止，實在無法想像竟然能做出這種事。

「牆壁上方有一整排的撲克牌士兵，妳不覺得很不尋常嗎？」

「不尋常嗎？」

純子感到疑惑。話說回來，裡頭根本沒有什麼是正常的吧。

「撲克牌的角色是出現在《愛麗絲夢遊仙境》，但是在《愛麗絲鏡中奇遇》裡出場的應該是西洋棋的棋子呀。」

「既然這樣，為什麼這裡要安排撲克牌士兵呢？」

純子指著畫面。

「因為要是從玻璃牆上方透下光線就露餡啦。」

萵苣根的解釋簡潔明快。

「現在這樣的話，可以大搖大擺走過去，還不必麻煩趴低身子。」

該怎麼說呢。純子忍不住在心中感嘆。這個莫名其妙的人，只要提到跟路易斯・卡羅有關的任何大小事，說不定推理能力比榎本還厲害。

「……可以再請教您一件事嗎？兇手稻葉透是怎麼進到迷宮裡的呢？」

「怎麼進入？沒什麼奇怪的呀。」

萵苣根莫名偏著頭。

「就直接爬進去呀。」

「可是入口有『蛋頭先生』擋著，這樣不就會碰到嗎？」

「現在的確這樣，但那個影片裡不是唷。」

聽到萵苣根的回答，純子一陣錯愕。

「怎麼可能！這……這怎麼看都是……」

「怎麼看都是怎樣？用僵化的腦袋，只能看到一種結果。」

純子啞口無言。萵苣根則一副驕傲的態度。

「我這雙眼睛看到的就是真相。想騙過我？不可能！」

6

純子進入迷宮，試著找到走到出口的路徑。

先前美玲說得沒錯，一開始可能很困惑，但一旦知道正確的路徑，不用三十秒就能走出來。

中間在幾個地方蹲低身子，就能在迷宮牆壁的遮掩下，避開兩台監視攝影機的拍攝範圍。

如果昨天萵苣根的說法正確，就能在不被攝影機拍到而順利進入迷宮。即使是迷宮中段部分，要是他說得沒錯也不會有問題。

剩下最後一個問題，該怎麼出來？

純子站在距離出口幾公尺的地方。

在終點前的一段直線路徑中，隔間是透明（帶著淡淡的紅色）的，監視攝影機B拍得清清楚楚。

該怎麼樣才能順利穿過這一段呢？

純子看著對面的鏡牆。果然鏡子裡有個帶著淡淡紅色的自己，看得一清二楚。茫然佇立的身影，說是正在展開調查的美女律師，更像是個在商店裡順手牽羊被監視攝影機拍到的扒手。

這時，感覺背後有動靜，似乎有人在笑。

純子一轉過頭，發現榎本硬生生別過視線，假裝忙著檢查迷宮的牆壁。

「榎本先生，你真的已經知道兇手是怎麼走出迷宮的嗎？」

他昨天特地跑了一趟那須的美術館，好像收穫不少。

「沒有，這道關卡比想像中還困難。出口前方的透明牆壁最棘手，究竟有什麼方法能順利通過這一段，又不被監視攝影機拍到呢？」

榎本苦著一張臉猛搖頭。

搞不好這是個好機會！純子感到內心激起澎湃的鬥志。要是能比榎本早一步揭開兇手設下的機關，往後再也不必被他瞧不起了。

純子盯著鋪滿黑色面板的地板。

兇手從地板上方經過。仍舊可以隱匿形跡不被看到。這麼說來……

恍然大悟。之前怎麼都沒發現呢！

「我知道了！」

「知道什麼？」

榎本一副沒有太大期待的表情。

「……變色龍呀！在這種狀況下要騙過監視攝影機，除了這個再也沒有其他方法了吧？」

「我大概猜得到妳要講什麼啦。不過，為了謹慎起見，可以請妳說明一下嗎？」

榎本強忍著呵欠問。但聽在純子耳裡只像是他不願承認自己的落敗。純子指著地板說道。

「兇手穿著一身全黑的服裝，在黑色的地板上匍匐前進。」

謎團終於解開了！絕對錯不了。果然就是這樣，稻葉透不就穿得一身黑嗎！

「妳的意思是，在黑色地板上穿著黑色，就能像變色龍一樣有保護色，看不出來了嗎？」

「對呀。監視攝影機的解析度就算比過去提升不少，但還是有限。行兇當時的燈光又很昏暗，我看到的影片也覺得模模糊糊。」

榎本深深嘆了一口氣。

「如果這樣就能不被監視攝影機拍到，那就輕鬆啦。」

「輕鬆？輕鬆是什麼意思？跟你的老本行有關嗎？」

純子冷冷瞪了小偷一眼。

「沒，沒什麼意思。」

榎本乾咳幾聲蒙混過去。

「做個實驗就能一目瞭然，其實現實之中沒有完全不反光的黑。使用奈米碳管製作的奈米碳管黑體，這種物質的反光率只有０．０４％，在監視攝影機的鏡頭下看起來會是全黑吧，但要達到百分之百保護色的效果，地板和服裝兩者都要是奈米碳管黑體的材質。這塊地板無論搭配再黑的服裝，亮度也會完全不同，來自各個角度的光線繞射下，看起來就是立體的。即使是解析度低的監視攝影機，再不濟也能看得出有動靜。」

咦？純子感到很掃興。

真的就這樣？也不做個實驗就這麼輕鬆推翻這個說法？

根據監視攝影機Ｂ拍到的影片，地板看起來一整片漆黑，所以才會讓人覺得保護色的手法有效嘛。

……等等！真相往往比想像中來得單純呀！

「我知道了！」

純子又一次高喊，但榎本毫無反應。她再喊一聲：「我知道了！」同時看著榎本，他才一副無奈回應。

「哦，這次妳又想到了什麼莫……的假設？」

「莫什麼啊？」

純子瞪了榎本一眼。

「莫……須有，不是啦，我是說有什麼莫測高深的點子呢？」

早就知道這個小偷不只手腳不乾淨，個性也很討人厭。萬一這次的推理正確，保證不讓他再說自己的推理是「莫名其妙」。

「在推測的死亡時間五小時之前，第一展示間曾經跳電過一下子吧？」

「沒錯。」榎本恢復稍微認真的態度。

「在助手山本到機械室重新打開開關之前，影片大約斷了兩分鐘吧？我在想……有沒有方法讓稻葉留在第一展示間卻能製造出跳電的現象呢？」

「這很簡單。只要在開關上動點手腳，造成短路就行。」

「這樣兇手就能製造出兩分鐘的空檔來布置。」

「布置什麼？」

榎本好奇問道。

「我猜兇手用一大張黑紙或黑布把透明玻璃隔板貼起來，沿著透過玻璃看到的地板線。」

純子做好準備，預料又會聽到辛辣的嘲諷。沒想到這次連榎本也點點頭。

「把不想被看到的地方弄得黑漆漆，看起來像是空無一物，這是魔術裡也很常使用的手法。這名兇手的想法的確跟魔術師很相近。」

「嗯。而且如果只是貼上黑紙，兩分鐘應該很充足吧？」

受到出乎意料之外的肯定，在激勵之下純子不自覺拉高了聲調。

「這個嘛……從監視攝影機的視野來看，黑紙至少需要五公尺長，但也不至於辦不到。」

太好啦！Bingo！這次真的成功了！

「不過，就跟之前講起在牆上斜立屏風的狀況一樣，後來沒時間拆掉處理呀。」

一陣失落。果然有盲點。

「整個作業結束後，室內有一瞬間變暗，監視攝影機什麼也拍不到。」

「但這麼短時間內實在辦不到。就算拆掉了，五公尺長的黑紙要瞞過兩名助手偷偷處理掉也不可能。」

「不是有一種魔術師常用的，可以在瞬間燒光的紙嗎？」

「但應該沒有長達五公尺的吧。」

榎本這時真的打了個大大的呵欠。

「再說，光是蓋住玻璃隔板也不行。因為兇手會被後方的鏡子照到呀，還有第一展示間的玻璃窗。」

什麼嘛，果然又是這樣。每次都這樣。

純子垂頭喪氣。

無論怎麼拚命思考，永遠找不出正確答案。

難道我註定只能提出一個個「莫名其妙」的推理，無法跳脫遭到奚落的命運嗎？

榎本走近透明隔板，看似伸手要摸摸表面的觸感，卻又往後退了幾步，透過隔板觀察監視攝影機B。只見他交叉雙臂陷入沉思，好像想不出解決的方法。接著像是束手無策，舉起右手搔搔頭，左手扠著腰。

這副模樣都清楚映在他背後的鏡子裡。純子不經意看著，突然覺得哪裡不太對勁。

榎本在原地走了兩、三步。

「等一下！你先別動！」

聽到純子厲聲制止，榎本露出有些不耐的眼神。

「又怎麼啦？」

「總之，你先在原地不要動。」

純子凝視著鏡子裡的榎本。究竟哪裡不對勁呢？

答案立刻揭曉。

「榎本先生，你的手錶！」

「嗯？」

「鏡子裡頭手錶的數字刻度好像怪怪的。」

榎本轉過頭看看自己的身影，似乎一驚之下愣住了。

「這……」

鏡子裡他戴在左手的G-SHOCK，錶盤變得黑漆漆。榎本連忙直接舉起手檢查手錶。

「沒什麼異常呀。」

他再次看看鏡子裡的G-SHOCK，然後慢慢調整手腕的角度，錶盤又變得黑漆漆。

「原來是這樣啊。我曾經懷疑兇手是不是運用了光學上的機關，沒想到真的做到這種程度。」

榎本感嘆地搖搖頭。

「究竟怎麼樣才會變成這樣啊？」

純子覺得好像在看魔術表演。榎本每晃動一下手腕，鏡子裡的錶盤就會時而變黑，時而恢復原狀。

「這就是兇手用來從迷宮脫身的手法呀！」

榎本露出故作玄虛的笑容。

「不行……」

稻葉透扔掉速寫用的炭筆套。

不久之前只要一打開素描本，創意就會源源不絕湧現。

但是，現在卻什麼都想不到。

就連任何一丁點靈感碎屑都沒有。

我的創造力已經完全枯竭了嗎？

稻葉拿了一只圓玻璃杯，從工作室角落的冰箱裡抓了幾顆冰塊丟進杯中，再倒一大杯單一麥芽威士忌。突然想到，這威士忌也是平松送的。

「可惡！」

他用力將玻璃杯往牆上丟。雪白的牆上立刻染上琥珀色，頓時芳醇香氣四溢。

「這傢伙連死了之後還要作怪？到底想幹嘛？」

恨得牙癢癢，喃喃自語。

「不對，不是……我、我到底在說什麼啊？」

腦子裡浮現平松當時虛偽的笑容。

「哎呀呀，怎麼啦？稻葉大師。」

平松咧著一張大嘴，露出烤瓷貼面的一排白牙。好像舞獅頭一樣。

「託大師的福，您的作品現在可是炙手可熱呢。成交價不斷在拍賣會上創新高，現在在美術年鑑上也獲得頂級評價。現役創作家沒幾個能達到這種境界。話說回來，我從早期就關注大師，也感到與有榮焉哪。」

「你是想到原本以低價買進的作品，就得意得不得了吧？」

稻葉語帶諷刺，平松聽了裝模作樣用扇子敲敲頭，擺出昭和時期的老派反應。

「沒辦法立刻回饋給大師，這一點還請多包涵。再怎麼說，推銷、宣傳，這些種種瑣事都要成本呀。不過，我把大師的作品行情拉抬得這麼高，您要感謝我的話，我也當之無愧啊。畢竟，接下來的作品，您賺的可是比我……比這間美術館微薄獲利多上幾十倍呢。」

稻葉慢慢走到大辦公桌前，低頭看著平松。

大概因為身材矮小的自卑感，讓平松不喜歡有人低頭看著他。他哼了一聲，挺起上半身，用力踹了一下地毯讓帶著輪子的辦公椅往後滑，抬頭看著稻葉。

「不過，之前簽了那份獨家合約，讓我在接下來十年還得持續將獲利支付給你。」

平松聽了板起臉，表情變得嚴肅，但隨即又露出笑容。

「哎呀，別這麼說嘛，大師。您還年輕，十年一眨眼就過啦。接下來等著您的可是人人稱羨的生活呢，這跟一般表面號稱名流實際上是暴發戶的可不相同，而是名利雙收，真正的上流社會生活耶……欸，您聽我說嘛。」

平松眼見稻葉想要反駁，舉起手制止。

「當然啦，看起來作品的成交價格，跟大師獲得的報酬相較之下，的確會覺得虧到了，這我也能理解。不過，我剛才也說過，大師的作品目前能在市面上獲得這麼高的評價，我的功勞也不小吧？……哎呀，您再聽我說幾句。」

平松從椅子上起身，挺直了背脊，在辦公室裡大搖大擺走了幾步。他就算穿了墊高的鞋，也不過一百六十公分左右，看起來卻有一股獨特的巨大感。平松沒走到稻葉身邊，反而到房間角落的櫃子裡拿出一瓶單一麥芽威士忌，倒了一杯。接著他舉起杯子，示意詢問稻葉要不要也來一杯，稻葉搖了搖頭。

「至於大師的報酬呢，好像也該討論一下。我確實聽到不少聲浪，畢竟您是現代藝術界的代表之一呀，平常的食衣住行要是不符身分，也說不過。所以呢，雖然實際抽成的比例還不確定，但接下來會朝向大幅增加的方向，敬請期待嘍。」

平松似乎總算說完了，眉開眼笑啜了口威士忌。

「我不能接受的不是報酬多少。」

聽稻葉一說，平松露出驚訝的表情。

「什麼？不是報酬多少？」

「是的。我了解平松先生對我恩重如山。想當年我剛從美術大學畢業，沒沒無名，你不但代墊製作費用，還提供我食宿，這些我都沒忘記。後來還在各地讚賞我的作品，同時積極引介到外國。可以說多虧有平松先生，才有今天的我。從這方面來說，我實在沒資格討論報酬。」

平松聽了頻頻點頭，這時總算露出發自內心的笑容。

「聽大師這麼說，我覺得自己這些年來的辛勞都不算什麼了……不過，從另一個角度來說，還是要討論調漲報酬的事，否則我會覺得很過意不去。」

「我不能接受的是你的煉金術。」

平松臉上的笑容倏地消失。

「……原來如此，蘇富比的拍賣會我確實花了不少心力運作。話說回來，要是大師作品本身沒有說服力，無論事前費多少工夫也訂不了這麼高的價格。話說最後得標的人根本在我料想之外。競標過程中一下子跳到三百萬美金時，最驚訝的是我吧。」

平松喝了一口威士忌，似乎想起當時的情景。

「不如這樣想吧？過去因為大家不熟悉，其實對你的作品設定的價格過低了，而我現在只是讓這些作品獲得應有的評價。我的行為沒有觸法，這在藝術界也是很正常的操作手法。」

「我說的不是這件事。我說的煉金術，是你利用我現在行情走高的作品，來從事你那些骯髒的勾當！」

稻葉走到平松面前。松平表情一變，彷彿口中的威士忌一下子變成了苦艾酒。

「……你在說什麼啊？」

「你幹的所有好事！那些檯面下的交易、逃漏稅，還有非法的政治獻金。只要作品公認有這麼高的價值，你那些髒錢也可以用作品買賣的名義來漂白。」

至今稻葉仍清楚記得平松在那一瞬間的表情。然而，平松不是遭到刻意找碴而憤怒，也不是因為被說中而錯愕，而是充滿無盡的猜疑，好奇眼前這個臭小子究竟知道多少內情。

「我看你好像對我有點誤會啊。」

平松拿著圓玻璃杯，與稻葉擦肩而過，又回到辦公桌旁。他似乎邊走邊整理思緒，緊繃的雙肩透露出內心的不安。

「你到底是從哪裡聽到這種事呢？當然啦，我的確頻繁買賣大師的作品，但這都是為了要營造交易熱絡的現象呀……那好吧，你可以具體說說哪次交易讓你覺得不對勁嗎？」

在辦公桌另一頭坐下的平松，已經穩定情緒，擺出若無其事的表情。

「最近的每一筆交易。」

不能具體列舉出來。一旦詳細說出作品名稱，說不定會被對方察覺到裝了竊聽器。

「這……講每一筆也太籠統了吧……那麼，該怎麼解釋才行呢？還是要讓你看看帳冊也行哦。」

看來平松認為沒被抓到確切的證據，語氣聽來還很游刃有餘。

「平松先生，對於你的經營手腕，我也給予肯定。這間美術館在你接任館長之後，一下子就打消了過去累積的赤字，非常厲害。」

「要讓藝術長久經營下去，就需要有些錢多到沒地方花的金主，要不然就是多少能認清現實的人呀。換句話說，就是懂得『睜大眼睛看見夢想』的人。」

平松那副驕傲自滿的表情，讓人看了好噁心。只是，這種無論在什麼狀況下都能將自己的行為正當化的能力，倒令人有點羨慕。

「算了，沒什麼好說了。」

稻葉拚命克制情緒說道。

「你利用我的作品應該也賺得夠多了。我沒辦法繼續忍耐下去。」

「哎呀，還是得請你繼續忍耐啦。」

平松的語氣充滿挖苦。

「不要再講這些幼稚的話了。」

「我也沒打算揭發你那些見不得人的勾當，只求你放我自由。」

平松噗嗤笑出聲。

「你這是在威脅我？揭發我？哼哼。就憑你這個不食人間煙火的藝術大師，辦得到嗎？」

「當然可以。我已經做好心理準備。」

「算啦，如果你堅持這樣，隨便你啦。不過，反正結果已經能預料。你沒有充分的證據，我也絕對不會遭到起訴。」

「但是全天下都會知道你幹的醜事。」

平松絲毫不為所動。

「反正，你說的都不是事實。對我來說呢，不痛不癢。我天生就是個厚臉皮，不過啊……藝術大師你可不是吧？社會大眾發現你的作品在拍賣會上炒作價格，一定認為你也參與其中吧？真可惜，你那些精彩傑作沾上汙名，永遠沒有挽回名譽的一天。你真的希望事情走到這個地步嗎？」

跟這個歷經大風大浪的人作對，一開始就沒有勝算。

稻葉苦悶沉思。

所以只好殺了他。

再設計讓跟他同夥的傢伙，那個叫榎本的壞蛋被當作兇手。反正平松本來就想誣賴榎本，現在只是將陷害他的罪狀從竊盜變成謀殺而已。

稻葉在工作室裡來回踱步。

殺了平松之後，他沒有一絲後悔。那傢伙是寄生在藝術界的毒蟲，總要有人出手驅除。

只是，沒想到，付出的代價卻是……

稻葉站在未完成的雕塑前。

在自己雙手染上鮮血的那一刻，似乎再也感受不到創作的喜悅與激動。

或許，繆思女神從此不會再對自己微笑了。

「可惡！」

稻葉拿出了十字弓。當初是創作時為了參考整體結構而買的，現在已經無用武之地。

既然這件作品也無法完成的話，不如自己親手毀掉。

稻葉將金屬材質的箭搭在十字弓上，朝著雕塑射出。

材質脆弱的雕塑在一瞬間化為粉碎四散。

頓時，一股先前殺掉平松時絲毫未曾感受到的心痛，湧上胸口。

工作室的門一開，石黑美玲走了進來。

「老師？這……這怎麼回事？」

看見徹底破壞、化為粉碎的雕塑，美玲楞在原地，連手上的購物袋都應聲滑落。

「沒什麼……這就只是個失敗的作品。」

「可是……」

「今天沒其他事了。可以讓我一個人靜一靜嗎？」

美玲露出哀傷的表情，在原地動也不動。不一會兒，她只說了句「我知道了。」便離開工作室。

稻葉仰天感嘆。

這下子真的一切都完了嗎？

這時，手機突然響起。

拿起手機，顯示的是個陌生的號碼。

「喂？」

『稻葉大師嗎？』

是榎本的聲音。兩人雖然素未謀面，但稻葉透過竊聽器聽過對方的聲音。

「有什麼事嗎？」

『有點事想跟你談談。現在方便請你跑一趟，到新世紀美術館嗎？』

「要談什麼事？」

『我手上有一些證據，證明平松館長涉及很多不法勾當。』

「是嗎？」

稻葉冷冷回應。事到如今，這些都不重要了。

『這些證據一旦公開，應該會引發很多連鎖效應吧。』

「這樣啊。」

『我就是想跟你商量一下這件事……為了彼此著想。』

「那好吧。不過，我手邊有些工作還沒處理完，就約今晚十二點可以嗎？」

榎本考慮了幾秒鐘，『那麼，十二點我在第一展示間的迷宮門口，恭候大駕。』說完就掛斷電話。

稻葉輕輕搖了搖頭。十二點？自己為什麼會這麼說？

接著，他看到十字弓。

那個叫榎本的傢伙，跟平松是同類。

社會上的害蟲只能全數殲滅了。

7

「榎本先生？你在哪裡？」

第一展示間的燈光昏暗。

「我在這裡。」

聲音從正前方傳來。稻葉定神一看，榎本好像在迷宮裡。看來他似乎站在台子還是椅子上，從迷宮的隔牆上方探出頭。

「你在那邊做什麼？」

稻葉將裝了十字弓的袋子藏在背後。

「我看還有時間，就順便研究一下這座迷宮，結果發現很多有趣的事情。」

「哦？什麼事？」

「好比案發當晚你是怎麼穿過這個迷宮，殺害平松館長的方法。」

反正一定是唬人的。稻葉輕輕拉開背後袋子的開口。不必廢話，殺了他就對了！

……話說回來，或許也不必這麼心急，先問問這傢伙究竟知道了多少。

稻葉露出一抹微笑。

「我有不在場證明呀。你沒看過監視攝影機的影片嗎？」

純子緊張地嚥了口口水，盯著事態發展。監視攝影機的畫面清晰，多虧設置了麥克風，聲音聽起來就像置身現場，十分清楚。

「看起來挺順利的，等那傢伙一露出狐狸尾巴就立刻逮捕。」

禿鸛鴻喜孜孜說道。

「可是，我總覺得不太放心。」

聽純子這麼說，禿鸛鴻問她擔心什麼。

「萬一有什麼狀況，衝到第一展示間還需要一點時間吧？」

「放心吧，榎本不會搞砸的。」

要是這樣就好了。

純子緊盯著螢幕。

「監視攝影機的影片我看過了，但我已經破解密室之謎。那天晚上，你穿過第一展示間的迷宮，前往館長室殺了平松先生。」

榎本的語氣肯定，稻葉的眼神卻頓時充滿好奇。

「哦？什麼方法？我根本連迷宮都進不去呀。要是我走進迷宮，攝影機應該會被拍到『蛋頭先生』晃動才對。」

「原來如此。」

榎本平靜點點頭。

「其實我昨天跑了那須一趟。」

稻葉的神情似乎有些微變化。

「因為我想比較一下你前一次的作品『鏡之迷界』和這次的作品『鏡之國迷宮』。兩件作品都是只有你才能呈現的精彩傑作，不過我個人認為前一次的作品比較好。」

「是嗎？」稻葉似乎感到很無趣。

「昨天有位特別來賓到這裡。」

「是誰？」

稻葉很明顯突然感到緊張。純子從先前一直對稻葉藏在背後的袋子很好奇。

「蒿苣根功先生。你認識他嗎？」

稻葉深深吸了口氣。

「當然，我跟他見過好幾次面。只是見過再多次他還是記不得我的長相。」

「我聽說，蒿苣根先生有很多地方也跟我有同樣的感想。」

榎本淡淡說道。

「簡單來說，這次的作品是絲毫不見創意的自我模仿，充其量不過是上一件作品的劣化版。」

「蒿苣根老師的標準真嚴格。」

稻葉露出苦笑。

「我倒不認為這次的迷宮沒有創意，只不過，創意的方向搞錯了。」

「你到底想說什麼？」

「就是先前提到的，『蛋頭先生』。」

榎本的目光從稻葉移到另一個方向。

「聽說蒿苣根大師看到監視攝影機的影片時，一眼就看穿。」

稻葉愣住。

「那天晚上，『蛋頭先生』前後反過來了。」

「反過來？你在說什麼啊？」

稻葉露出輕蔑的笑容，仍掩不住他的緊張情緒。

「兇手在行兇之前，事先把『蛋頭先生』前後反過來鎖在面板上。」

榎本維持平靜的語氣。

「理論上兇手只要把身子蹲低，就能順利從迷宮入口進入而不被攝影機拍到。不過，蛋頭先生那張臉很礙事，因為若是將嵌有『蛋頭先生』的面板左右移動，就會被攝影機拍下來。但要是那張臉不是往外突出，而是往後退縮的話，就能從前方通過，進入迷宮了。」

「前後反過來的話，從影片裡不就一目瞭然嗎？」

稻葉瞪了榎本一眼。

「我剛才檢查過背面，同樣的顏色，加上臉的構造並不明顯，幾乎分辨不出來。要說唯一的差別，就只有凸面或凹面這一點。」

「這就是很大的差別了吧？」

稻葉加強了語氣。

「就算監視攝影機的影片看不出深度，但照理說該往外凸的東西變成往內凹，這不會看不出來吧？」

「這個嘛，大多數的人都無法分辨吧。我想你應該很清楚。」

榎本自信滿滿說道。

「請看看迷宮入口的『蛋頭先生』。」

稻葉瞄了一眼，露出驚訝的表情。

「你剛才進入展示間時，應該看到了吧。不過，就連創作者本人都沒發現正反的差別呢。」

「怎麼看都覺得是很正常的臉呀。」

純子喃喃自語。這時透過畫面更覺得看起來明明就是凸面。

「不過，為什麼往內凹的東西看起來會像往外凸啊？」

禿鸛鴻皺起眉頭。

「這種現象好像就叫做『凹面錯覺』（Hollow-Face illusion）。有趣的是，這種錯覺聽說不會發生在臉部以外的圖形上呢。」

純子解釋。

「為什麼只有臉孔特別？」

「因為對人類來說，辨識他人的臉孔非常重要，腦部好像有個特別用來辨識臉孔的部位，目的就是能夠即時判斷出臉孔跟其他形狀的不同。」

臉孔的確非常特別呢。像自己這等美貌就不必多說了，就連鴻野警部補這種特殊的長相，也會讓嫌犯全身發抖，大受震撼。

「不過，也因為這樣，要察覺反過來凹陷的人臉就有困難了，因為現實世界中沒有人的臉長成那樣。因此，大腦會下意識加以修正成突出的樣子。連肉眼都能騙過了，要躲過不容易判斷出深度的監視攝影機就更容易。」

「既然這樣，昨天那個怪大叔怎麼沒被騙到？」

「因為萵苣根老師有臉孔辨識困難症。」

純子想起萵苣根竟然連她跟鈴木女士都認錯，差點要跟著鈴木女士身後走。

「他在臉部辨識上有障礙，因此『蛋頭先生』在他眼中也只是個凹凸的蛋狀物體。所以啦，當他發現凹陷時立刻察覺到。聽說一般而言，有臉孔辨識困難或是思覺失調症的人，就不會出現凹面錯覺。」

「……原來如此。挺有意思的啊。這麼說來，入口的確有監視攝影機的死角，要是沒有那張臉擋住，就能進入迷宮了。不過，可不是只進去就行了吧？」

稻葉眨了眨眼，卻立刻換上一張撲克臉。

「迷宮裡頭又該怎麼解決？傑伯沃基的附近呢？前方有一大片玻璃，裡頭則是鏡牆。這下子總沒辦法在通過時不被攝影機拍到了吧？」

「這也是萵苣根老師告訴我們的。」

榎本露出微笑。

「這是你在之前的迷宮裡也用過的手法，可以直接看穿的玻璃，其實是使用瞬間調光玻璃的智慧螢幕吧。」

「那是什麼啊？」

聽著一個接著一個不認識的詞彙，禿鸛鴻的臉又皺成一團。

「瞬間調光玻璃呢，好像是在兩片玻璃板中間夾了液晶。通電的時候是透明，電源關閉就變得不透明，而智慧螢幕就是當不透明時從背後投射影像，會立刻變得像是電影螢幕一樣。」

「也就是說，我們看到以為是透明玻璃，其實是背後投射的電影？」

「那尊巨大的傑伯沃基塑像，好像是你從之前那個迷宮硬搬過來的。表面上看起來頭部以上從牆上突出，透過玻璃可看到身體的部分，實際上當晚傑伯沃基動起來的時候，隔著玻璃牆看到的影像是從背後放映機投射出來的。能夠和動作絲毫不差地同步，也多虧有稻葉大師的技術。影像中傑伯沃基的動作和實際上幾乎一模一樣，唯有一點不對勁，就是沒拍到從後方通過的稻葉大師。」

聽了榎本的說明後，稻葉沉默了好一會兒才抬起頭。

「……原來如此。我得承認，這些的確都辦得到。事實上，迷宮裡那段牆面就是具有智慧螢幕功能的瞬間調光玻璃。」

「既然這樣，不如你就坦承一切吧？」

「不過，迷宮出口你就沒辦法解釋了吧？那裡跟傑伯沃基的地方一樣，都有監視攝影機正對的透明玻璃牆，背後還有一大面鏡子，不過，出口這邊的玻璃可不是瞬間調光玻璃了吧？」

「的確不是。」

榎本很乾脆地回答。

「不過，就連你大概最有信心的最後一道關卡，我也已經破解了。」

「……你是怎麼破解？」

「那麼，我就用有別於和莫名其妙小姐解釋時的另一種方式，依照時間順序來說明。既然你就是兇手，應該很清楚這些內容。」

莫名其妙小姐是誰啊？純子聽到榎本的話當場愣住。該不會在講我吧？

「莫名其妙小姐是誰？」

稻葉也挑了挑眉，表示疑惑。

「哦，沒什麼，是我自言自語。那天晚上在案發前的五小時左右，第一展示間曾跳電對吧？」

稻葉似乎沒料到會被發現。

「要製造跳電的現象，未必要操作分電盤，其實只要在插座插上異物，造成短路就行了。你在出口一側的監視攝影機正下方放了直馬梯做好準備，利用旁邊的插座造成跳電。」

「我為什麼要這麼做？」

「為了跳電之後讓監視攝影機停止運轉。山本先生到機械室重新打開總開關，恢復電力，這中間大概花了兩分鐘。你就趁著停止錄影的這段時間，在監視攝影機上裝了單眼相機用的偏光鏡。」

純子想起白天榎本的解說。

「……為什麼會這樣呢？」

純子還沉浸在觀賞魔術的心情。榎本的手腕換個角度，鏡子裡G-SHOCK的錶盤就一下子變黑，一下子又恢復原狀。

「是因為偏光濾鏡。」

榎本眼神銳利，直盯著鏡子。

「偏光濾鏡？就是照相機或是太陽眼鏡上用到的嗎？」

「對。妳知道那是什麼嗎？」

純子搬出自己僅有的知識。

「印象中如果在相機上裝了偏光鏡，就會濾掉多餘的光線，拍出色彩更飽和的照片。太陽眼鏡也是，能夠防止光線閃爍，讓眼睛不會疲勞。」

「沒錯。妳曉得大致上的原理嗎？」

純子搖搖頭。

「光其實就是波動，沿著這樣的曲線震動。」

榎本上下揮著手，比出波浪的形狀。

「問題在於震動的方向。有直向，有橫向，也有斜向。就是偏光。」

純子點了點頭，但心裡很驚訝。光、電磁波，這些都經常以波浪的外型來表達，但過去都一廂情願認定是表現概念的圖而已，從來沒想過實際畫出波形。

「偏光鏡、偏光濾鏡，妳就把這些想像成百葉窗。比方說，若是橫向長形的縫隙，橫向的偏光就能通過，但以縱向震動的偏光則無法通過；因此，通過偏光鏡的光線，都是同一個偏光的方向，就能看得清楚。」

大概能夠理解，不過，為什麼手錶上的錶盤會變黑呢？榎本彷彿看穿了純子的疑問，繼續解釋。

「換句話說，偏光濾鏡有各個不同方向。那麼，如果將縱向的偏光濾鏡貼在只能讓橫向偏光通過的偏光濾鏡上，妳認為看起來會怎麼樣呢？」

「一開始隔絕掉除了橫向之外的光線，然後連縱向之外的光線也透不過……啊！所以會變得黑漆漆嗎？」

純子看著榎本手上的G-SHOCK說。

「答對了。」

榎本好像看著今天總算說出正確答案的學生，滿意地笑了。

「手錶上的液晶畫面用了偏光濾鏡。反射在鏡子裡頭，就會因為某個角度而變黑。也就是說，這面鏡子同樣貼了偏光濾鏡。」

純子沉思了一會兒。

「意思就是，當貼在鏡子上的偏光濾鏡和手錶錶盤上的偏光濾鏡方向一致時，看起來就沒有異狀；不過若是兩者角度呈九十度時，就會變成全黑。」

「就是這樣。」

「這我懂了。但是，這跟不被監視攝影機拍到之下順利走出迷宮的機關，又有什麼關係呢？」

「兇手應該是在迷宮出口附近的兩個地方貼了偏光濾鏡。就是監視攝影機前方的透明玻璃隔板，以及這面鏡子。」

榎本抬頭看看上方。

「還有，另一個地方。」

一聽到偏光鏡這三個字，稻葉剎那間顯得倉皇不安。

「裝上偏光鏡之後，透光量會減少。不過，等到電力恢復之後，攝影機會自動調節光圈，拍出來的影像並不會變得比較暗。當然，這些都在計算之中。」

「然後呢？在監視攝影機上裝了偏光鏡又怎樣？」

稻葉故作平靜，但仍聽得出語氣不太自然。

「如果光是這樣就沒什麼特別的，不過，兩片偏光鏡疊在一起時就不一樣了。問題就在迷宮出口附近的透明玻璃隔板和鏡子，但你事先在這些地方貼上了偏光濾鏡。而且要是單純的灰色感覺很不自然，於是決定即使犧牲一點透光量，還是貼上了帶有淡紅色的濾鏡。」

「等一下！監視攝影機明明拍到我在迷宮出口附近吧？那時候拍到的畫面很正常啊！」

「確實透過透明玻璃的隔板看到你了，而且另一側的鏡子上，還有玻璃窗上也有你的反射。」

榎本平靜說道。

「不過，那是因為在當下監視攝影機的偏光鏡，還有貼在透明隔板跟鏡子上的偏光濾鏡片剛好是同一個方向。所以穿過透明隔板及鏡子上偏光濾鏡的光線，就能直接穿過監視攝影機上的偏光鏡。」

榎本的追擊愈來愈犀利。

「你就是用這種手法，不斷向看著監視攝影機影片的人強調，走出迷宮時一定會被攝影機拍到。就像魔術師在躺進箱子之前，都會向觀眾展示穩固的箱底，但之後一按下祕密按鈕，就會出現能逃脫的洞……五小時之後，在萬全準備下的洞口出現了。我猜你大概是拉了一條像天蠶絲的線吧。類似變把戲用的魔術隱線，肉眼都幾乎看不見了，攝影機更是拍不出來。」

「天蠶絲？拉一條天蠶絲要幹嘛？」

稻葉大概豁出去了，露出好奇感興趣的表情。

「因為你要把裝在攝影機上的偏光鏡轉個角度，而且還是精確的九十度。這個手法的巧妙之處，就在於轉了角度之後正常地方的影像不會出現任何變化。因為偏光鏡轉向幾乎不會影響透光量。不過，貼了偏光濾鏡片的透明隔板跟鏡子就不同了。兩片偏光濾鏡的角度相差九十度，使得沒有偏光能通過兩者，搭配起來就變得全黑。因此，就算你趴低了身子從迷宮走出來，也不會被拍到。」

「呃……但透明隔板和鏡子突然變得一片黑，看到錄下來的影像也會發現吧？」

「這就是你巧奪天工的地方呀！你沒有把偏光濾鏡片貼滿一整面。我猜你事先很仔細測量過監視攝影機的角度吧，把從透明牆壁看到一部分的全黑地板，和鏡子裡的倒影部分，兩者配合得天衣無縫貼起來。這麼一來，原先黑色的地方只會變得更黑，從影片裡根本無法分辨。」

榎本毫不留情擊破稻葉的反駁。

「那麼，玻璃窗上的倒映又怎麼說呢？」

稻葉的聲音變得有氣無力。聽來像是確定自己已經落敗。

「從透明玻璃或是水面反射的光線，好像叫做『菲涅爾反射（Fresnel reflection）』。這跟鏡子或金屬的全反射不同，只有特定方向的偏光才會反射。因此，窗戶上就不必貼偏光濾鏡片了。」

榎本緊接著說。

「為了讓貼在透明隔板和鏡子上的偏光濾鏡片，能和玻璃窗上反射的偏光一致，你應該調整過角度。監視攝影機的偏光鏡也是，一開始是同一個方向，但鏡頭轉了九十度之後，玻璃窗上的反射就跟透過隔板看到的身影以及鏡像，同時消失了。」

稻葉掙扎著低喃。

「可是，在那之後，這個位置的監視攝影機應該也拍到我了吧。」

「是的。你殺了平松先生回來之後，又轉動了一次偏光鏡，恢復原狀。再一次給人深刻印象：只要經過那個位置一定會被監視攝影機拍到。」

榎本立刻回答。

「……這麼說來，那個偏光鏡現在還裝在監視攝影機上嘍？」

「沒有。你不可能會犯這種錯。」

榎本咧嘴一笑。

「那天晚上，你宣布作業告一段落，把第一展示間的燈關上後，當場只剩下緊急出口的指示燈，展示間變得漆黑一片。你趁著監視攝影機切換成紅外線夜視模式的瞬間，拉扯另外一條天蠶絲，拆掉了偏光鏡。」

「原來如此。這表示沒留下任何證據。」

「不過，透明隔板和鏡子上貼的偏光濾鏡片，現在也還留著。這些你要怎麼解釋呢？」

稻葉聳聳肩。

「迷宮裡頭本來就預定各式各樣光線的機關，貼個偏光濾鏡片沒什麼大不了吧？」

榎本搖搖頭。

「很可惜，這都不是藉口。你當然想要成功騙過監視攝影機，不過，在轉動偏光鏡時已經在影片裡留下一清二楚的痕跡了。」

「痕跡？」

稻葉的眼神飄忽不定。

「我仔細檢查過監視攝影機的影片，發現只有一個地方不對勁。展示間玻璃窗上的反射，全部消失了一分鐘左右。如果不是你在這段時間把監視攝影機上的偏光鏡轉了九十度，就沒有其他說法能解釋這個奇妙的現象。」

稻葉失望地垂下頭，深深嘆了口氣。似乎終於體認到自己輸了。

「你……你到底是何方神聖？」

「我是個防盜顧問。那天晚上受平松先生委託，試著潛入這棟美術館，卻被你陷害。」

「防盜？說反了吧？我看你跟平松，根本是一丘之貉。」

「平松先生確實不是什麼清白無瑕的人物。不過，如果硬要為他辯護的話，我認為他算是黑白通吃吧。」

「黑白通吃？講得倒好聽。每個人走在白道都能光明正大吧？重點是這人無恥到連在黑道都一副吃得開的樣子！用一尊青銅像贗品打死他，也算是再貼切不過。」

稻葉一副辛辣的口吻。

「或許真是這樣。不過，每個人都有很多面向。平松先生身為美術商，很多生意都遊走在法律邊緣，但你知道他熱心公益的一面嗎？比方他成立了一個獎學金，提供那些志在藝術發展，卻因為父母親過世而不得不放棄的孩子們一個機會。」

榎本又恢復平靜的口吻。

「我非常理解平松先生為了錢而玷汙你的作品讓你有多憤怒，也了解你想要跟他做個了斷恢復自由的心情。但因為這樣，你片面定他的罪，還殺了他，我就無法接受。」

「這樣啊……無法接受嗎？或許吧。」

稻葉緩緩舉起十字弓，瞄準了榎本。

純子心頭一驚。不會吧？

「稻葉先生，你長久以來追求的一切，不就只是虛像嗎？無論是對於你作品的評價、名聲，還有財富。」

榎本的眼中似乎沒有十字弓，一動也不動。

「唉，人生也像是一場虛幻哪。」

稻葉小心翼翼瞄準著榎本。

「其實你根本沒必要殺害平松先生。我想你應該知道了，擋在你面前的障礙，包括我，都不過只是虛像。」

稻葉射出十字弓上的箭。

箭精準貫穿了榎本的頸部。榎本似乎倒在迷宮裡，一下子就不見人影。

純子錯愕不已。

回過神來，發現自己在美術館走廊上狂奔。

怎麼會！沒想到會演變成這樣！

純子衝進第一展示間時，禿鸛鴻跟一群警察也幾乎同時抵達。

稻葉一副沉著，站在原地。禿鸛鴻大吼一聲要他丟掉十字弓，他才將十字弓放在地上後高舉雙手。

「榎本先生！」

純子放聲大喊，只見迷宮入口的「蛋頭先生」往側邊晃動了一下。

「怎麼啦？妳怎麼喘成這樣？」

榎本一副若無其事走出來。

「榎本先生你……剛才那支箭刺穿你的脖子……」

「那只是我的虛像。」

榎本要純子等人走進迷宮，指著一個直徑達三公尺，外型有如飛碟的物體。

「這是一件由兩面凹面鏡上下組合而成的作品。我剛才就在兩片凹面鏡之間，而我的虛像就浮現在上方凹面鏡上開的孔旁。立體影像其實不需要用到什麼高科技儀器，只要有凹面鏡就做得出來。」

稻葉在入口看了一眼，低聲說道。

「可惡！這是我以前的作品……為什麼會在這裡？」

「這件作品的名稱就叫做『不在場證明』。是我從天使荊冠美術館借來的。」

「……借來的？」

「因為時間緊迫，算是不告而借吧。照理說事後應該得歸還的，但現在被一箭刺穿。該怎麼辦呢？」

稻葉啞口無言。

「稻葉透。現在以涉嫌殺害平松啟治的罪名逮捕你。」

雙手被禿鸛鴻用手銬銬住時，稻葉放聲大喊。

「為什麼只抓我？太不公平了吧？連那個小偷也要抓呀！」

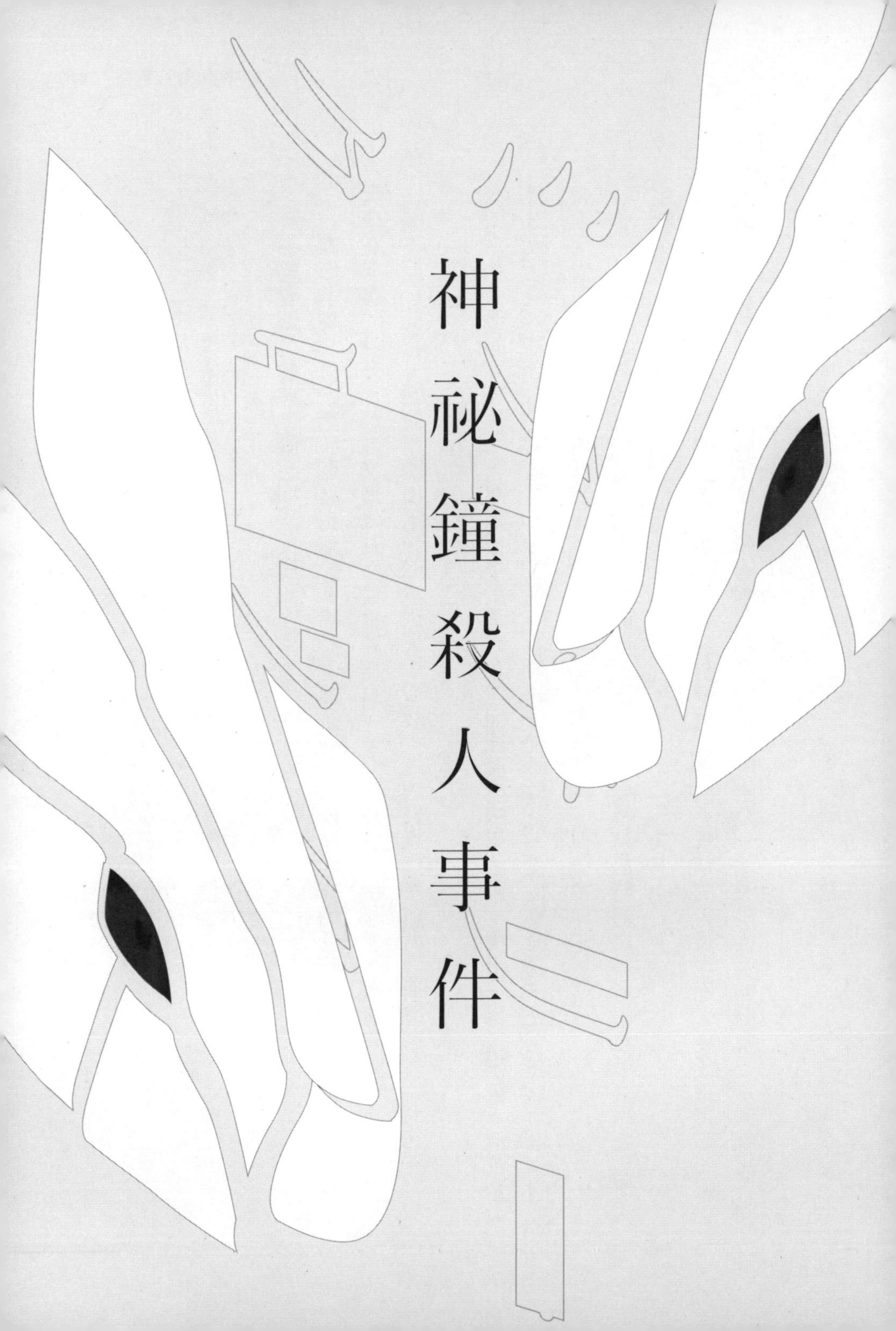

神祕鐘殺人事件

1

「美麗即是醜惡，醜惡即是美麗。」

森伶子將一只大酒杯舉高到眼前，搖晃著豔麗紅寶石色澤的紅酒低吟。想當年她以名門女子大學在學生的身分，躋身文壇成為女性推理作家，至今已經三十個年頭。雖然年過五十，美貌仍絲毫不減。凝視著她的側臉出了神的青砥純子心想，這人簡直就是所謂的美魔女。

「這是《馬克白》裡女巫的台詞吧。」

坐在旁邊的本島浩一對著森伶子微笑，在他因衝浪而曬黑的臉上擠出一道道皺紋。他既是大型出版社飛鳥書店的文庫總編，又是森伶子第一任責任編輯，在這場慶祝作家生涯三十週年的餐會上，受邀前來也屬理所當然。只是，本島望著她的眼神，似乎不僅止於此。

「是啊。這對我來說是一句很珍貴的話。除了是懸疑推理的精髓之外，不也能套用在現實人生嗎？」

森伶子也露出少見的真摯笑容，相信只對少數打從內心信任的人展現吧。純子這倒想起來，大概二十年前曾看過週刊頭條，報導本島和森伶子雙雙出軌。如果兩人真的幽會，這對俊男美女想必引人側目。只是雖然兩人都嚴詞否認，後來還是都離婚了。或許是子虛烏有的報導致使婚姻出現裂痕，但也可能出軌真是事實。尤其看到兩人的眼神交流，更讓純子有這種感覺。

「很久以前我在舞台劇裡——是在帝國劇場吧？——演過馬克白這個角色耶。當時三名女巫的特效化妝看起來很詭異，非常有震撼力。不過，我對那句台詞總感覺似懂非懂。」

說這話的是演員川井匡彥。他是森怜子過世的姊姊留下的獨生子，也是森怜子現在在世上唯一有血緣關係的親人。瘦高的身材加上俊俏的長相，使得他年輕時備受矚目，但這幾年很少有機會看他出現在大小螢幕上。靠近一看，會發現他的黑眼圈和蒼白的皮膚，似乎說明了不規律的生活作息。不知道為什麼今天的餐會他也受邀，大概是森怜子貼心著想，希望多少能讓他拓展些人脈吧。

「重點就是要大家仔細看清事物的本質吧。有時候就算外表體面，未必就代表具備內涵。」

熊倉省吾瞄了本島一眼，語氣聽來偏執。為什麼這個場合會邀他來呢？純子真想不透。雖然他和森怜子之間沒有小孩，但畢竟是森怜子的前夫，對本島也沒什麼好感吧。身為內科醫生，經營一間不算小的醫院，自視甚高；另一方面卻因為長相令人聯想到沒睡醒的地鼠，讓他不時又覺得低人一等，總之，此人的個性就在自傲與自卑之間擺盪不定。

「……我一直以為這是莎士比亞針對棒球所說的名言。」

榎本徑提出莫名其妙的見解。

純子皺起眉頭。這人光是坐在這裡就覺得格格不入，竟然還講些沒人聽得懂的話。當初因為森伶子說，這棟山莊裡頭有很多昂貴的藝術品收藏，希望純子介紹防盜專家給她，純子才在幾番猶豫之後居中牽線，引介榎本。

「棒球？什麼意思啊？說起來莎士比亞的時代應該還沒有棒球吧？」

川井一臉狐疑問道。

「Fair is foul, and foul is fair.」

時實玄輝有著一副宛如男中音的嗓子，聲音低沉卻通透。他是森伶子現任的丈夫，也是擁有一小群瘋狂書迷的懸疑推理作家。他身上那件手肘有著咖啡色燈心絨補丁設計的上衣，充分展現出作家風格。只是威靈頓框眼鏡後的那雙眼，幾乎沒有眨過，被他一直盯著會有股莫名的不舒服。

「我猜榎本先生沒弄懂原文的意思。的確，光講『fair』和『foul』，最容易聯想到的就是棒球裡的『界內球』跟『界外球』。」

「榎本先生的話不用一一認真聽啦，他本來就是個怪咖。」

純子忍不住插嘴，森伶子一聽就笑了。

「今晚聚集在此的所有人都一樣吧？根本就是怪咖大聚會。不過，怎麼扯都不會扯到棒球啦。美麗即是醜惡。這句話放在各種情境下都說得通呢。」

「是啊。醜惡，就是美麗。」純子也贊同。

坐在輪椅上的引地三郎似乎忍不住笑了出來。

「哈哈哈！這麼說來，在場的幾位女士每個都很美啊！」

沒有人接話，寬敞的飯廳裡只有引地的蠢笑聲不斷迴盪。

純子啞口無言。這根本不是開玩笑或耍幽默，只是很單純的沒禮貌吧！再說，在場的女性只有森伶子、她的祕書佐佐木夏美，以及自己，就這三個人。美魔女森伶子，還有法界公認美女的自己就不用說了，夏美也一樣啊，說是模特兒也有人會相信。其他就剩下幫傭山中綾香……總之，絕對沒道理被這種其貌不揚的老頭批評長得醜啦。

今晚受邀的賓客之中，最令人難以理解的就是這一位，人稱「引爺」的引地。對森伶子和時實而言，他的確算是推理作家的前輩。不過，他已經很久很久沒有新作品，話說回來，即使過去的作品也沒留下太顯眼的成績。

「我現在才發現，這座老爺鐘的鐘擺在晃動耶。記得之前來的時候，故障不會動了吧？」

川井大概想為尷尬的氣氛打圓場，他指著飯廳牆邊一座歷史悠久的大掛鐘。上面顯示著晚間**七點二十九分**。

「修好了。而且已經沒有更換的零件，還特地訂做，花了好大一筆錢。」

森伶子一臉不情願。

「不過，我覺得很值得唷。畢竟這是出自葛斯塔夫．貝克公司，好像還是一百二十年前的訂製品。只是聲音太大，把報時的功能關掉了。」

時實得意洋洋補充說明。高度超過兩公尺的大掛鐘，似乎就稱作「老爺鐘」。這要是放在一般住家，會撞到天花板吧。看到鐘上美麗的雕刻以及象牙等豪華裝飾，想當初訂製的顧客一定是位貴族或是大富豪吧。

「不過，為什麼時鐘的旁邊還要放另一個時鐘呢？」

迅速發現的榎本問道。

在老爺鐘旁邊的裝飾櫃上，放了一只懷舊的黃色翻頁時鐘，插頭就插在牆上的插座，跟老爺鐘一樣，顯示的時間是7：29。

純子想起唸小學時也有一個這種款式的鬧鐘。

啪啪聲中，兩片頁面翻動，顯示為7：30。純子不經意看了看手錶，大概只相差四、五秒。

「好像是說要用來確認老爺鐘的時間正不正確吧。」

森怜子一臉不耐煩地看了時實一眼。

「時間講求精確到這種程度根本沒意義，而且這個人明明就收藏了一大堆時鐘，怎麼不選個看起來體面一點的嘛。」

「昭和懷舊風也別有一番情調呀。再說，我這麼多年來點滴收藏的時鐘，全都是些便宜貨。

怜子的收藏才是美術館等級，待會兒一定要請各位欣賞。」

純子帶著質疑的眼光看看榎本。他該不會盯上那些收藏吧？

「話說回來，如果要以精確時刻為基準，不是挑選最新型的時鐘更好嗎？像是客廳裡掛的電波鐘之類。」

本島一說，森怜子立刻皺起眉頭。

「唉，怎麼連你都說這種話？我最討厭那個鐘了。」

純子也有同感。冷冰冰又一點都不討人喜歡的設計，最初一看到時還覺得很意外，為什麼這會掛在客廳裡，怎麼看都不像是森怜子的品味呀。

「客廳因為面向南側的花園館，能夠順利接收到標準電波，卻傳不到這邊。我書房裡也掛了一款跟客廳裡同樣的電波鐘，那邊大概位於窗戶的北側，收訊就馬馬虎虎……嗯，我有考慮客廳要改掛其他比較美觀的時鐘啦。」

時實搔著頭努力辯解。

「我要說的不單只是設計啦、外型這些事，而是在深山裡為什麼需要電波鐘這種東西啊？我覺得就連石英鐘也根本沒必要。像你這樣得不斷修正精確時刻不罷休，根本像是強迫症嘛。」

「傷腦筋。我知道電波鐘跟妳的風格不合，但沒想到妳會這麼討厭……那好吧，還有個德國Anton Schneider的咕咕鐘，明天我就換掉。」

「真是無聊。森女士說得沒錯。」

引爺又插嘴了。

「難得住到這個遠離喧囂的世外桃源，為什麼還想被時間綁住呢？難道這麼想體會到一秒、一秒接近死亡的感覺嗎？」

森怜子的山莊位於岩手縣盛岡郊區的山上，這裡沒電、沒有自來水，也沒有瓦斯跟電話線。

純子心想，引爺罕見說了句像樣的話。

「可是……我很喜歡看著時鐘走動耶。」

佐佐木夏美怯怯說道。

「秒針在走動時，感覺不是很像生物的心臟在跳動嗎？先前老爺鐘修整復活時，我也覺得好開心。」

「哼。妳不曉得『激越的心跳正是死神的腳步聲』這句名句吧？」

引爺突然說了一句莫名其妙的話。

「不知道耶，第一次聽到。」

「妳真不用功。這是我的代表作《塞基洛斯的墓誌銘》裡頭的文字呀！」

知道才怪吧。純子在心中暗道。

「我是一九六五年在小說裡寫下這句話，不過，這幾年讀到《大象時間，老鼠時間》，書上說絕大多數的生物，不管是大象或老鼠，一輩子的心臟跳動次數其實都差不多。」

「那本書我也讀過，而且馬上想到《塞基洛斯的墓誌銘》，再次佩服引地大師的先見之明。」

時實跟著附和。一定是說謊。為什麼要如此奉承引爺呢？真令純子費解。

「嗯嗯。換句話說，心臟就只是告知餘命的時鐘。心臟在維持我們生命的同時，也在倒數我們剩下的日子，扮演的角色還真諷刺呢。」

能有這麼扭曲偏激的想法，真不愧身為作家。純子反而感到佩服。

「我的心臟啊，現在可是放了一個最新科技的時鐘唷。」

「我記得您裝了心律調整器吧？」

森怜子語帶同情。

「沒錯。這個很厲害的裝置呢，就是當老頭子心跳的鐘擺快要停止時，電子鐘就會發出電擊讓它又跳起來。不過，不久之後我就得面對嚴重的威脅……那位小妹！」

引爺突然轉向面對純子。

「咦？什麼事？」

很久沒聽到有人叫自己小妹了，感覺卻不差。

「妳不用露出這麼驚訝的表情。我呢，不管對方是小女孩、年輕女性、中年女人甚至老太婆，一律都會叫對方『小妹』。」

「……原來如此。」

純子決定不追問自己被歸在哪個類別。

「我剛才瞄了一眼，妳身上帶了手機吧？可以借我看看嗎？」

「沒問題。」

純子從皮包裡掏出iPhone。

「妳當然記得關機吧？」

「咦？沒有耶。還是開機狀態。」

「什麼？所以妳根本不曉得這類機器發出的電波會影響心律調整器嗎？」

「哦，這個我知道。」

其實至今沒聽過真正造成意外的案例，加上近來手機發出的電波愈來愈弱，只要不靠近到大概三公分以內，理論上都不會有危險。

「呃……我剛看了這裡沒有訊號，覺得應該不要緊。」

一不小心說了個糟糕的藉口。

「因為沒訊號？覺得不要緊？搞什麼呀！」

引爺雙眼瞪得好大。

「手機為了隨時和基地台取得聯繫，在沒訊號的地方反而持續發出最強的電波耶。妳連這種常識也沒有嗎？」

純子縮了縮身子。

「不好意思。我馬上關機。」

純子連忙關掉手機的電源。引爺抬起頭當場掃視一圈時，所有賓客都掏出手機，低著頭關掉電源。

「說起來呢，手機對我們這些推理作家來說簡直有不共戴天之仇呀。手機出現之後，推理小說裡能用的手法就大大受限。我至少有三個保證能成為精彩佳作的點子，就這樣硬生生被打入冷宮！還有啊，讀者付了大把的通話費跟上網費之後，根本沒錢再買書了嘛！」

引爺的聲音愈來愈大。

「如果是緊急狀況倒也罷了，在公共場所不停滑手機的傢伙，就跟一看到蕗蕎就一個勁拚命剝皮的猴子沒兩樣。更可惡的就是智慧型手機。智慧在哪裡？會被這種機械操控的人，根本愚蠢至極！智慧型手機應該要立刻改名叫智障型手機！」

純子目瞪口呆。究竟為什麼要邀請這個古怪又偏激的老頭參加這場聚會嘛！

「被智慧型手機，不對，是智障型手機綁住的一群人，在那些毫無意義只為了殺時間推出的APP上，浪費寶貴的人生！最讓我受不了的，就是跟別人同桌時一點禮貌都沒有的低頭族！

還有什麼比這個更侮辱人的？這不就等於當面擺明了說：你這個人真是無聊到極點，讓我不屑一顧！」

引爺的怒吼接下來持續了整整十分鐘，但所有人只能低著頭聽他的教訓。

山中綾香從廚房推著盛裝甜點的推車走進來，卻被引爺的氣勢震懾，只能楞在原地。不過，幸好使用江刺蘋果做的蘋果派似乎打中了引爺的喜好，讓他瞬間安靜下來。

「各位，請移駕到客廳吧。」

用餐結束後，一聽到森怜子這麼說，讓純子放下心中大石頭。她心想，待會要盡量跟引爺保持距離，所以從飯廳走到客廳時很謹慎觀察引爺，等候他坐定。這時，走在最後的時實對她說。

「青砥律師，真是不好意思。我早該先告訴妳，引地大師對手機非常敏感。一時疏忽就忘了。」

「不要緊啦。不過……你們夫妻倆跟引地先生從以前就很親近嗎？」

「親近？我們跟引地大師？」

時實依舊眼睛連眨也不眨一下。

「別開玩笑了。」

走進客廳時，純子轉過頭看看剛才大家討論的電波鐘，剛好顯示晚間八點。

2

客廳的空間超過二十坪，Metalfire出品的大暖爐裡燃燒著熊熊火焰。賓客們各自到吧台，依照喜好請時實和夏美調製飲料，然後坐在Minotti的大沙發上休息。

純子喝了口「花漾年華（Belle Époque）」香檳，忍不住心滿意足嘆息。轉頭看看榎本，正啜著單一麥芽威士忌，露出舒暢的表情，就像全身放鬆的貓咪。真是太舒服啦，甚至感覺不到引爺的存在。

純子不經意看到剛才大家討論的電波鐘，就掛在客廳要進入飯廳的懸牆上，圓形鐘面上除了廠牌商標和顯示短針軌跡的同心圓之外，什麼裝飾都沒有。簡潔的阿拉伯數字搭配黑色指針，或許辨識度很高，但單調得像是在區公所還是銀行一樣，怎麼看都跟這間客廳不搭軋。

「這山莊還真是氣派啊。」

本島環顧四周嘆道。

「之前在東京松濤地區的住家也是豪宅，真教人羨慕死啦。」

「那棟房子實際面積不大，土地差不多就五十坪吧？」

森怜子邊說邊撫弄著那杯雪莉登波調酒（Shirley Temple）。

「不過啊，一說要賣馬上就找到買家，而且賣出的金額到這裡蓋了房子還剩一點呢。」

「那當然啦。」

熊倉一手拿著兌水的山崎威士忌，意有所指地說。

「那裡可是不折不扣的黃金地段耶。真是糟蹋了。反過來說，這棟山莊也花了差不多的價格？」

「土地有將近三千坪，不過花的錢並不多，還是貴在建築費跟設備。」

時實喝了一口自己調製的烏龍茶燒酎調酒，一邊回答。聽說他的體質好像喝了酒也不會臉紅。

「怜子的要求是外觀看起來像小木屋，實際構造卻是要能阻擋電磁波和輻射能的鋼筋混凝土。要把人力和資材運到這個深山裡，可是花了好大工夫。再說這裡之前根本沒有電啊。」

「不過，為什麼要特別選個這麼偏僻的地點呢？」川井問道。這人酒量似乎很好，第二杯野火雞威士忌也幾乎見底了。

「這個嘛。當初想著至少要找個空氣清新的地方，然後呢，最好能擺脫電話，生活在與世隔絕的環境裡。」

森怜子語重心長說道。

「妳從進入文壇之後，這麼多年埋首寫作，是不是也有點累了呢？」

本島安慰著她。

「我才沒什麼成就。還有不知道多少作家創作出更多更精彩的佳作呢。」

森怜子謙道。

「只是，沒想到得了氣喘，影響到工作。之前跟省吾在一起時，也請他幫我診療過。」

「這幾年成人的氣喘愈來愈常見。不過，立刻決定搬到空氣好的地方是明確的抉擇。就這一點來說，作家這一行真令人羨慕，我們因為工作的關係，可沒辦法說搬家就搬家。」

熊倉對著她時，說話的口氣也不自覺變得溫柔。

「是啊。搬到這裡之後咳嗽的狀況也穩定多了，心情樂觀不少，也曾想過再繼續寫作……只是，芭斯特竟然突然死掉了。那陣子我真是煎熬。」

森怜子不再往下說。客廳裡頓時一片寂靜。

「芭斯特是怜子心愛的小貓。應該是阿比西尼亞種吧。」

時實對不清楚緣由的其他賓客說明。

「大概是在外面吃到什麼不該吃的東西。白天突然很不舒服，連帶去看獸醫都來不及。」

森怜子頻頻搖頭，示意要他別再說了。

「真不好意思。因為這樣的打擊，讓我心情很差，工作也休息了好一陣子。多虧有時實在身邊陪著我，才讓我勉強振作起來。」

「但現在已經完全恢復了吧？上個月發行的《野性時代》，上頭的短篇小說，讀起來依舊那麼精彩。」

本島刻意說得輕鬆開朗。

「今天看到阿姨精神不錯，我也放心了。」

川井也笑著為她加油打氣。

純子想起來了，森怜子的確很久沒出新書。好不容易換個生活環境，卻立刻遇到芭斯特的不幸，這些都成了莫大的壓力吧。

「欸，話說回來，你們居然會想到在這個鳥不生蛋的地點蓋房子啊。這裡之前應該是一整片森林吧？」

熊倉半開玩笑問道。

「其實這裡之前蓋了旅館，不過交通真的太不方便，後來就歇業了。多虧因為這樣，一開始就有一塊完整的土地可以蓋這棟山莊。」

時實也輕鬆回答。

「我們留下旅館的一部分，當作別館。今晚就要請各位留宿別館。」

「我正心想，一次邀了這麼多人來要怎麼住呢。」

川井笑著說。

「早期那種B級恐怖片演過，把所有人都殺掉當晚餐的食材。」

把全部的人殺掉，這麼大一份料理到底要給誰吃啊？

「這裡重新打造基礎設施，應該很費工夫吧？」

榎本放下威士忌，抬起頭問道。

「倒也還好啦。井水算是符合飲用水的水質標準，桶裝瓦斯可以請人送上來，火力也不必擔心。萬一有什麼狀況還可以燒柴火。」

時實得意洋洋解說。就算出錢的是森怜子，跟設計師討論種種細節、包辦一切大小事的可是他呢。

「最辛苦的就是電力了。下了南側斜坡有一條小河，過去旅館使用的是小型水力發電機，不過已經很老舊，我們換了一台發電功率比較好的最新機種，加上在斜坡上裝設太陽能電板。兩邊產生的電力就存到蓄電池裡，可以供應整個山莊需要的電量。」

「機械設備在哪裡呢？」

榎本恢復防盜顧問的面貌，繼續詢問。

「水力的話，河邊有個發電機小屋。從那裡跟太陽能電板各拉一條電線，接到房子外頭的蓄電池，通過變流器送到主屋跟別館。」

「分電盤呢？」

「院子裡有個像小倉庫的鐵箱，分電盤就跟蓄電池，還有變流器一起放在裡頭。」

榎本聽了立刻皺起眉頭。

「明天早上我再仔細看看。不過，蓄電池和分電盤這些設備放在室外，防盜上很有問題。因為潛入的人只要關掉總開關，就能讓監視攝影機和紅外線感應器完全失靈。」

「這是因為我莫名其妙的要求啦。」

森怜子露出帶點自嘲的笑容。

「東日本大地震之後，我對電力公司實在無法信任，希望萬一遇到狀況時能夠自行生產電力。話說回來，我又不想把這麼大的電池跟設備搬進主屋，畢竟一直以來的觀念就是電磁波實在太恐怖。」

「不，這真是明智的抉擇。」引爺讚道。

「總之，現在也不可能再把電力設備移到屋內了，就請榎本先生想個盡量不倚賴電力的防盜方式吧。」

即使高明如榎本，這也是個大難題吧。

「不過，電話怎麼辦呢？」本島問道。

「電話線沒拉到這裡，手機也收不到訊號，遇到緊急狀況時怎麼辦？況且又沒辦法連接網路，不會很不方便嗎？」

「屋頂上有衛星網路的碟型天線，平常要查個資料或是傳一份稿子的程度倒是沒問題。」

森伶子回答得很輕鬆。

「再說，萬一真有什麼狀況還有這個。」

時實起身從櫃子裡拿出外型像是加裝粗天線對講機的設備。

「這是衛星手機。這裡位於山頂，天空開闊，只要走到院子裡就能用，沒有問題。事實證明，遇到重大災害時，比起一般手機或室內電話，這個更能派上用場。」

就算地點再偏僻，需要使用到兩項衛星設備嗎？純子覺得哪裡怪怪的，但也沒繼續多想。

在座有三名推理作家和編輯，話題自然而然就轉到推理講座的方向。

「……時實先生的作品裡，還是以像是《時鐘機關謀殺案》或是《光陰似箭》這類有著細膩手法的類型最受歡迎呢。」

本島列舉出的好像是時實的代表作。

「我覺得有趣的是，可能因為心理系畢業的關係，看到您早期的作品大多使用的是心理戰，近期反倒轉向機械上的手法。」

「機械上的手法是那種嗎？什麼拉一根繩子可以從門外上鎖的？看起來根本像是騙小孩的把戲嘛。」

熊倉的眼睛半睜半閉。這個人看來是藉酒精一吐心中鬱悶的類型，一開始先將矛頭對準森伶子現任的丈夫時實。

「這麼簡單的故事，現在沒人會寫了吧。」

本島苦笑以對。

「不過，內容也未必複雜就好吧？這樣會讓讀者看得頭昏腦脹。就這一點來說，倒不如心理戰的類型能夠禁得起成熟讀者的鑑賞吧？我記得江戶川亂步也有過類似的理論。」

熊倉緊咬著不放。

「現在的推理小說也進化了，單純區分機械式手法或心理戰愈來愈沒意義了。」

時實簡單明瞭說明，像在大學上課一樣。

「詭計的目的也逐漸變得像是引起錯覺——也就是製造出幻影為主。換句話說，雖然目的要達到心理層面的效果，但使用的是機械式的手法。」

「不過，這麼新穎的詭計還想得出來嗎？我演過好幾齣兩小時的電視推理劇，每一齣的手法都老掉牙到讓人想笑，要不然就是抄襲知名作品的情節。」

川井癟了癟嘴。大概對那些演出沒什麼好印象吧。

「的確如此，光靠單一手法大概變不出什麼新花樣了。接下來只能得靠組合多項詭計來決勝負。」

時實突然轉頭面向榎本。

「其實我很期待今天能跟榎本先生聊聊呢，聽說你這些年來破解過好多起密室案件。」

「你說的是青砥律師解開的幾個案子吧？我只是在調查現場時幫點小忙而已。」

榎本輕描淡寫答道。

「事實上，絕大部分的假設都是青砥律師以她獨到的觀點想出來的呢。」

在場所有人的目光都集中到純子身上，她只回了句「就是說呀。」立刻用香檳杯堵住自己的嘴。榎本，你給我記住！

「跟剛才的話題也有關，我認為本格推理的詭計愈來愈朝魔術、幻術的方向走。只不過，目前看看提出這種說法的好像也只有我。」

時實沒有停頓接著說。

「榎本先生破解——或者說幫忙的案子裡，有個根本像是近距離魔術吧？在目擊證人的面前偷偷打破密室，之後再重新打造。」

純子回想起來，那真是個難解的案子。對於從小看到自然科就頭痛的純子來說，更是棘手。

「是啊。兇手是個中學的自然老師。平常為了吸引學生的興趣，很擅長將科學實驗設計成魔術表演，而在這個案子裡的手法，就是以那些知識為背景。」

榎本向其他人說明大致的案情。這起案子雖然經媒體大幅報導，但很多細節詳情他們並不知道，每個人聽到兇手的狡詐後都露出驚訝的表情。

「不過，這個案子的本質就像時實先生說的，與其說是單純濫用科學知識，重點應該在於在觀眾面前表演的近距離魔術。」

時實露出深得我心的笑容。

「這就是詭計愈來愈往幻術發展的實例。機械式的手法，用幻術來說就是背後的機關吧，但光是這樣並不夠。言語及行為上的誤導，這些表達的方式也非常重要。機械式的詭計，搭配考量到人類心理特性的呈現，才能在他人的心中營造出幻影。」

「不過，這麼一來整體的犯罪計畫好像會變得愈來愈複雜耶。」

本島皺起眉頭。站在出版的角度，故事要是過於專業、複雜，會導致某些讀者卻步，因此希望作者能在部分內容上稍做讓步吧。

「是呀。最近甚至覺得有時候光靠文字很難解釋清楚，加入解說圖也有限。唉，乾脆拍成影片就能一目瞭然啦。」

時實語帶自嘲說。

「話是這樣說的嗎？連作家都講這種話，不就等於否定了小說嗎？」

隨著醉意加深，熊倉的態度愈加死纏爛打。

「況且呢，現在偏重詭計的類型或許會有人認為已經過時，不過，我認為有好有壞啊。剛說的那些什麼組合、複雜化的，真的是該走的方向嗎？我到現在仍然支持怜子……呃，森怜子的作品，就是因為推理小說就算沒有詭計也無所謂，更重要的是描寫人性呀！相信要求這一點的讀者也比較多吧？」

「那倒未必。也有不少讀者覺得少了詭計橋段太可惜，我想，終究該要取得平衡，都很重要吧。」

本島忙著打圓場。

「不要緊。熊倉兄說得或許沒錯。」

時實謙虛說道。

「跟怜子比起來，我的作品確實小眾得多。話說回來，雖然量少，但還是有期待我作品出版的讀者。我就是為了這些讀者而寫……這麼說當然是騙人的啦，其實真的只是我個人喜歡寫作。」

「我一直都對詭計啦，機關一類的手法很有興趣。不過，坦白說，我很不擅長處理這類題材。」

森怜子嘆了口氣。

「進入文壇之後，我腦子想到什麼就寫，也沒經過驗證，常被批評得很慘，說我寫的內容根本不可能實行。後來是在認識時實之後大受打擊，才改變我寫作的風格。當時我正在寫某部作品，打電話請教他我想到的一項手法，能不能成立。」

「是《蜜月的終結》那本書吧。妻子在家裡舉辦宴會的同時，先生坐的車子從山崖摔落的橋段。那段內容的心理描寫，或說懸疑的氣氛，真是一絕。」

本島也似乎很懷念，頻頻點頭。

「哎呀。不過，當時時實馬上就列舉出將近二十個這個手法失敗的理由，而且每一個都很致命。我聽了好挫折。」

「了不起就五個啦。」時實反駁。

「就算五個也一樣啦，一聽他說完，我就覺得這個詭計真是漏洞百出，根本不能用嘛。不過，時實說要我給他一個小時。一小時之後，我收到一張傳真信，看了一眼大驚！他把我原先的缺陷全部巧妙修改過，這麼一來就可能辦得到。」

「究竟怎麼做到的？剛才不是說漏洞百出嗎？」

川井問了句不得體的話。

「不就只是用幾個既有的詭計拼拼湊湊？沒有半點原創性。」

引爺在難得的熱絡氣氛下澆了眾人一頭冷水。

「只要拿我的代表作《緬甸的怪人》和《奧林帕斯謀殺案》裡提到的詭計內容兩相對照，就能清楚了解啦。」

現場除了引爺之外，所有人都低下頭。

「冰塊都化掉了，要不要換一杯新的？」

時實走到森伶子身後，要接過她手上的杯子。

「好啊……哎呀，已經這麼晚了？」

森伶子看看電波鐘，隨即把玻璃杯放在茶几上。

「真是抱歉。本來想著要在各位來之前把工作整理好，不過還有一篇明天早上要交的稿子沒弄完。」

晚間八點四十一分。真是個說早不早，說晚不晚的時間，不過如果是想擺脫引爺，純子完全能理解。

「辛苦了。」本島說。

「平常這個時間都在工作，不會覺得特別辛苦。倒是邀請大家來，招待不周還中途退席，真是太失禮。」

森伶子微微一笑。

「不好意思，都是我的錯。在電話裡接受了邀稿，卻忘了轉達正確的交稿時間。」

時實向所有人道歉。

「不過各位，夜晚還很漫長，我差不多一個半小時後就回來……時實，接下來就麻煩你了。」

「沒問題。我花了很多心思，一定不會讓各位感到無聊。」

時實點點頭，森怜子露出帶點訝異的表情，但立刻又朝所有人優雅行了一禮，打開客廳門離開。

3

喝得有點醉了。純子走進洗手間，把沾溼的手帕貼在眼睛上。高級香檳的確好喝，但之所以不小心喝多，大概是貪小便宜的心態，覺得此刻不喝實在虧大了。

洗手間位於正門玄關進來的右手邊。旁邊就是通往二樓的階梯。左側是直通餐廳的廚房門，進了玄關之後直走，就會看到客廳門。

純子回到客廳時，時實看了牆上的電波鐘一眼。

「現在是八點五十分。如果這個鐘準確，我想差不多該開始了。各位，都做好心理準備了嗎？」

有幾個人跟著看看手錶。純子也看了手上的瑞士名錶TAG Heuer，一分都不差，非常精準。

既然是電波鐘，一定很精確吧？為什麼要特別強調呢？純子感到納悶，但更好奇的是接下來究竟有什麼事。

「讓各位久等了。接下來要請各位欣賞森怜子收藏中幾項特別的珍品。都是些難得珍貴的品項，聽說連美術展也很難看到呢……佐佐木小姐。」

夏美露出驚訝的表情，但仍拿起類似遙控器的東西遞給時實。

「不用等怜子……我是說尊夫人一起嗎？」

熊倉一臉疑惑皺起眉頭。

「就是她說要大家在等候的時間先欣賞她的收藏呀。」

時實笑咪咪說完，將遙控器對著西側牆邊的櫃子。

在隱約的馬達運轉聲中，整座櫃子往南側移動，出現一處大凹陷。

接著高度大約七十公分的陳列台，緩緩往前推出來。

現場響起眾人的讚嘆聲。

陳列台鋪的紅色毛墊上八只鐘排成一列，在燈光下閃閃發亮。

「各位可以靠近一點欣賞。」

聽時實這麼說，所有人都聚集到台前。

純子對古董鐘錶的知識貧乏得很，但也立刻能理解這裡每只鐘錶都是重要文化財等級的珍品。

每只鐘錶前面都有個小牌子，上面寫著簡單的說明。最前方的是「1　犀牛座鐘」。外型是一隻青銅材質的犀牛背著貼上金箔的鐘，根據小牌子上的說明，這跟在羅浮宮展示的好像是同一款。接著是貼滿金箔的「2　駱駝座鐘」。「3　Métiers d'Art ARCA」是名廠江詩丹頓（Vacheron Constantin）推出的座鐘，使用了一整塊大水晶製成。「4　艾米爾・加雷（Émile Gallé）古董鐘」，並非設計師著名的玻璃作品，而是在洛可可風格的陶器中嵌入時鐘。

正中央的「5　萬年自鳴鐘」是收藏裡唯一的日式時鐘。三層底座和鐘盤呈現類似工藝品的厚重感，但最上方的玻璃圓頂看來卻像古早科幻電影裡的機器人。

最旁邊的6～8號則標示著耐人尋味的名稱——「神祕鐘」。眾人的焦點自然集中到那三只鐘錶上。

「太誇張了！這些全都是真品嗎？」

引爺這傢伙，驚訝到魂都飛了。

「哇！沒想到個人收藏家會有這麼多、這麼珍貴的品項……之前從來沒聽森老師提起過。下次可不可以讓我們社裡的雜誌做個專題報導呢？」

本島似乎想刻意掩飾激動的情緒，聲調反而壓低到很不自然。

「我會轉告她。」

時實冷淡答道。

「那個神祕鐘，真的很稀有嗎？」

純子一問，在場所有人都一臉錯愕瞪著她。

「呃，這個嘛，是屬於能夠……弄到手會覺得此生無憾的等級啦。」

榎本也嚇到了嗎？難得他講話會結結巴巴。

還是說……他是說溜嘴了？他說的「弄到手」是哪種管道呢？

「當初開發神祕鐘的，是一個叫羅伯特．胡迪（Jean Eugéne Robert-Houdin）」的法國人，他原先是一名鐘錶匠，後來轉行當魔術師，還獲得現代魔術師之父的稱號。」

時實指著這幾只鐘錶，得意洋洋地說明起來。

「過去推出了大概一百款的神祕鐘，全是卡地亞（Cartier）的產品，卻都比不上這幾款的美。一九一二年推出的第一款，就是6號的『Model A』，盒子狀的簡單外型，透露出不凡的氣質。底座用的是白瑪瑙，鐘盤是水晶，指針則是用白金和鑽石打造。」

純子靠近看看這三只鐘，立刻就深深感受到動人的美。

不僅「Model A」，7的「喀邁拉（chimera）」以及8「獵豹」都看得出來是藝術工藝品的最高峰。而且還不只是美。

「各位請看，指針在水晶鐘盤的正中央，周圍看不到像是機芯的構造，既然這樣，指針為什麼會走呢？這就是神祕鐘的神祕之處呀。」

的確，這樣子指針是怎麼動的呢？

「榎本先生，你知道這用的是什麼機關嗎？」

「有實物在眼前的確不一樣，比起密室手法，這倒是簡單多了。」

榎本回答得輕描淡寫。

「且不管機關上的難度，能夠將獨創的巧思化為具體，而且還打造成這麼美的藝術品，就值得讚賞。」

純子想破腦袋也看不出究竟是什麼機制。

「這三只鐘現在都還會動嗎？」

時實聽純子問了之後搖搖頭。

「很可惜，現在能動的就只有『Model A』，不過為了不造成零件負擔，也先停下來。」

這麼說來，三只鐘同樣顯示著十點九分。鐘錶廣告上的照片也大多這樣，據說這是長短針看起來最美的角度。

「好啦，各位。其實現在開始才是重頭戲。」

時實露出微笑接著說。

「請大家猜猜這八只時鐘的價格，排列出順序。我們準備了精美的獎品致贈給答對的人，就當作是提早的耶誕禮物吧。獎品的價值當然不及這八只時鐘，但也是能在美術展展出的等級。可以保證，如果拿去拍賣會上一定能估到很高的金額。」

夏美目瞪口呆，直視著時實。那副表情看起來像是她之前對此毫不知情。

「要是有好幾個人答對，該怎麼決定中獎人呢？」

川井舔舔嘴唇問道。立刻顯得躍躍欲試。

「真是這樣就用抽籤決定。不過，這問題可不簡單呀，我想應該不會有超過兩個人能答對。」

時實自信滿滿回答。

「另外，希望大家一定要運用自己的各個感官，盡情鑑賞這八件珍奇至寶。別只是透過玻璃櫃，可以靠近一點仔細觀察，甚至用手觸摸，感受一下。」

「時實先生，這……」

夏美才剛開口，時實就揮了揮手打斷她。

「不要緊的，我已經徵得許可啦。」

時實走到陳列台邊。

「唯有一個條件，就是麻煩大家絕對不要拍照。這一點怜子再三交代過。希望這般動人的美，彷彿一夜的美夢，只烙印在各位的心中。」

時實打開陳列台的抽屜，從裡頭拿出一只大大的珠寶專用托盤和白手套。

「還有，萬一要是造成任何損傷可就糟了，要先請各位將戒指、袖釦、手錶之類的東西先拿下來。放在這裡由我保管……我會給各位手套。」

夏美從時實手上接過白手套，分給所有人。似乎設想得很周到，準備的手套數量剛好。在一旁的時實同時回收每個人的手錶。

「我這支錶完全使用樹脂材質，應該不會造成損傷。」

榎本指著他戴的G-SHOCK。但時實仍堅持以防萬一，硬是要他脫下來。時實將收集的手錶和戒指全放到托盤上，收進陳列台的抽屜裡之後上了鎖。

為什麼需要搞得這麼鄭重其事呢？純子腦中浮現的疑問，又立刻在心中響起警報之前煙消雲散。要將八只時鐘依照價格高低排序並不容易，但前三名應該會是神祕鐘吧？順利的話，說不定自己也很有機會答對呢。

時實在夏美耳邊低聲說了幾句。夏美一臉緊張，頻頻點頭。不知道是不是交代要她好好盯著，別讓東西被偷了或是出任何意外。

對了！純子忽然想到一事，看看榎本，不由得心頭一驚。這個人的一舉一動比平常看來更詭異了。難不成他打算利用這個機會？話說回來，就算他能在眾目睽睽下摸走任何一只時鐘（光是這個也不可能吧），應該也不可能順利潛逃，或是藏起來吧。

話雖如此，這個人根本看不出他到底在想什麼，絕不能讓他離開視線。可惡！好不容易有這樣難得的機會，想要集中精神猜價格的呀！純子忍不住咋了下舌。這時竟然和夏美的目光撞個正著，看到對方一臉似乎很意外的表情，純子趕緊擠出個最燦爛的笑容蒙混過去。

或許因為提防榎本的關係，純子能以客觀的角度觀察現場的氣氛。

幾名賓客好像已經完全被這個遊戲吸引了。

尤其是川井匡彥，手上戴著白手套撫摸時鐘，雙眼閃爍著異樣的光彩。是因為他想到自己可能有機會繼承嗎？或是因為經濟上陷入困境，說什麼都想獲得作為獎品的鐘錶。

本島浩一頻頻嘆氣，同時偏著頭思索。看來他真的沒聽過森怜子提過這些收藏。

熊倉省吾那雙眼睛不住打量，眼神中透露著對這些收藏的飢渴，只見他盯著「犀牛鐘」不放。並且不時像觸診似地撫摸著，是職業病的關係嗎？

至於引爺，每個人都看得出來他的雙手在顫抖。不知為何對於萬一情緒太激動會有害心臟這點，完全沒有一絲擔憂，反倒是有點怕他一時衝動下推倒時鐘。

榎本的一雙眼睛像是盯上獵物的貓，鎖定了那三座神祕鐘。

尤其他似乎對於「Model A」更是執著，不斷從上下左右變化角度細細端詳，結果，沒想到他還繞到陳列台後方，透過水晶的錶盤觀察。

純子自己也不知不覺專心分析起這八只時鐘。

感覺最有價值的就是這三只神祕鐘了。其中又以「Model A」的美最為出眾。「獵豹」上面對面的兩隻豹，以細緻的珠寶裝飾，閃閃發光，就豪華感而言並不遜色。

總之，一到三名已經決定好了。接下來，第四名是「犀牛座鐘」呢？還是「Métiers d'Art ARCA」？令人猜不透的是「萬年自鳴鐘」，如果具備歷史價值，那麼說不定價值一下子跳到天文數字。不過，看起來保存的狀況太好了，讓人不得不懷疑有沒有可能是仿冒品。

這時，先前退在一旁觀察賓客的時實，突然走動了。

他刻意想要掩飾腳步聲的動作，反倒吸引了純子的注意。

時實走近面對庭院陽台的落地窗邊，輕輕拉開窗簾。隔著窗戶看到一輪滿月浮在南方天空。接著他拉開木拉門，套上像是拖鞋走到院子裡。這時，純子才發現時實手上拿著衛星手機，好像要打電話。

時實關上木拉門，拿起衛星手機放在耳邊，講了一會兒之後再次拉開木門，對著屋子裡大喊。

「本島先生，是清水社長。你跟他打個招呼吧。」

這麼說來，通話的對象就是飛鳥書店的社長清水隆嘍。

本島露出明顯不愉快的表情。在旅程中想跟社長講話的上班族，就跟撿到錢包會交到警察局的小偷一樣，寥寥無幾吧。更何況他正在專心為這幾支古董鐘錶估價呢。

話雖如此，本島仍然立刻帶起笑容，朝時實走過去。接過衛星手機之後，每講兩三句都頻頻行禮。又不是視訊電話，實在不需要這麼畢恭畢敬，但這已經是在職場上的習慣了。

一回過頭，純子又看到牆上的電波鐘。

晚間九點八分。估價遊戲開始了十八分鐘。

本島邊講著衛星手機邊點頭。看著他那副模樣，不禁讓純子皺眉。

衛星手機發出的電波有多強呢？既然能和在地球遙遠上空的衛星交換訊息，就一般常識來說，應該比一般的手機強很多很多吧。

當然，本島在庭院陽台講電話，跟客廳有一段距離，中間還隔著一道木拉門，應該不至於影響到室內，但引爺那老頭看到這一幕，應該不會默不作聲吧。

純子一轉身，引爺剛好望著庭院陽台的方向。

他應該看到本島正在使用衛星手機。純子很緊張，在一旁默默觀察著引爺是不是又要大發雷霆。

結果，純子的期待落空，引爺沒有任何反應。他轉頭看著手邊，舉起顫抖的手撫摸「駱駝座鐘」，頻頻偏著頭思索，口中還唸唸有詞。看來他對狀況有選擇性的適應，手機的電波在此刻變得微不足道。

當然啦，不起風波是再好不過，但純子有種被耍了的感覺，一肚子火。真想現在馬上跑到引爺面前，將手機電源打開，看看他會有什麼反應。話說回來，她沒有勇氣付諸實行，再說這裡收不到訊號，這麼做也沒有意義。

本島將衛星手機交還給時實後，趕緊像賽跑一樣急急忙忙回到客廳。果然是一秒都不想浪費，要盡快回來參加遊戲。

時實繼續講電話，卻愈走愈遠，消失蹤影。

純子心想，他跑哪裡去了呢？這時佐佐木夏美乾咳了幾聲。

「接下來我會切換燈光。請在鹵素燈的腳燈照射下欣賞。這幾件珍品在照射燈光的變化中，應該會呈現完全不同的風貌。」

夏美按下遙控器，天花板層板的間接照明熄滅，整個房間除了暖爐裡的紅紅火焰之外，一片漆黑。接下來聽到隱約的電子音，「嗶」聲之後兩三秒，陳列台的腳燈亮起。

每個人都忍不住讚嘆。

彷佛身在天文館，在一片漆黑之中，亮度特別高的小小鹵素燈照得八只時鐘閃閃發光，令人炫目。其中又以「Model A」和「獵豹」的美無法以筆墨形容。似乎光是凝視著這兩座鐘，就進入了另一個截然不同的宇宙。

「第一名果然是它啊……」

川井克制著情緒低聲喃喃。

錯不了！純子也點點頭。這可是巧奪天工的至寶。

就算不是榎本，也完全能了解想要「弄到手」的心情。

在場所有人為這八件至寶深深著迷，內心充滿欲望，彷彿完全忘記了時間的流逝。

直到感覺院子裡有動靜，純子才抬起頭。

好像時實回來了。隔著落地窗看到他還拿著衛星手機在講。一會兒之後講完電話，時實拉開木門走進客廳。

「好啦，各位，怎麼樣？有結論了嗎？」

時實一副心情很好的樣子。

「嗯，差不多了……不過，很難講啊。」

川井交叉雙臂，頻頻搖頭。好像來到這裡受到無盡的疑慮糾纏。

「反正沒那麼簡單吧？我看是不是又有你最擅長的詭計呀？」

熊倉的語氣又多了百分之五十的黏膩感。

話說回來，就這次來說，所有人的想法都一樣吧。時實說，就算真有人答對，也只會有一人吧。如果像他所說，那麼極有可能至少會有一件價格比預料中高或低的夾雜在裡頭。換句話說，有陷阱！

「真是的，我也不怪大家不相信我啦，但我絕對沒動手腳。只要各位用一雙雪亮的眼睛去看，一定能得到正確答案……好啦，可以恢復燈光嗎？」

聽到時實的指示後，夏美操作了遙控器。鹵素燈一暗下來，幾乎同時亮起ＬＥＤ間接照明的白光，帶著參賽者回到現實。

「現在是**九點三十九分**。」

時實看著牆上的電波鐘說。

「遊戲是在**八點五十分**開始的，到現在經過了四十九分鐘。日文裡『四九』唸起來跟『四苦八苦』這句佛教用語很像，大家也正如這句話，歷經煎熬苦惱。不過，已經仔細觀察了這麼久的時間，接下來就考驗各位的審美觀了。」

時實的聲音聽來也有種莫名情緒高漲的的感覺。

已經過了四十九分鐘啦？純子看著時鐘心想，感覺時間一眨眼就過了，但同時也有種漫長而充實的感覺。

「怜子還在工作嗎？」

時實問道。夏美點點頭，「是的。」

「妳可不可以去看一下？這邊快要進入最高潮，準備公布答案了。」

夏美又露出驚訝的表情。

「呃，不過，她工作時絕對不容打擾啊。」

「沒關係啦，今晚是特殊狀況。」

「可是……」

夏美擺明露出一臉為難。

「好啦，好啦，不能讓客人等太久嘛。不要緊的，有事我負全責。」

「好的。」

夏美還是不太情願，打開門走出客廳。

「接下來就看看各位的答案吧！這裡有投票用紙，請大家將1～8號的時鐘，依照價格高到低的順序排列。」

時實發給每個人一張紙。乍看之下很普通的便條紙，仔細一看，上面全都蓋著時實玄輝落款的印章。

「還有，我想不用多說各位也知道，這是記名投票，請寫上自己的名字。沒寫名字的人呢……當然不至於等於棄權啦，但要是有多張沒記名的投票用紙，萬一其中有人答對，說不定最後贈獎時會引起糾紛。」

怎麼辦呢？到了最後關鍵時刻，純子苦惱萬分。

就維持一開始的想法，將三只神祕鐘，「6 Model A」、「8獵豹」、「7喀邁拉」列為前三名。不過，接下來就搞不懂了。依照「1犀牛座鐘」、「2駱駝座鐘」、「3 Métiers d'Art ARCA」的順序可能比較保險，但這樣一定會跟其他人的答案相同。看來需要有些創意，嘗試冒險。「4艾米爾·加雷古董鐘」材質是陶土而不是討喜的玻璃，但要把「5萬年自鳴鐘」的排名往上拉，又感覺太過自作聰明……

這時突然聽到一聲尖叫。是個女人的聲音。所有人都嚇一大跳抬起頭。

「那是什麼聲音？」

本島好像一隻警戒外敵的狐獴，伸長了脖子四周張望，一邊問時實。

「不知道耶。怎麼回事？」

時實雙手一攤，表示他也一無所知。

不一會兒，聽到衝下樓梯的腳步聲，然後客廳門被用力打開，衝進來的是夏美。

「怎麼搞的？」

時實似乎怪她沒注意禮貌。

「老師……老師她！」

夏美沒繼續說，只用雙手遮著臉。

「怜子？她怎麼啦？妳講清楚呀！」

「去看看吧！森老師在書房嗎？」

先是本島，接著川井、熊倉也跟在後面衝出客廳。純子本來要跟上，突然驚覺看了看榎本。千萬不能留下這個人跟昂貴的藝術品單獨同處一室。

榎本和純子對看了一眼後，突然腳步輕快地走出去。純子也緊跟在他後面。在樓梯口時轉身一看，坐在輪椅上的引爺，還有陪伴著夏美的時實，三人也正要離開客廳。

榎本快步衝上樓梯，一下子就追上本島等人。

純子在路上脫下拖鞋，不小心腳滑了一下，還好勉強抓住扶手，免於摔落樓梯。

走上二樓，看到本島幾個人在走廊底的房間門口站著不動。房門是打開的。

純子從後方走過來，看到房間裡頭。

目測應該超過十坪的書房裡，有訂做的書櫃、休息用的沙發，以及放著電腦的書桌。書桌後方有個面朝下方倒地的身影。

雖然看不到臉孔，但那件深紅色的小洋裝很熟悉。

就是先前森怜子身上穿的。

4

「不行。已經沒有氣息了。」

蹲在森怜子身前把脈的熊倉，抬起頭來一臉悲傷宣布。

「但我認為剛斷氣沒多久。」

「為什麼？怎麼會這樣？」

本島臉色蒼白。眼中泛著淚水。

「不曉得。身上看來沒有明顯的外傷，可能是突發性的心律不整，或者，這才是原因。」

熊倉指著倒在地上看似漆器的咖啡杯。白色的地毯上出現一塊疑似咖啡沾染的放射狀汙漬。

「咖啡？什麼意思？」

時實一時之間無法理解，皺起眉頭。

「怜子的嘴角沾到東西。不至於到嘔吐，但她說不定是想把喝進嘴裡的咖啡吐出來。如果是這樣，很可能咖啡裡被下了毒。」

熊倉起身，直視著時實的雙眼。

「下毒？咦？……該、該不會是……？」

時實似乎大受打擊，掩著嘴低下頭。

「你想到什麼嗎？」

川井壓低了聲音嚴肅追問。

「呃。其實……」

這時，榎本突然出聲打斷時實。

「熊倉醫師，這會不會就是毒物呢？」

榎本指著書桌上的小瓶子。裡頭看來裝了白色的結晶物，好像瓶身還貼了標籤。

熊倉伸出手要拿。先前他為了確認森伶子的脈搏，把白手套脫下來。

「不可以直接用手拿！」

引爺厲聲制止。

「在警方來之前必須保存現場的證據……話說回來，兇手應該沒留下指紋吧。」

熊倉把臉湊近，瞇著眼睛辨識標籤上的小字。

「a、c、o、n……Aconitine，是烏頭鹼。」

「烏頭鹼是什麼啊？」

聽到純子發問，熊倉轉過頭。大概是生氣的關係，他的一張臉好像剛泡過澡，漲得紅通通。

「是生物鹼裡頭的劇毒，存在於烏頭屬植物裡。」

「這裡怎麼會有這種東西？」

身材瘦高的川井站在房間中央，轉了一圈環顧四周。純子有股錯覺，以為自己身在舞台劇中。

「我來解釋一下。」

時實乾咳了幾聲說。

「怜子的小說裡經常用到毒殺的橋段。最近她養成個習慣，會把書中提到的毒物放在手邊，邊寫邊看。」

「一定要用真的毒物嗎？外觀看起來並沒有什麼明顯的特徵啊？」

純子彎著身子觀察著烏頭鹼小瓶的內容物問道。感覺裡頭管它裝的是阿斯匹靈還什麼的，根本分辨不出來。

「聽說完全不一樣。森老師自從認識了時實先生之後，經常提到，如果沒看到實物，寫出來的內容就少了那股震撼力。我想，就算是毒物也一樣吧。在凝視之下想著這真的能致人於死地，自然會感覺戰戰兢兢……」

本島擦拭著眼角，一邊回答。

「這麼說來，除了烏頭鹼之外還有其他毒物嘍？」

引爺一副很感興趣的樣子。

「對。應該收在那個抽屜裡。」

引爺戴起白手套，打開時實指的那個抽屜。

「……砒霜、巴拉刈、連氰酸鈉都有！你自己也是推理作家，應該知道要是沒有正當用途而持有這些藥品，是觸犯毒品危害防治相關法令的吧？」

時實默默點了點頭。

「可是，能夠致死的毒物這麼簡單就能取得嗎？」

川井一臉狐疑。

「聽說是透過很多管道。我這種程度當然沒辦法，但像怜子等級的知名作家，到處都有書迷，應該很容易找到人幫忙。氰化物附近的工廠要多少有多少，巴拉刈的話，農家的倉庫裡都會有；至於砒霜，應該不是純的，而是以前的滅鼠藥。」

「不過，烏頭鹼呢？這種東西除非到大學的研究室，否則沒那麼容易取得呀。」

熊倉追問之下，時實垂下頭。

「那是我提煉的。早知道會變成這樣……」

「你提煉的？」

「怎麼做？」

「為什麼要這麼做？」

幾個人同時發問。

「怜子在附近散步時，發現了有一片開著藍紫色花的烏頭屬植物。查了之後知道這是在東北地區常見的楔形烏頭，是全球毒性第二強的種類，僅次於北海道烏頭。大概是這個新發現讓她有了靈感，不斷央求我一定要從這種植物煉製烏頭鹼。」

「不過，這要具備專業知識才辦得到吧？」

榎本提出了眾人的疑問。

「我上網搜尋，找到一個英文網站，上面寫了詳細的精煉方法。」

網路上這類危險知識的散布，不知何時才能遏止。

「我不知道勸了怜子多少次，要她放棄。網站上也寫了，光是摘取烏頭就很危險。不過，禁不起她一再央求，我也拒絕不了。要知道，對我來說，人生的意義或說價值，就是對怜子有所貢獻。」

時實說完，按了按眼頭。

「於是，我使用據說烏頭鹼含量最多的根部，依照網站上說明的順序，用有機溶劑、酸、甲醇來純化。坦白說，做出來的究竟是不是烏頭鹼我也不確定，我只心想，反正有個看起來類似的白色結晶，讓怜子看了滿意的話就行了。」

「沒想到你的技術太好，碰巧做出了純度極高的成品嗎？」

川井語帶諷刺。

「不，這倒未必。」

熊倉交叉著雙臂說。

「烏頭屬植物裡不僅含有烏頭鹼，還有新烏頭鹼、次烏頭鹼、素馨烏頭鹼等劇毒的生物鹼。瓶子裡的或許不是純烏頭鹼結晶，但摻了雜質和致命毒物，危險程度跟純烏頭鹼沒兩樣呀。」

「不管怎樣，警方一調查就能水落石出。請趕快報警吧。」

本島堅決說道。

「好的。只能用衛星手機，請大家一起到一樓吧。不過，在這之前……」

時實沉吟了一會兒，看看櫃子上的方形時鐘。

「……現在是**九點四十四分**。時間說不定是重要的關鍵。」

「什麼意思啊？」

純子也看看時鐘。在藍色虛線滾邊的銀色鐘盤下方，不知道是什麼機制，是由水藍色、綠色、紅色等三個顏色的圓圈內接運轉的特殊設計。

「我想請問各位，你們認為怜子是自殺嗎？」

所有人沉默了好一陣子。

「我才不相信。」

本島打破沉默。

「我所了解的森老師絕對不是個會自殺的人。」

「不過……怜子過去也曾經突然陷入憂鬱狀態。」

熊倉嘆了口氣。

「我們在一起時也是。不知道該說厭世嗎？總之她說萬念俱灰，好幾次就把自己關在屋子裡，足不出戶。」

「的確，芭斯特死後她也好一陣子都是這個狀況。」

時實瞇著眼睛回想。

這時，純子莫名感覺全身起雞皮疙瘩。

沒來由就直覺貓咪的死與飼主身亡有關。

「可、可是，在這時候自殺太沒道理呀！今天可是老師招待各位前來的餐會耶。」

夏美好像終於從打擊中稍微振作精神。聲音還是微微顫抖，但腦子很清楚。

「剛才說森女士吐出咖啡，這麼說來，她就不是自行服毒的吧？」

聽到純子指出的疑惑，熊倉不以為然。

「那倒未必。烏頭鹼照理說會造成舌頭麻痺，因此即使下定決心要自殺，也很可能因為神經反射而嘔吐。」

「這個……該不會就是遺書吧？」

始終還戴著白手套的川井，拿起書桌上的便條紙。

「上面寫什麼？」

所有人小心翼翼避開遺體，聚集到書桌周圍，看看便條紙上的字。潦草的字跡寫著：

神祕鐘。永遠的少年。Neverland。

不願繼續待在骯髒的世界。

「看起來確實是森老師的筆跡……但要寫遺書的話，森老師應該會寫得更明瞭易懂吧。」

本島皺著眉頭。

「哼！你沒讀過《擬態遺書》這篇著名短篇小說嗎？主角就是在一張廣告傳單背後像這樣草草寫下遺書。一樣是語意曖昧的文字，乍看之下還不確定是遺書。」

引爺語帶不滿。

「讓您見笑了，我真的沒讀過。而且我連森老師曾寫過這篇作品也不曉得。」

「你在鬼扯什麼啊？那是我的短篇代表作！」

引爺得意洋洋。

「榎本先生，你有什麼看法？」

時實轉過身詢問榎本。

「我完全不認為是自殺。」

榎本想都不想就回答。

「為什麼呢？」

「我今天第一次見到森女士，卻覺得她是個非常注重美感的人。無論從她的言行舉止，還有那些精彩的收藏，都明顯感受得到。如果她真的要自殺，應該也會把自己死後讓大家發現時的狀態也考量在內吧。」

榎本看了遺體一眼。純子恍然大悟。先前怎麼都沒發現呢？

「我想森女士至少會先躺在那張休息用的沙發上，然後才服毒。現在這副模樣，怎麼看都像是遭人下毒而死。」

「我懂了。」

時實也深深點了頭。

「我的看法也是這樣。換句話說，這是一起謀殺案。」

時實的語氣中突然帶著不穩定的情緒。他跨著大步，走到房間角落的長櫃子前面，在數字鍵盤上按下密碼。

隨著開鎖聲響起，時實打開金屬材質的櫃門，從裡頭拿出一把獵槍。所有人都還沒反應突如其來的變化，楞在原地茫然以對。

「既然這樣，表示兇手就在我們之中。各位請不要輕舉妄動，否則我會毫不猶豫當場開槍。」

時實舉起平式雙管獵槍，緩緩以順時針方向揮動，似乎要讓所有人都看到槍口。

「時實先生，請冷靜一下。你不需要這麼做呀！只要等到警方抵達，一切都能水落石出。」

本島從驚愕中振作精神，試圖說服時實。

「不！我可不這麼認為。就算抓到兇手，現場也未必留下足夠證據能判他有罪。再說，還有一件事讓我更是無法忍受。」

時實毫無起伏的語調讓人更感到淒厲。

「即使找出兇手，被判有罪，也很可能不至於到死刑。這樣根本不算伸張正義吧？受到在場各位以及廣大讀者深愛的怜子，再也不能說話，不能寫作，不能去愛人，不能品嚐美酒。但看看兇手的處境如何？只要被關個十年左右，又可以重返社會。怎麼看都覺得罪與罰不成比例！」

眾人的目光一下子聚集到律師純子身上，大家都期待她提出反駁。但純子反倒什麼也不說。因果報應與法律之間的落差，不是用三言兩語或大道理能夠輕易解開，再說，在這個狀況下，她才不想說什麼來激怒手上拿著槍的人。

「話說回來，現在很難當場找出兇手耶。兇手知道要是事跡敗露會遭到射殺，當然不可能自己承認。另一方面，我們也沒有鑑識的工具和技術，別說DNA或是微物鑑定，現在就連指紋也沒辦法採，要找出證據比登天還難。」

時實靜靜聽著榎本的勸說，但不一會兒又緩緩搖了搖頭。

「從缺乏科學搜索的資源這一點來看，我們的確就跟江戶時代的民團沒兩樣。不過，我們卻有兩點強項。首先，不需要能在法院裡判處有罪的證據。只要我一確定兇手是誰，就立刻行刑。」

「你有沒有搞清楚啊？要是你這麼做，你也成了殺人兇手耶？」

熊倉作勢上前逼近，但時實一把槍口對著他，他趕緊往後退。

「……無所謂。我只想為怜子報仇。」

「再來呢？另一點強項是什麼？」

川井似乎覺得身為一名演員，到了這個地步不如豁出去，講起話的語氣像是電視劇裡的名偵探。

「接下來會請各位一一提出證詞，由所有人來判斷真假。我想就算警方偵訊也沒辦法做到這個地步。萬一有不對勁或是不合理的地方，很有可能有人會發現。」

時實露出一抹淺淺微笑。

「況且，現在這裡剛好聚集了對犯罪和推理都有高深造詣的成員。哪怕兇手再狡猾，難道能騙過這裡所有人嗎？」

5

「原來如此。我了解時實先生的心情。先別說行刑這些，就找出真兇這件事，我也有同樣的想法。」

看來本島認為時實宣稱要槍擊兇手不過是嚇唬人。

「各位意下如何？趁這時大家對質的話，說不定就能找出真相。」

「當然！這種事我願意全力幫忙。」

熊倉漲紅著一張臉說道。他很可能此刻血壓飆高吧。

「你打算怎麼進行呢？」

時實點點頭。

「這個嘛……首先，最好不要繼續破壞案發現場的完整。各位請先到一樓，接著再輪流聽聽大家的說法。」

「在這之前，有件事我想先確認一下。」

榎本提出異議。

「我看到電腦的電源是關上的。森女士先前是為了工作才上樓到書房吧？如果是遭人下毒，那麼案發當時她的電腦應該還在運作中。」

「對耶！這表示是兇手關掉的。」

川井大喊。

「很有可能。那麼，兇手為什麼要特地把電腦關掉呢？」

「因為要看起來像是自殺吧？」

純子心想，為什麼要問這種理所當然的問題呢？

「如果留下螢幕上寫到一半的文章，感覺像是突如其來身亡；但關掉電腦就會讓人覺得在死前已經整理好自己的情緒吧？」

「我可不這麼認為。懸案中多半會在螢幕上留下類似遺書的字句，而且幾乎都是兇手寫的。最大的優點就是不必在乎筆跡吧。尤其像這種不容易分辨出是自殺或他殺的案子，即使沒有決定性的證據，以常理推斷，兇手當然會想要留下一封遺書，讓人認為是自殺。但兇手並沒這麼做，真令我想不透。」

引爺交叉著雙臂提出反駁。

「遺書不是已經有了嗎？」

純子指著剛才那張便條紙。重複出現兩份遺書，又是寫在紙張，又是留在電腦螢幕上，不是很怪嗎？

「這樣啊。但要是這樣，刻意關掉電腦就更令人搞不懂啦。」

引爺就是不輕易信服。

「以潦草的字跡寫下遺書，代表是臨時起意的自殺。如果有時間關電腦，應該能夠更好好寫封遺書吧。感覺兩相矛盾啊。」

「換句話說，兇手是在毒死怜子之後才關上電腦的嗎？反正不需要等到最後關機完成，但雖然只有幾秒鐘，也代表兇手因為某種企圖才會這麼做。」

時實手持著獵槍陷入深思。

趁現在，要是有人飛撲上去，說不定能搶下時實手上的獵槍。純子雖然這麼想，但又不是拍電影，現實中誰也不願冒這種風險。

「……唔，想不透。看來一時半刻也不會有結論。究竟為什麼要關掉電腦，這個問題就暫且保留如何？」

「我倒有個想法，不如再打開電腦看看？說不定森女士過世前最後的文章裡有什麼線索。」

時實對榎本的提議思考了一會兒，搖搖頭說。

「我覺得這風險太大了。我雖然不是專家，但還是要考量到不小心亂碰造成資料流失的風險。我看還是等之後由警方來調查比較好。」

「有道理。的確在保存證據上還是慎重為妙。」

熊倉難得贊同時實的意見。

「還有另一件事。森女士在工作時習慣聽廣播嗎？」

榎本問了個古怪的問題。

「嗯，有時候會聽吧。為什麼這麼問？」

「書桌旁邊的櫃子上有一台Accuphase的FM收音機。這個機種目前已經停產，但過去一台新的要價可是超過三十萬日圓。這幾年高解析音源受到重視，很少人為了聽音質差的FM廣播卻用上這麼高階的產品。所以我才會猜她是不是很愛聽廣播。」

到底在講什麼啊？純子聽得似懂非懂。

「這麼說來，老師的確不久之前在隨筆裡寫過。她說，寫作時偶爾想聽點音樂，但CD一張張更換很麻煩。有一次她不經意想起來，過去準備考試時會聽廣播。嘗試之下發現就連節目中的日語對話也沒什麼影響，工作起來一樣效率很好。」

本島介紹了森怜子的特殊習慣，在場所有人不勝唏噓。

「年輕時的確是經常聽廣播的年代呢。不過，這又怎麼樣呢？」

時實顯得有些不耐煩。

「就跟電腦一樣啊。我猜森女士身亡當時收音機是不是也還開著呢？」

「也是兇手關掉的嗎？」

川井一臉不明究理，低聲喃喃。

「非常有可能。」

即使如此，純子還是不懂得這有什麼意義。

接下來，所有人像是被時實用槍指著，一起到了一樓。除了六名賓客，還有佐佐木夏美，以及聽到聲響後從自己房間裡衝出來的山中綾香等人。

回到客廳時，純子先檢查八只時鐘。還好，全部都在原位。榎本始終和眾人在一起，應該沒有其他人會偷吧。

「……九點四十九分啊。」

時實看著牆上的電波鐘，接著看到有幾個人圍坐在沙發上，露出不悅的表情。

「在這裡實在太舒服了，不適合問話對質。可以請各位移駕到飯廳嗎？」

在時實揮著槍威嚇之下，眾人只好往飯廳移動。八個人坐在大餐桌前，時實則站在一旁。

「各位，請看看那個時鐘。」

時實用槍口指著老爺鐘。

「現在是九點五十分。」

旁邊那只翻頁時鐘的剛好從49翻頁變成50。

「現在可沒時間沒完沒了討論下去。就以一小時為限，在一小時之內要揪出兇手。」

「要是找不出來呢？」

一臉汗水的熊倉問道。

「找得到的。時間一到就由我來判斷，處死兇手。」

時實冷冷放話。

「各位不要覺得我是虛張聲勢。我請大家移駕到這裡的真正原因，是如果在客廳開槍，很可能會傷到怜子的收藏品。」

純子覺得一陣寒意竄上背脊。先前認為時實不太可能是認真的，看來似乎太大意。這個人到了關鍵時刻，大概能面不改色開槍吧。純子內心發出直覺的警訊。

「我給各位一個建議。兇手必定會想要千方百計拖延討論，妨礙釐清真相，所以只要有人發言時有類似的跡象，請大家保持警戒。還有，即使沒有充分的證據，我也會直接行刑。換句話說，無辜的人也不見得百分之百安全。要是不想含冤而死，就請盡最大的努力，在一個小時之內揪出真兇吧。」

簡直亂來嘛！純子突然深深感受到此刻的處境有多麼荒謬不合理。萬一被誤會是兇手，最後或許不由分說只能在暴力下受死。

「等等！一開始就認定我們之中有人是兇手，不太對吧？」

熊倉一頭細細的頭髮豎了起來，似乎剛才搔過頭。

「這一點當然毋庸置疑。」

時實不為所動。

「因為不可能有人從外面潛進來殺害怜子。對吧？榎本先生。」

榎本點點頭。

「我抵達時確認過，這棟山莊的正門和後門都有指紋鎖。要開鎖必須要有已經登錄的指紋或輸入十二碼的密碼，因此可以先排除有人從外頭潛入的可能性。」

「但不能從窗戶爬進來嗎？」

熊倉繼續追問。

「這我也檢查過了。但我看到時，所有窗戶都關上了，如果擅自開窗，或是打破玻璃，理論上都會被感應器偵測到，觸動警鈴。」

時實聽榎本說完，繼續補充。

「榎本先生說得沒錯。其實本來想請SECOM或ALSOK申請安裝居家保全，很可惜這裡不在服務範圍內。彌補的作法就是裝設靈敏度更高的偵測器。」

「沒有監視攝影機嗎？」川井問道。

「沒有。這次本來也想拜託榎本先生的。」

時實似乎感到很惋惜。

熊倉本來還要開口，最後總算死心了。

「我記得怜子是在晚上八點四十一分左右回到書房的。我們一群人到書房看到遺體時剛好快要晚間九點四十四分，算起來也差不多一小時。」

時實不必看筆記，隨口就能流暢說出每個時刻。

「那麼，就先聽聽各位在這段時間裡做些什麼事吧……第一個……就從川井開始。」

「等一下！」

川井直瞪著時實，眼中充滿懷疑。

「我倒想先聽聽你的不在場證明。你明明離席最久，跑出去外面講電話吧？」

時實一臉平靜，看著川井。

「那好吧。我在這段時間一直用衛星手機和飛鳥書店的清水社長通電話。之後回來時看了客廳的電波鐘，我記得是九點三十九分。」

「光靠你的一面之詞，不能算不在場證明吧。」

川井扠著雙臂，似乎沒那麼容易被說動。

「當然可以隨便說謊混過，但這種事情之後一驗證，馬上就會露出狐狸尾巴。」

時實聳了聳肩。

「當時和我通話的的確是清水社長，本島先生也可以作證吧？」

「是的，確實是社長。」

本島坦言。而且光是想起跟社長通電話，都讓他臉色有點難看。

「事情就是這樣。清水社長也願意幫我作證吧。至於正確的通話時間，只要調出雙方的通話紀錄就很清楚了。」

「不過，就算在講電話，還是有可能趁著短時間的空檔行兇吧？」

川井窮追猛打。

「如果是你，輕輕鬆鬆就能打開指紋鎖，從外頭繞到正門玄關，進來後直接上到二樓。指紋鎖有沒有留下開門的紀錄呢？」

「這裡使用的是不會留下紀錄的系統。不過，如果要在室內使用衛星手機，必須要有連接戶外天線和纜線的轉接器。山莊裡沒有這類設備，因此我必須一直待在空地，也就是山莊外頭，不可能有機會行兇。」

「你跟清水社長講了差不多三十分鐘的電話吧？」

榎本插嘴。

「嗯，大概吧。」

純子試著回想。時實把電話交給本島時，她看了牆上的電波鐘，印象中是**九點八分**。後來手機再次回到時實手上後，他邊講著人就不見了，等到通完電話回來，宣布估價遊戲結束時是**九點三十九分**。假設電話講到**九點三十八分**的話，大約是三十分鐘。

「方便的話，能不能告訴我們，這麼長的一段時間裡都講些什麼事呢？」

榎本一問，時實似乎不太高興。

「只要通話是事實，就足以構成不在場證明。還需要說明內容嗎？」

「時實先生的確是位知名作家，但要說跟大出版社的社長這麼熟，還是有點令人難以相信。」

「原來如此，意思是至少要是怜子那個等級的是吧。」

時實一臉不悅癟著嘴。

「好吧。其實我是向清水社長提案，簡單來說呢，就是將怜子所有作品收錄進飛鳥文庫，而且一併將改編成影視作品的版權都交給他。」

聽到這裡，在場顯得最驚訝的就是夏美。

「這……這，森老師也知道這件事嗎？」

「當然啊。這種事情我不能擅自作主吧。」

「不過，所有作品，還包括改編成影視作品的版權……原先出版那些作品的出版社，都會嚇一大跳吧？」

當初跟出版單行本或文庫本的出版社之間，應該也簽訂了二次創作的版權合約，硬幹的話，到最後可能不只是把關係搞僵而已……

「這個提議，飛鳥書店要支付多少代價呢？」

本島對於雙方跳過自己進行交涉，似乎不知所措。

「這些還在討論中，不過除了遊說電影公司、電視台，推動改編成戲劇之外，還有像是盛大舉辦森怜子作品展，以及其他事宜。」

其他事宜裡想必也包括金額吧。究竟有多呢？純子也無法估算。

不過，這麼一來，在場所有人都有同樣的想法吧。現在森怜子一死，不僅她的財產，就連所有著作權都一併繼承的時實，獲得的利益非同小可。

「好啦，川井，輪到你了。」

川井搔搔頭，舔了舔嘴唇。

「我沒什麼好說的。因為我一直跟大家在一起吧？」

「真的嗎？你從頭到尾都沒有離席過嗎？」

時實眼光銳利，提出質疑。

「沒耶，沒有啊。」

川井在這個關鍵時刻，將他令人遺憾的蹩腳演技表露無遺。在場所有人都看得出來，他在說謊。

「我覺得好像在房間變暗時看到你走出客廳耶。」

熊倉帶著黏膩的語氣緊追不放。

「咦？沒有吧，哪可能……」

「川井先生，你要是不說實話，就會被當作兇手唷。」

一聽到純子的勸告，川井臉色大變。

「等、等一下。我沒做什麼呀。」

「我也記得很清楚。確實的時間我沒看，但你剛好逮到個好機會就走出客廳，因為當時你差點撞到我的輪椅。」

引爺再補上一刀。

「實在沒想到，原來兇手就是你？」

時實將槍口對準川井。

「等等！不是！不是我幹的啊！」

「那你為什麼要說謊？」

「因為……因為我怕遭到懷疑呀！我看著那些時鐘估價，忽然想讓腦子冷靜一下，就去上個洗手間。但我馬上就回來了！離開客廳的時間差不多就兩、三分鐘吧……熊倉先生，我兩、三分鐘後就回來了吧？」

「這個嘛。的確最後是回來了，但隔了多久我不清楚。」

熊倉的回答不得要領。

「引地老師……引地老師應該記得很清楚吧？」

「真可惜，我完全沒印象。因為你回來的時候沒撞到我的輪椅呀。」

引爺一副事不關己的態度。

「別這樣啊……話說回來，我有什麼理由殺害怜子阿姨呢？」

陷入窘境的川井大喊。不愧是洪亮通透的嗓音，富有震撼力。

「講到動機呢，你在經濟上已經遇到困難好一段時間了吧？不知道聽過多少次你跟怜子借錢了。」

時實的槍口紋風不動。

「這……就算這樣也不代表我殺人吧！阿姨一直都很疼我呀！」

「這倒是。我之前看過怜子的遺囑，內容充滿了對你這個外甥的愛。因為她打算留一筆龐大的遺產給你。」

「什麼？我不知道這件事。阿姨從來沒跟我提過這件事。真的，請大家要相信我！」

川井哭著喊冤，時實不發一語。感覺到眾人看著川井的眼神顯然逐漸出現變化，純子這時開口。

「請等一下。就算川井先生真的離開過客廳，但實際上要怎麼殺害森老師呢？」

現場一片靜默。

「應該就是上了樓梯之後悄悄進入書房，跟怜子閒聊時趁隙在咖啡裡摻入烏頭鹼吧？行兇時間只要有五分鐘就夠了。」

熊倉不知不覺就成了支持川井是真兇的急先鋒。

「這個假設聽起來很不合理。」

聽榎本這麼說，純子鬆了一口氣。

「首先，就算是自己的外甥，突然跑到書房也會讓森女士覺得莫名其妙吧？」

「我也這麼認為。尤其老師最討厭的就是她在寫作時有人打擾。」

夏美也提出看法。因此先前時實要她去書房時，她才會猶豫不決。

「況且，要趁隙在對方正在喝的咖啡裡摻入藥物，其實非常困難。只要有任何古怪的行徑，立刻會被看穿。」

「這要看情況吧？如果挑個怜子剛好盯著電腦螢幕看的時候，或是隨便找個理由端起咖啡杯之類。」

熊倉真不死心。

「好吧，就算這一點能克服。但最關鍵的烏頭鹼要怎麼拿到呢？」

「這……當然是用怜子書房裡的吧。既然是收藏的毒物，問問也不奇怪。」

「也就是說，川井先生空手到了森女士的書房，當場取得烏頭鹼之後，很順利摻入咖啡中行兇？從頭到尾只花了五分鐘？」

所有人都說不出話來。這下子大家總算察覺到，直指兇手是川井的說法根本幾近找碴。

「等一下！也有這種可能性。現場的確大剌剌放了一小瓶的烏頭鹼，但兇手用的說不定是自備的其他毒物。」

熊倉看來還不放棄。他到底是多討厭川井啊？

「究竟是不是烏頭鹼中毒，警方一查就知道。不太可能用這種一下子就能拆穿的偽裝。」

時實持否定態度。

「那麼，使用的毒物的確是烏頭鹼，但是用兇手另行準備的呢？」

「這種毒物沒那麼簡單取得吧？」

純子提出疑問。時實先前說是自己提煉的，但不是每個人都做得到。

「……那好吧。目前還沒有有力證據證明是川井幹的。繼續討論。」

時實總算放下槍口。川井也隨即癱坐在椅子上，大口深呼吸。

這實在太糟了。純子心想，最後到底能不能平安走出這棟山莊呢？

她看看老爺鐘，顯示**十點六分**。

翻頁時鐘一動，從10：05變成10：06。

時實在**九點五十分**召開這場私設庭審。竟然才過了十六分鐘。

看來這可能是個漫漫長夜。

6

「我想到了咖啡……」

熊倉的聲音透露出疲憊。在短短時間內，他的臉上浮現油光和汗水，細細的短髮全豎了起來。

「我們太專心討論誰是兇手，卻疏忽檢視最基本的事實。話說回來，咖啡是誰沖的呢？」

「這很重要嗎？」本島問。

「毒物是在什麼時候摻入的，這才是重點吧？況且，如果是兇手端了咖啡去給怜子，從這一點也能多多少少推敲出其他線索吧。」

時實點點頭。

「山中小姐，咖啡是誰沖的呢？」

站在飯廳角落整個人愣住的山中綾香，聽到自己突然被點到名，抬起頭來。

「呃，啊，我……那個……」

看到整個人陷入慌亂的綾香，時實的語氣變得溫和。

「妳別怕，並不是懷疑妳……照順序來問吧。晚餐結束之後，我記得剛好晚上八點，接下來妳做了什麼？」

她的聲音依舊顫抖，但感覺得出慢慢平靜下來。

「我、我清洗餐具。」

「洗了多久呢？」

「大概……三、四十分鐘左右。」

「不是有洗碗機嗎？為什麼還要洗那麼久？」

熊倉一問，綾香又縮起身子。

「因為有很多餐具都不適合放進洗碗機洗呀。難道您用餐時沒發現嗎？」

夏美罕見地加重了語氣回答。

「無論是銀器、Richard Ginori的磁盤，或是漆器，全都得仔細用手洗才行。我也幫了點忙，但還是很花時間。洗好之後要擦乾淨，收回餐具櫃，光是這樣就要二十分鐘。」

熊倉瞪了夏美一眼。

「我只是要確認每一個細節。」

時實舉起槍口朝熊倉揮了揮，示意要他閉嘴。

「怜子後來說還要處理一些工作，就走出客廳前往書房，那時是晚上八點四十一分左右。她先繞去廚房嗎？」

「呃，是的。」

綾香的聲音終於恢復正常。

「老師說要自己沖咖啡。我說我來就好，但她看我還在忙著收拾餐具，說她自己來。」

「之後呢？」

「我洗好碗盤，整理好之後，就回到自己的房間。」

「妳的房間在哪裡？」

本島問她。

「那個，就在一樓，最邊邊那間……」

「正門玄關走進來後右側是洗手間，旁邊是電梯，最邊間就是山中小姐的房間。」

夏美再次代為說明。

「那裡原本是衣帽間，不過山中小姐平常不住在這裡，只有像今天這種場合會請她留下來過夜。」

夏美似乎對於讓綾香擠在小房間裡感到愧疚。

「妳回到房間之後，還出來過嗎？」

時實繼續質問綾香。

「沒有。我一直待在房間裡看雜誌。直到聽見夏美小姐的尖叫聲，心想發生了什麼事。後來又聽到各位紛紛衝上二樓的腳步聲，我才隨後跟上去。沒想到竟然是……」

綾香一時語塞。

「怎麼樣？聽了這些有什麼發現嗎？」

川井語帶諷刺對熊倉說。

「很明顯，有一點非常重要。」

熊倉挺起下巴，擺出一副備戰姿態。

「咖啡是怜子自己沖了之後端上樓。這表示要摻入毒物的時機非常有限，一定是有人到書房裡，趁著跟怜子交談時找機會加到咖啡裡。」

「聽起來你還是懷疑我嘛。剛才不是已經有結論，說不可能這麼做嗎？」

川井完全展現對熊倉的餘恨。

「剛才根本沒有任何結論吧？只是暫時保留而已。」

熊倉露出下排牙齒。看起來從先前睡眼惺忪的狐獴變成了鬥牛犬。

「話說回來，如果有人能想到在書房之外將毒物加到咖啡裡的方法，願聞其詳。」

這時引爺有了反應。

「比方說，會不會是事先在咖啡豆裡動手腳呢？不能否認有這種可能性吧？」

「不過……這麼做的話，剩下來的豆子或咖啡渣裡應該都含有烏頭鹼。咖啡渣在哪裡？」

「應該在垃圾桶裡。」

綾香輕聲回答。

「如果真是這樣，等到警方一分析，應該很容易就查出毒物。不過，我認為兇手不會用這種會留下明顯證據的方法。」

時實似乎想得很深。

純子這時終於發現，時實從剛才說的話根本前後矛盾。包括森怜子的死因、電腦裡的檔案，以及咖啡渣的分析，全都說交給警方處理，但同時又說在警方到場之前要揪出兇手，自行處刑，怎麼想都不合理。

看來時實的威脅只是為了要對真兇施壓的虛張聲勢吧。這麼說來，也幾乎不可能會被誤認為兇手而遭到射殺。

應該是唬人的沒錯。純子在心中祈禱，拜託他只是虛張聲勢。當下與其找出真兇，更重要的是自己能平安無事。

「其他人七嘴八舌打斷我，其實我剛才的話還沒講完。」

熊倉緊咬著不放。

「兇手的確很可能是在書房裡將烏頭鹼摻入咖啡裡，不過，這還得克服另一道難關。」

「什麼意思？」

時實好奇問道。

「其實烏頭鹼並不易溶於水。」

熊倉瞇起眼睛，環顧在場所有人。

「因此，並不是那麼簡單只要趁機將粉末倒進杯子裡就行了，它不像砂糖，一下子就溶化。」

「那要怎麼樣才會溶解呢？」

時實的眼神變得犀利。

「必須先將烏頭鹼用其他溶劑——很可能是油脂，預先溶解後再加入咖啡。」

「但就算這樣，油也不溶於水吧？」

本島一問，熊倉就露出帶著瞧不起人的笑容。

「咖啡呢，其實是一種膠體溶液。也就是在水溶液中漂浮著油脂微粒子的狀態，牛奶也一樣。我聽過咖啡就像肥皂，含有介面活性成分。」

「但咖啡裡頭要是加了油，一下子就被看出來了吧？」

川井駁斥。

「仔細觀察咖啡表面，的確會看到好像浮著很細的油滴，但如果像加了奶油的防彈咖啡，整杯油膩膩，阿姨應該也會覺得古怪啊。」

「你還沒搞懂嗎？真是遲鈍透頂了。」

熊倉一副瞧不起川井的態度。其中似乎帶著醫學院畢業高材生的自傲，同時又夾雜著面對相貌俊秀的年輕人產生的自卑，情緒非常複雜糾結。

「你是怎樣？從剛才就一副高高在上的態度。跩什麼啊？」

川井作勢逼近熊倉。

「我知道了！」

這時，純子忍不住高喊。就連川井也嚇了一跳，停住腳步轉過來看著她。

「明明就有一種油脂是溶在咖啡裡也不奇怪的呀！」

「是啊。一直以來咖啡裡……」

榎本接著說。但純子好不容易想到，怎麼能讓他先說出來呢！

「沒錯。就是咖啡精油！除此之外沒別的！」

「啥？」

榎本目瞪口呆，當場愣住。

「就是芳香療法時用到的呀，從咖啡豆裡萃取出的精油！咖啡精油應該能溶於咖啡，香氣也同調，不會讓人起疑。」

「不過，不只是咖啡，所有精油都絕對不能飲用吧？」

夏美語帶保留提出質疑。

「妳怎麼這麼老實啊？兇手都要下毒殺人了，哪還會在乎這種事情呢？」

純子自信滿滿地冷笑了幾聲駁斥。

「不對呀，這樣也很奇怪。」

川井一臉迷惘說道。

「就算是用咖啡豆萃取，但精油加到咖啡裡還是不會溶解吧。只會在咖啡表面形成一層薄薄的油膜。」

「況且，雖說都是咖啡，但香氣突然變得很強烈，應該立刻就察覺到。」

榎本也提出否定的理由。

「恐怕口味也會非常苦，根本喝不下去。」

就連先前與川井對峙的熊倉，也加入了反青砥聯盟。

「精油的刺激性很強，一含到嘴裡一定會吐出來。」

夏美終於不客氣地說道，讓純子死心。

「我只是想過濾每一個可能性嘛。」

純子臉不紅氣不喘扯著謊。自己不知不覺已經習慣這種四面楚歌的狀況，處之泰然，連自己都覺得可怕。

「這麼說來，榎本先生，就只剩下那個可能性了吧？」

為了不讓自己成為目標，乾脆把話題丟出去。榎本乾咳了幾聲。

「是的。一般來說，講到加入咖啡而不令人起疑的油脂，就是牛奶或是鮮奶油。」

熊倉也點點頭。

「我要說的就是這個。烏頭鹼帶有令舌頭麻痺的刺激性，但如果加入鮮奶油或許能夠緩和口感……真是的，一個個笨到無藥可救，只會扯後腿。」

沒想到會被形容成笨到無藥可救，純子心想。光說個笨就夠了吧。

「這麼說來，地毯上沾到的咖啡漬，看起來的確像是加了牛奶或鮮奶油的顏色……」

時實閉上眼睛喃喃自語。

「要不要再到案發現場看一次？」

榎本提議。

「可能有些剛才沒注意到的細節，還有幾個我想再確認的地方。」

「不行，所有人都在這裡別亂動。」

時實冷冷拒絕。

「我愈來愈確定，兇手就在這群人之中。為了避免證據遭到湮滅，所有人都不准靠近案發現場。」

「不過，這樣真的很難釐清真兇是誰呀。」

本島盯著時實的獵槍，苦口婆心想勸說。

「沒問題。我的眼睛就跟相機一樣，整個現場全都記錄在這裡。」

時實指著自己的腦袋。看來他對自己的記憶力很有信心。

「那麼，現場有沒有留下像是裝鮮奶油的容器呢？」

榎本一問，時實立刻回答。

「有。書桌底下掉了一個已經空了的塑膠容器。」

純子大感意外。因為她完全沒注意到這些小細節。看來敢自稱「相機眼」並不是吹牛的。

「那就是一顆顆的小杯狀包裝。這麼說來，不是鮮奶油了，可能是奶精球。」榎本說。

「經常在咖啡廳裡附的那種小球吧？那個不是牛奶嗎？」

「很多人居然都直接稱那是牛奶，但我會很清楚區分，用奶精球這個名稱。」

榎本似乎很堅持這一點，但究竟有什麼差別呢？

「奶精球也能溶解烏頭鹼嗎？」

「奶精球外觀看起來就像牛奶或鮮奶油，其實是用乳化劑，將類似沙拉油的油脂和水乳化後變得白濁。因此，很適合用來溶解烏頭鹼。」

從來不知道。原來自己喝咖啡時都加了含添加物的沙拉油嗎？

「原來如此。這倒有意思，奶精球說不定是個重要關鍵。」

引爺似乎莫名地活力十足。

「如果森女士已經做好自殺的心理準備，那麼特地將烏頭鹼溶入奶精球裡不是很奇怪嗎？就算在咖啡裡沒辦法完全溶解，直接喝了也可以呀。」

「有道理。意思是說，如果從奶精球的容器中檢測出烏頭鹼，就更可能是他殺了。」

本島好像對引爺刮目相看。

「不過呢，如果我是兇手，就會另外準備一顆乾淨的容器。摻入烏頭鹼的那個會盡快處理掉。」

的確，這麼小的塑膠容器，無論是清洗，或是切碎了丟進馬桶沖掉，有很多方法都能處理。這麼一來就不會留下證據。

「森女士平常喝咖啡會加鮮奶油之類的嗎？」

榎本問道。夏美想了一下。

「沒有，很少見。老師平常幾乎都喝黑咖啡，只有偶爾胃不舒服才會加鮮奶油或牛奶。」

「奶精球呢？」

「嗯。我猜家裡根本沒有吧。」

「好像隱約可以看出真相了哦。」

熊倉又擺出一副高人一等的態度。

「伶子自己沖了黑咖啡端到樓上的書房。後來兇手帶著摻毒的奶精球去找她，而且假好心跟她說光喝黑咖啡會傷胃，然後光明正大在咖啡裡下毒，讓伶子喝下……」

熊倉充滿猜疑的細細雙眼，掃視過在場的所有人。純子忍不住打了個冷顫。

「如果是這樣，有什麼新發現呢？」

本島的聲音顫抖。

「兇手就是跟伶子很親近的人。換句話說，不會是榎本先生、青砥女士或引地先生。山中小姐也不是。此外，時實先生已經提出完美的不在場證明，應該可以除外。剩下的就是我、川井、本島先生和夏美小姐四個人。」

「把自己納入嫌犯行列啊？這可以當作是你的自白嗎？」

川井語帶嘲諷。

「但我沒有行兇動機。」

「我也沒有啊！」

川井又激動大喊。

「我一樣沒有。」本島說道。

「我也是，怎麼可能殺害老師……」

夏美也趕緊開口。似乎擔心這時不立刻反駁，就會被當作兇手。

「可是，你有很明確的動機吧？時實先生證明了，你曾經好幾次開口跟怜子借錢。再說，她還留下一大筆遺產要給你。」

熊倉的雙眼緊盯著川井。

「原來是這麼回事啊。表面上假裝放棄了，其實從頭到尾還是鎖定我一個人。你這個人的怨念真是深得可怕。」

川井壓低了嗓音反擊。雖然感覺還是有點做作，但是跟先前不太一樣，這次的確令人感受到名演員的震撼力。

「從你這麼想要陷害我的態度來看，我確定你就是兇手！」

「喂喂喂，你在胡說什麼啊？『說我是兇手的人，你才是兇手』？你這是三歲小孩的論調吧。」

熊倉那張討人厭的臉上帶著訕笑。純子此刻非常了解森怜子為什麼會跟此人離婚了。

「欸，熊倉先生。其實我也覺得你是兇手，想投你一票。」

引爺突如其來表態。川井一聽，喜上眉梢。

「什麼意思？你憑什麼這麼說？」

面對意想不到的攻擊，熊倉顯得不知所措。

「你啊，太超過啦。」

引爺的聲音宛如一把銼刀。

「兇手太想要把罪刑冠到別人頭上，最後導致自我毀滅。你就是這種類型。在我的中篇小說代表作《得寸進尺的男人》裡……」

「你那些全日本沒有半個人在讀的小說，誰在乎啊！」

熊倉像隻負傷的野獸，低聲呻吟。

「有本事就提出證據，證明我是兇手呀！」

「好啊，就這麼辦。」

引爺一派輕鬆。

「『生物鹼裡頭的劇毒，存在於烏頭屬植物裡。』」

「你在說什麼啊？」

熊倉一臉困惑。

「『其實烏頭鹼並不容易溶於水。』」

「我問你到底在講什麼啦！」

「『烏頭鹼帶有令舌頭麻痺的刺激性，但如果加入鮮奶油或許能夠緩和口感。』」

熊倉目瞪口呆。

「『烏頭屬植物裡不僅含有烏頭鹼，還有新烏頭鹼、次烏頭鹼、素馨烏頭鹼等劇毒的生物鹼。』……這些都是你講過的話。內科醫生需要具備這麼豐富的毒物知識嗎？再怎麼說，我覺得這也太深入了吧。」

引爺說到這裡不再繼續。似乎想確認自己的台詞效果如何。

「怎麼樣？你快回答引地老師的問題啊！」

川井搭著引地的便車，高聲叫囂，吃相有些難看。熊倉則是拿出手帕，頻頻拭汗。

「其實……我當年跟怜子結婚時，也曾嘗試想寫推理小說。」

「什麼？難道你要辯稱因為這樣，當年剛好研究過烏頭鹼嗎？」

「沒錯。應該說，在爆發那起烏頭保險金詐領謀殺案之後，怜子才第一次從我口中聽到有關烏頭鹼的說明。」

所有人都不發一語。這藉口聽來雖然有點詭異，但他既然承認了，引爺似乎也沒有繼續追問熊倉的材料。

「而且我剛才也說過，我沒有殺害怜子的動機。」

熊倉進一步鞏固防線。

「這就難說了。」

川井的一把怒火好像還沒平息。

「你是阿姨的前夫，你對她可能還有很多複雜難解的感情。」

「究竟什麼樣複雜難解的感情，會讓人真的動了殺機呢？」

熊倉輕鬆閃過對方的攻擊。以為他會趁勢進攻川井時，沒想到他將矛頭轉向。

「倒是引地先生，你才有動機吧？」

引爺一臉不解。

「啥？你說什麼啊？而且，你剛剛才說兇手是跟森女士很親近的人，我應該不算吧？」

「我收回這個說法。我只是想像犯案的過程，推測可能是跟伶子親近的人。就像有不在場證明的時實先生一樣，並沒有明確排除嫌疑。」

「原來如此。那麼，你說說我有什麼動機啊？」

「大概二十年前吧。你的作品是不是曾獲得推理作家協會獎的短篇組提名呢？」

「是啊。只有那麼一次機會，可惜因為那些有眼無珠的評選委員，害我沒能得獎。《朦朧的殺機》雖然日後衍生出我真正的生涯代表作《奧林帕斯兇殺案》，卻是完全不同的嶄新巧思……」

「當年家裡收到了雜誌的影本，我記得很清楚，伶子應該是那時的評選委員。」

「哦？這樣啊。」

引爺有些吃驚。

「事隔多年，我不記得伶子對你的作品有什麼樣的評論。不過，依照伶子的喜好，加上你這個人的個性呢，我大概可以猜到她的反應。你被她批評得體無完膚吧？身為推理作家的自尊蕩然無存，甚至下定決心有天要殺了她。」

「我壓根不記得這回事了呀。」

引爺一臉困惑，但看來又不像在演戲。

「……不過，如果這點小事就能構成行兇動機，那我可能得把將近一半的出版同業，還有幾乎所有書評都殺光了吧。相較之下，你那番錯綜複雜的感情還比較會引起殺機吧。」

引爺的目光突然變得銳利，直瞪著熊倉。

「再說，你也看到我這副身子，沒有輪椅根本哪裡都去不了。我要怎麼上到二樓呢？」

「有電梯呀。」

「怎麼可能呢？……電梯會發出聲音吧？對吧？」

引爺好像有些意外，但他望著眾人，示意想求救。

「那台電梯的確會發出很大的聲音，一旦運轉應該有人發現。」

時實伸出援手。

「那個，我……」

山中綾香有些膽怯地發言。

「我的房間就在電梯旁邊，如果電梯一動，我一定聽得到。不過，我只在各位上到二樓時才聽到聲音。」

「我就說吧。蠢蛋。」

引爺對於自己的勝利得意洋洋。

「你這個人很會記仇吧？一旦覺得自己遭到攻擊，就會忍不住想要報復。我認為這很容易成為行兇的動機，你怎麼說呢？」

「反正現在還不能證明你是清白的啦！」

熊倉也不肯退讓。

「你真的不良於行嗎？客廳當時很暗。如果你推著輪子到角落，然後偷偷站起來走出去，也不是不可能吧？」

還以為引爺聽了會動怒，結果他大笑不止。

「哈哈哈哈……！笑死我了。這是連五流都稱不上的推理小說情節吧！連現在的兩小時電視劇都不如。」

「你能證明自己無法行走嗎？」

「那還用說。我罹患的是重度脊柱狹窄症，你好歹也算是個醫生，應該知道吧。這種病用X光、MRI或是脊髓攝影都能客觀診斷出來。」

熊倉看似很不甘心閉上嘴，沒想到一會兒又開口。

「引地先生，我對你有個很基本的疑問。」

「嗯？你是想問為什麼像我這麼有才華的作家始終沒機會受到矚目嗎？」

「才不是！我想問為什麼你會在這裡。」

在場其他人也忍不住想點頭。

「你是個被所有人遺忘的作家。或者應該說根本沒人記得過你？原先以為你跟怜子或時實先生很親近，看來好像也不是。更別說你個性糟糕透頂，實在是最不適合邀請來參加晚宴的人選。所以，究竟為什麼你今晚會受邀來這裡呢？」

「要說到這一點，其實我自己也很納悶。但與其問我，應該要問邀請我的主人才對吧？」

引爺若無其事，四兩撥千斤。

「時實先生，今晚為什麼會邀請他來呢？」

時實聽了熊倉的問題，聳聳肩答道。

「我也不曉得。這是怜子的意思。」

無論朝什麼方向討論，不是走進死巷，就是原地踏步。

純子看了老爺鐘一眼，快要十點二十分了。翻頁時鐘一動，從10：19變成10：20。距離上一次看時鐘是十四分鐘，自開始尋找真兇已經過了三十分鐘。

原本以為這地獄會持續到永遠，沒想到一眨眼就到了一半的折返點。心情開始變得焦躁不安。

「本島先生，所有人都知道你過去曾經跟伶子傳過婚外情。」

熊倉這下子又把目標轉向本島。不僅如此，彼此不斷互罵，喊殺喊打。每個人都為了自保找尋代罪羔羊，睜大眼睛仔細挑出其他人的毛病。

純子愈來愈覺得厭煩，同時也開始發現這個狀況不對勁。這些行為根本無法追查出真兇，而顯然不只純子這麼想。川井終於忍不住對著時實大喊。

「這到底在幹嘛？看著我們幾個互相指責，彼此陷害，很好玩嗎？這根本是殺手遊戲吧？這麼做到底有什麼意思？」

能夠把一大串讓人差點咬到舌頭的台詞講得如此流暢，真不愧是演員。

「我自然有我的用意。只要知道殺手是誰。」

時實依舊毫不在意，持續冷眼觀察著所有人。

7

整個情勢開始出現變化，是在老爺鐘的指針來到十點三十五分左右時。距離時實訂下的一小時時限剩下十五分鐘。時實真的會在沒有確切證據下，仍然處死某個人嗎？

「榎本先生，你剛才說過不可能有人從外頭潛進來，但這是因為窗戶的偵測器沒反應對吧？」

本島看來經過一番苦思不得其解。

「是的。」

榎本回答得很乾脆。

「還有，書房裡的電腦和收音機的電源關上，也令人覺得不對勁。」

「是呀。」

「我剛才想過，會不會是停電造成的呢？」

「怎麼說？」

「如果把院子裡分電盤的總開關關掉，是不是能讓保全系統失效呢？」

眾人議論紛紛。

「沒錯。玻璃窗上的感應器是靠電池驅動，如果主系統失效，警鈴也不會響。」

「那麼，會不會是有人關掉總開關，破窗而入呢？」

榎本思索了一會兒回答。

「關掉總開關，停電的那一瞬間應該會察覺到才對。」

「不過，如果是利用客廳燈光熄滅的那一刻呢？燈光熄滅時，是不是就不會發現到總開關被關上了？」

所有人聽到這個意外的發現，頻頻表示贊同。

「這我倒沒想到。如果真這麼做，的確有可能潛進來。」

「有道理！」

「兇手果然不在我們之中嘛……！」

榎本等到眾人安靜下來才說明這是不可能的。

「這不合理。就算客廳的燈光熄滅時能同時關上總開關，但陳列台的腳燈在一、兩秒之後就亮起來。根本沒時間破窗。」

比起本島的假設遭到一舉推翻，大夥兒更因為這假設無法成立而感到惋惜。

「如果有同夥呢？一個人關掉總開關，由另一個人破窗而入。」

「還是沒辦法。因為破窗到潛入室內最少也要二十秒。」

頓時響起各人失望的嘆息。看來在場似乎沒有人認為隨便找個人頂罪就行了。

「我想確認一點，森女士沖了幾杯咖啡呢？」

引爺提出疑問。

「老師習慣一次沖三杯份，今天晚上也一樣。」

綾香回答。

「她喝了幾杯呢？」

「應該三杯都喝掉了吧。咖啡壺已經空了。」

時實瞇起眼睛回想現場的景象回答。

「這樣啊。如果她三杯都喝光了，代表烏頭鹼不可能是一開始就加到咖啡壺裡。這麼說來，就會像剛才討論的那樣，兇手是建議森女士加了摻有烏頭鹼的奶精球。不過，回想先前各位的熱烈討論，我還是覺得沒有人符合。」

「我也這麼認為。」

榎本隨即贊同引爺的說法。

「先不說沒人有辦法接近書房，但能夠取得森女士持有的烏頭鹼的，只有時實先生、佐佐木小姐和山中小姐三位。不過，時實先生有不在場證明，佐佐木小姐一直在客廳裡，山中小姐沒有任何行兇動機。」

「那不就是自殺？但先前說這違反了怜子的美學，率先否決了自殺說法的不就是閣下嗎？」

時實顯得不耐煩。

「我到現在還是認為不可能是自殺。」

榎本毫不動搖。

「直接講結論吧。到底是怎麼回事呢？」

熊倉罕見地態度謹慎。

「有沒有可能是一起不幸的意外呢？」

在幾秒鐘的沉默之後，所有人都露出求助的眼神，紛紛開口追問榎本。

「是真的嗎？」

「再說明得更仔細一點。」

「哎呀呀，竟然有這個可能性。願聞其詳！」

「好的。首先，我想問的是，平常習慣喝黑咖啡的森女士，為什麼只在臨終最後一杯咖啡裡加了奶精球呢？」

榎本一說完，眾人七嘴八舌表示贊同。

「原來如此。」

「這麼說來的確有問題。」

「果真不尋常哪。」

「稍等一下！」

純子打斷眾人。就算被大家當作不懂得察言觀色，該說的話還是得說出來。

「這是假設兇手主動提出建議吧？但也可能是她胃痛的關係呀。」

榎本連正眼也沒瞧純子一眼。

「的確不能排除這個可能性。不過，真是這樣嗎？凡事都要求真實的森女士，跟實際上只是假鮮奶油的奶精球，兩者實在連不起來。」

「對呀。以森老師的個性，就算對方建議，她也不會願意加入奶精球。」

「我也這麼認為。」

「老師最討厭這種對身體不好的添加物。」

轉眼間，榎本後援會儼然誕生。

「不過，如果兇手偽稱是鮮奶油，偷偷將奶精球加進咖啡……？」

這回榎本完全忽略純子的疑問。

「話說回來，為什麼這棟山莊裡會有奶精球呢？這讓我很納悶。」

「啊。應該是上次……」

時實發出驚呼。

「你想起什麼嗎？」

榎本問道。

「今年夏天我們到東京，跟編輯開會。到了咖啡廳之後，怜子點了冰咖啡。咖啡上桌時還附了果糖和奶精球，怜子當然什麼都沒加……不過，當她看到奶精球時，露出一臉像是小孩子想到惡作劇的笑容。」

「原來如此。看來是這樣沒錯。」

「說不定當時她把奶精球順手帶回來……？」

「我覺得很有可能。」

兩個人自顧自的說個不停。

「究竟是怎麼回事？請解釋一下，讓我們也聽懂啊。」

本島似乎感覺到情勢有改善，趁機發問。

「我猜想，森女士很可能正在創作的小說內容裡，提到了將烏頭鹼溶於奶精球裡作為毒殺工具的情節。」

榎本一說完，時實也跟著點頭。兩人根本就像詐騙搭檔一樣，沆瀣一氣。

「原來是這樣……所以她做了實驗嗎？」

引爺高聲大喊。

「這樣啊。老師想要親眼看看，烏頭鹼是不是能順利溶於奶精球，然後加到咖啡裡會怎麼樣嗎？」

本島一說完，眾人紛紛像滾雪球似表示贊同。

「的確很像森老師的作風。」

「先前怎麼都沒想到這個可能性呢？」

「如果真是這樣，那麼伶子……不就等於為了推理小說殉道嗎？太偉大了！」

這是什麼狀況？純子大感錯愕。此刻所有人都強烈希望情勢從原先的對立轉為協調，這麼一來大家都不必接受處刑，於是每個人都像是玩錢仙時受到強烈暗示一樣，自動被引導到支持森女士意外身亡的論調。

「等等！富有實驗精神這道理我懂，但為什麼會喝下去呢？講不通吧？」

純子的抗議招來在場所有人的白眼。

「但接下來就會出現另一個問題，為什麼電腦關機了。」

榎本提出意想不到的事。

「兩者有什麼關係呢？」

「各位想想看，工作到一半時電腦關機，會是哪些原因呢？」

「咦？是因為……」

純子答不上來。一旁的川井低聲喃喃。

「因為……電腦當機？」

「沒錯！」

「一定是這樣！」

「川井老弟，真有你的！」

「電腦當機之下，鍵盤跟滑鼠都沒反應。所以需要長按電源鍵，強制關機！」

「等一下。那又怎麼樣呢？」

「這還不簡單？阿姨因為電腦當機而緊張，關掉電源之後想讓心情平靜下來。於是一不小心端起下了毒的咖啡喝一口。」

「一不小心……」

川井看著純子的眼神，彷彿在說「怎麼連這也想像不到？」

「現實生活裡，經常有很多事發生是因為莫名其妙的理由。就像我的作品之中被推崇是絕妙傑作的《松風莊怪案》一樣。」

引爺照例又舉出沒人聽過的作品，但這次沒聽到任何噓聲。

「事到如今，沒辦法知道究竟真正發生了什麼事。不過，如果怜子當時正在進行毒物溶於咖啡的實驗，那麼的確不能排除意外的可能性。」

時實下了結論。

不會吧！這根本是作弊嘛！

純子啞口無言。

剛才明明是「殺手遊戲」，現在卻成了「如月疑雲」（註5）。

這樣下去，森伶子會死不瞑目吧。

純子看看老爺鐘。再不到三分鐘就到了時限——十點五十分。目前看來情勢已經不再是揪出兇手處刑了，但時實究竟有什麼打算呢？

旁邊的翻頁時鐘一動，顯示10：47。所有人都瞄了時鐘一眼，再看看時實，期待狀況往好的方向發展。

時實一副魂不守舍的模樣。先是看看時鐘，思索一會兒，然後像是古代北方追捕棕熊的獵人，扛著槍在客廳裡大步走來走去，不時還在暖爐裡添加柴火。

「時實先生，我想已經有結論了。」

本島平靜說道。

「森老師的死，是一起不幸的意外。雖然沒辦法百分之百證明，但這是現階段最有可能的狀況……怎麼樣？不如接下來就交給警方調查吧？」

時實從客廳走回飯廳。站在門口望著眾人。先前時實走來走去，每次只要槍口指著大家，每個人就怕得要死，但現在他像個恐怖份子一樣，高舉獵槍，槍口朝下被牆壁遮住，讓人稍微能鬆一口氣。

「但是……我還是沒辦法接受。真相真是這樣嗎？」

時實一臉不耐煩。

「還有兩分鐘就剛好一個小時。要在這兩分鐘之內揪出真兇、處刑，或許真的不太實際。」

現場的氣氛和緩了下來。

「不過，我還是沒辦法就此斷定怜子不是遭到殺害。要是眼睜睜讓兇手逃過，我一定會終生後悔。」

時實似乎不願意把森怜子的死當作意外。的確，倘若真相如此，那也太輕率了。

「話雖如此，不是應該有結論了嗎？就算假設某人是兇手，也沒辦法得到合理的結果吧？但換個角度，如果是意外的話，感覺就很有說服力了。」

一時之間贊同聲四起。之所以顯得有說服力，是因為這樣大家就能如願吧。

註5：二〇〇七年日本上映的電影。內容為眾人在推理一場疑似命案時為便宜行事而自圓其說。

「……那好吧。我覺得重新打開怜子的電腦來看看。」

時實終於下定決心。

「如果真的是意外，寫到一半的稿子裡應該會留下蛛絲馬跡。不過，萬一猜錯了，也就是怜子根本沒提到用烏頭鹼毒殺的內容，那麼全部要重頭來過，持續盤問到找出真兇為止。」

沒有人提出異議。話說回來，就算有意見也不可能讓時實的決定翻盤。

所有人被時實逼著從飯廳穿過廚房，一個接著一個上了樓梯，只有引爺搭電梯。時實則留到最後，確認所有人已經上樓。這時聽到電梯運轉的機械聲真的很大，就算先前所有人都專心在時鐘的估價上，只要電梯一動還是會聽得到。

再次踏進森怜子的書房，需要鼓起很大的勇氣。先前在不知情之下進入發現了遺體，跟現在明知有一具遺體時進入，感覺截然不同。其他人也都帶著緊張的表情。如果兇手真在其中，應該比我們感受到更強烈的恐懼吧。純子祈求，希望如此。

一走進書房，深紅色的小禮服映入眼簾，純子立刻別過頭，不正視森怜子的遺體。

維持這個狀態放任不理，讓純子有股罪惡感。結果眾人的結論竟然是這麼愚蠢的意外死亡，真是太過份了！純子忍不住在心中默默合掌，同時向森怜子致歉。

最後走進書房的時實，先看看櫃子上的時鐘。

「……現在是十點四十九分。」

純子也望著三色圈圈轉動個不停。距離死亡時限只剩下一分鐘了。

想想森伶子的命案，純子雖然不願意用莫名其妙的結論來蒙混真相，但更不想要自己最後落得含冤被射殺。

她在心裡祈求神明，就趁現在，能找出真正證明意外身亡的證據，設法度過眼前的難關。

時實繞過遺體，來到電腦前面，按下電源鍵。所有人都很緊張，盯著螢幕。

視窗作業系統正常啟動。印象中電腦如果當機而強制關機，一般來說再次開機不是都會出現要選擇正常啟動或是安全模式的選單嗎？不過純子對機械並不在行，不確定自己有沒有記錯。螢幕右下方的時間顯示，**十點五十一分**。終於超過了設下的時限。純子閉上眼睛。

時實按下「Windows」鍵和「R」，接著輸入「recent」。叫出最近使用的檔案列表，如同預料，裡頭有森伶子寫到一半的稿子。

「『毒鳥』……」

感覺是個引人入勝的篇名。打開檔案一看，已經是差不多快完成的稿子。這是森伶子最拿手的愛情推理短篇作品。裡頭真的會出現使用鳥頭鹼毒殺的內容嗎？

然而，眾人直盯著畫面，卻始終沒看到類似的情節。篇名的「毒鳥」是名叫「黑頭林鵙鶲」這種實際棲息在新幾內亞地區的鳥類，但在小說裡好像只是比喻雖然沒有惡意卻不斷侵蝕周遭的人，製造破壞的精神官能狀態。

「很遺憾，看來好像猜錯了。」

時實陰沉低語。

「可別太早下結論哦。你們看，『毒鳥』前面的檔案『神祕鐘』也才剛更新過呀。」

引爺指著螢幕，時實隨即打開檔案。

幾個人異口同聲發出驚呼。「神祕鐘」這個檔案裡不是稿件，而是創作靈感和條列式的故事大綱，但中間有一段文字——「永遠的少年朝向Neverland邁進。再也不願待在骯髒的世界」。接下來，下一段的幾行內容，則是將烏頭鹼溶於奶精球裡，再摻入咖啡中下毒的描述。

「找到了！這表示阿姨真的……」

川井話說到一半語塞，看著遺體。

「你們看！最後還註記了『確認能夠完全溶解』！這大概是實驗之後再加上去的吧。」

熊倉說道。

「原來是這麼回事。森老師果然是遭到不幸的意外。」

本島也哽咽了。

竟然有這麼荒謬的事！純子大感錯愕。一不小心喝下了做實驗的毒咖啡。難道這就是這起命案的真相？

「檔案更新的時間，『毒鳥』是9：36，而『神祕鐘』是9：34……」

時實是因為個性的關係嗎？隨時隨地都很在意時間。

「原來如此。最初看到這個還以為是遺書。」

川井指著放在桌上的便條紙。

神祕鐘。永遠的少年。Neverland。
不願繼續待在骯髒的世界。

「嗯嗯。看來這是森女士突然有了靈感，順手寫下來的筆記。」

引爺點頭稱是。純子也打算就此默不作聲，但天生反骨的個性讓她沒辦法跟著點頭，想了想還是不對勁。

「等一下！森老師當時應該是正打開電腦檔案記錄創作靈感吧？為什麼唯獨這幾句話需要特地用手寫呢？」

在場沒有任何人理會純子的疑問。

「如果伶子當時正在專心寫『毒鳥』，突然有了靈感打算之後再輸入檔案中整理，先寫下來也很正常吧。」

熊倉一副不耐煩的態度。

「也可能剛好就在電腦當機時想到的。」川井說道。

「可是，這個故事本身也好像怪怪的。」

純子忽略兩人的說詞繼續。

「讀到一半的感覺像是一般的愛情小說，但什麼永遠的少年，還有下毒的情節，怎麼好像刻意加上去的？況且就連殺了誰也搞不太清楚。這究竟是什麼故事啊？」

「這個嘛，誰也不知道啊。我連重新翻閱自己的筆記，也常幾乎猜不出來當初寫了什麼。連當事人都這樣了，要推敲其他作家心裡的想法，是不可能的。」

引爺得意洋洋說著。但這狀況聽起來比較像輕微的失智症吧……

時實不發一語，面無表情。只有這個人，純子完全摸不透他在想什麼。

「……我看最好不要再破壞現場的完整，大家先到一樓吧。」

時實依舊不打算放下獵槍。眾人無奈之下只好再次陸續回到一樓。

「各位別到飯廳，進去客廳吧。」

賓客們聽到時實這句話，面面相覷。要大家到陳列了神祕鐘等昂貴時鐘的客廳，這表示他沒打算開槍了吧。或許這下子可以脫離恐怖的危機。

客廳的電波鐘顯示十點五十五分。已經過了最初定下的時限五分鐘。

「我還有一件事情想確認。請各位再陪我一下。」

時實關掉客廳的燈，打開陳列台的腳燈。

「我去關上院子裡的總開關看看。」

說完他就逕自打開落地窗走到院子。一會兒之後，腳燈熄滅，整間屋子一片漆黑，只剩下角落暖爐裡依舊燃燒的火光亮著。不知道哪裡傳來「嗶」一聲細微的電子音。純子心想，咦，這好像是今晚第二次聽到這個聲音。兩、三秒之後，腳燈再度亮起。

趁現在應該能逃得掉！純子雖然這麼想，但環顧周圍，沒有一個人有動靜。這也難怪，好不容易眾人一致接受了意外身亡的說法，這時要是輕舉妄動，可能又會被當作兇手了。

「怎麼樣？」

時實回來之後打開客廳的燈，問在場眾人。

「剛才腳燈熄了。」

聽到夏美的回答，時實放下槍，點了點頭。

「果然總開關一關，再怎麼樣都難免引起注意。」

時實恢復了晚宴一開始時的柔和語氣。

「原先我認為還是不能排除兇手有同夥的可能性。」

「怎麼說？」

本島問道。

「如果腳燈是獨立電源，客廳的燈熄滅之後，還是可以關掉總開關，讓保全系統停擺，順利從外頭潛入吧？不過，看來我想太多了。因為就算沒發現總開關關上，但下一瞬間腳燈就亮了。」

現場的氣氛變得和緩多了。

「這麼說來，果然還是意外嘍？」

本島看著時實，眼神中帶有期待。時實沉思了一會兒。

「我有些事情想告訴各位，請到沙發上坐下吧。」

這下子算是宣告搜查真兇告一段落吧。除了坐在輪椅上的引爺，其他人都在沙發上坐下。就連夏美和綾香，也很客氣坐在角落。純子則和先前坐在同一個位子上。說來或許有些不得體，但在神經緊繃了這麼久之後，現在真的好想來杯酒啊。

純子暗自期待，等到時實的話一說完，照理說應該會這麼做吧。讓大家處於心驚膽戰的狀態這麼久，當然要有所表示啊……這次要來杯蘇格蘭威士忌。印象中之前看到有蘇格蘭威雀（The Famous Grouse）。

「剛才聽著大家討論時，我一直忍不住想起怜子。」

時實感性說道。

「怜子這輩子真的是很棒的人……到現在還很難相信，竟然必須得用過去式了。她這個人很細心，待人和善，充滿幽默感，而且有著強烈美感。」

時實說到一半語塞。接著聽到夏美和綾香的啜泣聲，純子也不由得感到眼頭熱了起來。

「反過來說，她不是一個莽撞、無禮、殘酷的人。」

純子心頭一驚。很明顯的，時實的語調有了變化。

「無論如何，為了亡者的名譽，請大家容我再說一句。森怜子這個人絕對不會行事魯莽，做出那種忘了自己在做實驗，不小心喝下毒咖啡的事！」

時實突如其來的高聲吼叫，讓所有人都嚇一大跳。

「今天晚上，森怜子遭到二度謀殺！先是被理論上她深深信任的人下毒，殘忍奪去性命，接下來又遭到理應熟知她、深愛她的一群人聚在一起把她當成笨蛋，嘲笑她的輕忽！」

時實舉起獵槍大喊。

「我自己要先向怜子道歉，竟然差點就相信這種鬼話連篇。結論就是這樣。無論是不是下毒的兇手，我們所有人都死不足惜！」

四下一片寂靜。每個人面對急轉而下的情勢都驚嚇到腿軟。

「……話雖如此，在這之中還是有人做出正確的判斷。青砥律師，妳先前說怜子不可能一邊做實驗，同時又不小心喝下毒咖啡。現在妳還是維持相同的看法嗎？」

純子不停點頭。其實想說就是這樣沒錯，卻說不出話來。

「這群人之中只有一個人想保住怜子的名譽，而竟然是認識不久的青砥律師，想想實在諷刺。」

時實低下頭，深深嘆了一口氣。

「不過，我也不可能殺掉青砥律師之外的所有人。」

最壞的狀況到此為止也無妨啦。純子心想。神啊求求祢！當然是說笑的。

「最大的原因就是這不符合怜子的作風。她總說，在作品中如果要賜死哪個角色，一定要有讓人能接受的原因，還有合理的順序。像那種不分青紅皂白就把整個班上學生殺掉的小說，根本讓人讀不下去。」

時實說著抬起頭。

「……我之所以沒有立刻展開大屠殺的另一個原因，是這把槍沒辦法裝夠子彈殺掉所有人。不過，這種散彈說不定一發也能斃掉兩個人。」

時實笑著說。看到他的笑容，忍不住全身竄過一股寒意。

純子直覺，這個人絕對不是在開玩笑。

「我想請各位再玩一次遊戲。這個遊戲的獎品，會比之前那個估價遊戲的還貴重許多。」

時實環顧所有人，似乎等著大家發問，卻沒有一個人開口。

「至於是什麼珍貴的獎品，我想各位都知道了吧？就是你們的性命。」

「時實先生，我們什麼都沒……」

本島想要自清，但時實完全無視他的發言。

「規則很簡單。請各位回想一下剛才討論的內容，決定出你心目中最可疑的兇手人選。我數一、二、三，大家同時指出想到的人。獲得最多票的那個人……只能說你慘了。」

太扯了吧。純子嚇得屏住呼吸。時實真的打算殺人嗎？

「要是有相同票數的人，又怎麼辦呢？」

引爺提出疑問。這人居然一副躍躍欲試的模樣。

「如果這樣的話，就從最高票數的幾人中再投一次分勝負。」

「萬一還是分不出高下呢？」

「最後一票由我來投。」

時實冷冷說道。

「等等！你瘋了嗎？這麼做也找不出真兇吧？」

熊倉連忙大喊。他大概已經意識到，自己是這裡頭最討人厭的一個。

「如果以推理沒辦法找出真兇，那麼就只能靠各位的直覺了。讓多數人感覺不對勁的話，這個人是真兇的機率也比較高吧？」

時實一副若無其事的態度。

「請問……意思是說，我不在候選之列對吧？」

純子抱著一絲希望問道。

「沒這回事。」

時實冷淡回答。

「可是，我壓根就不同意森老師是因為意外身亡呀。」

純子拚命辯解，但時實似乎充耳不聞。

「而且剛才你一開始是說除了我之外殺掉所有人……」

純子這時察覺到其他人的眼神，決定閉嘴。

時實從飯廳拉了一張椅子過來。抬頭看看飯廳跟客廳之間那道挑高懸牆上的電波鐘，把椅子放在懸牆正下方後，一屁股坐下。

「現在是晚間十點五十八分。我就給你們一分鐘時間想想。」

時實交叉雙臂，注視著所有人的表情。

太誇張了吧。怎麼會演變到這個局面？

純子的腦袋開始全速運轉。

哎呀！慘了！剛才的發言說不定已經惹到所有人。這下子眾人的想法可能不再關心誰最像真兇，而變成指出最討人厭的人，原本想要保住自己，結果搞不好反倒獲得了其他人的一票。

不對，不是這樣。純子發現了，在這種情況下的投票行為也不是看誰最討人厭，而是觀察誰會得到最多票。只要多數人達成協議，讓其中一人成了代罪羔羊，剩下的人就能獲救。

不妙。極度不妙。

在這樣的情勢下，最不該惹得眾人產生反感。

要是剛才什麼也沒說，也不至於招致自己可能成為最高票的窘境。

還是說，萬一最後跟其他人同為最高票時，掌有生殺大權的時實會因為她從未對森伶子有批評而放她一馬呢……

「好啦，時間到。」

時實宣布思考的時間結束。

啊！純子內心一片茫然。還沒想到這一票要投給誰。

「準備好了嗎？我數一、二、三就請各位指出來。一、二……」

時實像開派對一樣，輕輕鬆鬆就開始倒數。純子閉上雙眼，該怎麼辦才好？

「三！」

時實倒數結束後，現場瀰漫著一股不尋常的靜默。

純子緊閉著雙眼，等候宣布。結果卻沒有人開口。

時實嘆了口氣。

「所有人都棄權嗎？」

純子一睜開眼睛，看看所有人。沒有人伸手指出其他人。每個人的表情上都有一股堅毅，彷彿說了即使受到威嚇、脅迫，也絕不會出賣其他人。

純子只是一時之間沒決定要投給誰，但這時也立刻擺出和其他人同樣的嚴肅表情。

「這樣啊。各位的決心跟團結力真了不起。不過，我是不會這樣就善罷甘休。」

時實露出一抹淺淺的笑容。

「山中小姐，不好意思，可以請妳到廚房去拿些黑色垃圾袋嗎？有多少拿多少。」

突然被點到名的綾香，一臉驚嚇站起身。

「黑、黑色垃圾袋嗎？……好、好的。」

綾香快步穿過飯廳，往廚房走，一下子就拿了一大包新的垃圾袋回來。

時實發給在場每一個人一只四十五公升大小的黑色垃圾袋。

「首先，請各位再次確認每個人的相對位置，看看你懷疑是兇手的人在哪裡。」

時實還不死心，仍然想煽動所有人的猜疑心。

「好啦，接下來請各位把袋子套到頭上。」

所有人當場愣住，猶豫不決。

「時實先生，再怎麼說這也過頭了點吧。」

本島提出無力的抗議。

「說明一下我訂出的規則。最後不肯套上袋子的人，就視為兇手。還有，我先警告各位，這次可不能所有人同時抵抗了。否則就以第一個套上袋子的人當作第一名，最後的人要立刻受死。」

第一個遵照指示的是川井。接下來熊倉、榎本、本島也有了動作。

純子也跟著把垃圾袋套在頭上。

這時才發現塑膠袋比想像中來得薄，透著燈光還能看到東西。而且，聲音也聽得很清楚。

燈關上了。這麼一來就真的幾乎什麼都看不見。

「要大家面對面指出兇手，可能心裡會有些排斥吧。剛才各位或許是用眼神彼此牽制，不過……在看不到對方的狀態下，就不必顧慮了。請各位坦然表示自己的想法。」

純子心想，這個人簡直就是魔鬼，很懂得直搗人類內心最脆弱的地方。

「要做的事情跟剛才一樣。我數一、二、三，每個人指出自己懷疑是兇手的人。這次就給大家三分鐘時間考慮。」

說完之後，時實不再開口。一會兒反倒聽到天花板喇叭傳來聲響。

什麼啊？純子大感錯愕。竟然是連續打擊的輪鼓聲……

這大概是當初準備在估價遊戲公布答案時使用的背景音效。不過，在這節骨眼上竟然能一派自然使用這種特殊音效，只能說時實的精神異於常人。

三分鐘一下子就過了。鼓聲停歇，沉默再次籠罩。

「時間到。」

眼前一片漆黑之中，聽到時實的聲音。

「這是最後的機會。這次不主動指出別人的話，就算投給自己一票。準備好了嗎？一、二……」

純子咬緊了牙。

「三！」

等了一會兒，卻沒再聽到任何聲音。時實什麼也沒說。

接下來聽到有人在室內踱步。再來是放下重物的笨重聲響。

透過垃圾袋，看到微弱搖曳的燈光。然後傳來劈劈啪啪柴火燃燒的聲音。

「各位，可以請取下頭上的袋子了。」

提心吊膽脫下垃圾袋之後，看到時實蹲在暖爐前面，煽著快要熄滅的爐火。

「結果如何？」本島問道。

「太令人感動了。」

時實冷冷回答。

「意思是，這次也一樣？」

引爺一副裝傻的模樣。

「是的。沒有任何人願意在毫無根據下指出其他人行兇。」

時實套上耐熱手套，在燃燒的木柴和火種上排上新的木柴。他的聲音聽起來平靜許多，跟剛才判若兩人。

「那麼，接下來要怎麼辦？」

本島仍感到有些不安。

「這個嘛……現在是十一點五分了，剛才的遊戲花了七分鐘。」

時實抬頭看著懸牆的電波鐘說。

「案發過後這麼久才報警，警方會生氣吧。不過也沒辦法了。」

眾人又開始議論紛紛。這次真的能解脫了嗎？

「所以，這下子結束了嗎？」

熊倉一臉半信半疑的表情。

「是的。先前讓各位感覺恐懼、不舒服，我在此深深致歉。」

時實站起身，面對眾人行了一禮，態度謹慎嚴肅。

「當然，我說要以多數決來決定兇手是騙人的，其實我是想看看，有沒有人會指出其他人。」

「會指出其他人的人才可疑嗎？」

本島終於懂了。

「是的。會為了自保而不惜陷害他人入罪的人，很可能就是兇手，或者至少在精神上有些病態。不過，在場並沒有這種人。」

「如果真的有，你打算開槍嗎？」

川井半開玩笑地問道。

時實順手一折獵槍，讓所有人看到裡頭根本沒裝子彈。

「事情就是這樣。這把獵槍跟先前放在櫃子裡的狀態一樣，並沒有裝填子彈。從一開始就不可能用來射殺各位。」

也就是說，根本不可能因為在客廳開槍而破壞那些拿出來展示的神祕鐘。

純子頓時感覺疑問都解開了。不確定時實是否尊重這些賓客的生命，但至少他絕對不會讓神祕鐘暴露在風險中。

「……搞什麼呀。我真的以為自己要命喪槍下了耶。」

川井表面一臉戲謔，但從他的語氣中聽得出終於放下心上的大石頭。

「其實有一半以上我都能接受。不過，最後我實在沒辦法確定真的是意外，情緒特別激動演了一場戲。」

時實深深嘆了口氣。

「如果怜子是遭人殺害，我說什麼都想親手抓到兇手。當然，這只是我個人很自私的說法，要是各位想告我，我會二話不說認罪，賠償大家的損失。」

說完後時實再次行了一禮。

「唉，怎麼說呢，可以體會到你對怜子的感情啦。」

熊倉展現出罕見通情達理的態度。

「跟我的想法一樣。」本島說。

「這真是一次非常驚悚刺激的經驗呢，話說回來，很久沒這麼開心啦。我個人是沒有任何想提告的念頭。」

引爺看來說的也是肺腑之言。

「感謝各位。那麼，我來報警……啊，在這之前還有件事。」

時實原先拿著衛星手機要走向院子，途中又折回陳列台旁。

「先前保管的手錶，應該要歸還給各位。」

他打開陳列台的抽屜，拿出裝有所有人的手錶和戒指的托盤。

「各位的手錶都還正常在走嗎？萬一有任何損壞，我會負責賠償。不過，請現在立刻提出來。」

純子戴上手錶，聽了時實的話之後確認當下時刻。

晚間十一點六分。對照一下牆上的電波鐘，一分也沒差。

她不經意望向榎本，卻心頭一驚。先前覺得這個人一直悶不吭聲，好像怪怪的，結果純子看到他低頭看著手腕上G-SHOCK的表情，跟其他人剛好相反，臉色顯得很難看。

8

「……嗯嗯，待會拍攝時要避免拍到燈光器材，稍微調整一下位置。再請各位稍候一下。」

一聽到導播太田宣布還沒開始拍攝，坐在沙發上的所有人先鬆了一口氣。

「我幫您擦個汗。」

女性化妝師拿起粉撲在純子臉上輕輕拍了幾下。自認美貌不輸給女明星的純子，卻因為在強力燈光下鼻頭容易出汗的體質，讓她大概不太適合走上演員這條路。

每個人看起來都好僵硬。照理說心情上不可能比當天夜裡更緊張了，但對於不習慣的人來說，上電視的壓力真的很大。

「哎呀，真是要命。感覺就像小偷第一次闖空門的心情哪。」

臉上塗了厚厚一層粉底的關係，看起來好像街頭賣藝的樓本，低聲喃喃自語。這句話從你嘴巴裡說出來，不只是比喻根本是親身經歷吧！

「各位，請放輕鬆。」

不愧是本行的正牌演員，在場唯有川井一個人遊刃有餘，談笑風生。

「大家不是演員，千萬別想著要去演，只要保持跟當天晚上同樣的心情就行了。」

「不過，這麼一來要是我的好感度下滑，該怎麼辦呢？」

引爺略有微詞。這倒令人想問，你到這把年紀還有什麼能損失的？

「話說回來，劇本幾乎都是白紙，難度反而更高。」

身穿咖啡色羊毛西裝，一副談話節目評論員造型的時實，翻閱著劇本一邊說道。

「就連討論裡每個人的發言時間也只寫了『適時』。」

「比起預先寫好的腳本，我們更想聽到各位自由發揮的討論。」

太田對眾人說明。

「我拜讀了重現上一次各位討論的內容，就真實推理故事來說，實在太耐人尋味了。因此，我希望能加上之後的發展，再次深入討論。」

「至於播映作業，目前仍和電視台持續交涉，當然還是要看內容，現階段還不確定。不過，飛鳥書店這邊已經確定發行ＤＶＤ，而且還是社長直接經手的案子。」

本島的角色比起演出人員更像是製作人。

「剛才說只要跟前一次保持一樣就行了，但我前一次沒參加，該怎麼辦呢？」

岩手縣警局的八重樫巡察部長，還沒正式開拍就已拿出手帕頻頻擦拭額頭。

「基本上您是觀察者，充分扮演聽眾的角色就可以。如果有其他人詢問您搜查結果，您再回答就好。」

「可是，搜查內容我也不能什麼都毫無保留講出來呀。」

「哎呀，沒關係啦。反正您先說，萬一有什麼不妥的地方，事後再剪掉就行了。」

太田講得一副輕鬆。只是萬一洩漏了搜查中的機密內容，又不小心播出的話，到時候八重樫巡察部長的公務員資格可就危險了。

話說回來，案發已經過了兩週，加上又快過年，沒想到當天所有相關人士還能在這棟山莊齊聚一堂。

那天晚上，時實用衛星手機報案後，花了超過三十分鐘警方才抵達現場。之後的發展更是漫長。警方對每個人問話時，堅持追究為什麼案發這麼久才報警。

似乎因為一群推理作家在人煙罕至的山莊裡聚會，這個詭異的情境讓警方反應過度。接下來還要求所有人一次又一次重現整晚的狀況，純子還記得榎本透過神祕鐘看東西的動作不知道重複了多少次。

好不容易結束時，純子已感到精疲力竭，回到別館的房間裡就像一灘爛泥，昏睡到隔天早上。

接下來的發展多半搞不太清楚。只知道榎本似乎在暗地裡有些動作，除了幾次個別約見當晚在山莊裡的成員，好像也私底下跟警方接觸。

結果擬定出的就是今天這個企劃案。飛鳥書店將要把所有人齊聚一堂的推理過程集結出書。如果還要進一步推出DVD，恐怕下的預算還不少。

雖然又得大老遠跑到岩手，但好像幾乎所有人都一口答應到場演出。比起演出費，大家更想要解開這個案子的謎團吧。聽說時實本來遲遲未能決定，但目前以森怜子追悼紀念的名義開出銷售大紅盤之後，出版社還想繼續舉辦時實玄輝作品展，好像就是這個條件讓他改變主意。加上日後有可能邀請豪華陣容將整起案件翻拍電影，最後他終於還是點頭。

「好啦，OK。請各位準備正式開始。」

太田喜孜孜說道。

「開場就麻煩榎本先生了。先看過重現當天情境的影片之後，一開始先說上次講好的那段台詞。」

「請等一下。要先播放重現情境的影片嗎？」

本島有些疑惑。

「是的。我們請了演員根據上一次的狀況拍下影片。播完影片之後現場正式開拍。」

「上一次的狀況？是從哪裡到哪裡？」

「大致上是從晚宴開始，到警方抵達現場。」

太田一副想要趕快開始的樣子。

「不過，這麼一來整體架構好像怪怪的……因為那時候，後半段幾乎也全在討論案情吧？這麼一來，放完影片之後我們還要同樣再討論一次，好像有種疊床架屋的感覺。」

身為編輯的本島指出問題所在。

「不會的。表面上看起來同樣是討論，但上次跟這一次所代表的意義完全不同。」

榎本平靜插嘴說明。

「我搞不懂。是會怎麼完全不同？」引爺問道。

「其實，今天才是我們真正第一次回顧整起案件。」

榎本低聲說。

「上次看似討論，其實只是案情的一部分。也就是說，當時整起案子還在進行中。」

現場陷入一片沉默。多數人都露出疑惑的表情，但純子看到時實卻心頭一驚。在威靈頓框眼鏡後方的那雙眼，透著深沉，讓人聯想到「陰森」二字。

「那麼，就進入正式拍攝了！」

太田一聲指示下，也沒特別倒數就開始了。

榎本平靜地率先開口。

「各位收看過影片之後，已經掌握了解開真相所需要的全部資訊與線索。」

接著，他的語氣聽來像是背誦台詞。

「對推理能力有自信的觀眾，請先嘗試準備一套自己的假設，再接著收看下面的破案篇。」

「破案篇……真的嗎？已經破案了？」

川井身為演員，竟然好像忘記已經進入正式拍攝，還喃喃自語。

「不過才兩星期之前，在這棟山莊裡發生的一起悲劇，造成我們心中重大的陰影。廣大讀者深愛的推理作家森怜子女士，在寫作時過世了。死因是服下摻在咖啡裡的烏頭鹼而中毒。」

榎本的口條比想像中來得清晰，讓純子大感吃驚。旁白的技巧對竊盜有什麼幫助呢？

「當天晚上，我們九個人在山莊裡，曾懷疑這是一起謀殺案，因此在報警之前曾試著找出真兇。不過，因為無法鎖定任何一人，最後更在妥協之下，做出了非常可能是意外身亡的結論。」

榎本深深吸了一口氣繼續說。

「然而，因為事後了解的幾項事實，證明森怜子女士很明顯是遭到他殺。今天請各位遠道而來，再次齊聚一堂，就是要根據新事證深入討論，這次一定要揪出兇手的真面目。」

這實在太震撼了！多數成員都以為基本上是沿用上一次的討論，如果能找到新的切入點就更好。沒想到一開始就聽到這麼挑釁的宣言，大家都沒猜到吧。

「已經能確定伶子是遭到他殺？」

率先有反應的就是時實。

「這是怎麼一回事？我怎麼都沒聽說？」

「是太田先生的要求，他說當場公布比較有戲劇效果。」

榎本若無其事答道。

「啊。不好意思。剛才解釋的那段請剪掉。」

當然，真正的理由是萬一事先說明，兇手可能這次就不參加了。

不過，就算現在覺得一腳踩進陷阱，到了這個節骨眼兇手也不可能離席走人。萬一這麼做，只會讓眾人懷疑自己，加上兇手應該對自己的犯案手法很有信心，認為絕對沒有人能識破真相。

此外，想必也很想知道榎本究竟找出了什麼新事證吧。

「然後呢？到底又發現了哪些事證？」

熊倉好奇地探出身子。看他的雙眼睜得好大，好像從打瞌睡的鼴鼠變成剛睡醒的倉鼠。

「起先讓我感到納悶的，就是Accuphase T-1100這台FM收音機。會用這麼昂貴的收音機，可見森女士一定很愛聽廣播。我問過佐佐木夏美小姐，得知森女士最近連寫作時都會開著收音機收聽。如果她是因為意外身亡，就無法解釋為什麼收音機會關掉了。」

「什麼嘛，這算是什麼新事證啊？」

時實顯得有些不屑。

「到現在也不可能知道怜子關掉收音機的原因了吧？再說，如果是電腦當機，一慌張之下想要集中精神，靜下心來，關掉收音機也很正常呀。」

「關於這一點，那台電腦好像沒有當機的跡象。」

榎本看看八重樫巡查部長。

「呃……檢查過錯誤訊息紀錄檔，並沒有任何發現。」

八重樫巡查部長無奈回答。

「就算電腦沒當機，怜子也可能因為其他事情分心，一晃神就不小心喝下毒咖啡呀。收音機也是，說不定當時突然覺得很吵，暫時關上而已。能想到的可能性數也數不清。」

時實猛搖著頭，似乎覺得榎本的說法太荒謬。

「於是，我查了一下森怜子女士平常都聽些什麼。她最常聽的是陸奧廣播網，其中特別喜歡《來自宮澤賢治的IHATOV》這個節目。這個節目剛好也是在森怜子女士過世的時段播出。」

榎本無視時實的反駁，繼續說道。

「這裡有一份森怜子女士留下來的筆記影本。請問筆跡鑑定的結果如何？」

「確定是森怜子女士本人的筆跡。」八重樫巡查部長回答。

「這一點先前沒有任何人懷疑過吧?」

時實顯得有些不耐煩。

「請各位再看一次這段文字。」

神祕鐘。永遠的少年。Neverland。

不願繼續待在骯髒的世界。

再看一次還是完全摸不著頭緒，不知道在說什麼。有種厭世的感覺，當初還讓大家懷疑是遺書。

「看完之後，希望各位聽聽這段錄音。」

榎本輕觸一下桌上的平板電腦，頓時流洩出感性悅耳的女聲。

『……於是臨時來到東京，我住在東京巨蛋飯店，剛好有點時間，就到東京巨蛋城樂園搭了環狀摩天輪。畢竟我最喜歡摩天輪了。這座名叫Big-O的摩天輪，中央沒有支柱，是很罕見的結構。當時我覺得這樣的設計似曾相識。啊!對了!就是神祕鐘呀!』

接下來她持續聊著過去在展覽場合中看到神祕鐘的話題。

『這樣的時鐘指出的是不屬於這個世界的時間吧，又或者這可能是本節目中經常提到的那位「永遠的少年」會喜歡的時鐘唷。各位想像一下，小飛俠彼得潘在Neverland上使用神祕鐘？是不是很貼切呢？有一種脫離現實世界，與俗世隔絕的感覺。帶著不願繼續待在骯髒世界的心情。我總覺得，神祕鐘這件藝術品也蘊含了這樣的精神在內……接下來請聽海獅合唱團（Marillion）帶來的〈Neverland〉。』

榎本暫停播放。

「這是跟當地一名每次會將節目內容錄下來的熱心聽眾借來的。對了，聽說他也是長期以來森怜子作品的忠實讀者。」

「意思是說，阿姨是聽了剛才的廣播節目內容，才做了筆記？」

川井低聲詢問。他雖然壓低了聲音，雙眼卻閃過精光。

「兩者內容一模一樣，要說碰巧實在不太可能。」

「那又怎麼樣呢？」本島問。

「兇手是在毒死森怜子女士後，才發現這則筆記。」

榎本輕描淡寫繼續說。

「兇手應該也看不懂這究竟是什麼意思，但小說作家經常會隨手寫下靈感吧。於是兇手心想，反正沒人看得到，不如就善加利用。一來可以證明是森女士親筆字跡，乍看之下又像遺書，說不定還能補強自殺的假設。不過……之前她要賓客稍等她一會兒，之後卻自殺，似乎有些牽強。兇手自己也察覺到，這是計畫裡唯一的破綻吧，於是決定改變方向，偽裝成意外。」

「兇手看到那張便條紙就能馬上想到這麼做嗎？」

熊倉有些懷疑。

「對於以編故事維生的人來說，沒什麼難的吧。比方說，推理作家之類的。」

「原來如此，這倒有可能。」

引爺插嘴答道。

「我的話當然也辦得到……話說回來，我可不是兇手唷。」

「問題來了。森伶子女士電腦裡那個『神祕鐘』的檔案，名稱和便條紙上的筆記關鍵字一致，內容又是使用烏頭鹼下毒，正是印證意外身亡的最佳證據。不過，現在知道這幾行字真正的意義之後，代表檔案裡的文章自然是捏造的。」

「意思是那是兇手寫的嗎……」

時實扶著額頭，陷入沉思。

「如果真是這樣，說不定兩個檔案的更新時間就成了重要的證據。」

「怎麼說？」本島問。

「大家還記得嗎？兩個檔案更新的時間。『毒鳥』是9：36，『神祕鐘』是9：34。如果兩者都是兇手更新的，表示這個時間能進入書房的人就是兇手。」

「原來如此。這麼說來，第一個從名單剔除的就是時實先生嘍？」

面對榎本的詢問，時實落落大方，抬頭挺胸。

「那當然啊！我跟飛鳥書店的清水社長講電話講到九點三十八分，而且我用的是衛星手機，講完之前沒辦法進到室內。這一點不是確認過了嗎？」

「是的。已經向衛星手機通訊業者查證，也確認過清水社長家中的通話紀錄。通話時間是從九點七分到九點三十八分，前後三十一分鐘。清水社長也證實了沒有錯。」

榎本回答得很謹慎，同時確認了時實的不在場證明。

就先前討論的過程，無論是取得烏頭鹼，或是用山莊內的物品動手腳，還是行兇動機，一切看在眾人眼裡都認為時實太可疑。

不過，這個人卻有牢不可破的不在場證明。

等一下！純子心想。換另一個角度來看，這是一起密室案件。從人在山莊之外的時實來看，森怜子喪命的書房正是一處密室。

換句話說，只要解開怎麼潛入的謎團就行了。

究竟要如何在使用衛星手機通話的同時，又讓人在二樓書房裡的森怜子服下毒物呢？

雖然接下來還有看到森怜子寫下的便條後，更新電腦裡的文書檔案等等問題待解，但相較之下這些都是枝微末節。

究竟是怎麼讓森伶子服毒呢？總之先專注在這一點。

純子閉上雙眼。

腦中浮現時實手持衛星手機時的模樣。

時實繞到建築物側面時，眼中倒映著亮起燈的二樓窗戶。

要怎麼做才好呢？如果有一把長梯子，就能爬到窗外。不過，梯子要是留在現場應該早就被警方發現。

長梯子沒那麼容易收拾。

如果是個很輕易消失不見的東西呢？可以用來接近窗戶，就像小飛俠彼得潘一樣……

就在一瞬間，純子感到一陣激動，差點忍不住全身顫抖。

「我知道了！」

她不由得放聲大喊。

「妳真的知道嗎？」

「兇手是用什麼手法？」

本島跟川井幾乎是同時開口發問。

「果然兇手就是時實先生！是你幹的吧？」

純子自信滿滿宣布後，時實的臉色頓時變得慘白。

「妳在胡說什麼啊？剛不是才講過嗎？我有不在場證明。」

「密室之謎已經解開了。」

純子平心靜氣宣告。

「密室？」

「呃……青砥律師？」

榎本有些顧忌地插嘴。

「這次跟以往不同，全程都會錄影留下紀錄。」

純子看看刺眼的燈光和轉到自己正面的攝影機。鏡頭一下子貼過來，想必更拉近了拍攝距離。

「你說得對。」

純子只擔心此刻鼻子有沒有冒汗。不過，如果能順利揭開謎團，倒也無傷大雅。

「破案的關鍵就在剛才聽到的廣播節目裡。」

純子說完，眾人議論紛紛，大表驚訝。

「那段錄音裡究竟有什麼線索？」

榎本莫名抱著頭苦惱。

「就是小飛俠彼得潘呀！……真是的，除了這個再也想不到其他的吧？」

即使聽不懂她要表達什麼，還是有將近半數的聽眾似乎被打動了。

「『再也想不到其他』這句話，有兩種意思。有時候指的是理論上除了這個想法之外都不成立唷。」

引爺辛辣批評。

「或者，只是單純顯示了思考能力令人遺憾的極限。」

榎本在嘆氣中答道。這人真沒禮貌。

「可以聽聽我的想法嗎？其實兇手根本不需要進入書房，只要從二樓的窗戶在森怜子女士的咖啡裡下毒就行了。不過我還沒想到電腦裡的檔案是怎麼修改的。」

「先別說那些。那麼，兇手是怎麼爬到二樓的窗戶呢？」

「就算沒有榎本先生一身自由攀岩的技巧，只要像彼得潘一樣飄浮就行啦。」

「要怎麼飄浮？難道是……」

「沒錯，就是你想的那樣。兇手預先準備好能讓自己整個人飄起來的大量氣球，綁在書房正下方。我猜是用長繩子，在尾端跟中間兩處固定好。然後用繩子綁在自己身上，解開中間的結，一口氣就能飄到二樓高。」

「這就是妳說的彼得潘啊……哦？接下來呢？」

「兇手趁隙越過窗子在森怜子女士的咖啡中下毒，然後沿著繩子回到地面，把固定的繩子末端一解開，氣球就飛走啦。」

純子望著天花板，腦中浮現黑夜裡的星空。

「跨越奧羽山脈，飛向遙遠的Neverland……！」

「Never！」

榎本攤開雙手高聲大喊，架勢像個聲樂家。

「我直接講重點。森怜子女士就算工作得再專心，想要從窗外下毒而不被她發現，我認為比登天還難。話說回來，我沒印象當晚窗戶是開著的，再說毒物溶於奶精球裡加到咖啡中，顏色和味道都會改變。還有，身上綁著大量氣球，還要一邊用衛星手機講電話，怎麼想都太荒謬……太田先生，這一段請務必要剪掉。」

「不是啊，我覺得滿好笑的。」

太田似乎想要保留。

「哎呀呀，原來如此，是這麼回事啊。」

時實露出詭異的笑容。

「兩位真是配合得天衣無縫啊。不是平常看到的好警察和惡警察，而是蠢偵探跟名偵探啊。一搭一唱之下，巧妙設下圈套，一步步逼出嫌犯嗎？」

居然說我是蠢偵探！純子氣呼呼。

「我完全沒有一絲這樣的念頭，反正根本不會有人相信。」榎本說。

「不過，要說我是兇手的話，首先請戳破我的不在場證明。當天晚上我絕對不可能下手，反過來說，這之中倒有幾個人說不定有機會呢。」

「不在場證明已經破解了。」

榎本若無其事說道。時實的臉色變得很難看。

「你確實有機會下手。另一方面，如果兇手是其他人，反而有些無法解釋的矛盾出現。」

「這麼說來，密室之謎已經解開了？」

純子很快地從剛才的打擊中振作精神。榎本點點頭。

「是的。不過，這不是一般的密室。這個謎團沒辦法從空間上來解開，硬要說的話，是一種利用時間差構成的密室，兇手扭曲的是時間。我們整個晚上以為正確的時刻，其實是錯的。再也想不到其他解釋了。」

「這次才是真的從理論上沒有其他說法能成立的意思吧。」

引爺笑咪咪說道。

「那就請你好好解釋吧。我們一直認為正確的時刻，究竟是怎麼回事？」

9

「不好意思。我換一下帶子。」

太田一臉抱歉說道。原先一觸即發的緊繃氣氛，頓時緩和下來。正準備開始解謎的榎本，帶著失望的表情緊閉著嘴。

時實利用中斷的時間，請化妝師仔細幫他擦拭滿頭大汗。引爺則喝口水潤潤喉，發出「啊」、「嗚」的低吟。

「讓各位久等了。可以繼續了。引地老師，不好意思，可以請您再說一次剛才最後那句台詞嗎？」

「好的。」

引爺乾咳了四、五聲，讓人聽了真不舒服。

「……這次呢，嗯！才是真的從理論上……嗯！沒有其他說法能成立的意思吧？」

僵硬的表情和沉悶的語氣，跟先前判若兩人。

「那就請你好好解釋吧。我們一直認為正確的時刻，究竟是怎麼回事？還有，在名為時間的展翅板上，人類彷彿像是被圖釘釘住的蝴蝶，要用什麼方法才能讓我們脫離這永恆不滅的支配與箝制，從黑暗空間中自由展翅飛翔呢？或者……」

「不好意思，麻煩盡量跟剛才一樣就好。」

太田一臉難色打斷引爺。

「哦哦。我想說加入一些詩意的表達方式效果會好很多。」

「不用，最好能依照先前的說法，或是更簡潔一些。」

「我懂了。」

引爺露出遺憾的表情，但聲音聽起來自然多了。

「那就請你解釋吧。」

榎本好像以為引爺還會繼續說，等候了一會兒。發現他不發一語之後，才連忙開口。

「……呃，我想說的是，各位不覺得很怪嗎？當天晚上有人動不動就提醒我們看時鐘，確認當下的時刻。也因為這樣，使得時實先生的不在場證明變得牢不可破。我認為，這個不斷確認時刻的行為，就是一種誘導。」

「你的意思是，我誘導大家？」

時實大概是剛擦過汗的關係，一臉看來莫名清爽。

「是的。」

榎本簡潔回答。

「晚宴上我們從頭到尾都被提醒看著老爺鐘和翻頁時鐘。到了客廳之後是電波掛鐘。發現森怜子女士的遺體時，書房裡有箱型的電子鐘。回到飯廳後又看到老爺鐘和翻頁時鐘。再上樓到書房的電子鐘。最後重回客廳確認了電波掛鐘，再對照我們自己的手錶告一段落……」

榎本彎曲著手指一一數出來。

「換句話說，就像一場時鐘接力賽。在每個關鍵時刻讓我們看到各個時鐘顯示的時刻一致，那麼，就會產生錯覺，認為整個晚上看到的時刻都是正確的。不過，其實裡頭有正確的時刻，也有揑造的。而一切都是安排來為時實先生製造他的不在場證明。」

「坦白說，我也想到了在時間上動手腳這一點。不過呢，整個晚上有太多時鐘來確認時刻，我覺得沒辦法呀。」

引爺感到很惋惜。

「再說，就算時實先生是真兇，這些時鐘裡多半他也沒有機會去碰。」

「您說得沒錯。」

榎本點點頭。

「在座的各位想必都聽過《五只鐘錶》這部古典本格推理作品吧？」

「當然。」

本島用力點著頭。

「這是鮎川哲也的代表作之一呀。」

「嗯嗯，相較於我的代表作《六只鐘錶》來說，算是走在時代前端吧。」

引爺隨口道出即為高傲的評論。

「《五只鐘錶》裡的兇手，運用了座鐘、收音機以及蕎麥麵店裡的時鐘等五只鐘錶來假造不在場證明。碰巧這次的案子裡，兇手也用了五只鐘錶來犯案……不過，在這之前，先來思考一下總共可分成四類性質的十種鐘錶。」

純子光是聽都感到頭昏腦脹。

「四類性質？十類鐘錶？那天晚上有那麼多鐘錶嗎？」

「是的。首先，第一類就是我們這些客人戴的手錶，還有手機，森女士的FM收音機、時實先生的衛星手機通話紀錄，以及清水社長家用電話的通話紀錄。」

榎本神色自若列舉出來。

「接下來是第二類。森女士電腦的RTC（即時時鐘）。」

「RTC……？那是什麼？」

純子從來沒聽過的詞彙。

「之後我會解釋。第三類，也是只有一種。就是這個，客廳裡的電波鐘。」

榎本指著通往飯廳那道懸牆上掛著的電波鐘。

「最後第四類包含了森女士書旁裡的箱型電子鐘、飯廳的老爺鐘和翻頁時鐘。」

所有人全神貫注，聽得出了神。現場一片寂靜。

「先從第一類來看。首先，要在我們的手錶上動手腳，幾乎不可能。」

「等一下！我們不是被要求取下手錶嗎？當然可以在這段時間裡把時間調快或調慢吧？」

純子連珠砲似地提出疑問。

「的確，魔術表演中經常見到假裝把東西放進抽屜，其實偷偷取出來動手腳的手法。不過，既然我們在手錶歸還之前都看不到，在這段時間裡搞鬼也沒什麼意義。如果所有手錶都是電波錶，或許還能派上用場，但實際上並不是。」

「真是的，為什麼手錶需要接收電波呢？除了間諜跟小偷以外，誰會把這種詭異的東西戴在身上！」

引爺不屑說道。

「的確如此……事實上，幾個人之中只有我的G-SHOCK是電波錶。」

榎本環顧眾人，侃侃而談。

「其他石英錶有三支。熊倉醫師的Grand Seiko、青砥律師的TAG Heuer Aquaracer，和引地大師的Omega Polaris。機械式的是本島先生的Rolex Oyster-Perpetual，還有川井先生的Panerai Luminor1950這兩支。」

看到榎本將所有人的手錶記得一清二楚，眾人頓時感到有些疑惑。

「另外，佐佐木夏美小姐和山中綾香小姐，當天晚上沒戴手錶吧？為什麼呢？」

夏美思索了一會兒。

「為什麼呢？想不起來真正的原因。印象中好像森老師說怕不小心碰傷了收藏品，也可能是時實先生交代的。」

「我本來就沒戴手錶。工作經常要碰水，覺得很麻煩。」

綾香怯怯地回答。

「原來如此。兇手很清楚兩位沒有戴手錶。這麼一來，當場有戴手錶的就只有客人，想個需要暫時集中保管的理由就行了。」

「果然是這麼回事！」

川井嘆道。

「我就覺得太奇怪了，怎麼會讓大家亂動阿姨貴重的收藏，還搞什麼估價的遊戲。」

「一切都在兇手的料想之中。兇手藉著為免不小心碰傷神祕鐘等昂貴時鐘的名義，成功把我們每個人的手錶都收走了。」

「既然已經指名道姓是我了，到了這個地步也別不必拐彎抹角講什麼兇手了吧？」

時實在絕佳的時間點開口，好像是劇本安排似的。

「那好吧，接下來我直接說時實先生了。」

榎本展現公式化的反應。

「榎本先生，你好像從一開始就懷疑我了。」

時實一副冤枉的模樣，露出落寞的笑容。

「唉，我承認自己的個性的確容易招致誤會。況且我也最接近小說、電影裡出現的典型智慧型罪犯的既定形象。」

「我可不是因為個性而懷疑你。」

明顯也屬於同一類型的榎本說道。

「因為能對山莊裡的各項物品動手腳的人，加上使用獵槍安排一切，能這麼做的就只有你。對其他人來說，根本不可能安排這麼複雜的圈套。」

純子心想，說得沒錯。密室案裡經常出現一種狀況，就是兇手把自己放在能掌控一切的立場，等到回過神來，發現一不小心陷入其他人都不可能是兇手的窘境。

「……第一類的鐘錶，全都是無法竄改或偽造的。」

榎本繼續解釋。

「這類裡頭的第二種，手機，對兇手——也就是時實先生來說，同樣很傷腦筋。雖說山莊收不到訊號，但大家未必不拿出手機來看，或許會用ＡＰＰ，或是拍照。萬一這時瞄到時刻，時實先生精心策劃的謀殺計畫就泡湯了。為此，他從魔界召喚了一張封印手機的最強王牌！就是引地大師。」

受到所有人的目光關注，引爺坐正了身子，朝四十五度角望向攝影機。

「仔細想想，這個場合為什麼邀請了引地大師呢？這是最大的疑問。以推理作家來說，似乎沒有什麼著名的作品，跟森女士和時實先生也不是特別親近。而且他不只是以言詞犀利、冷嘲熱諷著稱，根本是明知當場氣氛還故意口不擇言的社交恐怖份子——我認為堪稱史上最誇張的派對破壞王。」

在當事人面前不必說得這麼露骨吧。純子聽得提心吊膽，但引爺絲毫不見情緒激動，只是用力拍了一下腿。

「有道理！原來是這麼回事啊。之前我也講過，連我自己都覺得莫名其妙受邀，這下子終於解開了疑惑。」

「聽說整個出版界一提起引地大師對於手機的厭惡，無不心驚膽戰。過去也曾有不少駭人聽聞的事蹟，像是在派對上要求所有人都要關機，遇到不肯配合的人，會把對方的折疊式手機折斷，或將智慧型手機丟進水果雞尾酒裡。總之，只要引地大師在場，就能確保不會有任何人拿出手機吧。」

「第一類裡其他三種呢？ＦＭ收音機、時實先生的衛星手機，還有清水社長自家的電話通話紀錄？」

熊倉問道。

「ＦＭ收音機本身沒有顯示時間的功能，但經常在播放過程中會報時，或提及時刻，一聽到的話就不妙了。」

這就是兇手關掉收音機的理由嗎？嗯？等一下！

「是指我們進到書房的時候嗎？如果讓我們聽到正確時間會壞事的話，表示那時候的時刻已經混亂了嗎？」

「沒錯……不過，這個之後再詳細說明。」

榎本簡單帶過。

「另外兩筆電話的通話紀錄，除非這兩間電信公司遭到駭客入侵，否則不可能竄改電腦紀錄。就先當作不可能吧。換句話說，從九點七分到九點三十八分，兩人的確通話了三十一分鐘，是不容懷疑的事實。」

榎本的目光冷冽。

「因此，時實先生能動手腳的，就是從第二到第四類的鐘錶，包括森女士電腦的ＲＴＣ、客廳的電波掛鐘、書房的電子鐘，還有飯廳裡的老爺鐘和翻頁時鐘，總共有五只。藉由隨心所欲操縱這五只鐘錶，就能達成時實先生想要的目的。」

「隨心所欲操縱？究竟是怎麼辦到的？」

純子完全猜不出來。

「我先來說明電腦的ＲＴＣ。」

榎本不知從哪裡拿出一塊類似電腦底板的東西。

「這是比較舊款的主機板，不過跟森女士電腦裡的原理相同。各位請看這裡，應該可以看到附有鈕釦電池的晶片，這個就是ＲＴＣ。」

「就是用這個管理電腦的時間嗎？」

純子仔細端詳著主機板。既然附了電池，就算電腦關機，時間也會繼續走。

「電腦的作業系統會在啟動時取得晶片上的時刻，進而運作。森女士更新檔案的時刻也是以這個晶片為基準。」

「哈哈，換句話說，只要事先把ＲＴＣ調快或調慢就行了。」

川井點點頭。

「這麼一來，就能捏造更新檔案的時刻，誤導行兇時間。」

「理論上沒錯，但我並不認為是單純在作業系統上更改ＲＴＣ的時間。」

榎本搖搖頭。

「假設要在森女士電腦的ＲＴＣ上動手腳，企圖竄改更新檔案的時刻。兇手，也就是時實先生之後還必須再一次把ＲＴＣ調回正確的時間。因為在警方搜查時，必須要讓電腦內部的時鐘顯示正確的時刻才行。」

「行兇後調整就行了吧？反正兇手就在書房裡。」

川井蹺起一雙長腿，還用食指抵著眉頭，擺出一副名偵探的架勢。

「行兇之後應該沒時間再操作電腦了，況且使用軟體調整ＲＴＣ時，也會在電腦上留下活動紀錄。」

「紀錄可以刪除吧？」

「即使如此，也不保證無法復原。這名兇手，也就是時實先生不會冒這麼大的風險吧。就算能完全刪除紀錄，還是需要更多時間。」

榎本轉向靜靜聽著眾人討論的八重樫巡查部長問道。

「警方仔細分析過森女士的電腦硬碟吧？」

八重樫巡查部長乾咳幾聲。

「從活動紀錄之類並沒有發現調整時刻的跡象。」

「等一下！這樣的話，這個人究竟是怎麼調整電腦內部的時鐘呢？」

熊倉瞪著時實問道。

「有個非常簡單，而且不會留下任何證據的方法。那就是把整台電腦掉包。」

榎本轉頭看著時實。

「森女士平常工作用的電腦，是你準備的吧？」

「對。那又怎樣？」

「我覺得森女士應該會挑外觀時髦的筆記型電腦，但她為什麼用桌上型電腦呢？」

「因為人體工學設計的自然鍵盤比較適合長時間的寫作，我才推薦給怜子的。」

「原來如此。當初購買時一共買了兩台吧？另一台是時實先生使用的電腦，兩台應該是一模一樣的硬碟結構。」

「這樣比較便宜。」

「兩台電腦同樣都是硬碟能輕鬆從前面抽取的設計。」

「你的重點到底是什麼？」

時實一雙宛如猛獸的眼睛，直瞪著榎本。

「你事先抽出森女士電腦裡的硬碟，裝在你自己的電腦上，放在森女士的書房裡。只不過，你電腦上的ＲＴＣ慢了十二分鐘。」

「怎麼知道是十二分鐘？」

純子忍不住發問。

「這個時間是有根據的，容我之後再解釋。」

看來應該不是想吊大家胃口，但榎本仍沒有立刻正面回答。

「森女士當天晚上就用了那台電腦寫小說。我猜說不定她也發現了時間慢了十二分鐘，不過，只要不妨礙工作，之後再請時實先生調準就好了……然後，她就喝下了毒咖啡，遭到殺害。」

在場多數人都顯得臉色沉重，只有時實面無表情。

「時實先生行兇後發現森女士留下的便條，立刻想到可以偽裝成意外死亡。於是，在她紀錄靈感的檔案裡『神祕鐘』的內容中加了幾段文字。對於同樣是推理作家，而且又擔任森女士助理的時實先生來說，要模仿森女士的文字風格並不難。之後他關上電腦，抽出硬碟，裝回到森女士那台RTC顯示正確時刻的電腦上，留在書房裡。」

「等等！」

引爺大聲打斷榎本。

「時實老弟又是什麼時候調整電腦內部的時鐘呢？」

「正確時間不清楚，但應該在晚宴前。」

「這樣啊。為了落實謀殺計畫，或許有必要這麼做。不過，事先把電腦內部的時鐘調慢了多達十二分鐘，不會出現其他矛盾嗎？」

「會有什麼其他矛盾呢？」

純子立刻發問。

「印象中森女士離開客廳是八點四十一分。進入書房後會立刻開電腦吧，當然精確時刻也會留下紀錄。如果慢了十二分鐘，比方說是八點三十一分好了，這樣不就馬上露出馬腳嗎？」

引爺露出一副志得意滿的跩樣。純子大為佩服。真不愧是萬年推理作家。

「您說得沒錯。」

榎本點點頭。

「為了避免出現矛盾，必須保留一點緩衝時間。在森女士開電腦之前，還是需要預先空出大約十二分鐘的時間。」

「要怎麼樣才辦得到呢？」

本島一臉不解。的確，除非把電腦的電源線藏起來，否則要拖延十二分鐘也不容易吧。

「首先，森女士離開客廳回到書房之前，先到廚房自己沖了咖啡。這大概要花三分鐘吧。」

「這麼說來，我們該扣掉這些時間才行耶。」熊倉說。

「換句話說，剩下不是九分鐘，還是十二分鐘啊。」

時實順著熊倉的話說，一副旁觀第三者的態度。

「沒問題。時實先生為此還動了其他手腳。」

榎本不為所動。

「動手腳？能動什麼手腳？」

時實輕輕笑了笑，彷彿在說這人到底在鬼扯什麼。

「各位還記得森女士書房裡那個箱型時鐘嗎？」

榎本問眾人。

純子記得很清楚。在藍色虛線滾邊的銀色錶盤的下方，天藍色、綠色、紅色三個圓圈內切旋轉的特殊設計，一直很好奇究竟是什麼樣的構造。

「我記得。走昭和時期的懷舊設計路線。」

本島點點頭。過了一會兒，時實才冷冷回答。

「那是七十年代由國際牌（National）推出的一款時鐘，叫做『Ringlet』。設計非常美，也是我的收藏之中唯一怜子看了喜歡的。」

「這麼說來，是時實先生送給森女士的嘍？」

聽到榎本這麼問，時實只挺了挺下巴代表肯定的回答。

「你是什麼時候送她的呢？」

「不記得了。什麼時候送的又怎樣？」

時實不太高興低聲喃喃。

「我認為不可能不記得吧，難道不正是那天晚上嗎？森女士上樓進了書房後，就看到桌上擺著這份禮物。」

「我在更早之前就送她了。」

時實面無表情否認。

「佐佐木小姐，妳之前曾在森女士的書房裡看過這只Ringlet嗎？或是聽森女士提過她收到這份禮物？」

榎本詢問夏美。

「沒有。」

夏美簡潔回答，同時瞄了時實一眼。

「如果是在更早之前就送給森女士的話，佐佐木小姐毫不知情也太奇怪了。只不過，事到如今無論包裝紙或是時實先生附的小卡片都已經丟掉了吧，要證明也很難啦。」

川井說完乾咳幾聲，拿起杯子喝了一口水後，「砰！」地一聲將杯子重重放回桌上。然後露出宛如老鷹的銳利目光直瞪著時實。

「森女士上樓進入書房，看到禮物非常激動，小心翼翼打開包裝。接著應該會細細閱讀時實先生附上的小卡片，我猜內容一定是文情並茂。再來，森女士還要考慮把這只Ringlet放在哪裡。在櫃子裡整理出個位子，放上時鐘，插上插頭。說不定還會先欣賞一下三色圓圈不停轉動的模樣。」

光想像這個畫面就教人心痛。

「一連串的反應少說也要花上十五分鐘。如果不是還有客人等候，說不定會花費超過三十分鐘。這麼一來，就能避開電腦啟動時刻太早的矛盾了。」

一陣靜默。現場瀰漫著難以言喻的不愉快。

「莫名其妙。這根本已經超越臆測，只是純粹的想像，或者該說是幻想？再說，這種手法太不保險了，就算把禮物放在桌上，也可能一進書房先打開電腦吧？」

時實攤開雙手，一副有理說不清的樣子，看著全場眾人而非榎本。

「時實先生應該是這樣吧，我也一樣。這麼一來，就能省下等候開機的時間。不過，森女士可不會這麼做。因為你熟知她的個性和行為模式，算準了森女士在打開心愛的人送的禮物時，不會先開電腦，做些讓自己分心的事。」

「老師她……的確是這樣的個性。」

夏美低聲說道。轉過頭一看，熊倉、本島、川井等人，就像一陣風吹過的蘆葦，頻頻點頭。

「……只要檢查一下時實的電腦，不就能證實這個假設了嗎？電腦內的時刻應該慢了十二分鐘吧？」

引爺低聲問道。

八重樫巡查部長代替榎本回答。

「時實先生的電腦沒有任何異狀。內部時刻也很正常。」

「事後已經調回來啦？嗯嗯，我想也是。」

「……不知道有沒有相關性，不過在檢查暖爐裡的灰燼時，發現了一只ＵＳＢ隨身碟的殘骸。」

八重樫巡查部長一臉為難補充了一句。

「很可惜，已經沒辦法讀取裡頭的資訊。」

所有人的目光都集中在時實身上。

「因為裡頭有不方便被任何人看到的照片。至於是什麼，就留給各位自行想像了。要是被警方查到不太妙，所以我選了絕對萬無一失的銷毀方式。」

時實面無表情回答。

「……私設法庭結束之後，幾乎所有人都待在客廳等待警方抵達。大家聊著與森女士的回憶，也有人擅自倒了蘇格蘭威士忌喝。」

純子若無其事別過眼神。

「我記得，時實先生曾經把自己關在他的書房幾分鐘，想必是用ＵＳＢ隨身碟開機，讓ＲＴＣ恢復正常時刻，插入沒問題的硬碟。然後，他又下樓到客廳裡加入閒聊。我猜他是等到警方抵達，所有人前往玄關時，趁機把用過的ＵＳＢ隨身碟燒毀。其實裡頭的資料也能完全清除，但正如時實先生所說，燒掉才最保險、最安全。」

榎本冷冷回答。

「等一下。既然森老師電腦上的時刻已經調整回來了，兇手也就是時實先生，為什麼還要把電腦關機呢？」

「就跟FM收音機一樣。在那時萬一被我們知道正確的時刻就糟了。還有，我提議想打開電腦看看卻被他否決，也是基於同樣的理由。」

「總之，這些都只是榎本先生個人的想像。反正我有完美的不在場證明，就算我真有辦法竄改伶子電腦裡的時刻，對於不在場證明有沒有任何影響。」

時實板著一張臭臉撒謊。

「接下來，我來說明第三類電波鐘的圈套。這才是這起案子的核心，也就是真正的『神祕鐘』。」

榎本從沙發後方的紙袋裡拿出一只大掛鐘，望著與飯廳之間的懸牆。

「我花了好大工夫才找到同樣的款式。」

的確，看起來跟牆上掛的是同款時鐘。

「我們來依照時間整理一下狀況。首先，時實先生宣布，要展示森女士的收藏給大家看。這時是**八點五十分**。我記得時實先生看著牆上的電波鐘說，『如果這個鐘準確，我想差不多該開始了。』我聽到這句話時就覺得不對勁。因為，電波鐘的話，時刻一定準確無誤。但如果這是為了製造不在場證明，誘導眾人確認時刻呢？實際上好幾個人當時都看了時鐘，我也一樣。時刻的確是**八點五十分**。」

「我也跟著確認了。」純子說。她跟榎本一樣，記得當時覺得時實說這句話有點莫名其妙。

「是啊，我也看了時鐘。」本島答道。一時之間眾人紛紛附和。

「當下的時刻應該的確是**八點五十分**沒有錯。因為手錶是第一個類別裡時實先生無法動手腳的一項。」

榎本大概說太多話，喝了一口水潤潤喉。所有人就靜靜等著他繼續開口。

「後來，大家就全神貫注在時鐘的估價上，等到時實先生回來之後宣布遊戲結束。當時是**九點三十九分**，剛好也是時實先生用衛星手機通話完的時間。時實先生再次看著牆上的電波鐘，大聲報時。各位應該也跟著確認了時刻吧。」

眾人聽到榎本的話，頻頻點頭。

「不過，這跟先前有個關鍵性的差異，就是這次全體賓客的手錶都不在手邊，無法對照。因此，只能靠電波掛鐘來確認時刻。」

「為什麼這會是關鍵性的差異呢？」

川井一臉不解。

「因為當下的時刻已經被調整過了。表面上電波掛鐘顯示的是九點三十九分，真正的時刻卻是九點五十一分。」

「意思是，該不會……？」

熊倉低喃的聲音有些顫抖。

「那時候時實先生已經殺死了森女士。」

10

好一會兒沒有人開口發問，看來大家都需要整理一下思緒。

「等一下，這不可能吧？」

引爺終於打破沉默。

「那時候客廳確實很暗，但時實老弟還是沒機會碰到那只電波掛鐘呀。」

幾乎所有人也表示贊同。

「各位當然都曉得神祕鐘的原理吧？」

這真是個意想不到的問題。但除了純子之外，所有人都猛點頭。令人驚訝的是，就連導播太田和女性化妝師也點著頭。

「神祕鐘的指針是貼在透明的圓盤上，靠著藏在邊緣的齒輪帶動整個圓盤轉動。」

夏美大概對純子慌張失措的樣子看不下去，輕聲告訴她。哇！原來是這樣啊！純子頓時恍然大悟，但隨即想起這模樣也會被拍下來，趕緊頻頻點頭，裝作自己本來就曉得。

「電波掛鐘就類似指針飄浮在空中的神祕鐘。當天晚上，應該沒有人能真正碰到時鐘，但仍然能調整時刻……而且大概只調慢了十二分鐘。」

「十二分鐘？剛才你也說過了，但為什麼能確定這麼精確的時間呢？」

純子感到困惑。雖不甘心，但她真的摸不著頭緒。

「請再稍等一下，我會解釋清楚。」

榎本還是不正面回答。

「我就用這個時鐘來說明具體上使用的手法。」

榎本終於拿出先前那個大時鐘。

「首先，來看看這只時鐘的結構。時鐘是依序將鐘盤、短針、長針、秒針裝上去的，這一點請各位記起來。」

純子心想，這不是理所當然的事嗎？為什麼要特別強調？

「這款電波鐘的設計實在太單調無趣，不討森女士的喜愛。但這也沒辦法，因為要完成時實先生的計畫，必須符合幾項條件才行。」

聽到榎本的話，時實的表情明顯變得僵硬。

「首先，時鐘整體的外觀要是完全的圓形，外框沒有任何圖案。再來是相對上重量要輕，並且在黑暗中指針和鐘盤不會反光發亮。接收電波對時的時候，指針盡可能以最短距離移動。此外，鐘盤的設計上還要半徑為接近短針長度的同心圓線條。光是要符合這些條件就不容易，更別說要找到設計時尚精美的款式了。」

「你吊大家胃口也吊夠了吧？實際上究竟怎麼操作的？」

熊倉已經等得不耐煩。

「接下來是我個人的想像，或許細節上有點差異，但大致上來說應該錯不了。」

榎本拆掉時鐘的玻璃外殼，暫時放在一旁。

「首先，時實先生用彩色影印時鐘的錶盤，製作出兩張錶盤影本。同樣的電波鐘有兩個，很可能另外一個就是買來用來拆解、影印的。」

榎本接著拿起兩張錶盤的影本。一張和錶盤的大小完全相同，另一張稍微小一點。

「第一張是為了展示外圈的數字，跟實際錶盤同樣大小。將從背面用螺絲鎖緊的時鐘玻璃外殼拆下來，挾上偽造的錶盤。這時，沒有拆下指針，因為要重新裝上指針又能正常運作並不容易。為此，必須要在錶盤影本上事先剪一刀，大概是在六點鐘方向。從背後用膠帶把切割線黏起來，正面塗上白漆掩飾。然後，在背面貼上一小塊重物。這塊錶盤夾在短針下方，在鐘軸的帶動下能自由轉動。」

榎本解說起來滔滔不絕。

「第二張錶盤就夾在長針和短針之間，剛好可以遮住短針的大小，又因為真正的錶盤也有同心圓狀的線條，就算看到圓周邊線也不礙事。」

榎本邊說邊把印出來的錶盤影本夾到時鐘上，高高舉起讓所有人都看得見。

「第三張錶盤影印紙本就像神祕鐘一樣，貼著假的短針。另外，背面有個用紙張或黏著劑做成的小口袋，勾住真正的短針，在短針走動時帶動。假短針的位置跟真短針相差了七十二度。另一方面，在假短針的正背面附近還裝了另一個小口袋。這麼一來，電波掛鐘看起來就是假的錶盤、假的短針，搭配真的長針和秒針。」

榎本瞄了時實一眼。時實沒有任何動靜，從頭到尾堅持一張撲克臉。

「現在讓長針走快十二分鐘。」

又出現「十二分鐘」了！這次純子決定默不作聲等候解答，但還是不免好奇。

「咦？現在又變成走快了？不是要走慢嗎？」

「沒錯。」

「但實際上真正時間是**九點五十一分**，卻要讓大家誤以為是**九點三十九分**吧？」

「正因為要時鐘變慢，所以必須先走得快。」

榎本的回答像打謎語一樣。

「……要讓時鐘走得快？怎麼樣才辦得到呢？」

沉默了好久的時實，竟然在意想不到的時刻提出反駁。

「咦？不就跟平常一樣轉動指針就行了嗎？而且玻璃外殼也拆掉了。」

純子一問，時實臉上露出冷笑。

「電波鐘是靠裡頭的微電腦偵測指針的位置，接收標準電波來調整修正時刻，如果以機械式移動指針位置，就不能顯示正確的時刻了。」

「不過，我家的電波鐘有個調整時刻的按鈕，可以用手動操作呀。」

這次換川井提出質疑。

「很可惜，這只電波鐘上沒有調整指針的轉軸，也沒有對時的按鈕。」

時實冷冷說道。

「原來如此。所以要騙過電波鐘去偵測到錯誤的時刻，也就是說，騙人之前要先騙過時鐘嘍？」

本島一副自信滿滿的態度。看來他很在意攝影機，在做好完全準備下發言。

「我猜是用電腦軟體來達成目的吧。」

「電腦軟體？要怎麼讓電波鐘作用？」

純子聽得一頭霧水。

「有一種軟體，可以用電腦來調整電波鐘的時刻。發射標準電波讓電波鐘顯示時刻的機構，在日本有兩個地方，能夠涵蓋東日本全區的就是位於福島縣大鷹鳥谷山標準電波發訊所。」

本島展現了意想不到的知識。

「我之前編輯一本講311東日本大地震的書籍時，聽說過大鷹鳥谷山標準電波發訊所也曾出現一次無法傳送出標準電波的狀況。當時好像有人就使用這類軟體來校正電波鐘的時刻。」

「不過，要怎麼連接電腦跟時鐘呢？」

對機械一竅不通的純子來說，難以想像。

「在電腦的聲音輸出端接上有耳機端子的喇叭，然後在喇叭上接一副線長一點的耳機，把線捲好，再將喇叭音量開到最大，就能發出對時用的電波了。把電波鐘緊貼著捲起來的耳機線放好，就接收得到電波。如果使用自製天線更簡單，但這裡的重點是，這種方法可以搭配電腦上的按鍵，讓電波鐘隨心所欲調整到任何時刻，而非只是正確時刻。」

眾人再次陷入沉默。

「對啊……原來是這樣！我也覺得除此之外沒其他可能！」

純子搭上順風車。雖然對榎本的解釋聽得一知半解，但針對能成功在電波鐘時刻上動手腳的部分，勉強聽懂了。

「哇哈哈哈！電腦軟體？搞不懂為什麼會有這麼天馬行空的想法。為什麼要這樣無意義地到處亂發射電波呢？」

引爺捧腹大笑。

「這幾年人家戲稱『電波系』的人，就是像你這種腦子被電波影響，滿口胡說八道的人吧？」

似乎本島也對這個說法不太能接受。

「應該還有其他更好的方法吧？」

「那還用說？只要等到適當的時機，把電池拔掉就好啦。之後再裝上電池，在那個時刻展開行動。」

本島目瞪口呆。面對過於簡單的手法，不知道該接什麼話才好。

「看來我剛說長針走得快，這個說法好像引起各位的誤會了。因為時實先生的書房裡也有同款電波鐘，我猜他讓時鐘在某個時刻暫停，然後在該時刻前十二分鐘裝上電池，再跟客廳懸牆上的時鐘掉包吧。」

榎本一副同情眾人的語氣，補充說明。

把我剛才的熱烈贊同還來！純子暗自怨恨本島。

「好啦，這麼一來電波鐘就比實際時刻快了十二分鐘。」

榎本將雙手拿著的時鐘傾斜一個角度轉動。

「接下來，將整個時鐘轉向朝左七十二度，讓真正錶盤上十二分的刻度來到最上面時固定在牆上……已經幾乎整個打橫了。」

「要怎麼固定呢？」

本島低聲問道。

「以牆上的掛鉤為支點，然後在另一個地方用壁紙專用的黏著劑黏起來就行了。」

榎本不加思索回答。看來他早料想到其他人會問的問題。

「朝左側轉了七十二度的時鐘，看起來就是這樣。」

看到榎本手上的時鐘，這下子總算連純子也似乎搞懂是怎麼回事了。

「第一張紙張鐘盤夾在短針下方，可以自由轉動，加上後方貼著重物，六點鐘的刻度永遠都會在下方。換句話說，十二點在正上方，看起來是個完全垂直的鐘盤。另一方面，貼在第二張鐘盤影本上的短針，走得比真正的短針快了七十二度，和轉動的部分抵銷，來到正確位置。最後是長針，比真正時刻快了十二分鐘，也就是七十二度，同樣抵銷掉轉動的部分，顯示正確時刻。」

榎本接下來的這句話，讓純子不寒而慄。

「美麗即是醜惡。乍看是正確的時刻，其實跟時鐘偵測到的時刻並不相同。」

「嗯嗯。這手法聽起來的確愈來愈像幻術了。」

引爺低聲喃喃。

「接下來呢？」

「時實先生應該在眾人聚集飯廳的晚宴之前，就把電波鐘掉包了吧。在這段期間，客廳的窗簾一直是拉上的。就是這個窗簾。」

榎本指著掛在陽台邊落地窗上的窗簾。

「掛在這裡的窗簾使用了很奇怪的材質，因為這種窗簾是通常醫院裡用來隔絕電磁波的。」

「隔絕電磁波的窗簾？這倒有意思。」

引爺特地把輪椅推到落地窗邊，摸摸窗簾，感受一下材質。

「摸起來的觸感比一般的窗簾來得粗糙，應該是用金屬纖維吸收電波的類型吧。要是把這個掛在臥房，我就高枕無憂啦。不過，究竟為什麼會用在這個地方呢？」

被問到的時實面無表情看著引爺。

「各位也知道，院子裡有大型的蓄電池。當然，這是擔心過頭了，但伶子對電磁波怕得不得了，我只是讓她能放心。」

「當天晚上眾人聊天時，森女士的確提到對電磁波的憂慮。只是，時實先生完全是另有目的。」

榎本看著客廳的懸牆。

「只要拉上這個窗簾，電波鐘就無法接收到標準電波。因此，時鐘偵測到的時刻比真正的時刻快了十二分鐘。當然，我們看到時都以為是正確的時刻。」

純子心頭一驚。

「那天晚上曾經拉開過窗簾吧？」

「是的。時實先生走到陽台上使用衛星手機時，就拉開窗簾，之後也一直沒再拉上。」

「我記得是九點七分的時候。」

本島翻閱筆記本說道。

「嗯嗯。所以從那時之後，電波鐘就能接收標準電波了。」

「這麼說起來，我家也有電波鐘。接收對時電波好像是半夜耶……清晨兩點左右吧。」

川井用食指抵住太陽穴，似乎正努力回想。

「每個機種的接收時間不太一樣。這款電波掛鐘應該是一天之中有二十四次，在每小時的三十分會接收一次。」時實回答。

「這麼說來，在九點七分之後，就是九點三十分接收嘍？」

「如果時鐘正確的話是這樣沒錯，但電波掛鐘顯示的是比實際快了十二分鐘的時刻。」

榎本糾正了川井的錯覺。

「啊，對哦。」

純子終於也發現了。接收正確時刻的時刻，其實是錯誤的時刻。真讓人頭昏腦脹。

「換句話說，在**九點三十分**的十二分鐘前，**九點十八分**時電波掛鐘就走到**九點三十分**，接收電波。如果時鐘有意識，發現自己居然快了十二分鐘會嚇一大跳吧，然後會連忙修正時刻。多數電波鐘的指針會先走到剛好十二點的位置，然後不斷運轉直至到達正確的時刻。不過，這款機種的指針會採取最短距離，因此，長針走動了十二分鐘，也就是只向左側轉了七十二度。結果顯示的時刻就成了這樣。」

榎本再次高高舉起手上的時鐘，稍微傾斜。時刻看起來大概是**九點六分**。

「長針在時刻快了十二分鐘時，由於時鐘整體朝左側傾斜了七十二度，看起來像是顯示正確的時刻。不過，當指針回到正確時刻的位置時，長針因為時鐘傾斜的角度看來變慢了，視覺上是慢了十二分鐘，其實這才是偵測到的正確時刻。也就是，醜惡即是美麗。」

「等一下！那短針呢？這麼一來，長短針的位置不就變得很奇怪嗎？」

引爺尖銳指出問題。

「其實時鐘本來只要有短針，就算沒有長針一樣能顯示時刻。在那個狀態下，長針看起來會指著**九點六分**，但短針接收到電波變成**九點十八分**，錶盤朝左傾斜七十二度的部分和第二張紙張錶盤抵銷之下，結果應該看起來同樣在**九點十八分**的位置才對。這麼一來，長針跟短針顯示的時

【示意圖】

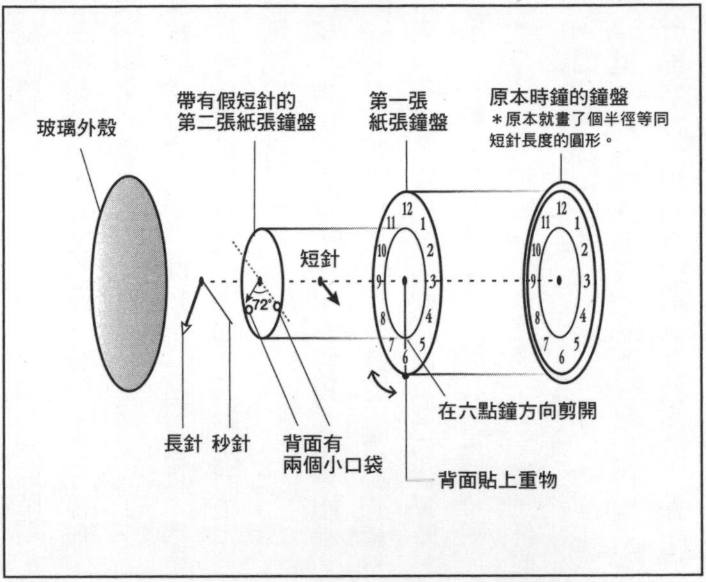
玻璃外殼
帶有假短針的
第二張紙張鐘盤
第一張
紙張鐘盤
原本時鐘的鐘盤
＊原本就畫了個半徑等同
短針長度的圓形。
短針
72°
在六點鐘方向剪開
長針 秒針
背面有
兩個小口袋
背面貼上重物

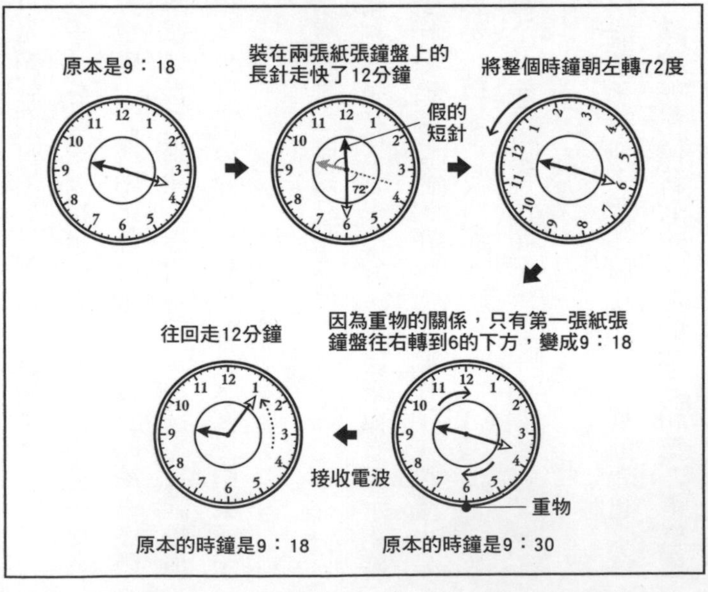
原本是9：18
裝在兩張紙張鐘盤上的
長針走快了12分鐘
假的
短針
72°
將整個時鐘朝左轉72度
因為重物的關係，只有第一張紙張
鐘盤往右轉到6的下方，變成9：18
往回走12分鐘
接收電波
重物
原本的時鐘是9：18
原本的時鐘是9：30

刻很顯然出現矛盾吧？」

「但當時房間裡很暗吧？根本看不到鐘盤呀。」

本島冷冷回應。似乎還對剛才被戲弄的事情耿耿於懷。

「那麼，變亮之後怎麼辦呢？只要長針假裝成慢十二分鐘，跟顯示正確時刻的短針之間還是有矛盾呀。」

「您說得沒錯。室內變亮時，長針指著九點三十九分，但實際時刻是九點五十一分，短針也在那個位置。」

榎本回應引爺的疑問。

「不過，從短針的角度來看，十二分鐘等於六度，只不過是秒針走一格的刻度。請各位試著想想，平常是怎麼看時鐘的。長針的話會判斷出是幾分，但看短針時只會瞄一眼大概是幾點，根本沒有人會在意真正正確的位置。」

眾人默不作聲。純子心想，的確如此。因為短針太短，要從短針判斷出時刻是幾分實在很難。

時實不只在機械上動手腳，更進一步將人在認知上的不求甚解也算進去了。

「原來如此，這麼說我就了解啦。仔細想想，六度的誤差還可以分成兩等分。事先將第二張紙張鐘盤上角度校正減少三度，變成六十九度不是更好嗎？這麼一來，接收電波前後短針的誤差，就各自成了加減三度。這樣的話，任何人都不會發現吧。」

引爺對於自己改良的犯案計畫感到非常滿意，頻頻點頭。

「感覺好像愈來愈混亂。不如放下那些太瑣碎的細節，先整理一下重點吧。」

本島拿著原子筆在記事本上做筆記，一面說道。

「在九點十八分修正時刻時，客廳因為非常暗，看不到電波掛鐘的鐘盤。等到室內又變亮時，實際上是九點五十一分，但我們看到的時刻是九點三十九分，比實際時刻慢了十二分鐘對吧？」

「就是這樣。從頭到尾完全沒觸碰到牆上的時鐘，卻能操縱時刻。簡直就像幻術一樣。」

榎本說得輕鬆，語氣彷彿閒話家常。

「我們以為從八點五十分到九點三十九分，一共四十九分鐘都在這裡進行時鐘的估價遊戲，但由電波鐘走得慢，結束時間其實晚了十二分鐘。真正估價的時間是從八點五十分到九點五十一分，前後六十一分鐘。」

「……不過，光是時鐘就能讓人對於時間的認知混淆到這種程度嗎？人類有所謂的生理時鐘，況且，要是一個人也就罷了，在場有這麼多人耶。其中至少有一個感覺靈敏的人，會覺得不對勁吧？」

熊倉提出異議。

「首先，幻術表演也一樣，未必人多就不容易騙倒大家。反倒是因為周圍有其他人而感到放心，只要有任何一人表現出能接受的模樣，就等於對其他人下暗示，牽動著大家的思緒。更別說大家應該連作夢也沒想到，沒人碰過的電波掛鐘顯示的居然會是錯誤的時刻。」

這大概是料想之中的提問，榎本對答如流。

「不僅如此。這名真兇——時實先生最巧妙的手法就是運用心理學，讓我們對時間的認知產生混亂。」

「心理學？」

純子皺起眉頭。

「很簡單哪。任何人都一樣，開心的時候，或是專注做某件事情時，都會覺得時間過得像一眨眼；但感覺無聊，或是充滿痛苦時，總感覺時間特別漫長。這種人類感覺上的落差，不正是時實先生最擅長的領域嗎？」

時實悶不吭聲。

「當時我們這群人就像眼前掛著胡蘿蔔的馬匹，被高額獎品所迷惑，全副精神都投注在時鐘的估價上。尤其遊戲沒有時間限制，反倒是不知道何時結束，焦急著想要快點知道答案，於是同樣的時間會覺得比平常過得更快。因此，實際上過了六十一分鐘，但就算聽到只過了四十九分鐘，也沒有人感到奇怪。」

時實不僅單純在時鐘上動手腳，還操弄了眾人的意識。純子腦中閃過時實當天晚上說過的一段話。

「這就是詭計愈來愈往幻術發展的實例。機械式的手法，用幻術來說就是背後的機關吧，但光是這樣並不夠。言語及行為上的誤導，這些表達的方式也非常重要。機械式的詭計，搭配考量到人類心理特性的呈現，才能在他人的心中營造出幻影。」

「原來如此。我們認知的時刻只慢了十二分鐘……到這裡我懂。但是，那又怎麼樣呢？對兇手來說有什麼優勢嗎？」

熊倉大概想集中精神，閉上雙眼，將雙臂交叉胸前。

「簡潔明快呀。藉此製造不在場證明。」

榎本露出笑容。

「時實先生有著牢不可破的不在場證明，那就是他在九點七分到九點三十八分這段時間，用衛星手機通話。而在這之前和之後，他都和眾人一起行動，不可能行兇……不過，如果時實先生後來回到客廳的時間其實不是九點三十九分，而是九點五十一分呢？在九點三十八分通完電話，到九點五十分前，這十二分鐘就成了完全的空白，勉強可以上到二樓書房，下毒殺死森女士的。」

純子打了個冷顫。

「可是，那時候時實先生回來時，我隔著玻璃窗看得很清楚耶。他還邊走邊拿著衛星手機講電話，結束通話後才打開拉門走進客廳……啊！原來如此！」

川井說到一半，似乎自己也發現了。榎本隨即點點頭。

「沒錯。其實早就講完電話，後來只是演戲，裝模作樣。」

榎本的語氣顯得罕見的凌厲。

「……請等一下。聽起來這的確是很有意思的推理，榎本先生說不定很有當推理作家的天分。不過，就算我真的在電波鐘上動手腳，讓時刻倒退十二分鐘，但接下來的時間還是會出現矛盾吧？」

時實展開反擊，卻有種被逼到走投無路的態度。

「難道你忘了嗎？我回到客廳之後，一直跟各位在一起哦。開始討論、尋找真兇是**九點五十分**開始，之後在飯廳裡所有人都看得到老爺鐘和翻頁時鐘，照理說隨時都能確認時間吧。最後大家達成很可能是意外身亡的結論時，是**十點四十七分**。接下來一行人到了書房打開電腦，在這之前看到Ringlet顯示的時刻應該是**十點四十九分**。

我們檢查過伶子死前寫下的稿子後，下樓回到客廳。那時候電波鐘顯示的時刻是**十點五十五分**，還做實驗看關掉院子裡的總開關之後腳燈會不會亮。在開始最後一個遊戲，也就是要大家互相指出心目中的真兇時，大家又看了一次電波鐘吧。我記得是十點五十八分。遊戲花了七分鐘，結束後我把先前保管的手錶歸還給各位，其中應該有幾個人看了手錶跟電波鐘的時刻，確認經過一分鐘，也就是十一點六分。再說，警方抵達現場之後，也檢查過山莊裡的每一只時鐘吧，不僅時刻正確，也確認沒動過任何手腳，沒有異狀。對吧？八重樫先生。」

話題冷不防就來到自己身上，八重樫巡查部長一時之間來不及反應。

「呃……那個，是的。每只時鐘都沒發現異狀。」

「各位都聽到了吧。」

時實大大喘口氣。

「這下子懂了嗎？什麼在電波掛鐘上動手腳，讓時刻慢十二分鐘，這種事情不過就是理論上的空談。各位可以不斷輪流看多只時鐘來確認時刻，不可能騙過所有人的眼睛的。」

「我就是輪流看多只時鐘確認了時刻。但這正是整起案子使用手法的關鍵。」

榎本若無其事反駁。

「時實先生壓縮時間，製造出空白的十二分鐘。不過，這麼一來就像剛才說的，會和真正的時刻產生矛盾。為了填補落差，接下來得拖延十二分鐘。」

「你是說，要讓原先幾個慢了十二分鐘的時鐘，在警方抵達之前追上正確的時刻嗎？」

引爺搔著頭。

「好不甘心哪。但我還真猜不出究竟怎樣才辦得到。」

「那麼，就由我來說明。首先，就從怎麼讓電波掛鐘恢復到正確時刻開始。」

榎本環顧所有人。

11

「請各位回想一下，我們被時實先生挾持下質問的狀況。尤其是快到十點五十分的時限之前兩、三分鐘時。」

聽榎本一說，喚醒了純子的記憶。

「我覺得時實先生那時有點倉皇不安。」

「這麼說來，我想到他在飯廳跟客廳之間走來走去耶。」

川井似乎也有類似的印象。

「是的。那副刻意裝作精神狀況不穩定的模樣，一方面是企圖造成我們的壓力，但其實還有另一個更重要的目的。」

榎本已經掌握了在場所有聽眾的心。

「時實先生營造出一股氣氛，讓我們覺得他在餐廳和客廳之間來回踱步、佇立似乎很自然。大家再回想一下，當時實先生站在餐廳與客廳中間時，獵槍在哪裡呢？」

純子閉上眼睛思索一會兒。當時的景象歷歷在目。

「我記得時實先生高舉著獵槍對吧？雖然擔心他突然開槍，但我還記得因為有懸牆擋住槍口，稍微覺得安心。」

「沒錯。我也因為槍口暫時被擋住而鬆了一口氣……但回想起來，時實先生的姿勢似乎不太對勁，好像伸長了槍身想去碰什麼東西？如果真是這樣，那時伸長的獵槍會碰到上方的什麼呢？」

「電波掛鐘？」

川井低喃。

「對。自然就會這麼聯想，因為懸牆上沒有其他東西。」

榎本點點頭。

「但用槍口沒辦法移動指針呀。況且還有玻璃外殼，再說，剛不是講過以物理上的方式移動指針也沒不能改變電波鐘的時刻嗎？」

本島一臉困惑。

「槍口並不是直接移動指針。剛才本島先生問過，該怎麼樣讓時鐘朝左側轉七十二度再固定在牆壁上。我的回答是，以原本牆壁上的掛鉤為支點，然後再用壁紙專用黏著劑固定另一處就行了。我這個推測是有根據的。換句話說，只要除去黏著劑應該就能讓時鐘恢復到原先的狀態。」

榎本依序看著每個人，似乎要確認大家是不是聽懂了。

「意思是往左側傾斜七十二度的時鐘，恢復到水平嗎？嗯……那接下來會怎麼樣呢……」

引爺代表所有人發言。

「有數字的紙張鐘盤，因為有重物的關係，可以一直讓6保持在下方，沒什麼問題。只是跟真正的鐘盤完全重疊而已。第二張紙張鐘盤……嗯？可不是之前的六度耶！整個時鐘往右側轉了七十二度的話，短針看起來會像移動了超過兩小時。時刻不就亂掉了嗎？」

「所以要花點工夫避免出現這種狀況。」

這好像是榎本期待中的疑問，只見他微笑以對。

「在貼有假短針的第二張紙張鐘盤的背面，應該有用紙張或黏著劑做成的小暗袋，鉤住真正的短針帶動，然後小暗袋接了變魔術時會用到的隱線。這種線非常細，就算在室內燈光照射下也看不出來。將細細的魔術隱線穿過時鐘和玻璃外殼的縫隙，鬆鬆地往右側延伸，最後固定在牆上。」

榎本又喝了一口水，潤潤喉。

所有人都屏氣凝神，等著他繼續往下說。

「時實先生假裝認真聽著本島先生說明意外身亡的假設，同時用獵槍前端把靠黏著劑黏在牆壁上的時鐘撐起來。於是，原先朝左側傾斜七十二度的時鐘，會轉動回到原本的位置，但小暗袋拉長的隱線一扯，應聲掉落。沒有了小暗袋的第二張紙張鐘盤，本來在假短針的重量作用下，會往左側轉動，不過因為假短針的背面第二個小暗袋鉤住了真正的短針，因此能保持穩定。」

榎本再次舉高了時鐘，讓所有人都看得見。

「也就是說，會變成這樣。第一張——寫了數字的假鐘盤，跟真正的鐘盤貼合重疊，而第二張紙張鐘盤上的假短針，也會來到真短針的正上方。可說是『美麗即是美麗』的狀態。」

純子聽得目瞪口呆。居然能想到用這種方式。時實只做了個小動作——用獵槍的前端把時鐘撐起來——就能讓看起來慢了十二分鐘的時刻，在瞬間恢復正確。

「但這麼說來，兩張紙張鐘盤不就還留在電波掛鐘上嗎？」

引爺交叉著雙臂問道。

「是的。因此，在警方抵達之前，必須要將兩張紙張鐘盤、魔術隱線，還有牆上的黏著劑全部處理掉。」

「原來如此！我終於懂啦！所以才會要求我們……」

川井突然又激動地大喊。

「怎麼回事？」

坐在旁邊的本島驚訝地看著川井。

「就是那個莫名其妙的殺手遊戲呀！他逼著我們要指出心目中以為的真兇呀！」

川井站起身，伸出食指指著時實。

「現在我可以信心十足指出來了！那段時間就是這個人用來處理掉在時鐘上動手腳的證據！」

時實處之泰然，正視著川井的雙眼。

「沒錯。虛構的時刻到此告一段落，山莊裡頭所有的時鐘也已經恢復正確顯示，但時實先生還繼續演戲，目的就在於最後收尾……相信有不少人以為那一幕生死未卜的場面是整晚的最後高潮吧。」

榎本的語氣帶點自嘲。或許連他自己在當時也被騙得團團轉。

「時實先生把椅子拉到電波掛鐘的正下方。他趁我們把袋子套在頭上時，站上椅子拿下電波鐘，拆掉玻璃外殼，拿掉兩張紙張鐘盤。有個三分鐘就應該足夠了。此外，他還刻意大聲播放連續擊鼓的音效，就是用來遮掩他湮滅證據的聲音。」

「刻意燒起暖爐裡的爐火也是為了這件事嗎？」

熊倉的聲音聽來像是卡了痰。

「是的。他把兩張紙張鐘盤，還有魔術隱線、黏著劑都丟到暖爐裡燒掉了吧。碳氫化合物的黏著劑，跟紙張一樣，可以燒得乾乾淨淨，不留痕跡。」

榎本模仿魔術師，比了個物體在空中消失的動作。

「順便告訴各位，燃燒紙張時要特別留意，光是丟進暖爐裡，紙張會往上飄，從煙囪飛出去。因此一定要用已經燒起來的木柴壓住，才能保證燒得乾淨。」

純子回想時實當時的樣子。印象中看他很認真生火，還心想需要這麼全神貫注嗎？

「……聽起來真是趣味十足，但這一切全只是你的想像，榎本先生。聽完你的描述，我才發現原來有這種手法！太驚人了！這些點子往後在我創作時請務必讓我參考。」

時實露出冷笑，但臉色蒼白，雙手還微微顫抖。

「當然，這些事情我都沒做，但要證明沒做的事情，這是惡魔的證明吧？舉證的責任應該在你身上，究竟你憑什麼這樣斷定呢？」

「我的確沒有確切的證據，但有其他的間接證據。」

「間接證據？」

時實露出疑惑的表情。

「山中小姐，那時妳到廚房拿黑色垃圾袋吧？」

突然被點名之下，綾香一臉緊張站起來。

「啊，請坐著就行了……妳一下子就找到垃圾袋嗎？」

「是的。因為……就放在平常放袋子類的抽屜裡。」

綾香皺著眉頭，話說得結結巴巴。

「原來如此。山莊裡平常使用黑色垃圾袋嗎？」

綾香頻頻搖頭。

「沒有。」

「為什麼不用呢？」

「通常垃圾是由我帶走，丟到我家附近的收集站。規定要用透明或半透明的垃圾袋，否則垃圾車就不收。」

綾香似乎稍微沒那麼緊張，講起話來也更清楚些。

「既然這樣，為什麼要買黑色垃圾袋呢？」

「不是我買的。」

那麼，這也是計畫的一部分，是時實事先準備好的嘍？

「這也能算是間接證據？拜託，笑死人了。」

時實嘴上說得強硬，一邊卻伸手拉扯釦子扣到最上方的領口。在榎本陸續一一揭露行兇手法的同時，他也感受到自己的脖子被勒得愈來愈緊吧。

純子對殺人兇手沒有任何同情，但光是看著他那副模樣，連自己都覺得好像呼吸困難了起來。

「最後為這一連串機關劃下句點的，就是老爺鐘跟翻頁時鐘。可以請各位移駕到飯廳嗎？」

眾人從沙發上起身，陸續移動。攝影機也緊跟在後，捕捉每一個畫面。

等到所有人圍坐在餐桌前，榎本率先開口。

「仔細想想，在老爺鐘旁邊又放了翻頁時鐘，這實在很莫名其妙。時實先生那天說，翻頁時鐘是為了確認老爺鐘的時刻精準，但我還是搞不懂他在講什麼。」

榎本站在老爺鐘前面。

「不過，只要想成是詭計的一部分，就說得通了。這兩個時鐘是以完全不同的原理運轉，如果顯示的時刻一致，加上經過一段時間後仍然顯示同樣時刻，任誰都會認為時鐘準確無誤吧。」

「難道兩個都不正確嗎？」

川井似乎再也不相信任何事。

「是的。由於電波掛鐘內的機關，讓我們誤認為晚了十二分鐘的時刻是正確的。但在十點五十六分，私設法庭接近尾聲時，我們已經被誘導到正確的時刻了。接著經過殺手遊戲後，拿回手錶的時刻是晚間十一點六分，正確無誤。自此之後，直到現在我們一直都生活在正確的時間中。」

榎本輕輕笑出聲。

「換句話說，在發現遺體、討論案情時，我們感覺到時間的經過比實際上還快。應該是從九點五十六分到十點五十六分之間吧，實際上經過一個小時，但我們以為是從九點四十四分到十點五十六分，其間長達七十二分鐘。」

「不過，我還是想問剛才那個問題，人類對於時間的感覺有這麼容易被騙嗎……」

熊倉邊說著，突然露出恍然大悟的表情。

「您懂了吧？時實先生在這裡也運用了先前的心理學。當我們感到有性命危險、有壓力下，會覺得時間過得好漫長。被獵槍指著，對彼此感到疑神疑鬼，互相誣陷，讓我們都很疲勞，感覺上度過的比六十分鐘長好多倍的時間。如果知道其實只有七十二分鐘，反倒覺得有這麼短嗎？」

榎本的語氣中充滿自信。

「兩個時鐘被都調快了嗎？晚宴上都看不出有什麼異狀耶……是什麼時候變快的呢？」

本島問道。

「我記得晚餐結束時是八點，最後離開飯廳的是時實先生，他就趁那時在兩個時鐘上動手腳。我簡單估算一下，把老爺鐘調成七點二十五分，翻頁鬧鐘則是七點三十九分。接著讓老爺鐘立刻開始以平常一．二倍的速度運轉，翻頁時鐘則照常。一開始翻頁時鐘會走在前面，老爺鐘則逐漸縮短落差，在真正時間九點八分時追上。在這個時間點，兩個時鐘都會同樣顯示八點四十七分。不久之後，翻頁鬧鐘也以一．二倍的速度加速，接下來兩個時鐘同樣以一．二倍的速度運轉，當我們聚集在飯廳，真正時間是十點一分時，兩個時鐘都顯是九點五十分。」

他到底在講什麼啊？純子聽得一頭霧水。要怎麼才能讓時鐘走的速度變成平常的一・二倍呢？之後讓翻頁時鐘加速那一段也搞不懂……

「等一下！先不管翻頁時鐘，但我知道老爺鐘是怎麼回事了！」

引爺得意高喊。

「是在鐘擺上動手腳吧？」

「正確答案。」

榎本擺出鼓掌的姿勢。

「鐘擺？要怎麼做才能有那種效果？」

純子實在猜不到，只好直接發問了。

「這是很經典的手法。使用鐘擺計時的鐘，運轉的速度是由鐘擺的週期而定，鐘擺的週期又與擺幅長度的平方根成正比。換句話說，擺幅愈長，時鐘走得就愈慢，愈短則走得愈快。」

榎本像個物理老師一樣，很公式化地解釋。

「實際上並沒有改變鐘擺的長度，而是以轉動鐘擺下方的鐘錘來上下調整高度。簡單估算，若擺長變成七成，速度就會成為一・二倍，在六十分鐘內時鐘會走七十二分鐘。」

純子啞然失聲。她壓根沒發現鐘擺的位置有變。竟然會被這麼簡單的手法騙得團團轉。

「那麼，鐘擺又是什麼時候恢復原狀呢？」

「我猜就是決定要重新啟動森女士的電腦後，所有人再次離開飯廳的時候。時實先生走在最後，把我們趕出飯廳。等到沒有人看到時，他就打開了老爺鐘的門，將鐘擺恢復原狀。只要在鐘錘的位置貼個膠布之類做記號，兩三秒就能完成。」

「原來如此……那麼，翻頁鬧鐘又是怎麼動手腳呢？」

「要說明這個，就必須話說從頭。」

純子最討厭什麼話說從頭了。明明在分析眼前的案件，為什麼還得聽古早時代的故事呢？榎本似乎知道這一點，因此經常在沒什麼特別必要下也愛刻意提及過去的源由。

「要回溯到多久以前？」

看他一副興致高昂打算開始講古。拜託講個十年前的故事也夠了吧。

「要從明治二十年，也就是一八八七年說起。」

有沒有搞錯啊！純子差點脫口而出，但突然發現攝影機鏡頭正對著自己，趕緊做出一副迷人的表情。

「……這，這連我曾祖母都還沒出生吧，那一年發生了什麼事呢？」

「日本首次開始供電，就是一八八七年。一開始是直流電，兩年後也就是一八八九年改成交流電，因為直流電很難變壓。交流電有頻率，起初每個發電所的頻率不同，產生了各種問題。因此，要求統一頻率的聲浪也日漸升高。東京電燈採用的是德國AEG公司的發電機，頻率就跟德國一樣是五十赫茲。」

這個人到底在講什麼啦！純子氣得過頭忍不住苦笑。

「另一方面，大阪電燈則引進了美國GE六十赫茲發電機。結果到今日仍維持著東日本是五十赫茲，西日本是六十赫茲，兩種頻率共存的現象。」

「呃……我問的是調整翻頁時鐘的手法，不是電力的歷史耶。」

純子尖聲抗議。

「講到這裡，請各位回想一下森女士書房裡的Ringlet。」

榎本漠視純子的抗議，對眾人說。

「Ringlet……是時實為了不讓阿姨立刻打開電腦而送她的那只時鐘嗎？」

川井思索說道。

「飯廳的翻頁時鐘跟森女士書房裡的Ringlet，兩者之間有個共同點，都是需要插電使用的時鐘。」

榎本說到這裡，朝時實瞄了一眼。

「要插電才會動，這很重要嗎？」熊倉問。

純子隱約想起，印象中看到牆壁插座上插著電源線插頭。一旦停電可能鐘也不走了，但除此之外還有什麼特別的呢？

「這種要插電的時鐘，不只是以電力為動力，基本上運轉是以交流電的頻率為基礎。五十赫茲的頻率，代表一秒鐘裡有五十次正負電交替，因此會將五十次視為一秒。」

頭一次聽到的知識。

「原來是這樣啊。」

引爺低聲說道。

「剛才聽到時鐘在六十分鐘之間走了七十二分鐘，我第一個想到的就是頻率。以前把關東的電子鐘拿到關西地區時，經常發生這種狀況。原來如此……所以時間差才會是十二分鐘嗎？」

「沒錯。當然，想要仔細設定的話，也能調整出十分鐘、十五分鐘的落差，但對兇手而言，最容易計算的應該就是十二分鐘。」

純子聽不太懂兩人的對話，感到焦躁不耐。

「不好意思，可以再講得更簡單易懂一點嗎？」

「東日本的電子鐘是以五十赫茲的電流為基準，也就是正負電變換五十次就當作一秒。不過，到了西日本卻是一秒變換六十次，因此，時鐘就會判斷過了一．二秒。結果，六十分鐘內就走了七十二分鐘。」

「換句話說，翻頁時鐘跟Ringlet都是關東地區款，也就是五十赫茲專用的嘍？」

「是的。或者若是可以切換頻率的機種，只要將開關調到五十赫茲就可以。」

的確，光用計算似乎合理。不過……還是哪裡怪怪的。

「但這裡不是西日本地區呀。岩手應該跟東京一樣都是五十赫茲吧？」

榎本靜靜搖著頭。

「各位請回想一下，這棟山莊的電力並不是來自東北電力公司，而是靠自家發電。我看到箱子裡有一台直流交流轉換器，也就是可以切換頻率，在東日本和西日本都可以使用。換句話說，無論五十赫茲或六十赫茲，都能自行設定。既然當初是從東京搬來，一般會使用五十赫茲吧。但只要切換到六十赫茲，就能在完全不碰觸之下，讓分別放在不同地方的兩個電子鐘改以一・二倍的速度運轉。」

「這麼做，不會影響到其他家電產品嗎？」

「現在的家電幾乎都能自動因應不同的頻率。」

「搞什麼……」

熊倉錯愕低喃。在場多數人也有相同的心情吧。無論什麼原因而殺人，或許都該受到公平的審判。但竟然有人能夠如此冷靜設計、操弄這些機關，實在無法理解這種心態。

「不過，要改變轉換器的頻率，不是得先關掉電源才行嗎？」

似乎只有引爺一個人單純享受著推理之樂。

「是的。因此，時實先生必須關掉建築物的電源兩次。第一次就是我們正專心投入時鐘估價遊戲的當下。各位還記得嗎？在房間燈光熄滅到陳列台腳燈亮起，這之間有兩、三秒的落差。那時候時實先生邊講著衛星手機，往庭院走。他看到室內的燈光熄滅後，關掉轉換器的電源，將頻率從五十赫茲切換到六十赫茲，再打開電源。這時的時刻剛過九點八分，接下來翻頁時鐘和Ringlet都以一．二倍的速度運轉。對了，Ringlet的時刻應該也在行兇之後調整成和翻頁時鐘顯示的一致了。」

「全都只是你的猜測。」

時實無力低喃。

「是的，這些都是間接證據。但或許有人還記得，那時候隱約聽到『嗶』的電子音。」

「有！我聽到了！」

川井舉起手。夏美也點點頭。

「突然間停電，然後有個電子儀器發出警報吧？我當時以為是森女士電腦連接的UPS（不斷電系統）發出的聲音。」

連客廳都聽得到，不斷電系統的音量得相當大。

「就先假設那時把頻率切換到六十赫茲，讓電子鐘的速度變快。但之後又是什麼時候再調回五十赫茲的呢？」

引爺問道。

「時實先生下到一樓客廳時，曾說要確認一件事，到庭院裡關掉總開關。我猜就是那時候。他的理由是想看看腳燈是不是獨立電源，但這種事情他不可能不曉得吧。」

純子心頭一驚。她想起來，當時又聽到一次同樣的電子音。

「對了，如果是數位顯示的電子鐘，用真空管的也可以，但一旦停電後時刻會歸零，必須重新設定。但翻頁時鐘的話，就可以從停止的時刻繼續運轉。」

榎本依照著時實的思路，一步步拆解。或許藉著顯示他已看清一切，要時實做好心理準備，別再無謂掙扎。

「……原來如此。乍看之下似乎講得通。假設剛才說的手法都由我來執行，或許真有可能犯下這起案子。」

時實想要虛張聲勢，但聲音聽來已經孱弱無力。攝影機慢慢推進，大概是要特寫他的表情。

「不過，這些手法都無法證明確實執行過。這麼說來，也不能斷定是我做的，或是兇手另有其人。比方說，山中小姐沒有明確的不在場證明吧？如果兇手是她，也沒有任何矛盾吧？」

突然遭到點名的綾香，露出僵硬的表情。

「其實的確會有明顯的矛盾。請各位再次移駕到客廳裡。」

榎本回到客廳後，拿起平板電腦，在畫面上點了幾下，立刻響起女性的聲音。原來是剛才聽過那段廣播節目《來自宮澤賢治的IHATOV》的錄音片段。

『……當時我覺得這樣的設計似曾相識。啊！對了！就是神祕鐘呀！』

「這段錄音剛才也聽過了，到底在講什麼啊？」

時實的聲音顯得歇斯底里。

『……這可能是本節目中經常提到的那位『永遠的少年』會喜歡的時鐘唷。各位想像一下，小飛俠彼得潘在Neverland上使用神祕鐘？是不是很貼切呢？有一種脫離現實世界，與俗世隔絕的感覺。帶著不願繼續待在骯髒世界的心情。我總覺得，神祕鐘這件藝術品也蘊含了這樣的精神在內。』

榎本停止播放。

「多虧有這段錄音，才讓我們知道森女士隨手留下的筆記寫的是什麼，同時也揭露出電腦裡那段下毒殺人的小說內容是兇手捏造的。」

「那也未必。怜子恐怕真的是聽到收音機才寫下筆記，但說不定之後也是她自己輸入進電腦的呀。」

時實依舊不放棄最後的抵抗。

「原來如此。要這樣辯稱確實也可以，但這段錄音同時也釐清了更根本的事實，關鍵就在於播放的時刻。」

「……是什麼時候？」

純子壓低聲音問道。她有個預感，這會是決定性的證據。

「節目是從一開始就錄音，可以得知剛才這一段內容的正確播放時刻。是九點三十七分。」

除了榎本和時實，其他人都默不作聲，努力整理腦中的思緒。

純子也拚命動腦袋。首先，跟「神祕鐘」那個檔案的更新時刻9：34不一致，但好像還有個更不對勁的地方。

「……時間不夠。」

本島低聲喃喃，似乎打了個冷顫。

「老師聽到九點三十七分的廣播節目，隨手寫下那段話。這表示，至少在九點三十八分時她還活著。就算立刻服毒，烏頭鹼的毒性再強，也要花上幾分鐘才會讓人斃命。換句話說，至少在九點四十二分之前，老師還沒過世。但佐佐木夏美小姐是在時鐘估價遊戲結束後，也就是九點三十九分的大約一分鐘後，九點四十分發現老師的遺體。怎麼算時間都搭不起來。」

「意思就是，電波鐘顯示的九點三十九分，以及Ringlet的九點四十四分，這幾個時鐘的時刻都是假的。從這裡就能證明是動了手腳來捏造事實。」

【時間順序表】

		客廳	飯廳		森怜子的書房
事由	真正的時間	電波鐘	老爺鐘	翻頁時鐘	Ringlet
晚宴（飯廳）	7:29		7:29	7:29→30	
往客廳移動	8:00	8:00	7:25（1.2倍速度）	7:39	
怜子前往書房	8:41	8:41			
估價遊戲開始	8:50	8:50			
	9:07 拉開窗簾 *9:18（顯示為9:30）接收電波				
本島用衛星手機通話、純子確認	9:08	9:08			
夏美切換光源	9:08	9:08	8:47	8:47（時實切換50→60赫茲，速度為1.2倍）	
遊戲結束	9:51	9:39			
夏美發現怜子屍體	9:52				9:40
時實在書房確認時間	9:56				9:44
怜子的書房→客廳	10:01	9:49			
移往飯廳開始私設法庭	10:01		9:50	9:49→50	
純子確認（私設法庭）	10:14		10:06	10:05→06	
純子確認時間	10:25		10:19→20	10:19→20	
私設法庭出現轉向	10:38		10:35	10:35	
純子確認時間	10:48		10:47	10:46→47	
前往怜子的書房					10:49
往客廳	10:55	10:55			
	10:56 關掉總開關（切換60→50赫茲）				
互指真兇開始	10:58	10:58			
	要眾人頭套黑色塑膠袋（時實撤除電波鐘鐘盤上的證據）				
遊戲結束	11:05	11:05			
歸還各人手錶	11:06	11:06			

在這時角度調回正常 →（純子確認時間 10:48）

在這時將鐘擺位置還原 →（前往怜子的書房）

引爺低聲喃喃。

其實時實可以將便條紙丟掉。但因為上面寫了「神祕鐘」這個關鍵字，他想到或許能加以利用，讓意外身亡的假設成立。在這個迷人的誘惑下，還是忍不住將便條紙留下來。

純子覺得一股涼意從背脊竄上來。

森怜子留下的便條，此刻宛如魔女的詛咒，正中時實的要害。

「警方依照這套劇本，至今已經發現好幾項間接證據。比方說，原先掛在這裡的電波鐘，從鐘盤上採集到了細微的紙張纖維。客廳的懸牆上也檢測出黏著劑的痕跡。另外，已經可以證實你從Yodobashi Camera新宿西口本店購買了三只同樣的電波掛鐘，另外還在Soradonki羽田機場店購買黑色垃圾袋。」

榎本轉向面對時實。

「不過，最致命的就是你那套偏執的時間軸犯案手法弄巧成拙，就算想假設兇手是其他人，在時間上都會出現矛盾。另一方面，也完全推翻了自殺和意外的任何可能。要解釋那些矛盾，唯一能想到的就是這套利用時鐘的手法，而能辦到的就只有你一個，時實先生。」

所有人的目光都聚集在時實身上。

「我沒有動機要殺害怜子。我很愛她啊。」

時實嗓音沙啞，低聲喃喃。

「動機恐怕就是錢吧。你這個蹩腳的作家，全靠森女士才能過著如此奢華的生活，本來應該心存感激……不過，可能你想在經濟上更自由，或是想將神祕鐘占為己有，又或許兩者皆是。細節我就不清楚了。」

榎本語氣中難忍的憤怒，立刻讓在場所有人都感受到。

「還有，雖然這不關我的事，但我並不認為你愛森女士。別說你殺了她，在這之前你還殘忍害死了芭斯特。從這點就看得一清二楚。」

芭斯特……是森怜子心愛的貓咪。純子心頭一驚。

「等一下！芭斯特是被害死的？兇手是他？」

本島一副無法置信的表情。

「警方從庭院角落的墳墓裡挖出芭斯特的骨骸。他大概沒料到最後會演變成這樣吧，早知道就應該好好處理掉。已經確認貓咪是因為烏頭鹼而喪命。」

「為什麼要這麼做？」

本島的聲音顫抖。似乎聽到貓咪遇害這件事，終於讓他認清時實是殺人兇手的事實。

「他要驗證自行精製出來的烏頭鹼是不是真的有效吧。」

榎本冷冷答道。

「帶著毒物難免有風險，所以實驗用的小動物必須就近取得。」

時實像座雕像，一動也不動。前後大概兩、三秒吧，但純子感覺時間過了好久。

時實終於閉上雙眼。緩緩地，嚥了口口水。

「……榎本先生，看來我犯下最嚴重的錯誤，就是邀請你來這場晚宴。」

攝影機不斷改變角度，捕捉著時實的表情。

時實再次睜開眼睛。扯下了先前克制已久的面具，露出心理變態的兇狠樣貌。惡狠狠瞪著榎本的一雙白眼，透露著深不見底的憎恨。

「……不過，你是怎麼知道的？這一連串利用時鐘安排的詭計，沒有任何線索，不該被識破的。」

榎本平靜直視著時實。

「你隨心所欲操縱了五個時鐘，照理說打造了牢不可破的不在場證明。不過，另一個你疏忽掉的時鐘，成了致命傷。」

「另一個時鐘……？」

時實睜大雙眼，似乎摸不著頭緒。

「而且是靜止不動的時鐘，就是神祕鐘。要不是有神祕鐘，恐怕我也不會發現電波鐘被動了手腳，當然，其他的機關也永遠不會遭到識破。」

「什麼意思啊？榎本先生。」

純子催他繼續說。很可惜，純子壓根猜不到是怎麼一回事。

「正反面完全透明的神祕鐘鐘盤，其實就像圓形的瞄準器。而且很幸運的是，指針靜止不動。停在十點九分的指針——短針指出了真相，顯示出你要的那些花招。」

時實目瞪口呆，猛力轉過頭看看通往飯廳懸牆上的電波鐘。臉上逐漸浮現懊惱的表情。

「麻煩再說得簡單易懂一些！」

純子終於忍不住放聲大喊。

「從6的『Model A』背後透著看，裝飾用的短針前端，雖然有些模糊，但剛好可以看到那只電波掛鐘。就像用箭頭標示的形狀一樣，讓我印象深刻。」

榎本壓低聲音。

「但是，等到警方抵達後，在說明原委時，我同樣透過神祕鐘看過去，電波掛鐘卻移往左側斜下方，也就是被短針遮住的位置……啊，不過這才是原本真正的位置。」

「可是，才差那麼一點，也可能是頭隨便亂動一下造成的錯覺吧？」

面對純子的反問，榎本搖搖頭。

「我也這樣想過，所以試著依照最初看到的那樣，讓電波掛鐘出現在短針前端，結果，我必須用很奇怪的姿勢彎著身體才行……那面懸牆上沒有明顯的標記，要不是有神祕鐘，根本不會發現電波掛鐘曾經移動過。」

「榎本先生，你就憑這個小細節推理出案情的全貌嗎？」

本島一副不敢置信的口吻。

「因為在短短時間內，電波掛鐘的位置移動過了。如果是兇手幹的，究竟目的是什麼呢？這就是我推理的出發點。如果掛鐘是平行移動，就沒什麼意義了。於是，我才想到會不會以掛鉤為支點，改變時鐘的角度呢？」

時實將整個身子癱靠在沙發上，一雙空洞的眼神游移不定。

「時實玄輝先生，麻煩跟我回局裡一趟。」

八重樫巡查部長把手放在時實肩上。時實緩緩站起來。

攝影機跟在後面，還拍下了制服員警跟上來，一行人走出客廳的模樣。

「原來是這樣啊。竟然是因為……老師的『Model A』。」

夏美低聲喃喃，同時拿起手帕擦了擦雙眼。

森怜子愛不釋手的神祕鐘，揭發了這起兇案。

純子一時之間彷彿聽到美魔女的得意笑聲。

可洛的鉤爪

這回魚從下方發動攻勢。大大張開雙顎，瞄準那女人以極快的速度浮上海面。

彼得·班齊利（Peter Benchley）《大白鯊》

1

小笠原群島　母島海岸南方五公里　實驗船「海原」上甲板

晚間九點九分

安田康夫一手拿著罐裝啤酒，靠著扶手，從甲板上眺望黑漆漆的大海。月光下看到大約兩百公尺外有一艘橡皮小艇。看來布袋悠一今晚也享受著海釣之樂。安田朝大海吐了口唾沫。哼！這傢伙！踐個屁呀。要是平常，面對神聖的工作場所，說什麼他都不會想要汙染這面最愛的海洋，此刻卻無論如何都嚥不下這口氣。

布袋原本也同樣是日本潛水工業公司的潛水員，是安田的部屬。他的身體強健，潛水技術也過人一等，只是自私自利加上具有攻擊性的個性，經常令人受不了。飽和潛水（Saturation Diving）的潛水員，必須三到六人在狹小封閉的空間中長時間共處。只要有一個像布袋這樣協調性差的成員在裡頭，通常就會出現各式各樣的狀況。

話說回來，多虧有蓬萊這名優秀的搭檔在，才能順利工作。只不過，因為男女關係上的麻煩，使得布袋也和蓬萊疏遠，最後連辭呈都沒遞就冷不防離職了。

這下子害得安田因為人手不足而倉皇失措，但其實內心深處也忍不住鬆了口氣。

沒想到，布袋的行徑乍看之下是不按牌理出牌地搗蛋，其實他在背地裡早已經打好如意算盤。他運用自己擅長的海上運動，接近日本潛水工業的母公司──大八洲海洋開發的社長千金・近江有里，竟然還論及婚嫁。當布袋以蔚藍海岸計畫的負責人身分凱旋回歸時，安田驚訝得不得了，有好一陣子都無法好好工作。

蔚藍海岸計畫，是由民間企業大八洲海洋開發與國立研究開發法人的海洋研究開發機構（JAMSTEC）、自衛隊潛水醫學實驗隊等單位攜手合作，再次聚焦在已經建立起的飽和潛水技術，找出對開發海洋資源更多的貢獻。

安田自認無論在知識、經驗、指導能力等各方面，自己都是最適合坐上負責人大位的人，實際上卻被回鍋的布袋踩在腳下，讓對方把麻煩的雜務瑣事全推給他，而搶走他該有的功勞。面對這樣不合理的遭遇，安田心有不甘。

不僅如此，布袋似乎還以惡整前主管為樂，成天淨挑些雞毛蒜皮的小事找碴、抱怨。疲勞轟炸式的職權騷擾，讓安田身心俱疲。

真希望在這一瞬間，能有隻特大號大白鯊像要狩獵海獅時，從海底呈一直線竄上來，一口吞掉布袋的橡膠小艇。

安田喝乾了罐子裡的啤酒，用力捏扁鋁罐。

晚間九點十一分

實驗船「海原」船內

大口保也戴著連接被動聲納機的耳機，閉上雙眼。

在如此寂靜的夜裡，海裡也充滿各式各樣的聲音。潮流的聲響，海底火山的震動，魚兒的低喃，遠方鯨魚的叫聲。

腦中浮現年少時第一次聽到海中交響樂時的感動，仍歷歷在目。回想起來，那也算是決定人生的關鍵時刻。自己本來就是理工科系出身，大學時期專攻音響工程，不知不覺就成了聲納研究家。

之所以趁勢加入蔚藍海岸計畫推動被動聲納研究，其實是有原因的。若想要開發廣泛分佈在日本排他性經濟水域上的海洋資源，就得小心來自其他國家的干涉，但如果以主動聲納這類音波在接觸到對象物後偵測反彈的回波，不但會讓對方發現自己，對鯨魚等海棲哺乳類動物也會造成致命的影響，難保不遭受到自然保育團體的抨擊。因此，一般在使用上都得以被動式聲納為主。

這時，耳機喇叭突然傳來一陣嚴重的雜音，大口忍不住皺起眉頭。這是從近距離連續發出的聲波。

他看看螢幕，在東方兩百公尺外，頻率是人耳剛好能聽到的15千赫。

這是探魚器發出的聲波。看來一定又是布袋出外夜釣。大口氣得放下耳機，為了讓心情恢復平靜，他拿起熱水瓶，在馬克杯裡倒入咖啡。

不知道跟布袋拜託過多少次，請他在測試被動聲納的晚上，盡量不要使用探魚器，但他只是在那張曬得黝黑的臉上露出輕浮的微笑，擺明就是一副左耳進右耳出的態度。布袋對於像大口這種不善與人爭執、個性內向的人，根本不當一回事。布袋眼中大概只有那些在體力、氣勢上能跟他抗衡的人吧。

大口生平最怕厚臉皮且作風強悍的人，尤其像布袋這類充滿活力、異於常人的類型，光是面對面就快被那股壓力壓得喘不過去，哪還有勇氣向他抱怨。無奈之下，只能像平常一樣沉浸在自己危險的想像中，藉此分散注意力。

據說美國核子潛艇使用搭配拖曳陣列監視的低頻主動聲納（SURTASS-LFA），強烈的聲波導致海豚或鯨魚大量死亡。如果這種聲波撞上布袋搭的小艇，會怎麼樣呢？據說高達215～240分貝的巨響，等於戰鬥機升空或火箭發射時站在旁邊聽到的聲音，而成了犧牲品的鯨魚、海豚，會因為內耳受損，從耳朵出血最後致死。

一想到那個大鬍子摀住耳朵難受到打滾死掉的樣子，大口的心情稍微好了一點點。

距離實驗船「海原」東方約兩百公尺

晚間九點十三分

布袋悠一甩動軟絲竿，將假餌投入海中。

小笠原群島就像魚群大寶藏，尤其最適合夜釣。他成功取悅了有里的老爸，輕鬆獲得大八洲海洋開發公司的管理高層職位，但每天從早到晚坐在辦公室裡實在太難受。既然這樣，乾脆加入蔚藍海岸計畫，只是他把實務全推給安田那傢伙，自己幾乎無事可做。話說回來，在JAMSTEC那群人面前也不方便明目張膽玩起海上休閒運動，因此，布袋白天要不是望著海，就是睡大頭覺，或者大罵安田消磨時間。

在這樣無聊的每一天之中，晚餐後可說是他唯一覺得開心的娛樂時光。

布袋原先自認很會釣大魚，而且走旁門左道的技法也無所謂，屬於狂野派的釣客。但自從來這裡之後，突然發現夜釣軟絲的趣味所在。不但能充分體驗到餌木釣法微妙的觸感，以及與動作柔軟的軟絲展開角力戰，最後等到軟絲上鉤後迅速料理，在橡皮小艇上配一杯酒，別有一番樂趣。

布袋這個人，無論面對工作或女人，可說在人生各個情境上都採取一旦看上勢在必得的積極態度。就連當作興趣的釣魚也是，使用「古野探魚器」追蹤魚群比較符合他的個性，但這種機器遇到軟絲時，很難像面對一般魚群時出現明顯的反應。不知道是不是因為軟絲的比重接近海水的關係，或是因為身體柔軟會吸收到聲波。

於是，布袋在橡皮小艇小方垂吊LED集魚燈，而且還是專業級的大光量，即使在水中也能照到遠處的藍光。軟絲就會被這道燈光吸引過來。

他看看探魚器的液晶螢幕，似乎有一團很明顯的魚影。這證明了有許多當作餌食的小蝦子。這麼一來，就算不在畫面上的軟絲很可能也會上鉤吧。心中雀躍不已。

這時，不知道是什麼緣由，讓他突然想起了渚。

腦中浮現夜晚的海洋。那是他第一次邀渚一起夜釣的晚上。當時她似乎對蓬萊仍有依戀，但布袋耐著性子接近她，慢慢解除她的防備，終於得手時的成就感，是前所未有最棒的體驗。

女人，對布袋而言，就像社會地位還有上鉤的魚一樣，是遊戲，是戰利品。

美貌自然不在話下，還必須是個有想法、有個性，作風獨立的女人，如果還是從死對頭手上搶過來，勝利的滋味更是甜美。

事實上，從蓬萊手中搶走渚，對布袋來說簡直易如反掌。因為就一名潛水員來說很少人能比得上的蓬萊，在跟女人相處上卻幾乎跟懵懂少年差不多。布袋趁兩人稍有一言不合時介入，表面上像是等著渚來找他商量，然後就在那天晚上強占了她的身體。渚的身高有一百七十公分，練就一副潛水教練的強健身材，但面對一百八十九公分，身高逼近潛水員體格標準上限的布袋，仍舊幾乎無法抵抗。

渚真的是處女嗎？事到如今已經成了永遠的謎，實際上從那件事之後，渚不僅避著布袋，也避著蓬萊。因此，渚和蓬萊最後終究分手。

後來，有一天渚突然打來電話，說她懷孕了。

布袋晃動了一下軟絲釣竿，皺起眉頭。蠢女人。還商量什麼？早早去拿掉就好了呀。

……上鉤了！正是軟絲！這傢伙體型挺大的。

他用力拉起軟絲，丟進用來代替竹簍的大型保冷箱裡。

他心想，這下子總能抹去那段惱人的記憶吧。沒想到卻是反效果。

看著不斷扭動掙扎的軟絲，讓他忍不住聯想到另一個晚上的景象。

在船上，為了讓釣到的魚保持鮮度，迅速處理，用自行改造的冰椎用力戳了好幾下。那一刻噁心的觸感至今仍無法忘懷。

還有，不是從船上鎖定魚群或軟絲，反過來從海中仰望船上獵物的景象。

……糟了！下一批獵物又來了，卻給牠們跑了。

可惡！布袋一氣之下胡亂晃動釣竿，結果又錯過好機會。

腦袋像是開了開關，陸續出現一幕幕影像。

在橘紅色火花飛濺中被研磨機削去的金屬碎片。從船緣照射到漆黑海面上的一排刺眼燈光。銀鱗閃耀下飛在空中的細長魚群。宛如巨大機器人的輪廓。

布袋皺起眉頭。怎麼偏就在今晚滿腦子想的都是這些事呢！

平常心！他告訴自己恢復平靜。

釣魚也是一種鍛鍊心志的運動。是一種自我挑戰。

過去的事，反正都過去了。

重要的是接下來的人生。是自己和有里共同打造的未來。

只要想著未來就好。

想要回顧過去，等到斷氣的一剎那就行了。

距離實驗船「海原」北方三十五公里　深度三百公尺的海底

晚間九點十三分

蓬萊弘明看了看手腕上的勞力士「Sea-Dweller Deep Sea」，確認一下時刻。普通手錶就不用說了，就連一般的潛水錶，在這個深度也很容易故障。不過，Deep Sea這一款規格非比尋常，防水深度可達三千九百米，特別受到飽和潛水人員的喜愛。

全世界願意投身飽和潛水這行苦差事的潛水人員究竟有幾個呢？再想到這一只手錶的價格差不多能買一輛小車，就覺得這種產品會暢銷真是奇蹟。話說回來，正因為有不少人喜愛追求這種無必要的極致規格，感受其中的至高喜悅，多虧這類消費者，自己才能享受這樣卓越的功能。

這時，他突然心中感慨萬千，想到以釣軟絲為生的父親，恐怕一輩子也買不起這一只錶吧。父親為了捕軟絲，跑遍全日本海域，很少待在家裡。他的收入幾乎全花在賭博上，沒能留下什麼財產。相較之下，自己的人生算是聰明多了吧。

蓬萊搖搖頭，甩掉這些不必要的念頭。無論聰明或愚蠢，得或失，到了這時候都無所謂。自己只是完成該做的事，完成非做不可的事。

蓬萊輕輕轉動一下頭盔，同時確認出潛的兩位同伴所在位置。

在這個深達三百公尺的海底世界，就算大白天陽光也幾乎照不到。雖然現在是夜晚，也絲毫感受不到與白天的差異。即使用強力的水中探照燈，能看到的範圍了不起也是十到十五公尺，要是有心想玩捉迷藏，一定找不到人吧。

還好，蓬萊立刻就看到其他兩人。這時恰巧透過頭盔的內部通訊系統聽見兩人在交談。

『成天要我們做這些沒屁用的事情，真的會有幫助嗎？』

三叉史郎憤慨地不住嘟嚷。

『不是有人在上面收集數據資料嗎？不快點弄好就沒完沒了啦。』

橫浩之冷冷答道。

兩人的聲音都是聽來像是唐老鴨在講話的氦氣音，不習慣的話還聽不懂在說什麼呢。深度三百公尺的飽和潛水，呼吸的空氣也必須加壓到31大氣壓，但深度一超過四十公尺，就會因為氮醉現象，整個人像是喝醉酒，甚至還會因為氧氣中毒而死，因此會將氮氣換成氦氣，也就是使用氦氣、氧氣的混合氣體（heliox），或者是氦氣、氧氣、氮氣三種混合氣體（trimix），還有氦氣、氫氣、氧氣三種混合氣體（hydreliox）這幾類。但無論哪一種混合氣體，氧氣含量都比空氣中來得低許多。這次使用的是hydreliox，只是混合氣體中一定都含有氦氣，每一個飽和潛水的潛水員，講起話來都像用了變聲器一樣，帶有滑稽的氦氣音。

氦氣還有另一個令人頭痛的特性，由於導熱性太好，光是呼吸就會帶走體溫。因此，蓬萊等人身上穿的都是可以透過潛水鐘循環加熱海水的加溫潛水裝。

「我待會兒過去實驗室那邊，先去拿工具。」

蓬萊也用氦氣音通知兩人，然後拉住深海專用的海底摩托車，騎上之後移動。前進了大約十公尺後轉過頭，已經看不到另外兩人的身影。

實驗船「海原」船內

晚間九點十六分

樽目大輔操縱著類似古老電視遊樂器的控制搖桿，讓遠距操作無人探測機（ＲＯＶ）「桶眼魚號」大幅度掉頭。

不知道是什麼原因，海底中的泥沙揚起，造成視線不良。「桶眼魚號」是採用透明壓克力外罩內建置攝影機的特殊結構，相對上適應視線不良的環境。但在三百公尺下的深海，連白天都昏暗，就算海水清澈時，在水底探照燈照射下能見度最多也只有十五公尺。像現在這樣四周都是泥土微粒的混濁環境下，若反射探照燈的燈光，幾乎成了伸手不見五指。

「桶眼魚號」對於支援出潛水艙的三名潛水員有著重要的地位，但這時要是硬闖的話，一不小心就會撞上異物。看來等到視野恢復清晰才是明智的選擇。只不過……要等這片渾沌變得清明，少說也要三十分鐘吧。

「由於目前視線不良，請先暫停作業。」

他對著麥克風，提醒三名潛水人員注意。

『好的，了解！』

『收到！』

『知道了。』

三個人的回應都像外星人似的氦氣音，非常不容易聽懂。樽目也是花了一段時間適應之後，才辨識得出到底在講什麼。

ROV和實驗船連接的纜繩長達兩千公尺。樽目小心避開視線不佳的地方，慢慢地將「桶眼魚號」移動到距離超遠的地點，先拍攝一下海底的狀況。

實驗船「海原」船內

晚間九點二十分

千住真奈子盯著心電圖的監控裝置，皺起眉頭。

目前在潛水艙外的潛水員共有三名，蓬萊、三叉，以及橫。不過，唯獨蓬萊的心跳數顯示突然消失。並不是波形出現異常，而是一片空白，看來似乎是機械的訊號不良。

她看看蓬萊潛水裝上的攝影機影像，由於海中泥沙阻擋視線，什麼也看不見。

「蓬萊先生，你還好嗎？」

沒有回應。真奈子有股不祥的預感。

「蓬萊先生？蓬萊先生！」

樽目一臉擔憂望向她。真奈子伸長了手，打算按下警鈴。

『喂？有什麼事嗎？』

總算聽到蓬萊的回應。真奈子瞬間鬆了一口氣。其實只有幾秒鐘沒有回應，但感覺時間過了好久好久。

蓬萊本身的聲音是那種充滿活力的男中音，想像如果他在耳邊輕聲細語，應該會令人心癢癢。不過，此刻的氦氣音完全不是這麼一回事。

「那個……你的心電圖消失了耶。」

『真的假的？』

蓬萊發出驚呼。

『你是說我明明活著，心電圖卻不來電？』

真奈子苦笑。蓬萊還不到三十五歲，但愛講老派笑話的個性，真令人不敢恭維。

真奈子瞄了一下監控裝置，心跳數圖表恢復正常。

「啊，現在正常了。欸，剛才會不會是電極鬆脫啦？」

總之，目前想不到其他原因。

『我想應該沒問題吧……這麼摸也摸不出來。要不要我進去實驗室檢查看看？』

實驗室是設置在海底的基地，裡面充滿了空氣，進去之後也能脫下潛水裝。不過，在目前視線不良的狀況下，胡亂行動太冒險。最好的方法應該是先搭深海電梯回到艙內才對。

「我看還是不要魯莽行動，暫時先觀察一下好嗎？」

『好的。就先維持現況到視野清晰之後再說。』

蓬萊一派悠哉的口吻。

距離實驗船「海原」東方約兩百公尺

晚間九點三十九分

布袋看著探魚器的畫面。

探魚器主要是用來偵測「魚群」，要辨識出一尾魚沒那麼簡單，但如果像是鮪魚、鬼頭刀之類的大型魚，就會出現彎月狀，也就是所謂的回波反應。

此刻，畫面上出現的正是回波反應，而且還不是一兩隻。有五、六……不對，還有更多。看來正陸續從深海浮上來。

這到底是什麼？布袋感到很驚訝。體型這麼大的魚，也沒有多少種。

接著，他突然想到一事，心跳加速。這群傢伙，搞不好是鯊魚！現在剛好是鯊魚進食的時間，這些傢伙是不是發現了食物而聚在一起呢？

好啊。既然這樣，今天就不釣軟絲了。

布袋拿出最硬的一支釣竿，在釣線上掛上假餌。

真期待啊，今晚會釣到什麼呢？

他想起那次在沖繩釣鯊魚。當時大概因為餌很不錯吧，不斷有破紀錄的大魚上鉤。在那個暗夜之後的一星期。得處理好多煩死人的事情，但同時就像又獲得老天爺給的獎勵一樣，之後釣鯊魚時大豐收。灰鯖鯊、大青鯊、公牛鯊、大白鯊，還有過去堪稱最大體型的美麗虎鯊。

他回想起，當時還把自己豐收的成果展現給蓬萊看。

太過驚人的豐收，讓蓬萊驚訝得睜大雙眼，但不知為何，蓬萊突然又板起臉。一定是領悟到自己的氣度比不上布袋吧。

釣竿有反應了。感覺只是在試探，再等一下子說不定就能釣到大魚。

布袋握著釣竿的手，又用力了一些。

實驗船「海原」船內

晚間九點四十一分

大口豎起耳朵。

他聽見氣泡聲。而且感覺非常大量。

看看螢幕，在距離東方兩百公尺處……再往前一點就是偵測到布袋的探魚器聲波的地點。

深度三百公尺。慢慢從深海海底浮上來。

話說回來，這究竟是什麼氣泡呢？

再想一想，全身竄過一陣寒意。該不會是海底火山爆發的前兆吧？只是此刻完全沒聽到任何類似地動的聲音。

距離實驗船「海原」東方約兩百公尺

晚間九點四十三分

布袋看著探魚器的畫面，心頭一驚。

受到氣泡干擾……

氣泡是探魚器的大敵。比方在倒退時，會因為自己船上螺旋槳轉動發出的氣泡，讓機器偵測不到下方的訊號。

不過，為什麼會出現這麼多的氣泡呢？

布袋窺探著漆黑的海面。

這時，他搭乘的橡皮小艇突然被大量浮現的氣泡包圍，劇烈晃動。

這現象可不尋常。布袋腦中的警鈴大作。

小心點。

有狀況。

而且感覺是非常危險的狀況。

布袋想發動小艇前進時，又看看探魚器的畫面。

一股寒意沿著背脊竄上來。

氣泡稍微退去後，來自下方海底的訊號再次斷斷續續出現。

這是什麼？

有個巨大的物體迅速浮上來。

這是回波反應。不過，這大小可不僅僅是尾鮪魚。

差不多是鯨魚，或是巨烏賊等級的吧。

下一瞬間，有股力量從下方用力撞上來，將橡皮小艇撞翻。布袋整個人也被甩進大海裡。

就一般應用的游泳技術來說，布袋有自信不輸給奧運選手，加上他又穿了救生衣，照理說不必擔心會溺斃。

只不過，在這一刹那，他體會到有生以來最強烈的恐懼。

這時，眼前的海面揚起水花，出現了「那個」。

實驗船「海原」上甲板

晚間九點四十四分

安田嚇了一跳抬起頭。

他望著漆黑的大海想事情，想得出了神。似乎剛才一直聽到氣泡聲，看來並不是錯覺。

這些氣泡究竟是從哪裡冒出來的呢？

安田望向兩百公尺外。就是布袋的橡皮小艇停下來的地方。

這時，聽到巨大的水聲。

一道藍光閃了一瞬。安田不敢相信自己眼前所見，難道橡皮小艇翻覆了？

接著隱約聽到海風中夾雜著男性的哀嚎聲。

話說回來，實際上搞不清楚這究竟是不是自己真正聽到的聲音。

2

「我大致了解妳說的狀況。」

律師青砥純子在Rescue法律事務所的接待室，和一名年輕女子面對面。

「那麼，妳具體想要委託我的是什麼內容呢？」

年輕女子——近江有里皺了一下帶有個性的一雙眉毛。她看起來就是大公司社長千金的派頭，身上穿的名牌套裝想必也是純子買不起的價格吧。不過，她的個性倒完全不像人家一般形容的「大小姐」或是「不食人間煙火」。

「我剛才說過，過世的布袋悠一是我的未婚夫。」

此刻應該是她最傷心難過、飽受打擊的時候，但聲音聽來仍很鎮定。

「我實在無法接受這樣的結果。警方判斷沒有他殺嫌疑，好像打算結束調查了。但這怎麼可能是意外呢！」

有里面露惱色。純子心想，每個人笑起來都很有吸引力，但如果連生氣時看來都迷人，或許這才是真正的美女。

「妳認為這不是意外，而是他殺案件嗎？」

有里很肯定地點點頭。

「就算是意外，也完全沒釐清原因。即使橡皮小艇突然翻覆，像悠一這麼優秀的潛水員，又怎麼會死掉呢？還有，據說事情發生前後海中冒出異常大量的氣泡，警方也沒有解釋。」

「原來如此。我剛聽了整起意外──或說案件大致的過程，為什麼警方最後認為沒有他殺嫌疑呢？」

聽到純子的問題，有里帶著嘲諷的態度癟了癟嘴。

「他們說因為當時沒有其他人能靠近現場。」

純子有股不祥的預感。

「咦？這意思該不會是……？」

「警視廳的人說現場是密室狀態。而且，那個人還說，如果我無法接受，就來找青砥律師，徵詢妳的意見。」

「那個人叫什麼名字？」

有里皺了皺眉頭。似乎覺得這個問題很無聊。

「我忘了。不過，身高跟悠一差不多，頭髮稀疏。然後，有點口臭。」

是鴻野光男警部補。想起他無比陰險的個性和全身散發的臭味，純子也忍不住想皺眉頭。

「……呃，為什麼說現場是密室狀態呢？不是在開放的大海上嗎？」

「講『密室』聽起來好像不太對勁啦，不過，就算沒有上鎖的門，但在監控之類的障礙下兇手無法接近現場，似乎就可以說是密室了。」

有里好像對密室也略有研究。

「那天晚上，在現場附近海域的只有『海原』這艘實驗船。因此，能接近案發現場的都是『蔚藍海岸計畫』的相關成員。像是JAMSTEC和自衛隊的潛水醫學實驗隊、大八洲海洋開發公司、日本潛水工業的人，還有大學的研究人員。」

「有沒有可能這樣？我打個比方，像是兇手從距離稍遠的地方偷偷潛過來行兇呢？」

有里搖搖頭。

「那天晚上，大口保也這名研究人員正好在測試被動聲納的功能。被動聲納也叫做海底收音機，是用來監控海底的聲音。據說當天完全沒聽到像是來自外界的螺旋槳之類的聲音。」

純子目瞪口呆。這是聲音的密室嗎？這就算找榎本討論，也不在他的專業範圍內吧。

「沒有聽到來自外界的螺旋槳聲音，意思是有內部的聲音嗎？」

「是的。根據記錄，先是悠一搭的橡皮小艇發出的引擎聲，再來有ROV的聲音，還有深海使用的海底摩托車的聲音。」

純子的腦中一片混亂。

「等一下！ROV是什麼？另外，有人在海底？」

有里耐著性子點點頭。

「ROV是簡稱，全名叫做『遠距操作無人探測機』，由『海原』上的人員來操縱，監看和拍攝海底的狀況。裡頭還內建了小型的操縱器。」

「操縱器？妳是說像機械手臂那樣嗎？」

「嗯。」

有里似乎對於純子一一提問感到有些不耐煩。

不過，如果有內建機械手臂的無人探測機，感覺很有可能行兇呀。

「至於在海底的人，是飽和潛水的潛水員。ＲＯＶ也是為了監控他們的活動，以防發生意外。」

有里大概料到反正純子又要發問，乾脆直接解釋飽和潛水是什麼。由於在海裡每下潛十公尺會增加一大氣壓，水肺潛水的極限大概從四十公尺，最多到一百公尺深。

「據說因為這樣，才誕生了飽和潛水的技術。吸入混有氦氣的特殊混合氣體，讓身體逐漸適應高壓之下，就能潛入深達三百公尺的海底作業。根據目前的紀錄，自衛隊的潛水醫學實驗隊曾經達到潛水深度四百五十公尺。」

有里的說明講得更詳細。純子除了佩服之外，還是佩服。沒想到人類的身體有這麼大的適應力啊。

「剛講到螺旋槳的聲音。被動聲納可以鎖定聲音來源的位置和深度，據說當時記錄到的摩托車的聲音，是來自海底附近。」

有里的說明十分流暢。看來能靠自己調查的內容，她已經全都查過了，光是這一點就能了解她對未婚夫布袋的感情有多深。

「呃……我可以問一個很單純的問題嗎？」

「請說。」

純子深深吸口氣，一古腦說出她的疑問。

「當時海底有幾個人啊？」

「那天晚上lockout的有三個人。整個計畫裡飽和潛水有兩組小隊參與，每組三個人。」

「lockout？」

「潛水員從『海原』靠著一種叫潛水鐘的設備深入海底，潛水鐘內的壓力跟三百公尺深的海底一樣，都是31大氣壓。抵達海底後，人員就打開潛水鐘下方的艙門，進入海底。這個步驟就『lockout』；反過來說，回到潛水鐘則叫『lockin』。」

「原來如此……也就是說，這三名潛水員能自由在海裡游來游去嗎？既然這樣，不就有可能其中有人浮上海面攻擊布袋先生嗎？」

有里嘆了口氣。

「我以為我剛才已經詳細解釋過什麼是飽和潛水了，不過，很可惜，青砥律師好像完全沒聽懂。」

「什麼意思？」

純子有點不高興。

「人類的身體受不了氣壓一下子升高又一下子降低呀。所以加減壓都必須要慢慢進行。以深度三百公尺來說，光要升高到31大氣壓就要花上十小時；減壓的話更是馬虎不得，需要長達十二天的時間，否則導致潛水夫病就糟了。」

純子驚訝得說不出話。這下子她總算了解飽和潛水是多麼艱辛的作業了。

「悠一搭乘的小艇和海底的作業地點，從直線距離看來只有三百公尺。不過，這三百公尺跟水平距離的狀況完全不同。」

有里嚴肅的語氣似乎責怪著純子的無知。

「要是在短時間內從海底浮上海面，血管裡會出現氮氣或氦氣的氣泡，必死無疑。已經適應水深三百公尺環境的飽和潛水人員，就像深海魚類一樣，和生活在1大氣壓下的我們，可說是處在截然不同的世界。」

「原來是這樣……」

所謂的無言以對，就是此刻的情境吧。

「之所以說案發現場的海域是密室，不光因為聲音。要是質疑幾名潛水員涉嫌，也會立刻碰到氣壓差距太大的問題，無法解決。」

這時，有里緩和臉色，露出懇求的表情。

「不過，我聽說青砥律師曾經破解過多起各式各樣的密室案件，可以請妳設法偵破這次的密室嗎？」

「唉……當天晚上我剛好在甲板上。結果卻因為這樣，警方反覆找我追問當時的狀況。那個叫鴻野的刑警就跟布……唉，總之讓人覺得壓力好大，好恐怖。他之前是不是專門負責掃黑的啊？」

安田康夫不停嘮叨。聽說他當初為了想研究海洋生物取得了潛水執照，結果到處都找不到理想的研究人員職位，於是進入日本潛水工業。高大的體型雖然像個相撲力士，一雙下垂的眼睛充滿和善，講起話來甚至有些懦弱。他的雙下巴以及突出的小腹，實在看不出過去也曾是潛水員。

「聽說安田先生是整起案子唯一的目擊者？」

榎本徑探出身子，一副專注的模樣提出質疑。雖然臉上的表情也很認真，但身上那件水藍底色搭配海豚戲水圖案的夏威夷花襯衫，加上條紋海灘褲，以及腳踩黃色crocs涼鞋，這身歡樂的打扮令人感受不到一絲緊張情緒。

「欸，也不算什麼目擊者啦。就是我在九點九分左右，看到布袋……先生的橡皮艇。然後在九點四十四分吧，聽到小艇翻覆濺起的水聲，就在同一時間看到一道藍光。」

「藍光？」

純子插嘴問道。雖然像是在法庭上面對證人時的嚴肅口吻，一想到自己也是寬鬆白襯衫搭配檸檬黃褲裝的休閒風打扮，不否認的確少了點震撼力。

「對啊。就是ＬＥＤ集魚燈。原本是裝在小艇底部，藉著發光來吸引魚類跟軟絲。會看見那道藍光，就表示小艇整個翻過來了。」

安田拿出手帕，擦擦額頭上的汗水。「海原」船內的空調開得很強，但看他不太像是緊張，倒感覺是單純因為人胖而怕熱。純子彷彿聽到安田內心吶喊著：「好想來杯啤酒啊！」

「鮟鱇大哥，你說當時聽到慘叫聲？」

有里叉著雙臂，宛如女王大人一般的氣勢。她倒是完全無視小笠原當地的氣候，仍然身穿套裝，看起來就像幹練的檢察官。

「呃，對。我猜，那個大概是布袋……先生的聲音。」

安田面對大八洲海洋開發的社長千金感覺非常緊張。

「警方為什麼反覆追問你案發狀況呢？是不是認為你可能涉嫌犯案？」

榎本刻意問道。

「怎麼可能！這艘船距離布袋……先生搭乘的小艇距離超過兩百公尺，我哪有辦法犯案啊？」

安田擠出苦笑回答。

「比起從深度三百公尺的海底，我覺得水平距離兩百公尺其實不無可能呀。」

榎本一副若無其事的態度。

「什麼不無可能……沒有，沒有，絕對不可能啦！」

安田猛搖著頭。

「警方之所以會找你問話，不就是因為你有動機嗎？」

有里繼續追問，眼神中充滿質疑。

「怎麼連大小姐也這樣？拜託別開玩笑啊。」

安田快要哭出來了。

「安田先生的動機是什麼呢？」純子問。

「我猜你一定很恨他。」

有里冷冷說道。

「因為他原先是鮫鱇大哥的部屬，哪知道離職之後突然回來，而且這下子變成主管，任誰都不會高興吧。」

「沒這回事啦。唉呀，該怎麼說呢……」

安田又掏出手帕擦汗。

「看到布袋先生搭乘的小艇翻覆之後，你有什麼反應呢？」

榎本問了之後安田立刻回答：「當然是馬上展開救援啊！我第一時間放下救生艇，加上另外兩艘，一共有三艘吧。行動的速度很快，我估計不到三分鐘就抵達現場了。」

「抵達之後馬上就找到布袋先生了嗎？」

「沒有。」

安田皺起眉頭。

「花了一點時間都沒找到。照理說他穿著救生衣，應該很快就會發現的。」

「當時現場是什麼狀況？」

「橡皮小艇很正常。之前看到藍色的集魚燈，害我以為整艘翻覆，結果好像只是一瞬間看到船底，後來又恢復正常。」

「海面上有冒泡泡嗎？」

「這個嘛……我沒看得那麼仔細耶。」

安田偏著頭思索。

「除了這些還有沒有不尋常的地方？」

「我想想……啊！對了！有鯊魚。」

「鯊魚？這附近很多嗎？」

榎本的雙眼閃過一絲喜悅。

「是啊。小笠原是鯊魚樂園。南島甚至還有個很有名的地點，叫做『鯊魚池』。」

「晚上還能在海面上看到，表示體型很大嘍？」

「是啊。我猜是隻大傢伙。」

「會是什麼種類呢？」

榎本緊咬著鯊魚問個不停。

「嗯……是哪一種呢？大概是虎鯊或大青鯊吧。」

「搞不好是紅肉雙髻鯊？」

「呃，也是有可能啦……」

榎本似乎沒打算結束討論鯊魚，讓安田面露窘態。

「那麼，後來才找到遺體嗎？」

純子把話題拉回來。

「對。差不多十分鐘之後吧。」

「地點在哪裡呢？」

「距離橡皮小艇三、四十公尺的地方吧。」

「你們不是用探照燈照亮海面搜尋嗎？為什麼一開始沒發現？」

「呃……我猜是被鯊魚咬住拖到海裡，所以一時之間消失蹤影。」

「遺體上看得出遭到鯊魚咬過的跡象嗎？」

純子一問，有里便別過臉。

「有幾處咬痕。」

安田顧慮到有里，神情肅穆。

「不過，這就怪了。為什麼在這麼短時間內……」

純子正要繼續發問，但榎本突如其來打斷了她。

「可以從咬痕來判斷出鯊魚的種類吧？」

再怎麼說都不可能光憑這樣判斷吧。純子忍不住笑了。

豈料安田竟然回答：「是的。」

「結果是哪種鯊魚呢？」

「是虎鯊跟大青鯊。」

「都是牙齒有明顯特徵的鯊魚呢。虎鯊的牙齒是特殊的心型，可以將海龜的龜殼咬碎，有開罐器之稱。大青鯊也是，上下排的牙齒形狀不一樣。」

榎本賣弄起專業知識。

「沒錯。」

安田睜大了眼睛。

「呃……先別說這個……」

純子乾咳了幾聲，但榎本又插嘴發問。

「除了這兩種之外還有嗎？」

怎麼可能一次被這麼多種鯊魚啃咬嘛！純子不住搖著頭。

「這麼說來，的確還有另一種鯊魚的齒痕。不過就只有一處。」

安田的回答再次出乎純子的預料。

「是哪一種呢？」

「嗯，是灰六鰓鯊。」

「灰六鰓鯊？我記得這種鯊魚的齒形特徵最明顯吧？」

榎本的眼中閃過精光。

「對呀。因為上排牙齒只有一部分很尖銳，下顎則是一整排鋸齒狀的長牙，不會認錯。」

「不過，有點詭異耶。」

「就是說呀！」

安田似乎被榎本牽著走，將話題轉到莫名其妙的方向。

「我說啊！討論這個才詭異吧。」

純子忍不住打斷。再這樣繼續聊起鯊魚經，誰受得了啊！

「就算布袋先生因為某些原因被彈出橡皮小艇，但會在這麼短的時間內來了一群鯊魚，而且還主動攻擊他嗎？」

「這的確讓人納悶。不過……鯊魚本來就在夜晚進食，加上布袋先生身上有出血，要是剛好周圍有鯊魚在激動之下展開攻擊，似乎也很合理。」

「他身上有出血嗎？」

榎本皺起眉頭。

「這麼說來，出血是在被鯊魚咬之前嘍？布袋先生身上除了遭鯊魚咬傷之外，還有其他傷口嗎？」

「其實，遺體打撈上來時我就發現了。」

安田又恢復認真的表情。

「布袋先生的雙臂上有奇怪的傷口，而且是從來沒看過的形狀。」

「什麼樣的傷口？」

「怎麼形容呢……也是鋸齒狀，但感覺像是幾根尖銳的物體刺進去。」

純子覺得背脊一涼。

「你說尖銳的物體，跟剛才討論到的鯊魚牙齒不一樣嗎？」

「鯊魚在咬住獵物後，會猛力甩頭試圖咬斷。因此遺體上被咬過的傷口會有明顯撕裂成碎屑的痕跡，很容易可以對照剛才討論過的牙齒特徵……」

安田看看有里的表情，含糊帶過。

「不過，兩隻手臂上的傷口感覺不一樣。傷口比較平整，好像只有被某種物體緊緊抓住而已。」

被抓住之後拖進海裡嗎？

「安田先生，你是海洋生物專家，你想得到哪種生物會導致這類的傷口嗎？」

榎本問完後，安田隨即開口，卻欲言又止。

「是什麼？你不用客氣，就說吧。」

有里厲聲催他快說。

「好……呃，可是這不合理呀。這片海域雖然有巨人在，但應該沒有可洛斯吧。」

安田喃喃自語，嘟噥著沒人聽懂的話。

「你在說什麼啊？是被巨人殺死的？」

純子這句話要是被巨人隊的球迷聽到，大概會引發群情激憤吧。

「我說的巨人，指的是巨烏賊，也有人叫牠大王烏賊。」

「哦！這我在電視上看過。是世界上最大的烏賊對吧？這附近有嗎？」

「有啊。ＮＨＫ採訪的地點就是小笠原海域，印象中是在父島的東海岸吧。」

那個節目保證正中安田的興趣。

「不過，烏賊不會攻擊人類吧？」

純子面帶微笑問道。

「烏賊會攻擊人類呀，這也不是什麼罕見的事。」

安田的語氣一派自然，就像在說「烏賊可以做成生魚片吃唷」一樣。

「美洲大赤魷就經常攻擊漁民或是潛水員，過去有很多人死亡的案例。如果頸動脈被尖嘴咬破，就會形成致命傷。而且烏賊習慣在捕獲後將獵物拖進深海，被拖入海裡的人可能溺斃，或是因為氣壓劇烈變化而送命。」

「那個什麼美洲……大赤魷？體型有多大呢？」

殺人魷？實在無法想像。純子能想到的大概只有中卷、魷魚，要不然就是螢烏賊吧。

「美洲大赤魷包含觸腕在內，全長不到兩公尺的體型，但要是在海裡遇到牠們的攻擊可是非常具有威脅性。更別說如果是巨烏賊，全長可達十八公尺，萬一人類遇上了，完全沒有招架之力吧。」

純子驚訝得說不出話。沒想到宛如恐怖電影的情節，實際上也會發生。

「如果遭到烏賊攻擊，會留下類似布袋先生遺體上的傷口嗎？」

榎本的表情看來並不特別感到驚訝。

「這個嘛……烏賊的吸盤跟章魚不一樣，有一圈環狀的小刺。與其說用吸盤牢牢吸住獵物，更像是先用小刺刺住再行拖拉，以這樣的方式獵捕。看平常接觸到的烏賊類大概不會發現，但依照體型比例，巨烏賊吸盤周圍的鋸齒狀利刺就很大了。」

「所以，布袋先生手臂上的傷口，是巨烏賊造成的嗎？」

被長滿利刺的吸盤抓住……光用想像就覺得好痛。

「我猜不是。如果是巨烏賊攻擊，不會造成這麼深的傷口，更重要的是照理說應該會留下吸盤的痕跡呀！」

安田明確否定。

「那麼，可洛斯又是什麼呢？」

榎本一臉興致勃勃的模樣。

「就是大王酸漿魷，簡稱可洛斯，也有人叫南極中爪巨魷。」

大王？酸漿？聽起來莫名其妙的組合。這到底是什麼？

「大王酸漿魷雖然也冠上『大王』，但和大王烏賊卻是關係很遠的種類，據說北歐深海的海怪Kraken，也可能是源自大王酸漿魷。由於很少被捕獲，我也不敢肯定，但體型上應該比大王烏賊，也就是巨烏賊來得大吧。」

大概純子露出一副鴨子聽雷的表情，安田轉向面對她解釋。

「對於大王酸漿魷的生態，目前幾乎無人了解，但知道跟其他種類不同的是，牠的觸腕上沒有吸盤，只密集生長了能夠旋轉且最大長達八公分的鉤爪……如果是大王酸漿魷所為，就能解釋遺體上的傷痕了。」

感覺就像科幻世界中出現的兇殘外星人。地球上真的有這種怪物嗎？純子全身顫抖。從來不知道有這種生物。

「等一下！你的意思是，悠一是遭到大王酸漿魷攻擊才會喪命嗎？」

有里尖聲反問。

「不是啊，這也不太可能。據說大王棲息的地點是在南極海附近深海。在這裡出現的機率……呃，不過也不是沒聽過在大西洋的溫暖海域上有船隻遇襲的事情啦……」

安田愈講愈小聲，最後就沒聲音了。

「請讓我再問兩個問題就好。」

榎本看著筆記，維持一貫的平靜語氣說道。

「布袋先生的直接死因是什麼？」

「溺斃。」

安田想都不想就回答。

「鯊魚的幾處咬傷都可能致命，但在那之前已經吸入海水窒息了。」

「這個推斷有什麼依據嗎？」

有里代替安田答道：「我們詢問了司法解剖的結果。聽說悠一肺部吸入的海水因為呼吸而冒出氣泡。」

原來如此。氣泡是判斷是否溺水喪生的重要依據。

「布袋先生當時身上穿了救生衣吧？救生衣有受損嗎？不管是鯊魚的咬痕或是其他不明物體造成的。」

「沒有。救生衣並沒有損傷，所以遺體才會浮到海面上。」

安田雙手貼著自己厚實的胸膛，好像試圖表達穿著救生衣的模樣。

「不過，這就表示布袋先生曾一度被一股抵抗救生衣浮力的力量，硬拉入海裡嘍？」

榎本陷入沉思。

「看來是一股相當強大的力量。安田先生，你認為布袋先生是被鯊魚拖進海裡的嗎？」

「這個嘛……」

安田摸摸頭。

「當然啦，如果是體型大的鯊魚確實有可能。不過……剛才也講了，考量到手臂上的傷口，好像也不能排除受到其他力量拉扯的可能性。」

跟安田談過之後，走出房間時純子低聲問榎本。

「怎麼樣？安田可能是兇手嗎？」

榎本思索了一會兒。

「嗯……看他那副模樣實在不像是兇手，但也很難講，畢竟他有十足的動機。」

「你是說之前是部屬的人突然變成自己的頂頭上司？但有人會為了這樣行兇嗎？」

「恐怕不只是這樣。」

榎本表面一副吊兒郎噹，其實似乎很仔細在觀察安田。

「安田先生提到禿鸛鴻偵訊時兇巴巴，讓他很害怕時，一不小心說溜嘴，講了『就跟布……』之後支支吾吾。我猜他原本要說『就跟布袋一樣』。」

原來是受到職權騷擾啊。純子回想先前安田講話的樣子。

「對耶。他好像光連稱布袋『先生』，在心理上都很排斥。」

「只是，如果安田先生是兇手的話，就完全摸不著他用什麼手法。」

榎本叉著雙臂，眉頭深鎖。但因為他的一身裝扮，感覺只像在煩惱著該去哪裡玩。

「垂直距離三百公尺加上30個大氣壓的隔絕下，幾位潛水人員都不可能行兇，但其實兩百公尺的水平距離也沒那麼簡單能跨越。」

「用最近很流行的無人機呢？」

純子隨口說道。

「要怎麼用無人機來造成大型橡皮艇翻覆，然後再把布袋先生拖進海裡呢？」

榎本露出一副努力搔頭苦思的表情，一邊深呼吸保持平靜。

「再說，還有灰六鰓鯊的問題沒解決。」

「哦哦，就是剛才安田先生說的吧，到底有什麼不對勁啊？」

「問題就出在灰六鰓鯊的棲息地。大概在……」

一直耐著性子等兩人講完悄悄話的有里，好像再也忍不住而開了口。

「接下來要去聽聽為什麼現場是聲音密室。兩位需要休息一下嗎？」

純子立刻回答「不用」。但她瞥見榎本從船艙窗戶望向小笠原海面的模樣，那副表情就像小學生等不及要放學的無奈。

眾人一走進像個實驗室的房間，一名身穿白袍、坐在椅子上操作著類似示波器的男子轉過頭。男子一頭自然捲髮，戴著塑膠框眼鏡，不過最明顯的特徵是頭部左右兩側突出的大耳朵，好像大耳狐。

「這位是大口保也先生。他從南海大學來這邊支援被動聲納的研究。」

介紹完之後，眾人在用螺栓鎖緊在地板上的沙發面對面坐下。榎本立刻開始發問。

「聽說大口先生是研究被動聲納的專家，請問研究的目的是什麼呢？」

先拋出一個對方感覺親切的話題，就會比較好聊。這種方法對理工科出身的人特別有效。

「嗯……我想，未來在開發海洋資源時，難免會和其他國家產生各式各樣的摩擦，必須要事先防備。具備敏銳的聽覺，等於擁有制止導彈攻擊的能力。英文也有句諺語，叫做預先警告即為預先戒備嘛。」

榎本露出得意洋洋的表情。這句諺語的原文是「Forewarned is Forearmed」，恰好也是榎本經營的「F＆F保全商店」命名由來。

「原來如此。防禦領海和居家保全也有共通之處。那麼，大口先生測試的被動聲納能夠偵測到多遠距離呢？」

「詳細內容不方便告知，但簡單來說是以半徑一百公里的範圍為目標。」

純子大吃一驚。跟她自己原先胡亂想像的功能天差地遠。

「這樣啊……這麼說來，兩百公尺左右的距離算是小意思嘍？」

大口一臉充滿自信地點點頭。

「就跟在這個房間裡聽到的沒兩樣。」

純子深感佩服。看來大口不是在說大話。

看看有里的表情，似乎也有同樣的想法。

「事發的那天晚上，大口先生也有監聽海上的狀況嗎？」

「是的……真是一場令人難過的意外。」

大口顧慮到有里，露出沉痛的表情，純子卻覺得他對於布袋的死亡沒那麼哀傷。

「是意外嗎？這表示你不認為是一起謀殺案嘍？」

榎本立刻追問。

「呃……是啊。因為看起來沒有其他人能靠近案發現場。」

「只要靠近就會有聲音嗎？」

「是的。尤其是螺旋槳的聲音更明顯，無論標榜多厲害靜音設計的馬達，在這個距離下不可能神出鬼沒。」

大口嘴上說得保守，語氣卻帶著十足肯定。

「我聽說當天晚上有飽和潛水的潛水員在海底作業，而且還出動了遠距操作無人探測機對吧？」

純子看著先前做的筆記發問。

「是『桶眼魚號』。」

大口點點頭。

「對。那個……什麼魚號的螺旋槳聲音，你也聽到了嗎？」

「當然。也很明確記錄下來。」

「有沒有可能跟其他聲音搞混呢？」

「不可能。」

大口回答得斬釘截鐵。

「『桶眼魚號』的活動範圍是大約從深度三百公尺的海底，就算浮上來大概也在兩百公尺的海底，從來沒接近過海面，我也不可能把它的聲音跟其他物體的引擎聲搞混。」

果然，聲音密室沒那麼容易破解。

「靠游泳接近呢？」

榎本抱著死馬當活馬醫的心態，姑且一問。

「在海面游泳其實會發出很吵的聲音。人類在游泳的時候大部分能量都花在打水，蝶式這種就不必講了，就算使用『水府流』這種很安靜的日本古代泳式，也會一下子就被發現。」

大口正色回答。

「即使有人始終待在海裡，會需要攜帶氣瓶，呼吸的聲音也會被聽見。況且，附近沒有其他船隻，要在不藉助任何設備下長時間在海裡游泳，根本不可能。甚至可以百分之百保證，當天晚上無論任何人都不可能從外界靠近。」

「這麼說來，如果兇手一開始就在內部的話，還是有可能犯案嘍？」

榎本語氣謹慎，切入他最想問的話題。

「比方說，從海底垂直往上浮的話。」

「這……這就難講了。」

大口第一次露出遲疑不定的態度。

「為什麼？這種狀況就聽不到聲音嗎？」

榎本直搗問題重點。

「因為要是不倚賴機械設備，單純靠浮力往上浮的話，幾乎不會發出聲音。再說，事發之前，或者應該說事發當時？海裡突然冒出大量氣泡，包圍著橡皮小艇。氣泡造成聲音漫射，混在其中的話也不會被發現吧。」

「就算是外型很大的物體也一樣嗎？」

「要看是哪一種物體。」

「如果是巨烏賊呢？」

大口露出目瞪口呆的表情。

「你是開玩笑的吧？難道你認為是烏賊攻擊布袋先生嗎？」

「烏賊的確會攻擊人類呀，你不曉得嗎？」

純子一副天經地義的態度，大言不慚。雖然一旁的榎本和有里露出傻眼的表情瞪著她，她也不以為意。

「呃……不好意思，我太孤陋寡聞，不知道有這種事。」

大口搔搔頭。

「嗯，如果是烏賊的話，的確比偵測魚類困難許多。體型柔軟，加上結構接近海水，就連使用主動聲納也不容易掌握。我看說不定連布袋先生的探魚器也很難找到……但話說回來，要是像巨烏賊這種大傢伙來到小艇正下方，探魚器還是會顯示吧。」

那一刻，布袋是什麼樣的心情呢？發現小艇正下方有怪物浮現的剎那……純子摸摸自己起了雞皮疙瘩的手臂。

「意思是說，魚類比較容易偵測到嘍。聽說那天晚上出現很多鯊魚，你也偵測到了嗎？」

「的確聽到好像有一大群大型魚類在附近游來游去，很可惜沒能詳細確認是哪些種類。」

逐漸感受到大口的被動聲納不簡單的功能。

「剛才提到布袋先生的探魚器，你原先就知道布袋先生的小艇上帶了探魚器嗎？」

聽到這個問題，才讓大口展現出真正的情緒。

「我當然知道啊！不知道跟他講過多少次，聲納測試的時候拜託不要用，結果他還是當耳邊風，發射了一次又一次聲波！這個人根本不曉得什麼叫常識還有為人著想吧！」

說完之後大口發現有里的臉色變得很難看，尷尬地閉上嘴。

「當天晚上，你從頭到尾都掌握了布袋先生小艇的位置嗎？」

大口表情一變，像是被老師冤枉的小學生。

「什麼意思？現在是懷疑我嗎？」

「不不不，沒這回事。大口先生絕對不可能犯案的。」

榎本連忙打圓場。

「我想問的是，能不能藉由探魚器發出來的聲波，反過來鎖定小艇的位置呢？」

大口點點頭。

「可以。因為發射的是非常容易偵測到的聲波，連小艇的方位、距離，都可以很精確偵測出來。」

「連距離也行？」

榎本挑了挑眉。

「我在來之前也做過一點功課。據我所知，被動聲納就算偵測出方位，應該判斷不出距離吧？」

「一般來說是這樣，但我的系統是以多點觀測為基礎。只要鎖定兩點，跟對象物體之間就可以使用三角測量，但如果再加一個點，用電腦分析的話，連位置、速度都能精確鎖定。」

大口自信滿滿回答。

「原來如此。第一個點是這艘船，其他兩點設在哪裡呢？」

「距離大約一公尺的地方有個觀測用的浮標，另一個地方則是海底實驗室……小艇因為已知在海面上，從實驗室的話，就算只有一點也能鎖定位置。」

意思是只要能釐清從海底的觀測地點，往那個方向拉一條線，與海面交會的那一點就會是對象物體的位置。

「最後一點，當時小艇附近冒出大量氣泡，你認為是什麼狀況呢？」

大口比出個投降的手勢。

「這就超出我的專業範圍了。呃，大概是海底火山的影響吧，或者是……」

他一時語塞，表情變得複雜。

「像你剛才說的，是因為其他生物的關係吧。」

「原來如此。非常感謝你提供寶貴的資訊。」

三個人一站起身，大口就舉起右手，做出要眾人稍等一下的手勢。

「那個……我保留了意外發生當時的錄音檔，你們要聽聽看嗎？」

這時候沒有笨蛋會說不用了就離開的吧。於是，三人又坐了下來。純子一邊期待，同時也伴隨著緊張與不安。

大口操作了幾下設備，頓時有聲音從喇叭流洩出來。聽起來只是一般的雜音，其間混雜著氣泡冒出的聲響。

「接下來就是了。」

大口的聲音聽起來也緊張了些。

純子閉上雙眼。氣泡的聲音好像變得更大，啪啪啪啪，是海水晃動下拍打著橡皮小艇的聲音吧。

突如其來一陣刷刷聲，愈來愈大。

純子想像著有某種物體突然竄上來。

接著是咚的一聲沉重撞擊，加上用力濺起水花的聲音。然後，又來一次。這回是遭到撞飛的橡皮小艇落回海面的聲音。

下一瞬間，三個人都僵住，一動也不動。這聲音？是人的叫聲吧？聽起來像是高喊著：『等一下！』

有里摀住耳朵，小跑步衝出房間。

純子也感覺到自己驚嚇到臉色蒼白。

先前的度假心情頓時煙消雲散。

這是有生以來第一次聽到生死交關瞬間的聲音，但純子百分之百相信。

這是一起兇殺案。

3

這下子實在得休息一下了，榎本和純子在船上的自動販賣機買了飲料，到員工餐廳裡找了椅子坐下。

「榎本先生怎麼看呢？」

喝了一口可樂之後，純子總算開得了口。

「布袋先生這個人，風評雖然很差，但身為潛水員具有相當資歷，而且好像也算是藝高膽大的類型。」

榎本啜了一口罐裝咖啡。

「我想，他就算陷入空前危機，也不太可能會面對鯊魚或烏賊大喊『等一下！』」

「你的意思是……」

「我認為這可以視為一種另類的密室兇殺案。不過，用的是什麼手法，我還完全摸不著頭緒。」

的確，這和榎本素來擅長的解鎖與保全系統是相差十萬八千里的狀況。

「對了，剛才你講到一半的那個灰六鰓鯊，是怎麼回事？」

「灰六鰓鯊這種大型鯊魚在全世界分布得很廣，但平常卻很少人看到，原因就是……」

這時，有里走進員工餐廳。

「剛才真是不好意思……那個聲音實在讓我太震驚。」

她表情僵硬，行了一禮。

「別這麼說。可以了解妳的心情。」

純子出言安慰，有里聽了輕輕搖搖頭。

三個人走出員工餐廳，接下來要聽聽研究員樽目大輔，也就是「桶眼魚號」操縱人員的說法。

樽目的模樣就跟年輕時的艾爾頓．強一模一樣。透明風鏡型的運動眼鏡後方，一雙大眼睛骨碌碌閃爍精光。

「嗯嗯……人家說百聞不如一見，直接看比較快啦。」

說完之後，他就將「桶眼魚號」內建攝影機拍到的畫面播放出來，讓三人看看。

「原來是彩色畫面啊，而且沒想到可以拍得這麼清楚。」

聽到純子的感想，樽目露出一副理所當然的表情點了點頭。

「這是高畫質的影片。我也提出申請，希望能盡快換成４Ｋ的規格。」

樽目一邊說道，還瞄了有里一眼。

「大型的爬行式ＲＯＶ，有些搭載了由ＪＡＭＳＴＥＣ和日產共同開發的環景影像系統（Around View Monitor），但『桶眼魚號』的功能是支援飽和潛水，因此講求迅速行動比較理想。」

「聽說當天晚上因為視線不良，暫時待機是嗎？」

榎本一問，樽目立刻皺起眉頭。

「就是說呀。不過，也沒辦法啦。小笠原海域平常是全球數一數二的清澈透明，不過一旦海底泥沙劇烈揚起，也得等上三十分鐘才會逐漸平靜下來。」

「結果那天等了多久？」

「竟然花了一個小時耶。」

樽目露出不解的表情。

「那段時間幾名潛水人員也維持待命狀態嗎？」

「是的。視線不良也無法行動，況且輕舉妄動還很危險。」

「當天有三名潛水人員lockout嗎？」

純子又邊看筆記，發問確認。

「對。這次是由ＪＡＭＳＴＥＣ的三名人員和大八洲海洋開發的三名人員，分成兩組輪流

lockout。那天晚上是我們公司的三個人出潛。」

樽目輕描淡寫地回答。

「為什麼會造成海底泥沙揚起呢？」

「不曉得。感覺像是深層海流的關係，但是什麼引起的還不確定。嗯，這種狀況很常見，只是很少遇到會持續那麼久的。」

樽目操縱著外表看似舊型電視遊樂器操縱器的搖桿，起動「桶眼魚號」，看起來根本像在打電玩。

「『桶眼魚號』待機期間都在哪裡？」純子問。

「為了避開那片泥沙，稍微上升一點。」

「這麼一來，這段時間潛水人員不就沒在監控視野裡了嗎？」

聽榎本一問，樽目又皺起眉頭。

「反正就算在附近也看不見啊。」

「案發時『桶眼魚號』在哪個位置呢？」

純子發問時其實沒抱什麼期待，答案卻讓她錯愕。

「呃，碰巧就在布袋先生小艇正下方附近。」

「咦？所以目擊到什麼狀況嗎？」

三人瞬間激動了起來。

「是啊。有一段錄影影片，要看嗎？」

跟先前大口差不多的蠢問題。三個人立刻擠到螢幕前。

樽目操作著錄影機遙控器之下，螢幕上出現漆黑的海底世界。四周伸手不見五指，唯有「桶眼魚號」燈光照射的範圍裡，閃爍著海底的微小粒子。

「大概就從這時候開始。」

「桶眼魚號」前方突然出現大大小小的氣泡，不斷改變形狀下反射燈光，冉冉上升。

「距離氣泡冒出的地點差不多十五公尺，是燈光勉強能照射到的距離。」

氣泡的數量多得不像話。持續不斷冒出。考量到可能的危險，「桶眼魚號」在原地靜止，沒再往前接近。

「接下來就是了。」

樽目加強了語氣。

不過只是一眨眼。鏡頭拍到了在氣泡包圍中往上浮的物體。

「啊！剛才那個！」

純子高喊。

「把影片倒回去用慢速播放看看。」

樽目操作著遙控器倒轉影片，先前浮上來的物體又往下沉。

然後，再次緩緩往上浮。

「這裡暫停！」

來路不明的物體影像，就停格在螢幕上。

前端細長，尖尖的，下方似乎顯得膨大，不過前方氣泡映著光線，只看得出黑影輪廓，細節就看不出來了。

但是，這個外型……

「太誇張了吧。難道真的是……巨大的烏賊嗎？」

有里驚訝得幾乎說不出話。

「目前嫌犯一號就是大王酸漿魷。」

榎本咬了一口筷子挾起的炸花枝，邊嚼邊低喃。

「這麼說來，不該找我來當偵探，搞不好找魚類學者兼藝人的『魚君』還更適合咧。」

午餐時段員工餐廳幾乎座無虛席。純子低聲反駁，留意不讓周圍的人聽到。

「你剛剛不是才說，不會有人對著烏賊說『等一下！』嗎？」

「布袋先生好像特別喜歡烏賊、花枝這一類的。他本來就愛釣魚，聽說最近更迷上釣軟絲。

如果這麼喜歡，說不定平常也會跟牠們交談。」

這理由也太隨便……榎本才剛聽過這麼令人震驚的聲音，還看到影像，居然能津津有味吃完一整份炸花枝套餐。

「集魚燈好像也是為了引誘軟絲而裝的，搞不好喚來了深海海底的巨人，來為那些被釣走的軟絲報仇。」

純子頓時感覺室內的溫度似乎下降好幾度。榎本這番蠢得要命的信口胡謅，為什麼會令人不寒而慄呢？

如果兇手不是烏賊，而是人類犯下的兇殺案……

動機應該不單純，不會像是為了金錢。而是其他更深入、更強烈，像是帶著憎恨與憤怒的情緒。整起案子讓人深刻的感受到，要將被害人用力拖往地獄的深處。

「這個位子有人坐嗎？」

純子一抬起頭，看到安田端著餐盤站在旁邊。「請坐。」純子說完，他便縮著高大的身材，在純子旁邊的位子上坐下來。

「剛才謝謝你的幫忙，有很多寶貴意見可以參考。」

純子殷勤有禮說道，安田立刻露出笑容回應。

「對了，剛才有里小姐稱呼你『鮟鱇大哥』，是什麼意思啊？」

才剛問完，純子就在內心暗叫不妙。萬一這是來自相撲界的術語，用來指稱身材肥胖的力士，說不定當事人很介意。

「因為我叫安田康夫，安田的安，和康夫的康，兩個字加了魚字邊就成了『鮟鱇』啦。」

安田舉起手在空中比劃笑道。

「跟我這副臃腫的身材很貼切，有些毒舌前輩常笑說，釣了之後做成生魚片好了。」

純子聽了忍不住大笑。然後又心想真糟糕。

「因為鮟鱇魚外型的關係，相撲界好像也會用這個詞來稱呼身材圓潤的力士。鮟鱇先生的外表也挺有橫綱的架勢。」

純子想著改變話題，榎本卻又講了不該講的話。

「以貌取人也該適可而止。像我從小對相撲就毫無興趣，卻經常有人說我的長相跟前橫綱大乃國很像。」

安田似乎不以為意，笑臉以對。純子心想，這人真是好脾氣。不過，這時安田突然放下筷子，臉色變得凝重。

「……這可能算我多管閒事，但還是說出來比較好。」

什麼事啊。純子屏氣凝神等著他往下說。

「剛才因為大小姐在場，我不方便講。其實我覺得這起案子搞不好……」

安田停頓一下，然後像是豁出去了。

「有可能是連續兇殺案。」

這個看似個性老實的人，一臉嚴肅說出來的話，感覺更帶震撼力。

「連續？你的意思是，之前也發生過兇殺案？而且跟這次的狀況有共同點？」

榎本也露出好像終於睡醒的表情。

「嗯。差不多一年前的事情，在沖繩。」

安田說到這裡，偷偷張望一下四周。附近的人全在高聲談笑，看來沒有任何人留意這一桌的談話內容。

「過世的是一名女性，叫做白井渚。印象中好像二十七歲，她是潛水教練，深夜在海上因為疏忽而意外身亡……之前我是這麼認為。」

「是什麼樣的意外？」

榎本眼中閃過精光。

「聽說她搭了小艇，說要一個人出去夜潛。照理說有人叮嚀她千萬別開燈，否則有危險，結果她還是一不小心打開小艇上的探照燈，釀成意外。」

「打開探照燈會有什麼危險呢？」

純子提心吊膽問道。腦中浮現在海浪間出現大海妖的畫面。夜晚的海上會是這麼恐怖的世界嗎？

「針魚呀！探照燈一開，全都咻咻咻飛過來，其中一隻唰地刺進脖子！然後整個人噗嚕噗嚕沉到海裡，等到發現時全身癱軟，已經回天乏術。」

安田豎起雙手的食指，在面前迅速交錯揮舞，語氣激動地說道。剛才在說明烏賊時明明口齒很清晰，現在卻像個不擅言詞的力士在回顧剛結束的比賽。講了一大堆卻搞不清楚要說什麼。到底是誰在海裡射什麼針啊？

「針魚的外型類似白帶魚，因為嘴巴尖尖的，英文就叫做『niddle fish』。通常在夜晚會有朝著光亮處衝的習性，經常傳出釣客或潛客被刺到而送命的意外。」

榎本代為解說。

「魚會刺穿人的脖子？」

純子低頭看看剛吃的白帶魚生魚片。雖然無法想像，但應該會痛死吧。實際上還真的有人死了。不過，跟這次的狀況很像嗎？

「請問一下，那位渚小姐跟這次的案子有什麼關係嗎？」

聽榎本一問，安田沉重地點了點頭。

「嗯。其實啊……她跟過世的布袋先生交往過啊。」

純子倒抽一口氣。難怪先前有里在旁邊的時候不方便說。

「而且當時她是跟布袋兩個人一起到沖繩，不過聽說唯獨發生意外的那個晚上，不知道為什麼兩人分開單獨行動。」

他終於直接稱呼「布袋」，沒加「先生」的稱謂了。安田懷疑是誰幹的，顯而易見。

榎本靜靜放下筷子。純子還以為他是聽了這件事之後食欲全消，低頭一看沒想到他已經全部吃光光。

「安田先生之所以懷疑這是連續兇殺案，是因為兩起案子都跟布袋先生有關嗎？」

「當然這也是原因之一，但你們不覺得除此之外還有很多類似的地方嗎？都是夜晚發生在海上的意外，死因無論是針魚、鯊魚或烏賊，總之都跟海洋生物有密切相關。另外最讓人感到古怪的，是兩個案發現場都是密室狀態耶！」

安田的語氣似乎終於恢復正常。

「密室？這次的案子是聲音密室，那麼上一次是什麼樣的密室呢？」

榎本一問，安田又豎起雙手的食指，激動地晃了起來。

「哎呀！就是這個呀！很危險的耶！尖尖的刺，刺啊！」

感覺安田又要變得怪怪的，還好他及時踩煞車。

「也就是說，萬一真有兇手，而且是兇手打開探照燈的開關，但那個人也不太可能全身而退吧？」

確實有點道理。當然如果打開開關後立刻逃離，也不是不可能脫身，但風險實在太高。

「如果是坐在船上呢？靠近之後打開開關，然後直接全速離開呢？」

安田搖搖頭。

「渚小姐遇到針魚攻擊時，海灘上有目擊者。據說是當地的漁夫碰巧經過。如果有人潛水從海裡靠近渚小姐的船，應該不會有人發現；但目擊者說，要是有其他船隻接近，他一定會看到。而且當時那位漁夫看到探照燈亮起還嚇了一跳，對著小艇大喊快關燈，卻沒聽到回應。」

榎本皺起眉頭。

「也就是說，其實那位漁夫並沒有看到渚小姐被針魚刺傷的瞬間嘍？」

安田點點頭。

「是的。畢竟晚上黑漆漆的，加上又有點距離。不過，之後在探照燈的燈光反射下，看到魚的銀色鱗片，由此判斷是一群激動的針魚在海面上跳動。」

「後來那位漁夫採取什麼行動嗎？」

「聽說他趕緊搭上自己的小船出海救援。不知道兩位了不了解，即使搭船也不能百分之百保證避免針魚的攻擊，因為針魚可以跳得非常高。」

安田再次豎起雙手食指，高高舉起，當作針魚。

「那位漁夫抱著必死的心理準備，將渚小姐打撈上船，但她已經因為出血過多致死了。」

三人陷入靜默。就意外來看確實很悲慘，但若這是一起兇殺案，或許也沒有更殘忍的手法了。

「這倒有意思了……啊，不好意思，我的用詞太不恰當。」

看看榎本的表情，似乎已經理出頭緒。

「這兩起案子看來很可能有關係。目前能想到的可能性，第一種是同一個兇手先殺了渚小姐，再殺了布袋先生。但我認為更有可能渚小姐是遭到布袋先生下毒手，另外一人為了報仇才殺了布袋先生。」

純子也有同感。雖然還不了解這起案子的行兇手法，但就殺一個人來說，感覺太超過了。然而，綜觀過去曾接觸的兇殺案，如果動機是出於復仇，就說得通了。

「要是這樣，殺害布袋先生的兇手，就會是對渚小姐有愛慕之情，或是有血肉至親的關係，總之都有很深的感情。」

榎本的銳利目光投向安田。

「安田先生，你跟渚小姐熟識嗎？」

安田在交談中幾次都以「渚小姐」來稱呼對方，看來兩人至少不是沒見過面。

「咦？我嗎？呃……我們見過幾次面。」

「冒昧請教一下，你對她有沒有好感呢？」

安田掏出手帕，頻頻拭汗。

「欸，坦白說，是覺得她還不錯啦。不過呢……我是沒誇張到會為了根本沒交往的對象行兇殺人。而且，第一次見面時她就已經有男朋友，我根本從來沒想過橫刀奪愛。」

「她的男朋友就是布袋先生嗎？」

榎本的問題根本是廢話嘛。沒想到，安田卻搖搖頭。

「不是耶。我第一次見到渚小姐大概在三年前，是我們公司的潛水人員介紹認識的，說是他的女朋友。」

「是哪一位呢？」

「他叫蓬萊。現在正在三百公尺深的海底。」

在環繞三百六十度的碧藍大海上，是一片顏色稍微淡一點的青空。藍藍的天，純白色的積雲，兩者的對比有股難以言喻的美。

橡皮小艇全長三公尺多一點吧，跟一般小艇比起來穩定許多，雖然隨著海浪上下晃動，卻不是那麼容易就翻覆。

「布袋先生垂釣的地點就在這一帶。」

安田轉頭看看「海原」，舉起右手擋住強烈日曬說道。兩百公尺的距離到了海上感覺比較近，但想要遠距離行兇，看來還是非常困難。

「表面看起來沒什麼海流，但橡皮小艇不會被沖走嗎？」

純子伸出手泡在海水中問道。現在是七月上旬，理論上水溫應該比較高，沒想到實際上很冰冷。為了要潛入海中調查，準備了最基本的浮潛用具，其實聽了安田的解說，說不定應該借一件潛水服才對。不過，看來海裡也很難游動，更重要的是純子太想穿自己新買的泳衣。

「嗯，因為海底很深，也沒辦法下錨，基本上都是順應海流。」

安田拿出一只外型類似咖啡濾杯的漏斗狀物體，看起來是塑膠類的材質，長度大約六十公分。開口上有四根繩子。

「其實風力會比海水的影響更大。所以都會用這種海錨。」

似乎將這個圓錐狀的袋子像鯉魚旗一樣拋到海中，就會減弱海水的阻力。

「再說，旁邊就有『海原』這艘船當作目標。我估計當天晚上布袋先生差不多就在同一個位置。」

如果目標長時間都沒移動的話，或許對兇手來說更容易鎖定。只是，此時還想不出是用什麼樣的手法。

純子望向發出水聲的榎本，看到他戴著潛水鏡，正準備從橡皮小艇的船側入水。

「你有什麼打算？」純子問他。「我去檢查一下橡皮小艇的底部。」榎本說完後，動作流暢地一頭栽進海裡，好像一隻捕海膽的海獺。

純子猶豫了幾秒鐘，還是不敵好奇心決定跟進。她脫下襯衫，只剩一件泳衣後，穿戴起浮潛面鏡和呼吸管。

「我也下去看看。」

「呃，青砥律師會游泳嗎？」

「沒問題。我平常都上六本木的健身房練身體。」

純子望向安田後，連忙別過視線。有點介意對方目光投注的部位，但對於這樣老實的反應純子並不生氣。

純子把腳泡進海水裡。不妙！好冰！忍耐著低溫，將身子滑進海裡。低頭伸進海水裡，觀察海面下的狀況。聽著自己的呼吸聲好像星際大戰裡的黑武士——達斯維達。由於海水清澈透明，可以清楚看到橡皮小艇。

感覺要將整艘小艇翻覆，真的不簡單。

榎本潛入橡皮小艇的正下方，檢查底部。沒想到他的游泳技術真不錯。其實純子從以前就覺得他有點像水獺，小偷是不是也必須具備從水中入侵的技能呢？

榎本察覺到純子的目光後，用手指了指橡皮艇的底部。

「有什麼問題？」

純子問道。但在海裡當然聽不到聲音。榎本比了個從下方撞擊橡皮艇的動作。

「有東西撞上來？」

兩人像是玩起比手畫腳的遊戲。

「你是說從正下方撞擊？」

純子專心之下探出身子。

「很大的物體？撞上橡皮艇？」

「也就是說，兇手是〇〇〇，果然是〇〇〇從海裡〇〇〇〇〇咦咦？」

嘴裡灌進鹹鹹的海水。慘了！忘記自己戴著面鏡和呼吸管，居然直接潛入海中。在水裡一定得憋氣才行的呀！

「〇〇〇〇〇〇咕嚕咕嚕咕嚕。」

純子連忙將頭探出海面，用力吐氣想把海水排出呼吸管。試圖排水卻失敗，海水量實在太多，光是呼氣是無法順利排出。

她匆匆將從嘴裡拔出呼吸管，卻因為吸氣的時機過早，直接吞了一大口海水。眼看著就要陷入恐慌，這時榎本的雙手從兩側腋下將純子的身體撐起來。同時聽到宛如海豹跳入海中的水聲。安田也來到身邊，協助救援。

兩人合力將純子拖回橡皮小艇上。

「……謝謝兩位。我一不留神喝了幾口海水。」

純子用力咳了幾聲，把海水吐出來，然後接過安田遞給她的瓶裝水漱漱口。

「初學者經常碰到這種狀況。浮潛雖然只需要簡單裝備，但一旦海水從呼吸管上方滲入就危險了。只要學會平衡耳壓，還是比較建議水肺潛水。」

安田好像也嚇到了。怎麼這樣，窘態畢露無遺！

「……橡皮小艇的底部留下被物體撞擊過的痕跡。」

榎本似乎已經對純子的災難毫無興趣。雖然覺得他有點無情，但此刻也感謝他轉移了話題。

「這狀況也符合目擊者的說詞。看來確實是有什麼物體從下方撞擊，把橡皮小艇整個翻過來。」

「是說像被大型烏賊或是大鯊魚之類的撞上嗎？」

純子皺著眉頭喝水。海水在口中殘留的餘味不僅鹹，還非常苦。這就是製作豆腐時使用的鹽滷，也就是氯化鎂的味道嗎？

「這我倒是無法判斷……只覺得很難想像。」

榎本感到納悶。

「我也不這麼認為。」

安田在一旁加入自己的見解。

「先說烏賊，無論哪個種類在攻擊時的姿勢都一樣，會張開十隻觸手緊抓住獵物不放。從來沒見過會用身體將對方撞飛的方式。至於鯊魚，有可能先用鼻尖撞擊，但鯊魚一旦咬住獵物後，會當場咬斷吞噬才對。而布袋……先生，至少被拖入海裡一百公尺深，這實在不像鯊魚的習性。」

「而且也不可能是鯊魚跟烏賊攜手合作。」

榎本似乎很開心笑著，露出一口白牙。

「咦？為什麼會知道布袋先生至少被拖入海裡一百公尺深呢？」

「因為布袋先生的遺體上少說有三種鯊魚的齒痕，其中一種是灰六鰓鯊留下的。」

安田解釋。

「灰六鰓鯊是棲息在深海的鯊魚，平常的活動範圍在水深兩百到兩千公尺的區域，幾乎不會出現在水深不到一百公尺的地方。」

純子閉上眼睛，想像一下。

橡皮小艇受到來自正下方異常強力的撞擊後，整艘翻覆。布袋因此被甩出到海面上，又被某種物體抓住。這時，因手臂出血的關係，遭兩種鯊魚咬住，還被拖到海中深處，在水深超過一百公尺時，又被深海鯊魚咬傷。出血的狀況和當下承受的震撼，必定超乎想像。

不過，死因應該是溺斃才對。這麼說來，很可能是在承受劇烈疼痛下，冰冷的海水從氣管灌入肺裡，導致無法呼吸，最後在漆黑的海中身亡。從純子剛才差點溺水的經驗來看，這可能是想像得到最慘的死法之一。

兇手眼睜睜看著布袋身亡後，終於放鬆了冷酷的雙手。身穿救生衣的遺體緩緩漂浮在漆黑的海上……這簡直就像恐怖片裡的一幕。

「但如果不是烏賊，也不是鯊魚的話，究竟是什麼把布袋先生拖入海裡呢？」

「不曉得。只不過，這傢伙具有銳利的鉤爪，能牢牢抓住布袋先生的雙手，而且周圍有大量兇狠的鯊魚游來游去，也全不當作一回事。」

榎本平靜回答。然而，這番話中隱含的事實，讓純子心底直發涼。

沖個澡之後情緒穩定一些，但嘴裡仍然殘餘淡淡苦味。

純子到員工餐廳，找張椅子坐下，喝著罐裝咖啡。平常總喝黑咖啡的她，這時為了盡量消除嘴裡的味道，特地挑了含糖的咖啡歐蕾。

榎本一直站在原地，陷入沉思，手上握著早已空空的咖啡罐。

「謎團稍微解開了嗎？」

純子問道。榎本搖了搖頭。

「最核心的部分還是怎麼也搞不懂。看來要掌握案件全貌還差一片最重要的拼圖。」

原來如此。看來就連榎本面對這次的案子也沒那麼在行。

「我也思考了很久，目前了解幾件事。」

純子心想，彼此說出自己的推理，切磋之下說不定可以更快推導出真相。但榎本不知為何竟然摀住耳朵，想逃離純子身邊。

「榎本先生？怎麼回事？」

純子叫住他，只見榎本苦著一張臉低聲喃喃。

「拜託，在這時候千萬別叫我聽妳的推理。不然我的腦袋真的會變成漿糊。」

「欸，別這麼說嘛。當腦袋轉不過來，陷入膠著的時候，換個不同角度的觀點也很有用哦。」

純子一副遊刃有餘的態度。榎本可能不想承認自己遇到瓶頸吧。要是知道純子的推理已經遙遙領先他，恐怕會更沮喪了。

「如果是正常的另一種觀點倒還好……但不同〇〇的想法就算了。」

他講到後面含糊其詞，沒聽懂究竟說了什麼。到底是不同的什麼呢？是「等級」？還是「水準」？

「可以先讓我聽聽你的想法嗎？命案現場是在開闊的海上，這跟過去接觸過的密室性質完全不同吧？」

「要說這一點的話，我覺得密室已經可以算是破解了。」

榎本的態度一百八十度大轉變，自信滿滿地說道。

「什麼意思？」

「布袋先生搭的橡皮小艇附近有大口先生監聽的被動聲納，還有樽目先生操縱的ROV攝影機等形成障礙，從這個角度來看或許可以當作密室。不過，還是有死角。」

榎本指著船上的地板。

「就是正下方。如果是從海底上來，應該就能順利攻擊布袋先生。事實上，在『桶眼魚號』拍到的影片裡，就看到有個物體在大量氣泡中冒出來。」

到此和純子的推理相同。

「不過，就算破解了密室，還是剩下反密室的謎團未解。這才是更困難的地方。」

「反密室？是什麼啊？」

這用詞聽起來好陌生。或許在推理小說裡經常出現，但平常在法庭上保證不會用到。

「這講起來有點複雜，但『反密室』這個詞在推理小說裡用在幾種不同的情境上，表達的意思也不盡相同。」

榎本恢復一貫宛如授課的口吻。

「最傳統經典的用法就是將具有時間差的密室稱為『反密室』。也就是兇手在密室之外殺害被害人，之後再將遺體移往密室的狀況。」

為什麼這樣會變成「反」呢？純子實在搞不懂。

「不過，就連推理小說作家之間也經常把這個詞用在其他意思上。例如，將重點放在兇手如何入侵而非探討從上鎖的房間脫身，這一類的情境。所以說呢，這大概是最常由每個人各自表述的用詞吧。像我以前看過一本小說，被害人是在開放空間遭到殺害，但嫌犯受困於密室中，以致於不可能犯案。這本書裡把這個狀況稱為反密室。」

原來如此。這種用法反倒讓人理解。

「我會把這次的案子稱為反密室，也是仿效這種用法。換句話說，被害人所在的環境是個不完全的密室，但由於兇手完全隔離，理論上無法犯案……我怎麼想也想不出來，要怎麼樣才能克服這個狀況。」

榎本深深嘆口氣。

「這麼說來，你已經知道兇手是誰嘍？」

純子半信半疑問道。看他的表情明明還如身處五里霧中。

「嗯，目前連對方都還沒見過，這樣判斷實在很魯莽。不過，有機會下手的就只有當天晚上出潛的飽和潛水人員吧。如果要相信安田先生的話，那麼其中那名叫蓬萊的潛水人員似乎有行兇動機。」

榎本自信滿滿說。

「但包括蓬萊先生在內，所有潛水人員照理說都沒辦法浮到海面上吧？身體在適應31大氣壓的狀態下，突然回到1大氣壓的環境，據說必死無疑。」

「沒錯。也就是說，這才是當天晚上困住兇手，而現在依舊封閉的反密室。」

榎本皺起一張臉，陷入苦思。

「這太奇怪了吧？因為現在連那個蓬萊是怎麼破解反密室的假設都沒有吧？卻只因為密室的死角在小艇正下方這個理由，就斷定他是兇手，這樣對嗎？搞不好海底的反密室真的很完美，另一方面，海面上橡皮小艇這個密室有其他盲點也說不定呀！」

榎本露出被打擊到痛處的表情。

「妳說的沒錯。在我眼中其實兩者都不可能，而且我也沒有證據能證明反密室就是行兇手法。」

太好啦！純子第一次面對榎本時感到一股優越。

「我倒是拋開先入為主的想法，純粹從犯案手法去思考。」

「有什麼發現嗎？」

榎本積極傾聽，跟先前無禮的態度有著一百八十度的大轉變。

「首先，無論兇手是蓬萊先生或其他飽和潛水的人員，他們都在三百公尺深的海底，適應了

31大氣壓，無法浮出海面。在這個前提之下，認為他們不可能行兇。不過，如果人在海底卻能以遠端遙控的方式下手，一切問題不就解決了嗎？」

「的確是這樣。但是，要怎麼樣才有辦法從三百公尺深的海底殺害布袋先生呢？」

榎本一臉狐疑。

「就靠氣泡的力量！」

純子特別加強語氣。聽起來簡直像是洗碗精的廣告。

「究竟要怎麼靠氣泡來殺人啊？」

是心理作用嗎？感覺榎本的雙眼瞬間變得無神，聲音也有氣無力。

「這可不是普通的氣泡唷，是在三百公尺深的海底，空氣也壓縮到三十一分之一！是壓縮空氣！從海底釋放出的氣泡，會隨著上浮逐漸變大，到了海面時膨脹成三十一倍！你不覺得這樣就有足夠威力能導致橡皮小艇翻覆嗎？」

「……不覺得。」

榎本雙眼無神回應。

「氣泡的體積變成三十一倍，也沒有這麼強大的威力。我實在不認為這樣就能將橡皮艇連人帶船翻過來。」

「那是因為數量的關係吧？小氣泡就算膨脹到三十一倍，的確還是不夠看啦。但要是一開始在海底就是個巨大的氣泡呢？比方說，一立方公尺的話，到了海面就是三十一立方公尺，相當於一整間四坪大小的房間耶。如果這麼巨大的空氣體從下方撞擊，不可能平安無事吧？」

純子氣呼呼反駁。

「這麼大的氣泡不可能從海底到海面始終維持完整，一定在浮上來的過程會分裂成細小的氣泡。橡皮小艇在這些不斷冒出且數不清的氣泡包圍下，在船上的人或許會感到很詭異，但就衝擊力道來說已經分散開來，絕對不可能造成小艇翻覆。」

榎本解釋的聲音有些疲憊。

「在『桶眼魚號』拍下的影片裡不也清楚看到了嗎？實際上的確冒出大量氣泡，但要說光憑氣泡行兇，就算只是弄翻小艇也不可能啦。」

純子開始感到灰心了，但就在此刻，腦中閃過另一個想法。

「我知道了！」

榎本的表情彷彿拳擊手被快要倒下的對手又揍了一拳。

「別這樣，真的啦！聽到你剛才說的，總算讓我推論出正確答案！的確光靠氣泡似乎不太夠力。」

「太不夠力這句話的用法不對吧。」

榎本用若有似無的聲音低聲嘟噥。純子從以前就一直覺得，這個人老愛凡事挑剔找碴。

「一定是壓力爆炸！除了這個再也想不到其他！」

「『再也想不到』這句話有兩種解釋……算了，當我沒說。所以妳認為是怎樣呢？」

榎本將雙手放在後腦袋，伸個懶腰。

「兇手在海底放出一只裝滿31大氣壓空氣的容器，材質是像塑膠那種堅固而且不具伸縮性的。一開始容器內外的壓力相同，但隨著往上浮，外頭的氣壓變低，容器受到內部強大的壓力。最後來到橡皮小艇正下方時，終於承受不住就爆破了！」

是心理作用嗎？榎本的眼神似乎變得銳利。太好了！這個假設應該很有說服力！

「我想你當然也知道壓力爆炸的原理吧？炸藥如果直接燃燒爆炸，跟塞在導管之類的密閉容器後引爆，後者的威力會強上好幾倍。」

「……要在瞬間阻擋爆破的力量，的確會讓破壞力變得更強。不僅是炸藥，就連在寶特瓶裡放塊乾冰，也會造成嚴重損傷。」

榎本交叉著雙臂思索。

「嗯，沒經過實驗很難說，但如果用這個方法，的確可能有威力導致橡皮小艇翻覆，這一點倒不可否認。」

「是吧是吧？那麼，就找出答案啦！一開始先用這個手法讓小艇翻覆，將布袋先生甩入海中！接下來再想想是用什麼方法將他拖入海裡就行了。」

「不過，很可惜，壓力爆炸並不是這個案子的答案。」

榎本無情宣告，對著士氣高昂的純子潑了桶冷水。

「為什麼？」

純子幾乎是發出慘叫。

「因為聲音。」

榎本露出彷彿宣判兇手死期的殘虐表情。

「妳先前也聽到橡皮小艇翻覆當時的錄音檔吧？咚的一聲，沉重的撞擊聲。因為音量調得大了，聽起來滿大聲，但若是在現場，距離稍微遠一點就幾乎聽不見。跟後來出現的水聲比較之下，音量小得多了。如果是密閉容器爆破到能震飛小艇的程度，這樣的威力不可能聲音這麼小。再說，還會強烈震動海面，留下明顯爆炸的巨大音量記錄。」

純子大受打擊，垂頭喪氣。這時候，又一個新的靈感冒出來。

怎麼回事？這難道又是老天爺的惡作劇——白費工夫的天啟？不過，搞不好這次的推論是錯的。

「我知道了！」

純子放聲高喊，榎本立刻露出錯愕的神情，一臉倉皇，還口中念念有詞，說著聽不懂的話。

「……可惡！怎麼都打不死？這是什麼愈挫愈勇的精神？」

「啊，我剛想到的不是怎麼讓小艇翻覆的手法，而是之前的討論讓我發現了另一個疑問。」

純子內心的激動像殭屍回魂，跳來跳去。

「另一個疑問？是什麼？」

「當天晚上為什麼會有這麼多鯊魚聚集在橡皮小艇四周呢？就算這裡是鯊魚經常出沒的海域，也太奇怪了吧？實在不像巧合。是不是該視為是兇手事先召集一群鯊魚呢？」

榎本瞇起眼睛。

「就算是這樣好了，兇手又是怎麼聚集鯊魚呢？」

「我認為，是在氣球裡灌入31大氣壓的空氣，從海底讓氣球逐漸浮上來。」

純子把手中的空罐當作氣球，高高舉起。

「氣球愈浮愈高，逐漸膨脹，就在快抵達海面時承受不住爆開了吧？」

「這樣要怎麼聚集鯊魚群？」

榎本皺起眉頭，似乎無法理解。

「如果氣球裡除了空氣之外還混入其他動物的血呢？氣球破了之後，血腥味立刻擴散開，引來鯊魚……這樣？」

榎本沉默了一會兒。果然還是說不通嗎？

「太厲害了。」

榎本張開雙臂，緩緩鼓掌。終於成功了嗎？就算不是最關鍵的手法，但自己的推理總算命中目標了嗎？

不對，等一下。要謹慎。說不定他只是先來個高高吹捧，待會就用力摔下。多年以來不知道吃過多少苦頭了。

純子不敢掉以輕心，等著榎本繼續說。

「就是這個！我認為鯊魚聚集成群確實是兇手計畫中的一環，卻搞不清楚使用的手法。但妳剛才說的方法可以很輕鬆引來鯊魚。嗯嗯，太精彩的推理。」

純子整個人輕飄飄，聽著榎本的稱讚。

「這麼說來，連兇案發生前的聲音也要再檢查一次。如果有記錄到氣球破裂的聲音，應該就錯不了。」

受到榎本的肯定了。光是這麼幾句話，對純子就有宛如麻醉劑的效果。就像很多新興宗教的信徒，在遭受無情謾罵之後，突然有人對自己溫柔輕聲細語，很容易就被這種手法洗腦了。

「果然正確答案就是這樣。我沒弄錯，我看穿了真相……這麼說來，搞不好這就是一切關鍵所在呢。」

純子此刻處於半靈魂出竅的狀態，低聲喃喃。榎本聽了之後臉色大變。

「一定是這樣！聚集成群的鯊魚陷入瘋狂，合力把橡皮小艇撞翻。然後全湧上去咬住布袋先生，把他拖進海裡。」

「不是啊，一般來說鯊魚……」

「一群鯊魚爭奪獵物之下，如果有其中一隻想占為己有，咬住布袋先生迅速潛入海裡也不奇怪吧？」

「但是灰六鰓鯊通常在水深……」

「灰六鰓鯊肚子餓了。已經好幾天沒吃東西。就在這時，海面上飄來強烈的血腥味。一旦發現『有獵物！』一定不管三七二十一了吧。」

純子閉上雙眼，敘述著腦中浮現的畫面。

「於是，灰六鰓鯊浮上海面。雖然牠們常棲息在深海地區，不會來到海面附近，但飢餓及求生存的欲望驅使著灰六鰓鯊，終於……！」

「青砥律師，快回過神來！」

純子張開眼睛。發現榎本一臉詫異看著自己。

「我想，光靠鯊魚還是沒辦法解釋一切。再說，布袋先生手上的傷痕，也不太像是被鯊魚咬的傷痕。」

「對哦……說得也是。」

純子低聲喃喃。感覺好像大夢初醒。

「從海底遠端遙控的手法，其實我也想過。果然還是有做得到跟做不到的事情。或許真能聚集鯊魚，甚至把橡皮小艇弄翻，不過，要殺害布袋先生似乎一定得在附近，否則辦不到。」

殺害。在附近……

「要殺害像布袋先生這麼強健有力的大男人，無論用什麼手法都需要很大威力。此外，雖然得視手法而定，但看來都必須在細節上動點手腳。總之，我得到的結論是，要自始至終全都以遠端控制來完成是不可能的。」

威力……細節上動手腳……遠端控制。啊！該不會是……這麼做的話說不定辦得到。

「青砥律師？」

「我知道了！」

純子高喊一聲，同時站起身。榎本隨即退後了幾步，臉上露出藏不住的恐懼。

「果然就是遠端控制的手法！而且還符合一定的威力，能在細節上動手腳。當天晚上，只有一個人辦得到。」

眼看就要逃出員工餐廳的榎本，聽完之後折回來。

「妳說的是誰？」

看來他果然不敵好奇心。

「就是樽目。」

既然已經確定他的嫌疑，不稱「先生」也無所謂了吧。

「呃……那麼，妳說的遠端控制是怎麼操作的？」

「嗯嗯，就是使用遠距操作無人探測機『桶眼魚號』！」

純子微微一笑。

「樽目自己說的，連結『桶眼魚號』的纜線非常長，甚至可以拉到布袋先生乘坐的橡皮小艇旁。」

榎本又露出陷入沉思的表情。

「不過，要怎麼利用『桶眼魚號』才能成功犯案呢？」

榎本果然想像力也不夠豐富。若是海盜也就罷了，但他終究只是個陸地上的小偷。

「……雖然我沒看到實際機體，但考量那台ROV的大小跟威力，即使從下方撞上去，也沒辦法將小艇整個翻過來。再說，雖然機體上附有小機械手，但要用那雙機械手抓起布袋先生再將他拖入海裡，我深感懷疑，應該說我認為不可能。」

純子點點頭。

「我知道了。那麼，我依照順序來說明。」

純子把咖啡歐蕾的空罐橫著拿，高高舉起。

「這是要幹嘛？」

「你就把這個當成『桶眼魚號』。」

純子口中發出模仿螺旋槳的聲音，一邊水平移動空罐。榎本看得傻眼。

「……首先，來看看怎麼將橡皮小艇翻覆。」

純子突然放下空罐，用口頭說明。

「那艘橡皮小艇體積很大，重量也不輕，加上又滿穩定的。我覺得實在沒那麼容易整艘翻覆。因此，我做出一個結論。」

純子倏地湊上去靠近榎本。榎本作勢想立刻逃跑。

「橡皮小艇根本就沒有翻覆。」

榎本目瞪口呆。

「可是，那……」

「你仔細回想，安田先生陳述的內容是這樣，『橡皮小艇很正常。之前看到藍色的集魚燈，害我以為整艘翻覆，結果好像只是一瞬間看到船底，後來又恢復正常。』換句話說，其實根本沒人真正親眼看到小艇翻覆。」

「不過，不是看到藍色的集魚燈嗎？要怎麼解釋？」

純子豎起食指左右搖了搖。

「這就是兇手動的手腳呀。樽目在『桶眼魚號』上裝設藍色ＬＥＤ燈，來欺騙目擊者。」

榎本感到困惑不已。

「……可是，假裝小艇翻覆有什麼好處呢？」

「好啦，接下來就看是怎麼將布袋先生拖入海裡導致他溺斃。」

純子忽略榎本的問題，繼續說道。

「我猜大概是這樣。」

她再次高舉空罐，發出類似螺旋槳的聲音水平移動。

「布袋先生在橡皮小艇上垂釣，當時是晚上，海面下漆黑一片，從上方看不清楚。這時，『桶眼魚號』來到小艇下方，用機械手臂拉扯釣線，看起來像是有魚上鉤。」

純子用左手比出緊抓住釣線拉扯的動作。

「布袋先生一定誤會有軟絲或是大魚咬餌，握緊釣竿要把獵物拉上來，說不定還站起身。就在這個時候！」

純子用拿著空罐的手，豎起兩根手指，代表機械手臂。

「『桶眼魚號』的機械手臂牽動著釣線，迅速潛到海中深處，還把布袋先生整個人拖進海裡。這時強烈的水花拍打聲引來周圍鯊魚的注意，紛紛聚集過來。虎鯊、大青鯊同時群起攻擊，咬住布袋先生。另一方面，灰六鰓鯊則從海底浮上來，加入這場可怕的爭奪戰。」

榎本伸出手掌掩面。想必是為了自己看不清真相而感到羞愧吧。

「妳以為是〇〇跟×××嗎……」

他好像說了什麼，但音量太小聽不清楚。

「咦？你再說一次。」

「我說，妳以為是湯姆貓跟傑利鼠嗎？」

榎本拿開遮住雙眼的手掌。

「我實在不認為布袋先生是被這種像漫畫的方式拖入海裡。再說，ROV的機械手臂有精細到能抓住釣線嗎？」

「啊，不然抓住的就是釣餌，不是釣線。」

「就算如此，機械手臂沒有觸覺，動作也太過緩慢，要偽裝成有魚上鉤太困難吧……呃，這都不重要啦！」

不知道為什麼，榎本好像很生氣。

「話說回來，要是兇手真是使用『桶眼魚號』來犯案，整個過程應該會全被錄下來吧？」

「因為管理的人正是兇手樽目呀！要把影片掉包易如反掌吧。」

榎本按著頭，似乎頭很痛。

「那好吧。不過，妳忘了大口先生說的嗎？我記得他這樣說：『桶眼魚號的活動範圍是大約從深度三百公尺的海底，就算浮上來大概也在兩百公尺的海底，從來沒接近過海面，我也不可能把它的聲音跟其他物體的引擎聲搞混。』對吧？」

榎本一字一句精準無誤背誦出來。

「大口先生之所以這麼說，是因為他沒聽到螺旋槳的聲音。不過，難道兇手不是趁著冒出大量氣泡時當作掩護，蓋過螺旋槳的聲音嗎？」

「不會。因為氣泡聲跟螺旋槳的聲音完全不一樣。如果兩者的差異都分辨不出，我真想叫他不要再做什麼被動聲納的研究了！」

榎本語氣激動說完之後，似乎反省了一下，又恢復一貫平靜的聲音。

「再說，布袋先生手上的傷痕，要怎麼解釋呢？」

純子沉吟了一會兒。

「可能是新種鯊魚，或是其他深海魚，搞不好真的是大王酸漿魷。還有啊，剛才我問過安田先生，日本近海有一種全球第三大的力士爪魷出沒，這種魷類的觸手上也長了刺。造成傷口的嫌犯可多了，全是些魚類、軟體動物。」

榎本不小心笑出聲。接著神情哀傷地搖搖頭，看了純子一眼後立刻別過目光。只見他右手搔搔頭，左手扠著腰，思考了好一會兒。

接著，他輕輕哼著〈My Way〉這首歌，踏著莫名輕飄飄的腳步走出員工餐廳。

4

「正前方看到的就是船上減壓艙（ＤＤＣ）。」

安田指著房間裡頭看似巨大金屬槽的空間，輕聲說道。

純子小心翼翼往前走。

如果榎本的推理正確，兇手應該就在這裡頭。

身為刑事律師，純子過去面對許多殺人兇手，其中近半數都是缺乏人性情感，也就是精神異常的人，有時候感覺自己像在跟有著人類外型的爬蟲類交談。

不過，在尚未謀面的階段就強烈懷疑可能是兇手的案例，這倒是頭一遭。

每往前走一步，都感覺到升高的緊張情緒。

ＤＤＣ的外型像個圓柱，鐵門上有一扇小圓窗。隔著厚厚的玻璃看到裡頭的人影。兩側有讓人坐下的長椅，大夥兒各自隨意坐下等候。

安田拿起對講機的話筒，對著裡頭說話。

「蓬萊，剛才我跟你提到的青砥律師來了，她有些話想問你，你過來一下。」

說完後，坐在最裡頭，純子只看得到背影的人站了起來。然後慢慢地，朝門口走過來。

有一股既視感。

是什麼？感覺在哪裡看過類似的場景。

純子馬上想到了。是在電影《沉默的羔羊》裡克麗絲第一次見到漢尼拔的那場戲。兩人隔著獨居囚室的強化玻璃面對面。

純子的心跳加速，覺得毛骨悚然，肌肉收縮。

蓬萊就站在小圓窗的另一頭。

他的身高大約一百八十公分。雖然不比布袋高大，就潛水員來說也算身材魁梧。只見他穿著T恤的上半身，有著厚實隆起的胸大肌，鍛鍊得非常健壯。

一頭撥亂的頭髮，下方是輪廓深到宛如混血兒的臉龐。高額頭，一雙濃眉，細細長長的雙眼平靜望著純子。

蓬萊拿起艙內的話筒。

純子也接過安田遞過來的話筒。

「我叫青砥純子，目前正在調查布袋先生死亡的案件，可以請教你幾個問題嗎？」

在緊張的情緒中開場後，蓬萊露出淡淡的微笑。

『哦哦，別客氣，請盡量問。』

一聽到讓人瞬間虛脫無力的氦氣音，先前醞釀的緊張感剎那煙消雲散。

「呃……請問你現在是在這裡頭慢慢減壓，讓先前已經適應31大氣壓的身體復原嗎？」

『對呀。當初加壓花了十小時，不過復原得經過十二天。不但身體狀況怪怪的，幾個大男人擠在一起超悶，無聊透頂。』

不僅聲音，就連蓬萊的語氣也莫名開朗。

「我不太了解，但看來是很辛苦的工作啊。」

『這個嘛，我想每一份工作都不輕鬆啦。而且，一般的潛水人員倒還好，但專攻飽和潛水的話，薪水很高啊。工作三個月就可以休息整整一個月，對我這種想要賺飽飽然後盡情玩樂的人來說，算是天職吧。』

慘了！搞不清楚要把自己放在什麼樣的情緒中。

純子慌了起來。

因為在近距離之內只隔著一扇鐵門的人，非常可能是殺人兇手，而且還是經過縝密規劃、手法殘忍。然而，對方卻是體格健美的型男，任哪個女人看到都會心神蕩漾吧。然後講話時居然發出像是唐老鴨的滑稽聲音。

「蓬萊先生，你跟布袋先生很熟嗎？」

總之，決定先以律師的工作模式應對。她在提問之後注意蓬萊的表情變化，這比他的回答來得更重要。

『是啊。唉，我到現在還很難接受，這傢伙感覺殺都殺不死的呀！而且我現在這模樣跟坐牢差不多，連葬禮也沒辦法參加，真的很難過。』

蓬萊的表情沒有任何變化。

「布袋先生過世的那一晚，你們幾位潛水人員是lockout吧？當時有什麼不尋常的狀況嗎？」

『很難講耶，畢竟在海底。一片烏漆抹黑的，什麼都看不見，跟海面上完全是兩個世界。』

蓬萊偏著頭思索。

「原來如此，這倒是。對了……有位叫白井渚的小姐，曾經是你的女朋友嗎？」

出其不意的問題。但蓬萊仍舊維持同樣的語調回答。

『是啊。我們交往過一段時間，但後來分手了。只是，她也是在海上遭逢意外身亡，這次又換了布袋？真的讓人很震驚。』

「我聽說意外當時渚小姐是布袋先生的女朋友？方便的話，能不能請教你，為什麼她會跟你分手，然後跟布袋先生交往呢？」

純子以為這個問題可能會激怒對方，但蓬萊的態度依舊沒有任何變化。

『嗯……要怎麼說呢……男女之間的鴻溝，比日本海溝還深吧。分手的原因，恐怕就只因為一點小事吧，只不過倒是覺得，再怎麼樣下一個男人也不該是布袋吧。』

果然不對勁。照理說這麼情緒性的問題，蓬萊卻沒露出任何反應。這完全不像一般精神異常的人，因為他們相對容易情緒激動。

蓬萊一定是以堅定的意志來百分之百克制自己的情緒。

這時，榎本從後面走過來，純子將話筒交給他。

「可以讓我也問幾個問題嗎？」

榎本連自我介紹也沒說，劈頭就這麼講。

『哦哦，別客氣，請盡量問。』

跟一開始回答純子時一模一樣的台詞。竟然也不問問榎本究竟是什麼人。

「我想你們已經聽過布袋先生身亡時的狀況了，蓬萊先生，你認為兇手是什麼人呢？」

『嗯，大王酸漿就嗎？』

蓬萊又偏著頭思索。

『不過，我還是不太相信。雖然安田先生這麼說，但在這一帶從來沒看到過呀。』

「蓬萊先生，我是問你，兇手是什麼人？」

榎本嚴肅說道。

「這很明顯是一起兇殺案。而殺害布袋先生的，絕對是人類錯不了。」

純子心想，這一次蓬萊應該會有什麼反應吧，同時等待他的答案。

『咦？真的假的？兇殺案？不可能啊。』

蓬萊如鋼鐵般堅定的意志，沒有任何動搖。

『不過，要講到有動機的人，我倒是知道幾個。』

「有誰呢？」

『呃，最先想到的還是安田先生吧。再來像是大口先生啦，樽目先生也是……然後在這裡的三叉跟橫也可能吧。』

蓬萊背後出現其他抗議的氛氣音，高喊著『你在亂講什麼！』、『你少來啦！』

「為什麼有這麼多人都有殺害布袋先生的動機呢？」

榎本隔著DDC的小窗子，投以銳利的目光。

『都是因為那個叫做職權騷擾嗎？加上渚的那件事，一言難盡啦。』

蓬萊笑著說。

『還有啊，我也在內吧。是啊，真想殺了他。前提是如果我辦得到啦。』

燦爛耀眼的陽光。無盡的湛藍海洋。純子覺得好炫目，還有種仍身在小笠原的錯覺。

不過，這裡是位於沖繩本島中部濱比嘉島上的一處漁港。

純子一臉質疑望著榎本。

名義上是為了調查一年前白井渚這名女子身故的意外，但自從三天前來到這裡之後，只見榎本一下子搭小艇繞小島一週，開心海釣；到了晚上也沒閒著，跑遍島上的酒館，一間接著一間，隨心所欲。純子因為擔心之後報帳時拿出來的全是餐飲費收據，就沒跟著到處上酒館。

由於金主是近江有里——也就是大八洲海洋開發公司，就算開銷有些灌水，應該不會有大問題吧。只是，目前還沒有任何相對的調查結果。

話說回來，梅雨季剛結束的這個時期真適合到沖繩觀光。有別於本州地區人潮洶湧的漁港，這裡人煙稀少，開闊的感覺像是遊艇港。

一名身形矮小，穿著類似櫻花鱸淺紅色沖繩衫，搭配白色短褲的男子，站在防波堤上。即使只看到背影，也覺得很討人喜歡。

出聲招呼之後，男子立刻轉過身。純子先向對方介紹自己和榎本，謝謝他願意臨時出來碰面，隨即直接發問。

「當天晚上的事啊，我記得可清楚了。」

名叫比賣知的當地漁夫用力點著頭。年紀看來不到六十吧，被太陽曬得黝黑的臉上，一雙大眼睛閃爍著光芒。兩撇小鬍子似乎是他自認很有魅力的地方。

「我不知道跟小渚講過多少次了，晚上的Shizya很可怕啊。」

「Shizya是什麼啊？」

純子插嘴問道。

「就是那個嘛，欸……針魚啦！Shizya是我們這裡的土話。晚上只要一點燈，就會衝過來，一批一批飛過來。就算人在船上也沒用，一隻一隻飛過來就刺下去。」

比賣知比手畫腳表達出針魚飛躍的模樣，看著他那副模樣忍不住想到安田。

「啊，對了！今天早上釣到一隻賣不出去的，想看看嗎？」

他說完就逕自往小漁船走去，純子和榎本也跟在他身後。比賣知手腳靈活縱身跳到漁船上，從竹簍裡抓出一尾體型細長的魚。長度超過一公尺吧，看起來沒什麼活力，但只要一扭動細長的身體，銀鱗就會陽光下顯得閃閃發光。外型看來的確像白帶魚，尖尖的嘴宛如一把銳利的刀，這要是被刺到的話保證有生命危險。

「比賣知先生……」

榎本才一開口，比賣知趕緊搖搖手。

「叫老爹就行啦。大家都這樣叫我。」

「呃……」

大概突然要叫老爹有些彆扭，榎本乾脆省略稱呼。

「你跟白井渚小姐很熟嗎？」

「是啊，我跟小渚是老交情啦。她是個好女孩，真的。」

比賣知一下子變得落寞。

「小渚也很愛我們沖繩呢，每年一來到這裡總是老爹長、老爹短的，跟在我身邊……真不敢相信，再也見不到她了。」

「我問這個可能有點魯莽……」

純子語氣謹慎開口。

「渚小姐是很有經驗的潛水教練，也經常到沖繩來吧？但她居然不知道針魚，也就是你說的Shizya的危險性，這不太對勁吧？」

比賣知想了想。

「嗯，對呀！妳說得沒錯，小渚不該不了解Shizya的習性呀。」

「會不會只是碰巧那天晚上沒留神呢？」

榎本慎重起見又問一次。

「這個嘛……我也覺得不太可能呀。因為小渚還曾經指導初學者夜潛耶。」

看來，比賣知也認為這是一起不太對勁的意外。

「老爹看到她打開探照燈的嗎？然後還大聲提醒她快關掉？」

榎本好像終於下定決心稱呼對方「老爹」了。比賣知用力點點頭。

「是啊，我扯著喉嚨大叫『快關燈！』結果沒人回應。」

比賣知好像認為他的聲音應該很響亮。如果真是這樣，那就愈來愈詭異了。

「我只是說萬一啦，有沒有可能渚小姐是遭人殺害呢？」

聽榎本一問，比賣知露出驚愕的表情。

「遭殺害？……怎麼會？」

榎本謹慎地繼續說。

「比方說，趁著渚小姐進入海裡時，抓準時機打開探照燈呢？」

比賣知皺起眉頭。

「可是啊，我們去救援小渚的時候，小艇上沒半個人呀。」

「如果兇手趁老爹跑去開船時逃跑了呢？」

「我的船就停在旁邊，所以我一直盯著小渚的小艇，要是當時有其他船，我應該會看到。」

「不過當時到處黑漆漆的吧？」

純子立刻指出。

「是黑漆漆沒錯呀……但後來探照燈亮了嘛。」

純子好沮喪。根本問了句廢話。雖然早已習慣被榎本指正的打擊，但連這麼看似純樸的漁夫也一句話就扳倒自己，實在太令人傷心。

「所以小渚搭的小艇四周倒是很亮。」

「有沒有可能用潛水的方式，潛到海裡逃走呢？」

純子抱著死馬當活馬醫的心態發問。

「想通過飛來飛去的針魚群，應該沒命了吧。」

比賣知露出同情的表情。

果然如此啊。純子暫且忘卻受傷的自尊。

白井渚身亡的現場，雖說是四周三百六十度開闊的海面，仍算是一類密室。就跟布袋喪命的小笠原母島海域一樣。

這麼說來，如果能解開這裡的犯案手法，或許也能進一步了解布袋一案的真相。

「老爹，你認識布袋悠一這個人嗎？」

比賣知皺起眉頭。

「哦，認識啊。」

「你知道渚小姐過世時，布袋先生在哪裡嗎？」

「天曉得他丟下女朋友在幹嘛……我看哪，反正一定又跑到島上的居酒屋喝得醉茫茫吧？」

看來沒什麼好印象。

「你該不會也認識蓬萊弘明這位先生吧？」

比賣知一聽到這名字就露出笑容。

「哦哦哦，當然啊。我跟阿弘就很熟啦，他是小渚的前男友嘛。」

接著他交叉起雙臂，一臉惋惜地嘆口氣。

「小渚為什麼跟阿弘分手，然後跟布袋那傢伙在一起呢？明明阿弘才真的打從心裡愛著她的呀！」

純子心想，真是幸運！原本找了比賣知只是因為他是案發時的目擊者，沒想到他似乎很了解三人的關係。

「你的意思是，真正愛渚小姐的是蓬萊先生，而不是布袋先生？」

純子趕緊進一步探究。

「對呀。只要看到小渚過世後的反應就知道啦。」

「發生什麼事呢？」

比賣知瞇起那雙大眼睛，陷入回憶。

「阿弘啊，讓人看了真不忍心。事情發生之後，他馬上飛過來。兩隻眼睛通紅，整個人好憔悴。他還搭了我的船到小渚遇害的海面丟了花束。唉，我從來沒看過有人有這麼哀傷的眼神。」

「布袋先生的反應呢？」

「他哪有什麼反應！還不就跟平常一樣。告別式是在這裡辦的，但他看起來也沒什麼不同。就連小渚養的狗，明眼人也看得出來，他根本想盡快打發掉吧。」

「哦？小狗嗎？」

純子邊做筆記問道。

「嗯。那隻小狗叫做可洛。聽小渚說，本來安排要安樂死的，結果被她從收容所帶回來。牠適應了大海之後，經常會乖乖坐在小渚的小艇船頭。」

「那隻狗現在呢？」

「死啦。」

比賣知搖搖頭。

「小渚過世之後，好像是布袋在照顧，但不知道為什麼，牠完全不肯吃飯！」

該不會連狗都殺了吧。比賣知接著說，解開了純子的疑惑。

「可洛快死掉的時候，阿弘也一起照顧牠。聽說牠對布袋叫牠毫無反應，但看到阿弘還會開心搖尾巴。不過，還是不肯吃飯。」

「是什麼樣的狗啊？」

榎本又提出這種過於枝微末節的問題。

「什麼樣的……就雜種狗啦。長得像狼一樣，看起來有點兇悍，體型修長。雖然是小渚提出想養狗，但後來到收容所把狗帶回來的，好像是阿弘。因為小渚說去了只能認養一隻，對其他的狗好像見死不救，她受不了。」

「狗也是在這裡辦喪禮嗎？」

榎本又問起看起來沒什麼意義的問題。

「嗯……這我記不太得了耶。」

「狗是在渚小姐過世後不久死掉的嗎？」

「是啊。忘了是過多久。與其說是不吃飯餓死，更像是傷心難過而死。」

「所以蓬萊先生也在這裡待了一陣子嗎？」

「嗯。應該待了超過一個月。」

「那段期間裡他都在做什麼呢？」

「做什麼啊？不知道耶。他也從來沒跟大家喝酒，好像只是每天在海邊散步吧。」

「布袋先生呢？」

「他好像也待了一段時間，每天釣鯊魚，玩得很開心的樣子。」

比賣知原先和藹的表情突然一變，不屑說道。

在大八洲海洋開發公司的會客室裡，有里表情僵硬地聽完榎本的說明。

「我委託青砥律師是要調查悠一身亡的命案。」

有里的太陽穴爆起青筋，口氣嚴肅說道。

「不是讓你們揭發悠一的過去！」

「我們認為布袋先生的身故極可能不是單純的意外，而是兇殺案。」

榎本冷靜回應。

「為了要解開布袋先生這個案子的謎團，必須先釐清一年前白井渚小姐那起案子的真相。」

「可是，要說是悠一殺了那位渚小姐，我實在不相信。」

有里一臉淒苦，低聲喃喃。

「我很了解妳的心情。不過，白井渚小姐的死亡當初以意外處理，但就像我們剛才的說明，其實有很深的他殺嫌疑。而當時跟渚小姐一起到沖繩旅行的，就是布袋先生。」

純子柔聲說道。有里不但要面對男友身亡，還有遭到劈腿，以及男友是殺人兇手的惡夢。純子必須設法盡量不在言語上刺激到她。

「一年前的話，妳應該已經跟布袋先生交往了吧？妳知道他跟渚小姐去旅行的事嗎？」

「不曉得。」

有里低聲回答。

「聽說布袋先生在認識妳之前，就和渚小姐有了男女關係。因此，他認為渚小姐可能會妨礙你們倆的交往。」

榎本說道。一聽到警方常用的「男女關係」一詞，而這幾個字彷彿不在乎當事人的感受，有里的表情愈來愈僵硬。

「這只是我的猜測。布袋先生當時邀渚小姐去旅行，殺害她之後還偽裝成意外。這次布袋先生遇難，很可能是有人為了先前的事情報仇。這是現階段最有說服力的假設。」

「假設？你前面說是猜測，或者該說根本是幻想？」

有里展開反擊。

「先前不是才說過，濱比嘉島的案發現場根本是密室，兇手非常難逃脫嗎？難道你已經知道兇手的手法？」

「嗯，差不多了。」

榎本回答得很自然，讓純子忍不住瞪著他看。明明兩人在討論時他完全沒透露過最新進度呀。

「那……究竟是用什麼方法？」

有里目光駭人，探出身子問道。

「這要完整說明，還差最後一片拼圖。」

榎本不為所動。

「那麼，請盡快把缺少的那部分補起來吧。目前已經花了不少費用，最後應該能拿出符合報酬的工作成果吧？」

有里勉強成功克制住情緒。

「不過，把那片拼圖埋起來的，就是有里小姐妳呀！」

「什麼意思？」

「布袋先生在一年前已經進入大八洲海洋開發公司了吧，當時他的職稱是什麼？」

有里用手指撐著額頭，想了一想。

「……印象中，是資材課的代理課長吧。」

「這麼說來，他就能夠接觸到大八洲海洋開發公司內部各種資材嘍？」

「應該是吧。」

有里的表情變得謹慎。

「那又怎麼樣？」

「當時資材裡有什麼東西遺失的嗎？」

純子氣呼呼看著榎本。之前根本沒有提到這些事呀！為什麼對站在同一陣線的夥伴都要這麼神祕兮兮呢？

「遺失的東西……嗯，我不是很清楚耶。」

有里露出若有所思的表情。但純子心頭一驚。

她一定心裡有底。

「看來我說得沒錯。」

榎本似乎也跟純子有同樣的想法。

「妳剛才並沒有問是什麼東西，是因為妳馬上想到是什麼了吧。」

有里立刻顯得一臉疲憊，整個身子癱靠在沙發上。

「是又怎麼樣？」

「這個東西很可能被用來殺害渚小姐。」

面對榎本的爆炸性發言，有里激動反彈。

「你其實早就猜到是什麼東西了吧？我看你根本只是想套我的話。」

「我沒辦法精確指出是什麼，但我猜應該是跟潛水有關的設備。」

有里目瞪口呆，一句話也說不出來。

「而且，是由非常堅硬的材質——我猜是金屬製成的。就我的想像，大概是一款潛水裝。」

有里垂頭喪氣。

「……你要看看嗎？」

「當然！麻煩妳了。」

看到懸吊在倉庫天花板起重機上的物體，純子驚訝地睜大了眼。這要說是潛水裝嗎……其實根本是……

「好像機動戰士。」

身為一名律師，似乎不該提出這麼膚淺的感想。

「跟鋼彈比起來，整體線條沒那麼俐落，感覺類似早期科幻片裡出現的機器人。」

榎本也忍不住露出御宅族的一面。

「這是大氣壓潛水裝。叫做『Salamander Suit』的產品，加拿大生產的。」

有里冷冷回答。

「不過，剛才說機動戰士，可謂雖不中亦不遠。這雖然是一件潛水裝，但外殼打造得非常堅固，還附有移動用的螺旋槳。從某個角度來看，可以說是一艘小型潛水艇。」

負責解說的員工，胸前掛的名牌寫著「豐年」。年紀輕輕，一雙眼睛骨碌碌，長得很可愛。看起來就是剛進公司不久的菜鳥。

「這種潛水裝是什麼用途呢？」

純子莫名感到心情雀躍。單純率直的男生真可愛，可不像榎本那種性格扭曲的怪咖。

「大氣壓潛水裝，顧名思義就是能在裝備中保持1大氣壓下，潛到深海中。」

豐年開心解說。

「目前在小笠原海域進行以飽和潛水潛到深度三百公尺的實驗，為了讓身體適應31大氣壓，必須在加減壓艙度過很長一段時間，大概十小時吧。而之後恢復到1大氣壓時更得花上十二天。

不過，如果穿上這套大氣壓潛水裝，馬上就能潛到三百公尺的深海，也可以立刻浮上海面。」

什麼啊，居然有這種好東西！既然這樣，蓬萊先生他們又何必忍受這麼煎熬的折磨呢。

「不過……當然也是有它的缺點。首先，這套裝備的重量高達兩百七十公斤，維護起來很困難。進出得像這樣使用起重機，穿的時候也需要有人在旁協助。」

「不可能一個人完成著裝嗎？」

榎本舉手發問。

「『Salamander Suit』算是很進階的產品，如果有類似起重機的設備，在游泳池裡讓潛水裝浮起來的話，倒不是百分之百不可能。不過，這必須具備相當熟練的技巧才行。」

豐年指著大氣壓潛水裝雙手前端部分。有一組操縱器，看起來像機械手臂又像鱷嘴夾。

「另一個缺點就是這個。雖然可以夾住東西，但沒辦法完成精細的作業。不過在深海裡多半都是些很複雜的工作。」

「還有，最大的障礙就是價格。」

在一旁的有里開口。

「匯率當然高高低低有影響，不過平均來說，這一套設備大概要三千萬圓。」

這麼說來，要準備多套並不容易啊。考量到能以手工進行精細作業的優點，似乎可以了解要持續研究飽和潛水的理由了。

「這個外殼究竟有多硬啊？」

榎本的問題讓豐年面露難色。

「嗯，應該非常硬吧。該怎麼形容程度呢？」

「比方說，像是能反彈子彈之類，或是刀子刺得穿嗎？」

純子終於懂得榎本問這個問題的意義，頓時啞然失聲。該不會這就是殺害白井渚的手法吧？

「槍彈呢，因為沒有實驗過，不太確定。但我想一般的手槍子彈應該打不穿。刀子的話就不必說了，雖然這套裝備是鋁合金，但了不起只能造成表面一點損傷吧。」

「……所以說，即使遭到一群針魚攻擊也無妨嘍？」

純子低聲喃喃。這下子輪到豐年露出驚訝的表情。

「嗯？針魚嗎？當然沒問題。」

榎本轉過頭面對有里。

「請問，被偷走的那套大氣壓潛水裝，原先也是收放在這間倉庫嗎？」

「嗯。」

「咦？被偷走……表示還有另一套嘍？是什麼時候的事？」

豐年激動地追問起來。

「是你進公司之前的事，你不用多管。」

有里不耐煩地用一句話打發他。豐年好像真的是剛進公司不久的新人。

「那麼，我想請教一下這間倉庫的保全狀況。」

榎本提出個怪要求。該不會他打算之後來偷吧？

「榎本先生，告訴你也無妨。不過，你是不是該先解釋一下，渚小姐究竟是怎麼遭到殺害的？」

豐年的表情愈來愈驚訝，雙眼睜得大大的。

「好的。我想妳應該差不多想通了，那麼，我先說說我的想法。」

榎本氣定神閒說道。

「要從外部入侵，並且偷走重達兩百七十公斤的裝備確實很困難，但如果是內鬼所為，那又不一樣了。我還沒請教保全的狀況，不能確定，但布袋先生應該有辦法將設備弄出去。他將大氣壓潛水裝從倉庫偷出來之後，就用小貨車運到港口吧，然後放到事先準備好的船上。」

有里臉色大變。

「布袋先生有什麼可以自由使用的遊艇之類嗎？」

「嗯……我的船。」

有里的聲音有氣無力。

「悠一向我借用的，剛好就是大概一年前的事。」

「原來如此。那麼，布袋先生應該就能將大氣壓潛水裝運到沖繩了，之後就藏在濱比嘉島。我觀察過島的周圍，岩岸很多，只要偽裝得好，這個大小的物體也能藏起來。就算在岸上找不到好地方，只要沉入沒有人進出的海底，就不會被發現。」

榎本停頓了一下，看看臉色已然蒼白的有里。

「實際上如何行兇殺人，也不需要冗長說明了。原先最大的問題在於要怎麼樣才能從針魚群裡脫困。不過，只要穿上這套設備就不成問題，就算被多少隻針魚撞上，也能平安無事。」

「換句話說，是這樣吧？布袋先生穿上這套設備接近渚小姐，打開探照燈。一大群激動的針魚進而攻擊兩人，渚小姐遇刺身亡，但布袋先生因為穿了這身裝備毫髮無傷。之後也可以潛入海裡逃走，所以在岸上的比賣知先生沒看到有其他人……」

純子根據榎本的推理，想要解釋得更清楚易懂。

「不是這樣的。」

榎本毫不留情推翻。

「這麼做太不可靠了。就算針魚再危險，也未必能保證一旦點亮探照燈就會讓渚小姐被刺死。」

「那不然是怎樣嘛！」

純子面帶慍色。

「我是考量到有里小姐的心情，刻意省略細節……」

榎本誇張地大聲嘆氣，擺明在責怪純子。

「實際上是布袋——我就不稱他『先生』了，他親自下的手。當天晚上，他跟渚小姐一起搭船出海，然後趁對方不注意時刺死她。」

「但這麼一來司法解剖時應該就會發現了吧？被針魚刺到的傷口，和刀子、冰錐等利器造成的傷口，形狀不一樣才對呀。」

純子脫口而出腦中浮現的疑問。

「沒錯。因此，布袋事先自己打造了和針魚嘴形狀類似的兇器，用來殺死渚小姐。」

在一旁聽著的有里，忍不住遮著嘴。

「只要抓到一隻針魚，之後就簡單了。先用矽膠製模，再灌入融點低的鉛或白合金就行。反正只要瞄準了渚小姐的頸部、腹部這些身上柔軟的部位刺個幾下，硬度也不需要太強。或是在內層夾入鐵棒，加強硬度避免折斷也可以。」

有里發出近似嗚咽的聲音。

「接下來，布袋讓渚小姐靠在船邊，然後他穿上預先藏在海底的大氣壓潛水裝，再把渚小姐拖入海裡，最後打開探照燈。一大群針魚如同布袋預料一般陷入瘋狂。不過，渚小姐既然已死，針魚有沒有刺傷她也不重要了。而布袋就穿著一身裝備離開現場。」

「這麼說來，還有另一個可能性吧？就是渚小姐在夜潛時，布袋穿著大氣壓潛水裝偷偷靠近，刺殺她之後再打開探照燈。」

純子都妥協到這個地步，但榎本仍然搖搖頭。

「不可能。在穿著這麼重的裝備之下，要抓到泳技絕佳的渚小姐，就算攻其不備也很困難。再說，這雙手應該沒辦法好好握住兇器行兇。」

榎本指著大氣壓潛水裝的機械手。

「保險起見，我調查了布袋當天的行蹤。我去問了濱比嘉島上所有餐館，看看布袋在案發當晚有沒有去過。」

榎本每天晚上逛遍小酒館，一家換過一家，原來是為了這個！純子目瞪口呆。這下子總算知道榎本真正的用意。

「所以到處都沒有他的蹤影嘍？」

「不。我問到了他去過一間叫做阿摩美久的餐館。雖然是一年前的事，但身材高大的布袋令人印象深刻，餐館的人也都記得。只不過，他出現時已是深夜，即使是殺害渚小姐後，潛入海裡逃走再把裝備藏好，在時間上也很充裕。」

有里發出哽咽聲，過了一會兒之後轉過頭，好像拿了手帕擦拭眼角，但等她轉過頭後，犀利的雙眼直視著榎本。

「……你的意思是，假設真相如此，那麼悠一很可能是因為有人要幫渚小姐報仇才遭到殺害嗎？」

「我認為非常有可能。」

榎本神情嚴肅回答。

「因此，調查要不要就此結束，就看有里小姐的決定。如果妳決定告一段落，我們就撤退。畢竟不可能無償服務。」

純子心想，你可別擅自決定啊！但還是默默靜觀變化。

「請繼續調查。當然，我會支付報酬。」

有里毫不猶豫回答。

「這樣真的好嗎？一旦釐清布袋先生身亡的真相，可能就會連帶證明他犯下的罪行。」

沒想到有里竟然笑著對榎本說。

「也可能是相反的狀況吧？說不定結果你的推理全都是錯的。總之，我不可能選擇就此打住。況且……」

有里顫抖著呼出一口氣。

「無論如何我都想知道兇手是誰，又是怎麼殺害悠一的。」

收放大氣壓潛水裝的倉庫，保全系統似乎「幾乎」萬無一失。之所以說「幾乎」，是因為想從外頭入侵，再將設備竊出，極其困難。不過，要是內鬼所為就未必如此。

「外圍的保全人員感覺毫不用心，圍欄的高度很容易就能跨越，沒有設置尖刺或是有刺鐵絲。加上沒有紅外線或壓力感應器，有心想從外面入侵的話，根本如入無人之境。還有，大門根本敞開著沒關，連踩著單輪車一邊耍雜耍都能進得來。」

檢查過一遍保全系統的樓本，在會客室裡向純子及有里說明。站在竊盜犯的角度是不妨，但他的語氣完全是在嘲弄保全人員。

「不過，監視攝影機的數量倒是多得過頭，不僅無死角，每個地方都有超過兩台在監看。智慧型攝影機加上全程追蹤系統，一旦有人入侵馬上就會形跡敗露。」

「全程追蹤系統是什麼啊？」

純子皺眉不解。

「這套追蹤系統能在智慧型攝影機捕捉到可疑人物或車輛時，讓監視攝影機用接力的方式，持續追蹤下去。在這段時間，警衛室的警鈴就會響起，並且自動連線通報保全公司，真是麻煩透頂。」

最後一句感想似乎連有里也覺得哪裡怪怪的。

「話說回來，對內部人員而言，要把這套裝備偷出去應該易如反掌吧。用布袋先生的識別證，就能自由進出辦公室和倉庫內的任何房間，有權限的人就算從倉庫內攜帶出裝備，只會被監視攝影機錄下來，卻不會觸動警鈴。公司內部的監視攝影機畫面不會傳送到保全公司，加上又沒有隨時監看，只要事後刪除那一段紀錄，就不會留下任何證據。」

「不過，能這麼做的人也有限吧？假設即使發現得晚，但事後調查的話還是會知道是誰幹的吧？」

純子面對有里問道。

「話是沒錯，但兇手以展示用的複製品來掉包了。一開始接到的報告是說複製品不見了，當下一時托大，認為沒什麼大問題。等到發現不見的是真正的大氣壓潛水裝時，已經是幾個月後的事情，監視攝影機的影像早被覆蓋了，就連兇手究竟有沒有動過手腳也搞不清楚。」

有里垂頭喪氣。

「報警了嗎？」

「沒有。當時覺得也可能是錯放到其他地方，決定先找找再說……結果，就一直沒解決。」

純子推測，說不定她早就懷疑布袋了。只不過，因為不想承認未婚夫是小偷的事實，就讓這起竊案不了了之。

「不過，遭竊的是價值高達三千萬的裝備吧？」

純子刻意刁難追問。

「這東西就算弄丟，對公司一般日常業務也沒影響，而且一旦公開可能還會造成形象受損……不過，我錯了。」

有里當初大概認為裝備遭竊的目的是轉賣變現。要是知道是被用來當作殺人兇器，可不只是晚上睡不著覺這麼簡單的問題了。

「……不過，這真的是一人單獨犯案嗎？這套大氣壓潛水裝重達兩百七十公斤耶。不可能光靠一個人帶出去吧？」

純子把問題丟給榎本。

「輕輕鬆鬆就能辦到。」

榎本自信滿滿回答。

「這一點重量只要用手動堆高機，一個人就能搬。而且，布袋先生看起來肌力應該很強……講個題外話，人家說保險箱要釘死在地板上，就是這個理由。就連超過六百公斤的保險箱，也曾經被三名壯丁加上電動堆高機，輕輕鬆鬆就帶走了。」

曾經……帶走了？過去式？這傢伙是在分享經驗談嗎？

「大氣壓潛水裝也一樣，只要上面罩個紙箱，放到卡車貨台上，這樣就搞定啦。」

他的口氣聽來像是講一件值得慶賀的事。

「我認為榎本先生的推理很有說服力。雖然手上沒有確切的證據，但渚小姐的死要說是意外，疑點實在太多。如果使用大氣壓潛水裝，的確能讓布袋先生在殺害渚小姐後順利逃離現場。再說，布袋先生也有殺害她的動機。」

聽了純子這番話，有里的臉色變得難看。

「另一方面，蓬萊先生則有殺害布袋先生的動機，也就是為渚小姐報仇。不過，還是有兩個疑問未解。」

「兩個？」

榎本表示不解。

「第一，為什麼蓬萊先生確定布袋就是兇手。再來，當天晚上蓬萊先生人在水深三百公尺的海底，是怎麼殺害布袋先生的？」

「第一個問題，得直接問兇手才行了。然後，關鍵的海上密室兇殺案的手法嘛……」

榎本裝模作樣乾咳了幾聲。

「我大概知道是怎麼回事了。」

「真的嗎？」

有里神情激動。

「是怎麼辦到的？請解釋給我們聽。」

純子也跟著追問。

「這個呢……要再等一下才能說明。」

「為什麼？至少現在先講個大概總可以吧？」

純子忍不住大聲抗議。

「我才只是剛想到而已，是不是真的能用這個手法，還必須先找專家確認過才行。」

榎本找了個藉口輕巧閃躲。就像鰻魚排放出大量噁心的黏液自保。

「但要是我猜得沒錯，整個案子等於已經破了。」

「很有信心嘛。」

有里語帶嘲諷說道。的確，嘴上雖說才只是剛想到的階段，卻已發下破案的豪語，究竟是什麼狀況？

「這種手法，只能用一次。前提是不會有人發現，或說根本想像不到。一旦被識破，兇手就無所遁形。除了行兇之後無可避免會留下致命的證據之外，一進入減壓艙之後，十二天都無法湮滅證據了。」

純子下定決心，榎本賣關子到了這種程度，萬一到時發現他只是白忙一場，一定要好好數落他一頓。

5

望遠鏡另一頭的蓬萊，看來打從心底放鬆。雖然垂放著釣線，卻好像不執著魚兒是否上鉤，躺在橡皮小艇裡仰望藍天。

「他還是沒什麼動靜耶。」

站在實驗船「海原」甲板上的純子，放下眼前的望遠鏡，對榎本說。

「我們究竟要這樣等多久啊？」

「不曉得。不過，他總會有所行動。」

榎本也忍著呵欠。

「這只是他的偽裝啦。蓬萊這個人呢，個性外向好動，照理說是一刻都停不下來。其實他現在應該很想立刻行動，只是鋼鐵般的自制力逼他強忍下來，但什麼都不做一定讓他痛苦萬分。」

「但是他也可能真的純粹只是休息吧？」

穿著「百虎」圖案夏威夷花襯衫的禿鸛鴻——鴻野光男警部補發出野獸般的低沉嗓音。光是這樣，純子就覺得小笠原清新的空氣遭到汙染。就連從他唇間發出的呼吸聲，聽起來都指直「腐臭」二字。

「在黑漆漆的三百公尺海底忍受著關節疼痛，每天辛苦工作，然後還得進入又小又窄的減壓艙度過十二天，好不容易總算出來。曬曬好久不見的太陽，悠閒睡個午覺，沒什麼不對吧？」

「如果在海底真的只是工作，或許的確如此。但這傢伙殺了人，而且善後處理還沒完，其實他心裡現在應該是七上八下。」

榎本唯有對禿鸛鴻講話時完全不使用敬語。卻倒也不覺得他們像是交情好的老朋友。

「再說，要是真的想開心休假，幹嘛現在還在這裡啊？就算母島的海域再美，對他們來說就是工作場所，不會想去個截然不同的地方，換個心情嗎？」

純子再次將望遠鏡拿到眼前。在這段短短期間內，不斷在東京、小笠原、沖繩、東京、小笠原幾處移動，快搞不清楚自己究竟身在何處。

話說回來，在景致這麼美的地方殺時間倒也覺得不壞。

「啊，有動靜了！」

橡皮小艇緩緩前進。

「要出動了嗎？」

禿鸛鴻一副等不及的樣子。

「不用那麼急。反正他不會跑遠，而且大口先生的被動聲納和樽目先生的『桶眼魚號』都正在全力監視。」

榎本一派遊刃有餘。

「再說，現在大白天的，他也沒辦法湮滅證據。應該是打算先確認一下位置，等到風頭過了再回收吧。」

橡皮小艇果然如同榎本的預測，往前行駛了大約兩百公尺就停下來。

「不過，水底下沒有訊號吧？這傢伙是怎麼確定東西的位置？」

禿鸛鴻挺起下巴，扯著沙啞的嗓子說。

「我猜蓬萊不只記得和加壓艙之間的距離，還用了潛水員專用指南針，連方位都記下來。」

榎本拿起水壺，喝了一口水。

「可是，就算知道位置，但究竟要怎麼回收在海底三百公尺深處的東西呢？」

純子在強烈日照下瞇起眼睛。雖然擦了隔絕紫外線的防曬乳，但萬一還是曬出斑該怎麼辦？坦白說，她覺得這問題比較嚴重。

「海面下有用繩子綁著用來做記號的浮標，深度大概三十公尺的話，蓬萊應該能徒手潛水吧。我猜他可能在浮標上綁另一條繩子，打算用絞盤拉上來。」

橡皮小艇靜止不動。蓬萊似乎正換上潛水裝。

「看來應該就在那裡。」

榎本從純子手中接過望遠鏡，觀察一下之後心滿意足說道。

「只要能確定位置就沒問題了。走吧！」

三人從「海原」上換乘小船，往蓬萊所在的地方駛去。

潛入水中的蓬萊大概聽到了引擎聲，像海獅一樣探出頭到海面上。

「怎麼啦？幾位一起過來。」

一行人駛近到幾乎兩船要接舷的距離時，回到船上的蓬萊笑著打招呼。他的聲音渾厚，很好聽，跟先前在減壓室時聽到的氦氣音截然不同。

「我們想請你歸還藏起來的東西。」

榎本語氣嚴峻，彷彿要對方放棄再掙扎。

「藏起來的東西？什麼意思？」

蓬萊不為所動。

「就是大氣壓潛水裝呀。原本是大八洲海洋開發公司的資產，聽說被過世的布袋先生擅自運出。」

蓬萊搖搖頭。

「不懂你在說什麼耶。我怎麼會有那個東西？」

「你不要再裝啦！我勸你認命，乾脆一點從實招來！」

禿鸛鴻扯著大嗓門威嚇。

「我們已經知道位置在這裡，之後可以通知警視廳派出潛水人員打撈，但希望最好還是蓬萊先生能主動配合。」

榎本始終保持平靜的語氣。

蓬萊深褐色的瞳孔中瞬間看似燃起與禿鸛鴻對戰的鬥志，但一旦轉過頭看向榎本時，又恢復原先的穩重。

「如果我配合調查，可以不追究我竊盜罪嗎？畢竟最初偷走的是布袋先生，我只是碰巧發現而已。不過，我倒也猜到了是來自哪裡。」

「竊盜罪我想沒什麼問題吧。不過……殺人罪的話，雖說情有可原，但一定會遭到逮捕、起訴。」

「殺人罪？我殺了誰啊？」

「不要再裝傻了。你殺了布袋悠一。」

純子再也忍不住。

「布袋過世的那天晚上，我就在這下面三百公尺深的海底耶。要是一不小心浮上海面，應該會因為減壓症立刻沒命吧。」

「我們已經知道你是怎麼克服30大氣壓落差的難關了。」

榎本指著下方的大海。

「居然還能用完全相反的用法，真是想像不到。」

蓬萊全身僵住，好一會兒一動也不動。

「……這只是你的猜測吧？證據呢？你有什麼證據？」

「首先，大氣壓潛水裝在你的手上。第二，要是仔細檢查裝備表面，應該會找到很多蛛絲馬跡吧，像是針魚嘴造成的損傷，鯊魚的齒痕，尤其是只棲息在深海的灰六鰓鯊的齒痕。」

「這些損傷都不知道是什麼時候留下來的吧？」

蓬萊的笑容顯得扭曲。

「原來如此……那麼，如果是時間很清楚的證據呢？」

榎本眼睛連眨也不眨一下。

「剛才我請千住醫師提供一份資料，就是在你lockout的期間，從『海原』船上監控記錄到的呼吸、心跳等生理數據，還有正確的記錄時刻。」

「你到底想說什麼？」

蓬萊的雙眼閃過宛如大型肉食動物的強悍光芒，那股震撼力連禿鸛鴻都相形失色。

「這份紀錄上有三個地方值得研究一下。首先，有兩次中斷，然後剛好就在這中間有很清楚的『高峰』，代表你的呼吸及心跳明顯加快了十幾秒。這個時間點正好就是布袋先生身亡的時候。我認為這沒辦法狡辯說只是巧合。」

這到底在講什麼啊？純子壓根摸不著頭緒。

但蓬萊雙手扠腰，大喘一口氣之後笑道。

「……這樣啊。我還以為不會有人發現呢。」

「確實很難發現呀。我是知道了布袋先生殺害渚小姐的手法，才推測出真相的。」

蓬萊一副無所畏懼的態度，抬起頭後，眼中充滿憤怒。

「所以，那個畜生幹的好事……你也都知道了？」

「對。我知道他使用的是針魚嘴外型的兇器，也知道他穿了大氣壓潛水裝躲過真正針魚的攻擊，順利脫身。」

聽到榎本的回答，蓬萊搖搖頭。

「早知如此，真希望你在渚遇害時就知道這一切。」

「不過，一年前當你在濱比嘉島發現大氣壓潛水裝時，應該也可以揭發布袋吧？」

榎本目光犀利，望著蓬萊。

「你是想，就算報警揭發布袋，也很難真的將他定罪嗎？因為沒有充分證據吧？」

純子自以為了解蓬萊的想法，沒想到他緩緩搖了搖頭。

「大氣壓潛水裝就藏在一處複雜的石堆之間，上頭針魚嘴留下的損傷一目瞭然，也可以證明是他偷出來的。不僅如此，其實連那傢伙用的兇器也被我找到了，是一把外型做成針魚嘴的短鉛劍。」

純子倒抽一口氣。

「在哪裡找到的？」

「就在案發現場附近的海底。我花了將近一個月，在周圍幾個點潛了幾十次，用金屬探測器幾乎找遍每一吋。」

「布袋先生把兇器丟了嗎？」

純子大感意外。看來此人似乎對一切都不放在眼裡啊，話說回來，這個性也大剌剌到過了頭吧。

「我猜是在逃脫的路上弄丟的吧。這傢伙本性惡質，但個性上也有這樣迷糊脫線的地方。」

蓬萊面露冷笑。

「既然這樣，為什麼不馬上把這些證據交給警方呢？」

禿鸛鴻大聲怒吼。

「那還用說！就算他真的因為殺人罪定罪，被害人只有一人，他絕對不會被判死刑。即使陪審員做出死刑判決，到了二審法官也一定會撤銷，呼籲什麼要注重公平性。然後呢，布袋用殘忍的手段殺了渚，結果過個十年就能回到社會，隨便講些什麼『已經贖罪』還是『重新做人』之類的廢話……我才不會讓這種事發生。」

蓬萊與禿鸛鴻面對面，直瞪著對方。

「就因為這樣，你甘願自己變成殺人犯嗎？」

榎本的話語中夾雜著嘆息。

「當然，我以為事情不會穿幫，心想沒人會發現吧。不過，現在變成這樣我也一點都不後悔。」

蓬萊倒是一副神清氣爽的模樣。

「我沒有其他選擇。因為我終究沒辦法忘了渚，展開新的人生。」

純子心想，對於一個痴情至此的人，該說什麼才好呢？

「自從知道那傢伙是兇手之後，我無論睡著、醒著，滿腦子想的只有這件事，簡直快瘋了……我從來不是這種優柔寡斷的人，所以我立刻下定決心，要以完全犯罪親手斃了那畜生。」

「但你是找到兇器才確定他是兇手吧？先前又是怎麼想到要潛到海底用金屬探測器去找呢？」

蓬萊聽了純子的提問後點點頭。

「我在找到大氣壓潛水裝和兇器之前，就確定那傢伙殺了渚。其實就在告別式的幾天之後。」

「發生了什麼事？」

「……渚那時養了一隻狗，是我從收容所帶回來的，取了名字叫『可洛』。身形瘦長的雜種狗，我卻很喜歡牠桀傲不羈的眼神，跟狼一樣。」

蓬萊開始講起看似不相干的話題。純子突然想到一事問道。

「『可洛』這個名字感覺很小巧可愛，跟這隻狗好像不太符合？」

話一出口，就後悔自己怎麼問了個這麼無聊的問題。明明經常被榎本問那些莫名其妙的問題時，總覺得煩不勝煩呀。

「『可洛』，其實來自『Colossus』。這同時也是過去一艘英國戰艦的名字，一般翻譯作『巨像號』。我以前養過一隻白狗，取名叫『Red』，經常被笑說莫名其妙。不過，那個名字也是從另一艘戰艦『無畏號』來的，英文是『Dreadnought』。」

蓬萊一副懷念的模樣。

「可洛還有其他很明顯的特徵，那就是牠的四條腿都有大大的狼爪。」

「狼爪？」

純子表示不解。狗身上怎麼又出現狼爪？

「就是在狗的腳上多出來的爪，應該說多出來的腳趾才對。一般來說大多在前腳，但有些狗也會長在後腳。」

榎本幫蓬萊簡單說明。

「可洛的狼爪特別大，又尖又彎，看起來就像老鷹的鉤爪。所以就算只看到腿，也能一眼就認出是牠。」

說到這裡，蓬萊的表情似乎變得陰沉。

「渚死了之後，可洛完全不肯吃飯，牠大概知道渚再也不會回來了。布袋拿渚為牠準備的狗食餵牠，可洛連看也不看一眼。可洛對那傢伙根本打從心底就不信任吧。」

「難道只因為這樣，你就認為布袋先生是兇手嗎？」

純子有些疑惑。

「不是的。可洛也不肯吃我餵的飯，感覺牠只想盡快到渚的身邊。」

蓬萊閉上雙眼。

「我陪著可洛走完最後一程，但後事就交給布袋了。渚的過世讓我腦中一片空白，實在沒有餘力再顧到可洛。我對這件事好後悔，但也多虧了這麼做，才真正了解布袋這傢伙的本性。現在想想，可洛是犧牲了自己來告訴我這一點。」

蓬萊原先平靜的語氣突然變得激動起來。

「可洛死後，我決定先回東京一趟，老是待在沖繩也不是辦法。離開之前我去見了布袋，那傢伙正專心釣鯊魚咧……釣魚這件事我倒不怪他，畢竟也能有助分心，轉換心情。不過，我看到了他堆在遊艇上的東西。」

純子屏氣凝神，等著他繼續往下說。

「這傢伙回到港口時，遊艇上堆滿了虎鯊、大青鯊。因為遊艇上沒有保存魚獲的空間，甲板上隨便堆著頭被切掉的鯊魚，整片血跡就跟兇案現場沒兩樣。我看這傢伙是真的對釣鯊魚樂在其中。」

的確，光聽這些，實在不像是一個女友剛因意外喪生的人會有的行為。蓬萊停頓一下，呼了幾口氣，拚命試圖讓情緒穩定下來。

「我看到從其中一隻鯊魚的嘴裡掉出一塊釣魚用的餌，一眼就看出那是狗的腿。不知道各位有沒有聽說，有些人會用死狗當餌來釣鯊魚。而且那隻狗腿還有明顯的特徵，長著大大的彎曲狼爪，令人印象深刻。那是可洛的腿！」

蓬萊高聲大喊，再也無法克制。

「我當下實在太震驚，氣得全身發抖。對那畜生來說，死狗放著只會變成腐敗的肉塊，很難處理。與其付錢請人火化，不如有效利用，拿來當作釣鯊魚的餌。聽起來或許很有效率，但正常人根本不會這麼做！」

蓬萊的表情極度猙獰。

「一看到可洛的鉤爪，我就確定布袋是個不折不扣的心理變態，殺害了渚。能夠若無其事幹出這種事的人，動手殺了礙事的女人也無所謂吧。於是，我花了一個月的時間找遍周圍海域的每一個角落，要揪出證據。」

語畢，蓬萊緊抿著嘴。

「所以你就替天行道，決定報仇嗎？」

禿鸛鴻語帶嘲諷。

「沒錯。那傢伙是罪有應得。」

蓬萊一臉坦蕩低語。

「是嗎？接下來要換你接受應有的制裁了。」

「我已經有心理準備。」

蓬萊一臉認真。

「可以請教你具體上用了什麼方法殺害布袋先生嗎？」

榎本打破緊繃的氣氛發問。

「可以啊。不過，事到如今還需要說明嗎？你好像全部都摸清楚了吧？」

蓬萊爽快回答。

「首先，一個人要怎麼穿上大氣壓潛水裝呢？」

「就利用海底實驗室的壓差隔離室。那裡隨時都有天花板起重機，非常方便。」

蓬萊若無其事答道。

「總之，最大的難題就是要怎麼躲過監視。飽和潛水的過程中，為了防止意外，連呼吸和心跳都會受到監測。」

「生理數據紀錄上有兩次中斷了幾秒鐘，就是在你換裝的時候嗎？」

「對。在穿脫大氣壓潛水裝時，不得不把貼在胸口的電極片撕下來。但其實電極片經常脫落，我猜千住醫師也不會特別懷疑。」

「……那麼，之後都很正常傳送嗎？我是說你的呼吸跟心跳數據……」

說到這裡，純子突然發現一事，大感錯愕。

「剛才榎本先生提到數據中有明顯的『高峰』是……」

「這會成為全球首見的珍貴資料吧。在行兇殺人的前後與當下，兇手的呼吸與心跳會出現什麼樣的變化。」

蓬萊臉上隱約露出一抹微笑。

「麻煩的不只是生理數據的監控，頭盔上的攝影機，還有監測我們的ＲＯＶ，也就是『桶眼魚號』。」

「所以你就製造出視線不良的狀態？」

「根據我過去的經驗，海底的泥沙一旦被揚起來，海水至少要經過半小時之後才會恢復清澈。」

「不過，當天晚上視線不良的狀況維持了一個小時。應該有其他人協助，刻意蹚攪泥沙吧？」

蓬萊對於榎本的提問默不作聲。看來是三叉或横，也可能是兩人都參與了。但蓬萊的態度擺明不會出賣同伴。

「……那好吧。頭盔上的攝影機，你又怎麼處理？」

「就放在海底。雖然上面有頭燈，但反正只拍得到混濁的海水，很難分辨出究竟是哪裡。」

保護飽和潛水人員的監測系統，是以人性本善為前提，萬一遭到像這樣刻意誤導時，根本束手無策吧。

「至於你吸引鯊魚到行兇現場的手法，已經被青砥律師識破了。」

榎本指著純子，像在介紹得獎人。

「她推測是在氣球裡灌入31大氣壓的空氣，讓氣球從海底往上浮。而且，事先在氣球裡除了空氣之外，還摻入動物的血，等到氣球浮上來，漲破之後血腥味就會四散，吸引鯊魚聚集過來。是這樣嗎？」

蓬萊跟榎本一樣，也比出鼓掌的手勢。

「說得沒錯。氣球裡頭事先摻入了魚血。」

看來純子這次獲得稱讚的只有這一點。

「我另外還有疑問。當天晚上海面上雖然有月光，但海底應該是漆黑一片。你是怎麼鎖定布袋先生搭乘的橡皮小艇正確位置呢？」

「海底實驗室裡有被動聲納，可以靠布袋的探魚器發出的聲波來鎖定他的位置。只要確定方向，小艇應該就會在延伸直線上與海面的交會點。」

跟大口先前的說明一致，應該錯不了。

「等浮到能夠隱約看到海面上亮光的距離後，就可以靠布袋為了釣軟絲裝設的集魚ＬＥＤ燈當作記號。一閃一閃亮晶晶的，看起來挺漂亮。」

蓬萊露出一口白牙。

「我想問一下，你是怎麼浮上來的？如果從犯案時間反推回去，應該需要以很快的速度浮上來吧？」

蓬萊再次泛起笑容。

「就吊在降落傘型的海錨上。」

純子想起來了。之前下水檢查橡皮小艇時看過這種錨，以前端封閉的圓錐袋狀造型，能承受水的阻力，讓小艇不被沖走。

「對著海面豎起來，從開口的下方灌入31大氣壓的空氣，就會像熱氣球一樣上升。由於前端尖尖的，水的阻力也小，等到浮上來水壓變低，膨脹的空氣就會像火箭一樣，從下方冒出來。不過，我一開始倒也不確定這能不能成為推進的動力。」

純子腦中浮現「桶眼魚號」拍攝到的影像。前端尖尖，貌似體型細長巨烏賊的輪廓。在海錨下方噴出的大量氣泡包圍下，散射集魚燈的燈光，以致無法判斷出蓬萊的身影。

「不知不覺討論了這麼多，方便讓我問一個很基本的問題嗎？」

純子有點顧忌，小心翼翼舉起手。

「聽蓬萊先生的敘述，好像很簡單就浮上來，不過，當環境從31大氣壓迅速降到1大氣壓時，不會因為潛水夫病致死嗎？」

「會死啊。反過來從1大氣壓加壓到31大氣壓時也一樣，比方說，鴻野警部補心血來潮想徒手潛水，一下子鑽到三百公尺深的海底，整個胸腔會被壓爛，痛苦得要命之後用力慘叫一聲就死了……不過，如果他穿了大氣壓潛水裝，就是另一回事了。」

禿鸛鴻朝著講得眉飛色舞的榎本，惡狠狠瞪了一眼。

「待會會把在海底的大氣壓潛水裝打撈上來，青砥律師要是穿上這套裝備，再一次潛入三百公尺深的海底，裝備內也會保持大氣壓力，不會受到外界猛烈的壓力影響。」

「等一下！你剛說的『大氣壓力』如果就代表1大氣壓的話，那就奇怪了。要是潛水裝裡維持1大氣壓，對於已經習慣海底31大氣壓的蓬萊先生而言，根本沒辦法穿吧？」

純子大喊。腦袋被搞糊塗啦。

「如果是正常的用法確實如此。就算外界環境是31大氣壓，大氣壓潛水裝內仍然保持1大氣壓……不過，蓬萊先生採取了相反的用法。恐怕全世界也只有他一個人這麼做。」

「相反？剛才你也這麼說，到底是什麼意思啊？」

榎本看著純子。眼神彷彿在說，妳這個蠢律師。

「位於海底實驗室裡的空氣，是31大氣壓。在那裡穿上大氣壓潛水裝的話，裝備內部自然就是31大氣壓。對於已經適應水深三百公尺氣壓的人來說，直接浮上海面也不會引發減壓症狀。」

看來這下子總算慢慢理解，純子驚訝得目瞪口呆。

「蓬萊先生是暫時已經適應31大氣壓環境的人，換句話說，就像在其他星球的居民。對他而言，我們居住的1大氣壓環境等於是外太空，要是沒有任何裝備，直接浮上海面，立刻必死無疑。因此他需要有一套當作太空裝的設備，也就是大氣壓潛水裝。」

「不過，這有點詭異耶。從海面潛入海底時，可以耐外界的高壓；但從海底浮上海面時又能抵抗內側壓力，就潛水裝的持久性來說會一樣嗎？」

禿鸛鴻認真提出個似乎很關鍵的問題。

「的確，嚴格說起來，外壓和內壓在條件上並不同。從海面潛到三百公尺深的海底，內側是

1大氣壓，外界則是31大氣壓，會承受非常強大的外壓。這是一股壓縮的力量。反過來說，要從三百公尺深的海底浮到海面上，外界是1大氣壓，內側則是31大氣壓，潛水裝必須承受從內部膨脹拉扯的力量，也就是拉應力。」

榎本賣弄著事先請教專家的知識。

「大氣壓潛水裝當然原本是為了承受外壓而設計，但耐久性都會保留一些彈性空間，31大氣壓的話內壓應該也能承受吧。如果是金屬，壓縮應力和拉應力的極限好像幾乎一樣。」

「我可不是豁出去賭一把哦。」

蓬萊看著純子的表情，開口說道。

「我重複好幾次在大氣壓潛水裝內部加壓的測試，直到我確定沒問題才付諸實行。」

付諸實行……也就是，動手殺人。

「我在一片漆黑的海裡，整個人就交給往上浮的感覺。頭頂上冒出強烈的氣泡，圍繞著我的身體，帶著我往上。我也感覺到『桶眼魚號』過來了。一會兒之後，四周開始微微亮了起來。從漆黑進入濃密的湛藍。」

蓬萊說著，輕輕閉上一雙有著長長睫毛的眼睛。

「當時，我回想起和渚一起在夜裡游泳的海上光景。新月的夜晚，海上伸手不見五指，遠處的塔台燈光不時照著我們倆。我們卻絲毫不覺得危險，自在地游泳、嬉戲，在沙灘上擁抱。」

蓬萊睜開雙眼，眼前彷彿不是真實的世界。

「那一刻，我覺得渚從闇黑中現身，和我一起浮向海面。我覺得她推了我一把，讓我對決定要做的這件事，信心更加堅定。

眼前不斷冒出的氣泡，還有海水劇烈的震動，都讓我清楚感受到自己逐漸往上浮。體內一股力量升高，急促的血液循環讓脖子的血管膨脹，全身不住顫抖……監控的千住醫師看到劇烈的生理變化好像嚇了一大跳，聽到她對我說話，但我不記得怎麼回答她的。

不一會兒，好像隱約看到頭頂有微微的亮光。遙遠的上方是月光照亮的海面。眼前呈現一片剛才說的湛藍光浪，非常耀眼。集魚用的ＬＥＤ燈吸引著軟絲，但不僅軟絲，對我而言也是最理想的目標。

在猛烈的氣泡環繞中，我緩緩上升。正上方的藍色燈光照射下，出現了橡膠小船的黑色輪廓。我瞄準目標，一頭撞上去。劇烈的撞擊力道幾乎就像車輛衝撞。大氣壓潛水裝的重量，加上從海底一口氣浮上來的衝勁，瞬間讓橡皮小艇翻得豎了起來。

我眼睜睜看著布袋整個人被甩出橡皮小艇，摔落在海面上。我恰好就在他面前浮出水面。我隔著頭盔的鏡片，在極近的距離看到他的臉，他的表情充滿恐懼和錯愕。這傢伙認出是我，似乎一瞬間已經體認到自己的命運。我用大氣壓潛水裝的機械手，緊緊夾住布袋的雙臂。在陰暗的海裡，鮮血如霧靄般擴散。布袋痛苦到整張臉扭曲，口吐泡沫之下仍拚死掙扎想逃，但機械手上焊接了尖銳的刺釘，讓他動彈不得。就像被大王酸漿魷的觸腕抓住一樣。

鯊魚一下子就聚集過來，牠們對於以釣鯊為樂的布袋也恨之入骨吧。我直接迅速往下潛。潛水裝上加裝了自由潛水用的重物，因此我一放開海錨，整個人就持續往下沉。

布袋被拖往地獄最底層時，仍始終仰望著海面。有一首童謠是這樣唱的吧？『離家愈來愈遠　愈來愈遠　快沿著來時路回家吧　回家吧　』。我猜他應該是這樣的心情吧，但我當然沒問他，不知道他真正的想法。

下潛到一百公尺左右，布袋一動也不動了。大概受到血腥味的鼓動，灰六鰓鯊從深海出動，冷不防就咬住布袋，但他也毫無反應。

我將布袋的遺體拖行到一百五十公尺深後放開，多虧救生衣沒被鯊魚撕裂，帶著布袋緩緩往上浮到海面……這只是我的想像，其實四周完全是封閉的闇黑世界，什麼都看不見。我一放開布袋的瞬間，對他已毫不在乎。

你們想聽聽我當時的心情嗎？其實我內心絲毫沒有一點成功復仇的成就感，當然，也沒有任何像是恐懼、後悔、認罪之類的情緒。」

蓬萊一雙清澈的眼睛，直盯著無言以對的三人。

「結束了一件事……心裡浮現的情緒只有這樣。我開始盤算著回到海底之後的規劃，因為還有幾件事情需要善後處理。就只是這樣……真的，就只有這樣。」

致謝

本作執筆過程中，古野電氣株式會社　淺海茂先生、山田和司先生，以及國立研究開發法人　海洋研究開發機構（ＪＡＭＳＴＥＣ）長谷部喜八先生、長根浩義先生，給予相當大的協助，藉此機會致上謝意。

國家圖書館出版品預行編目資料

神祕鐘殺人事件 / 貴志祐介作；葉韋利譯. -- 一版. -- 臺北市：臺灣角川，2018.11
面；　公分. --（文學放映所；112）

譯自：ミステリークロック
ISBN 978-957-564-596-0（平裝）

861.57　　107016299

神祕鐘殺人事件

原著名＊ミステリークロック

作　　者＊貴志祐介
譯　　者＊葉韋利

2018年11月29日 初版第1刷發行

發 行 人＊岩崎剛人
總 經 理＊楊淑媄
資深總監＊許嘉鴻
總 編 輯＊呂慧君
主　　編＊李維莉
設計指導＊陳晞叡
印　　務＊李明修（主任）、黎宇凡、潘尚琪

台灣角川

發 行 所＊台灣角川股份有限公司
地　　址＊105台北市光復北路11巷44號5樓
電　　話＊（02）2747-2433
傳　　真＊（02）2747-2558
網　　址＊http://www.kadokawa.com.tw
劃撥帳戶＊台灣角川股份有限公司
劃撥帳號＊19487412
法律顧問＊有澤法律事務所
製　　版＊尚騰印刷事業有限公司
I S B N＊978-957-564-596-0

香港代理＊香港角川有限公司
地　　址＊香港新界葵涌興芳路223號新都會廣場第2座17樓1701-02A室
電　　話＊（852）3653-2888